慕容垂

燕成武帝

李志国 著

图书在版编目（CIP）数据

燕成武帝慕容垂 / 李志国著. —— 北京：中国书籍出版社, 2021.6
ISBN 978-7-5068-8265-1

Ⅰ.①燕… Ⅱ.①李… Ⅲ.①长篇历史小说-中国-当代 Ⅳ.①I247.5

中国版本图书馆CIP数据核字(2020)第261813号

燕成武帝慕容垂

李志国　著

策划编辑	王志刚
责任编辑	王志刚
责任印制	孙马飞　马　芝
版式设计	添翼图文
出版发行	中国书籍出版社
地　　址	北京市丰台区三路居路97号（邮编：100073）
电　　话	（010）52257143（总编室）（010）52257153（发行部）
电子邮箱	chinabp@vip.sina.com
经　　销	全国新华书店
印　　刷	三河市顺兴印务有限公司
开　　本	710毫米×1000毫米　1/16
字　　数	380千字
印　　张	19.25
版　　次	2021年6月第1版　2021年6月第1次印刷
书　　号	ISBN 978-7-5068-8265-1
定　　价	58.00元

版权所有　翻印必究

序

作为泱泱五千年的文明古国，中国历史的发展保存得较为完整，从先秦直至清代，汇编成诸多史学典籍。这些皇皇巨著记录下众多帝王的事迹，为我们了解古代社会提供了重要的借鉴。但史家笔法简练，往往只以寥寥数语记人写事，让人读来，常有语焉不详之憾。

笔者有鉴于此，遂打算以小说的形式，对杰出的历史人物及精彩的历史事件进行选择性的演绎，以时为经，以事为纬，更加生动地刻画雄才大略的英雄形象，尽可能清晰、准确地描绘他们波澜壮阔的一生。这也是本套"帝王"系列小说的创作初衷。

这一系列小说自然是以古代帝王为核心，在尊重史实的前提下，展现其思想情感，丰富与其有关的事件过程，而绝非随心所欲地歪曲历史或编造历史。小说中的主要人物经历、重大事件发生的时间和地点，均有史实依据。

本书是"帝王"系列小说的第三部，记述的是燕成武帝慕容垂。

慕容垂的一生，可谓辉煌而坎坷。他祖籍辽东，是燕王慕容皝的第五个儿子，十余岁掌兵，破高丽，征宇文部，成年后更是屡立奇功，威震塞北，不料却遭其兄慕容俊的嫉恨。慕容俊登基后，大肆排挤慕容垂，幸而早逝，由太子慕容㑺继位。慕容皝的四子、太原王慕容恪辅政。慕容垂得以重回权力中枢，督十郡诸军事，充分发挥自己的才干。但好景不长，慕容恪病故，燕国的大权落在上庸王、太傅慕容评手里。慕容垂横遭慕容评迫害，只得携长子慕容令、次子慕容宝

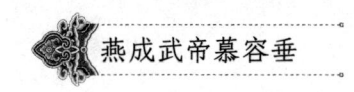

等人投奔秦国。秦人东征灭燕之前，慕容垂又为同僚王猛所算计，失去了才略明练的长子慕容令。

若干年后，慕容垂虽复国成功，却已后继无贤。如果不是平庸的慕容宝而是慕容令继承慕容垂的王业，相信不会出现惨烈的"参合陂之败"，燕国也不会在慕容垂逝后即遭北魏瓦解。

但是，历史没有如果。笔者只能在基本忠于历史的前提下，遵循着"大事不虚，小事不拘"的原则，展现这段风起云涌的过往。

李志国

目录

第一章　辽东鹰扬……………………………………… 1

第二章　挺进中原……………………………………… 15

第三章　功成祸起……………………………………… 29

第四章　乱起萧墙……………………………………… 42

第五章　枋头之战……………………………………… 58

第六章　逃离故国……………………………………… 73

第七章　樽俎之间……………………………………… 95

第八章　金刀毒计……………………………………… 107

第九章　亡国之余……………………………………… 121

第十章　牧守京畿……………………………………… 136

第十一章　鱼羊食人…………………………………… 151

第十二章	淝水之战	165
第十三章	洹水密谋	179
第十四章	汤池举兵	191
第十五章	邺城攻围	206
第十六章	苻坚之死	220
第十七章	定鼎中山	235
第十八章	翟魏覆灭	247
第十九章	并州风云	257
第二十章	耄耋御众	268
第二十一章	参合之败	277
第二十二章	龙驭上宾	292

第一章　辽东鹰扬

> 燕王慕容皝奇其才，壮其貌，曾多次当众称赞慕容霸说："此儿阔远好奇，终能破人家，或能成人家。"

公元342年9月，辽东大地已然入秋。这天早晨，太阳尚未升起，天地间弥漫着浓重的凉意。灰蒙蒙的空中，一队大雁正排成人字形，缓缓地掠过龙城（今辽宁省朝阳市），向南飞去。龙城是辽东第一大城，也是燕国都城，总面积近百平方公里。远处的山谷中雾气翻腾，凛冽的岚风挟着白色的雾气，向着这座城市漫卷而来。城中鳞次栉比的屋顶上，覆盖了一层厚厚的白霜。道边的树木轻轻晃动着枝条，笼罩着蜿蜒的街巷。树叶被秋风吹成黄色，纷纷飘落在地。树下的几茎草丛里，此起彼伏地响着秋虫的唧令声。

龙城由外城和王城两部分构成。外城是居民区。王城位于城北，是燕王与宫眷所居，中部建有和龙宫，另有百余座高大雄伟的殿宇，处处展现着王权的威严。和龙宫的前殿是燕王处理朝政的地方，红墙黄瓦，四个檐角高高翘起，两扇朱红色的宫门敞开着。殿内金砖墁地，檀木作梁，殿顶由十六根红色巨柱支撑着。一张六尺宽的沉香木

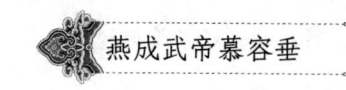

龙书案摆在地屏上，案面略呈弧形，比一般的案子要高，左上角搁着玉质的王印和笔墨纸砚，右侧是厚厚的一摞文表。书案后放着一把雕龙宝座。宫殿的四角点着檀香，烟雾缭绕；十二扇长窗上悬着鲛绡帐幔，轻绡微动，使人如坠云山幻海。

一轮红日正自东方缓缓升起，阳光透过宫门，在殿内投下点点光斑。四十六岁的燕王慕容皝头戴步摇冠（一种带有悬垂装饰物的帽子），身披褚黄袍，端坐在书案之后。丹墀两边整齐地排列着燕国臣僚，文东武西。慕容皝，字元真，昌黎棘城（今辽宁省义县）人，鲜卑慕容部的首领、晋辽东公慕容廆第三子，眉骨隆起，赤髯碧眼，身高七尺八寸，雄俊刚毅，富有权略。他于十二年前嗣位辽东郡公，以平北将军行平州刺史，督摄辽东，外破木堤鲜卑和乌丸悉罗侯，内平母弟慕容仁之乱，去年获东晋任命为使持节、大将军、都督河北诸军事、幽州牧、大单于、燕王，威震北方。

慕容恪是慕容皝的第四个儿子，字玄恭，时年二十二岁，修长笔直的身材，容貌魁杰，眉似刀削，鼻梁高挺，两片薄薄的嘴唇，一双漆黑的眼珠，头上梳着发髻，上戴一顶玉冠，身穿一袭青色锦袍，为人雄毅严重，深沉大度，立在丹墀之上，正侃侃而谈道："父王！宇文部落屡为国患，国无防卫，军无部伍。我军若出兵击之，百举百克。但高句（gōu）丽去国密迩，必乘虚掩我不备。儿臣请先平高丽，去掉这个心腹之患，再还取宇文部！二国既平，利尽东海。我大燕再无返顾之忧，然后可图中原。"

其时，中华正当五胡十六国时期，由强到弱的前四个国家依次是：赵国（统治着除东北三省、河西、新疆之外的北方大部地区）、晋国（据有江南）、燕国（割据辽东）和代国（约今内蒙古一带）。燕国虽虎踞一方，但东北还有高丽和鲜卑宇文部落。宇文鲜卑是鲜卑六大部落之一，分布于西拉木伦河和老哈河一带，是慕容鲜卑的宿敌。高丽又称"高丽"或"句骊"，是中国东北地区和朝鲜半岛存在的一个政权，建国于公元37年，其人民主要是濊貊（huì mò）和扶余人。因中原地区长期战乱，高丽得以兼并周边部落，逐渐强大，进入并控制了朝鲜半岛北部，又觊觎辽东（今辽宁省大部），不断侵犯燕境。

这些年，燕国经过慕容廆、慕容皝两代的经营，国势日盛，兵强马壮。慕容皝早有南下争雄的打算，自然先要解决东北方的威胁，听完慕容恪这番话，频频点头，道："我儿所言不错，只是去高丽有南、北两条路。我军应从何而往呢？"大将慕舆根三十多岁，身形矮壮，尖脸，窄额，鹰钩鼻，生着一脸的络腮胡子，根根好似钢针，为人粗猛，骁勇善战，是慕容皝麾下的重臣，身披一件右衽方领的锦袍，挺身出班，奏道："大王！北道平阔，南道险狭。大军宜从北道长驱直入。"慕容恪听了慕舆根的话，抗声道："不可！高丽向来重北而轻南。我军从南道袭击，出其不意，必可轻取丸都（高丽都城，今吉林集安）。"慕容皝又与群臣商议了一番，见众人多支持从南道出兵，遂从慕容恪之计，下令集兵，准备亲征高丽。

11月的一天，已是隆冬。慕容皝自率精兵五万离了龙城，以慕容恪为先锋，出南道远征高丽。燕军一路向北开去，但见旷野无垠，纷飞的雾凇似雪花一样落到将士们的头上、肩上。远处，几只鸟雀掠过寒林，留下静寥的天空。

燕军队伍前是一万步兵，他们内着短衣窄袖的棉装，外披铠甲，一手执兵刃，一手举着盾牌。盾牌有木制、皮制和铁制三种，底缘齐平，上端呈弧形，中脊隆起，长约一米。有的铁盾上还装有上、下两个利钩，又称"钩攘"，便成了可攻可守的利器。四万骑兵行在步兵之后，皆头戴钢盔，手持戟、矛、弓、弩、弧刃长刀等，身穿表面抛光的钢制铠甲。为了便于骑马作战，骑兵的铠甲长仅及腰，胸前和后背皆有左右对称的大型圆护，双肩披有护膊，以带系结于肩头。这些骑兵是燕军主力，一个个马术精湛、凶狠勇猛，悍不畏死，上下山阪、出入溪涧，如履平地，即便是在倾仄的险道上，也可以且驰且射。

燕军逐日向北走，鲜卑族本源于东胡游牧部落，《后汉书·乌桓

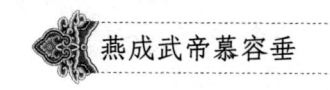

鲜卑列传》中说："鲜卑者，亦东胡之支也，别依鲜卑山，故因号焉。"由鲜卑族人组成的燕军还保持着牧人的习惯，这次出征，除了带有大批的粮草，白天也在野外打猎，以供军需，晚上就宿在帐篷里。帐篷用柳木作为支撑，四下是毛毡，可以舒卷，一侧开门，帐顶上方就像伞骨一样，开一个洞，称为"天窗"，可以透进天光；四角用十几根粗绳子拉住，固定在地上；门槛和柱子都是木制的，很结实。每间帐篷可容纳数十人。白天行军时，将士们把帐篷装在车上，用牛、马牵引着前进。

不久，燕军进入高丽境内。高丽地寒，野草4月才开始变青，6月生长的最为茂盛，到了8月便逐渐枯萎，10月就会下雪。这一日，狂风呼啸，风向不定。片片雪花满天飞舞，如银粉玉屑，落到地上，很快积了厚厚一层。将士们踩上去，咯吱咯吱地响。慕容皝担心敌人会设有埋伏，便停军休整，又命慕容霸率一队骑兵，深入前方瞭望放哨。

慕容霸，字道业，是慕容皝的第五个儿子，时年十六岁，岐嶷有气度，身长七尺七寸，手垂过膝，白肤、黄发、高额深目，高挺的鼻子，厚薄适中的嘴唇，脸形俊朗，从七岁开始，就随着父亲过兵营生活，受过严格的军事训练，长大之后，更是文武兼修。燕王慕容皝奇其才，壮其貌，曾多次当众称赞慕容霸说："此儿阔远好奇，终能破人家，或能成人家。"慕容霸今受父命，引军前出，虽是首次带兵，却一点儿也不畏怯，身先士卒，顶风冒雪探听敌情虚实，又派探马四出。没几天，探马回报，称高丽王高钊闻知燕兵犯境，命其弟高武率精兵五万以拒北道，自引兵两万备南道，就在前方百余里处。慕容霸大喜，忙让人将这个消息禀报慕容皝。慕容皝疾命慕容恪引军兼程先进，自率大军续发。

风越刮越紧，雪越下越大。猛烈的北风卷着飞雪，向燕军将士们迎面扑来，他们的脸和手早已麻木，似乎骨头都冻透了，只是顶风冒雪，顽强地前进。两日后，慕容恪所部与高丽军在七星山相遇。七星山北依辽河，由南山、塔山等七座山头组成，因其山形分布似北斗七

第一章　辽东鹰扬

星而得名。山间沟壑纵横，层峦叠嶂，北麓坡势平缓，宛如一个天然的战场。高丽王高钊内着铠甲，外披紫袍，袍子上用金线织成五颜六色的花纹，腰系丝绦，率军在七星山北麓摆开阵势。高丽军兵皆头戴皮帽，身穿紧腰窄袖袍，外披短甲，足蹬短皮靴，步兵居中，前面的军士持戟盾，后面的军士持弓弩，骑兵位于两翼。

这天上午，雪渐渐停了，寒凝大地，冰锁江河，四野盖上了一望无际的银毯。山间树上挂满了银条儿，有的树枝上还结着雪球儿，景致奇丽。慕容恪头戴铁盔，盔沿直压到眉毛，身穿玄甲，柳叶般的甲叶密排如鱼鳞，率兵列阵，与高丽军对垒。慕容恪的右边是大将慕舆根，头顶牛头盔，身披重铠；左边便是慕容霸。慕容霸初当大敌，激动的目光炯炯，脸上一副跃跃欲试的表情，身披明光铁甲，内层衬以牛皮，箭不能穿，胁下悬着一把弯刀。这把弯刀的柄是金质的，钢制的刀鞘上镶嵌宝石，刀身三尺三，弯如弦月，上面密布冰纹，如行云流水，刀脊无饰，刃端上翘，锋利无比。慕舆根一手带着马缰，扭头对慕容恪道："高丽王亲当前敌，且敌众我寡。我们不可轻敌，不如等大王率军到来之后，再齐力进兵。"慕容恪不动声色地瞭望着远处的敌阵，道："高钊已将精锐交给了高武，自领人马不过两万。我军刀槊犀利，士气正盛，大可不必回避，宜直前破敌。"慕舆根闻言，脸色略变了变，却没有说什么。

太阳缓缓升起。慕容恪举起令旗，向前挥动，下令全军冲锋。一排又一排的燕国长矛骑兵，放平枪身，催动战马，向高丽军阵猛冲而去，开始速度较慢，随后逐渐加速，奔驰得越来越快。战士的呐喊声、马蹄声和着"隆隆"的战鼓声，震动天地。四外树上的银条儿和雪球儿被震落，在地上摔得粉碎，玉屑似的雪沫儿到处飘散。燕军铁骑如墙而进，又像一股狂飙，在两军相接时，发挥出巨大的冲击力，很快就搅乱了高丽的军阵。慕容恪、慕容霸、慕舆根等人各领一队骑兵，陷阵而入，挥舞着锋利的弧刃长刀，猛劈乱斩。燕军的刀锋落处，就割开了敌人的肌肉，甚至切断肌腱、砍开骨头，造成敌人的大

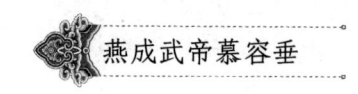

量失血，让对方很快失去战斗能力。

慕容霸骑在一匹黑鬃马上，怒睁着双眼，额角上青筋暴起，手持金柄弯刀，在敌阵里往来驰骋，或用刀尖刺击，或用刀身劈砍，干净利落地卸掉敌人的胳膊、大腿。这时，一个面目狰狞的高丽骑兵伏在马颈上，双手挺着长矛，直向慕容霸刺来。慕容霸侧身躲过，旋即踩着马镫站起身来，抡起弯刀，一刀挥落，将敌人的铜盔和头骨都一起砍透。那个高丽骑兵的头颅被切开直至下巴，当即落马身亡。

慕容恪在不远处跃马大呼，持刀横削竖剁，接连斩了几个围上来的高丽军士，一任鲜血染红了战袍，又率兵纵横奋击。高丽的骑兵纷纷败退，与步兵混杂在一起，更加重了纷乱的程度。没多长时间，战场上便倒满了高丽兵的尸体。战车、辎重丢弃的到处都是，无主的战马嘶鸣着四处乱窜。

中午时分，燕王慕容皝领大兵赶到，立即参战。高钊带着一队卫兵驻马高坡，见所部伤亡惨重，不由得胆战心惊，脸色变得煞白，两只手直抖，又见燕军源源不断地涌来，知寡不敌众，不敢继续交锋，率残部大败而走，遁入山谷。

东路高丽兵听说高钊失利的消息，也望风而溃。燕军乘胜，追亡逐败，直入丸都。丸都位于丸都山麓，西边和北边都是深谷，西南是七星山，南部是一片平缓的台地。整个城垣依山势走向而砌筑在环抱的山脊上，周长六千多米。城墙底部由二十几层修琢工整的长方形石条构筑，上用楔形石错缝垒砌，顶部还筑有一米多高的女墙。全城除了西城墙外，三面各有一个城门。

冬日的寒风，啸叫着掠过丸都，街边的老树被风刮得摇摇欲坠，落叶早已被扫荡净尽，路面上覆盖着一层薄冰。燕王慕容皝入城之后，分兵把守四城，将高丽历代积累下来的金银搜刮一空，犒赏了三军，又在丸都的朝正殿大宴群臣。朝正殿本是高丽王朝会之处，面阔五间，上铺琉璃瓦，四个檐角各安放着石雕的走兽，檐下有五彩斗栱，两扇殿门上密排铜钉，东西各有四间配殿，殿前有石影壁一座。

朝正殿内青条石墁地，正中设宝座，左右两边各排了十几张低足桌，每张餐桌上整齐摆着酒壶、碗盏、杯筷、刀匙等各式器具。

正午风止，金灿灿的阳光透过云霞，倾泻下来。慕容皝麾下的从征文武们纷纷进入大殿，来到筵前，分左右两列，每人一席，依次落座。慕容皝披着熊皮大氅，居中而坐，见众人安席已毕，即命开宴。侍者端着菜肴，一道道摆在桌上。每一道菜都经过精心烹制，香气四溢。廊下的乐师们奏起了乐器，丝竹之声不绝于耳。燕王慕容皝兴致很好，命侍者给大家倒上酒，然后从容举杯，与众人开怀畅饮。席间觥筹交错，言语欢畅，其乐融融。酒过三巡，众文武捧杯褒赞功德。

慕容皝一举破强敌，喜溢眉梢，嘴上却谦道："这次定高丽，全赖诸将用命，只可惜逃了高钊，又值天寒地冻之时，却难以将其捕获。"慕容恪坐在一旁道："父王，高钊逃入山中，深藏不出。高丽土瘠地寒，大军难以久成，依儿臣之见，还是尽早班师回国为是。"慕容皝听了，将酒杯放在桌上，沉吟道："高丽虽败，但其兵、民流散，待我们撤军之后，必复鸠集，恐怕将来仍为国患。"慕舆根将头盔放在一边，连喝了几杯酒，扬声道："大王，干脆将丸都方圆百里内的居民全部迁至我国，既实辽东之地，又可永绝边患！"慕容皝听了，觉得这个主意倒是两全其美，便于宴会之后休兵几日，尽掳高丽男女五万余口回国，其中包括高钊的生母周氏及妻子，临行前，还放一把火把丸都给烧成了瓦砾场。

高钊兵败之后，一直躲在山里，听说燕军已经撤兵，这才带着残部回到了丸都，进城见原本繁华的都市已被付之一炬，脑袋上就像挨了一记晴天霹雳，匆忙赶回王城，见城内也是处处废墟，而自己的母亲、妻子已全被燕兵掳走。高钊当时悲不欲生，几乎晕死过去，痛定思痛之后，带着幸存的臣子们收拾了余烬，又扫境聚敛，竭力备办了一批财物，派使者携往龙城，声称只要能赎回母、妻，甘愿称臣纳贡。

高丽使者来到龙城已是第二年的2月。一阵春雨过后，巍巍和龙殿

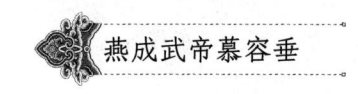

外的树木上冒出了新芽,石级下的小草探出头来,在殿外点染出一抹清新的绿色。燕王慕容皝穿戴着一身王服,坐在龙椅上,身后站着两名执拂的太监,正在朝见群臣,听说高丽使者前来,便命其入见。使者恭恭敬敬地走进和龙宫,在丹墀上跪倒,行过参见之礼,然后道:"边鄙外邦,冒犯天威,还连累了太后、王后。臣此次前来,恳请大王将她们放回,免得我王日夜牵挂。敝国愿称臣纳贡,永作上国外藩。"说着,呈上降表和一张大红泥金的礼单,又磕了几个头,脑袋触碰到丹墀上的金砖,"咚咚"有声。

燕国的文武站在两边,默不作声地将目光投向慕容皝。慕容皝翻看过礼单,见上面记着牛、羊、马各若干头,另有大宗的金银财宝,清楚高丽已是倾国之力前来纳贡,心里觉得满意,脸上却是淡淡的。他略调整了一下坐姿,使自己坐得更舒适一些,眼睛望向两边的群臣,道:"众爱卿有什么看法?不妨直言!"

慕舆根首建迁民之策,自不愿就这么轻易地放人,应声出班,道:"大王!高钊率兵与王师交锋,却不亲自前来谢罪,实为无礼。臣以为,应将其母、妻扣押,聊示薄惩。"慕容俊,字宣英,是慕容皝的世子,时年二十四岁,身长八尺二寸,在朝任安北将军、左贤王,容貌与慕容皝挺像,只是身形更为瘦削,头戴玉冠,身披锦袍,站在左首的第一位,其下是慕容恪、慕容霸等几个兄弟,这时也出班奏道:"父王,儿臣也以为,不应放回高钊的母、妻。"慕容俊觉得将她们扣作人质,便于以后控制边陲,只是这个意思不便当着使者的面说出来。

高丽使者听了二人的话,脸上露出失望的神情,却也不敢抗辩。

慕容霸换去戎装,穿着一身朝服立在班中,虽然脸上稚气未脱,却还是大胆出班道:"父王!我大燕立国,以德义服人,远方不服,则出兵以讨,凭的也是堂堂之阵、正义之师,何必扣押人家的亲人相要挟呢?"他毕竟年轻,心里想到什么便说什么。

慕容皝闻听,觉得慕容霸这番话既堂皇又冠冕,在外臣面前很给自己增光，不由得心中暗喜。多数朝臣听了，也都微微点头。慕容皝手捻须髯，道："道业识大体，这话说得不错。"遂宣布释放高钊的母亲与妻子，并让人带她们来与使者相见。使者一听，顿时满脸喜色。慕容俊与慕舆根对视了一眼，只得慢慢地退回班位。

不一会儿，几个太监将高丽国的太后与王后带进殿来。她们婆媳二人被掳到龙城之后，被关在王城内的一所偏殿里，一日三餐有专人供应，只是不得自由。高钊的母亲六十多岁，满头白发，穿着短衣长裙。短衣有一条白布带在右肩下方打着蝴蝶结，外加一件布坎肩。长裙上有长长的皱褶直到下摆。高钊的王后年近四旬，上穿白衫，斜领、无扣、以带打结，下着一条白色的缎子筒裙，腰间有细褶。这两个女人来到龙城之后，日日担惊受怕，如今随着太监来到和龙宫里，还不知什么原因，进宫之后，蓦然见本国使者也在，不禁有些诧异。使者见了二人，忙过来见礼，又三言两语，简要说了她们被释放的消息。婆媳二人得闻此事，心里的喜悦可想而知。高丽王太后颤巍巍地携着儿媳，一起朝上磕了几个头，向慕容皝道谢，便随着使者出了宫殿，坐上使者带来的马车，当天就返回高丽了。高丽虽然赎回了太后婆媳，但也元气大伤，从此成为燕的属国。

这边慕容皝又与群臣商议了一阵子别的事情，然后宣布散朝。慕容霸随众辞了王驾，走出和龙宫。快到中午了，慕容霸迈着年轻人特有的轻快步伐，刚走下宫外的几十级玉石台阶，就觉有人在自己的肩上轻轻拍了一掌，回头一看，原来是慕容恪。慕容恪比慕容霸大着六岁，身形也显得魁梧些。两人虽不是一个母亲，在众兄弟中却是志趣最相投的，平时也很谈得来。

慕容霸笑着说："四哥，刚才怎么没见你在朝堂上说话？"慕容恪也穿着一身朝服，右手拿着笏板，脸上却没有半点儿笑容，朝慕容霸使了个眼色。慕容霸会意，同慕容恪放慢脚步，与其他人拉开了些距离。慕容恪这才低声道："五弟，你刚才闯祸了，知道吗？"慕容霸双眉一挑，一脸懵懂地道："四哥，你这话从何而来？我闯什么祸了?"慕容恪瞅着近处无人,便道:"方才世子主张扣住高钊的母、妻,你为什么要与他唱反调?"慕容霸回想起自己在朝堂上说的话,晃了晃脑袋,道:"我倒不是故意与大哥作对,只是觉得拿两个女人作人质不太磊落。"

慕容恪性情宽厚,平时见慕容霸言行有失,不过委婉地提醒一下,这次却不肯放松,继续追问道:"老五,你知道咱们大伯是怎么死的吗?"原来,燕王慕容皝还有一个同父异母的兄长,名叫慕容翰。慕容翰,字元邕,是燕武宣王慕容廆的长子,因为是庶出,并没有继承燕王之位的资格。慕容皝偶尔会对儿子们提起自己的这位庶兄,盛赞其:"性雄豪,多权略,猿臂工射,膂力过人,是咱们鲜卑族里响当当的好汉,每随军出征,常受折冲之任,胯下追风马,掌中开山刀,十荡十决,所向有功,后来却得暴病而亡。"说到这里,总是摇头叹息,莫名伤感。

这会儿慕容霸听慕容恪突然转了话题,有些奇怪地道:"我以前曾听父王提起过,据说大伯是病死的啊!"慕容恪轻轻摇了摇头,道:"父王自有难言之隐,之所以那么说,不过是为了掩外人的耳目罢了。"慕容霸走在他的身边,好奇心大起,道:"四哥,那你快告诉我,这里边到底是怎么回事?"慕容恪低声道:"五弟,我告诉你倒可以,但你可不能往外说。"慕容霸拍着胸脯道:"四哥放心,我对谁也不说。"慕容恪知道慕容霸信守诚诺,便悄悄地道:"父王继位之后,太后嫌大伯功高震主,命人赐鸩酒一壶,将他毒死了。"声音很低,刚好让慕容霸听见。慕容霸闻言,心里一沉,道:"是祖母……?"他万万想不到,那位在世时对自己慈爱有加的祖母,竟也曾下此辣手。

慕容恪点了点头,抬眼望了望四周的红墙碧瓦,道:"不错!兄弟,帝王家的亲情异于庶民。远有晋朝八王相残,他们自家人杀得昏天黑地,直闹得天下大乱,生灵涂炭。若非如此,岂有我等鲜卑人的出头之日?近有咱们大伯,他并无觊觎王位之心,只不过身当嫌疑之地，便枉自丢了性命。这些可都是血淋淋的教训。父王平时最宠爱于你，令世子难免怀嫉。你今天又在朝堂上公然违拗他，将来……"讲到这里，慕容恪就住了口。他是担心慕容俊将来登基为王后会对五弟不利，只是这话不便说出来。

慕容霸却也懂他的意思，体会到慕容恪的拳拳之意，不禁好生感激，便道："四哥深谋远虑！兄弟多谢你的提醒和教诲，以后一定谨慎处事。"说到这里，二人已来到王城之外。其他的朝臣们或骑马，或坐轿，已纷纷散去。不远处，慕容恪与慕容霸的侍卫们正牵着马相候。慕容霸立住脚步，道："四哥，我这几天正在读《诗经》。这本书里面有句诗，叫作：'兄弟阋于墙，外御其侮。'意思是说：虽然兄弟们之间难免有点儿矛盾，但遇有敌人入侵的时候，还是要齐心协力的共御外侮。"彼时"五经"（《诗经》《尚书》《礼记》《周易》《春秋》）在天下流行已久，虽远在辽东，也有不少人习学。慕容霸文武全才，闲暇时手不释卷，此时情有所触，便提了这句诗出来，接着又道："我只盼以后与其他兄弟相处，就像和四哥一样。大家同气连枝，若能齐心协力，一致对外，不也是很好吗？"言下颇有些感慨。

慕容恪自是熟知经史，闻言向他望去，见慕容霸一脸的真诚，不由得心里一热，知道这位兄弟竟是敦于友于，便道："愚兄方才也许是过虑了，但愿咱们兄弟们能抱成团儿，不会犯晋朝八王那样愚蠢的错误，更盼你将来能为家族增光。"慕容霸立在慕容恪的身边，道："四哥的话，兄弟记住了。"正说着，二人的侍卫已牵着马来到近前。慕容恪与慕容霸翻身上马，相对拱手一揖，互道珍重，便各自带着侍卫回府去了。

公元344年春，燕王慕容皝降伏高丽之后，经过一年的准备，又发起了对鲜卑宇文部的大规模进攻，仍然是亲自挂帅，分命慕容恪、慕容霸及折冲将军慕舆根等统兵，数道并进，不久就灭了宇文部落，尽迁其部众于昌黎（今辽宁省义县），拓境千余里，国力大增。

燕成武帝慕容垂

公元348年9月，天色澄清而辽阔，如一望无际的碧海。团团白云像弹好的羊毛，缓缓地飘浮着。空中闪耀着不太强烈的阳光，不时传来云雀清脆的鸣叫声。燕王慕容皝头戴皮弁，身穿绛纱衣，腰束革带，足下白袜黑舄，带着一队卫士出了龙城，到城东的龙山（今辽宁省凤凰山）前打猎。龙山海拔六百米，方圆五十多平方公里，据传曾有黑、白两条龙戏翔于山顶，故又称"和龙山"。山上奇峰突兀，错落连绵，怪石嶙峋，景色各异。山的东、南两面陡峭险峻，西、北两面坡度较缓，有羊肠小道可达主峰。山麓上松柏茂盛，夹杂着各种乔木、灌木。林中有许多野兽，如虎、熊、山猫、黄鹿、羚羊、赤鹿，林麝、野猪、狐狸、猪獾、野兔、山鸡等。

秋风阵阵，两百多鲜卑猎手们身穿短皮袄，手里拿着鞭子，三五人一组，分路带着猎狗进山驱赶野兽。这些都是经验丰富的猎手，不但熟悉野兽的习性，而且凭声响、气味、蹄印，便能判断出是什么动物。他们齐声吼唱起鲜卑族里传统的"撵山号子"，在地面、树干上磕打着竹竿，也让猎犬不停地吠叫。山中的野兽受了惊吓，纷纷往山前的草原上逃窜。

山前方圆近百里的草原便是天然的猎场，四周插上木头作为标记。木头之间连以毛绳，毛绳上绑着五颜六色的毛皮和羽毛。秋风拂过，羽毛飞扬，可使猎场里的动物因为害怕而不敢逃走。慕容皝骑在马上，率领卫士们在草原上驰马弯弓，不断射杀逃来的野兽，马侧随着一群猎狗。这些猎狗都经专人饲养，撵山快如风，狩猎猛如虎。这时，一条受惊吓的灰狼逃到了猎场上，正在慕容皝的马前窜过。几条猎狗咆哮着追过去，和这条狼扭打在一起。一条黑色的猎狗一口叼住狼皮，猛烈拉扯，生生地从狼身上剥了下来血淋淋的一大块皮毛。灰狼惨嗥了一声，凶相毕露，眼里满是血丝，瞳仁里放着光，从胸腔里发出"呦呦"低嗥，亮出白森森的尖利狼牙，拼命反噬。狼的力气比猎狗要大一些，动作也快疾麻利，但不敌群犬的围攻，不一会儿就被几条猎狗扑倒在地。群狗带着一脸的杀机，眼里闪烁着嗜血的光，很快便将那头狼咬死。

　　慕容皝命侍卫去取猎物，自己又纵马向前，忽然看见一只白兔在前方的草丛里跳过，便随手就是一箭。白兔却极是灵活，两条后腿一蹬，向旁边纵了数尺，敏捷地躲过了箭矢，飞快地向前逃去。慕容皝道声："好畜生！"催马随后便追，边追边弯弓放箭。那马跑得越来越快，疾行如风，马尾笔直地向后飘起，很快驰入一片齐腰深的草丛，不知被什么绊了一下，突然失了前蹄，向前就倒。慕容皝虽然马术精湛，但因毫无防备，从马背上重重地摔了下来，登时满脸是血，晕了过去。随在后面的卫士们大惊，齐抢上前，将慕容皝抬上担架，送回帐篷，又急传御医诊治。御医匆匆赶来，一看就明白大王的头部遭到了重创，仔细号过脉之后，断定痊愈的希望渺茫，只得具实回禀。燕国群臣听了，全都慌了，将慕容皝装载上辇车，连夜回了龙城。

　　两日后的下午，天阴沉沉的。空中布满大片大片的灰色云朵，直压到和龙宫的殿檐，仿佛触手可及。和龙宫的后边便是寝宫，与前殿隔着一道宽大的玉石屏风。宫内四进三天井，有十余座亭台楼榭，高低错落。寝宫正殿的西侧设宝座和紫檀长条案，东侧的菱花槅扇式窗户下，摆着一张宽大的龙床。龙床上搭着一顶金色帐幔，帐帘撩起。燕王慕容皝正平躺在床上，经过一番救治，总算是醒了过来，但伤势却并不见好转。他的头上包着厚厚的绷带，额头肿起，眼圈发紫，鼻子泛青。两颊的皮肉都裂开了，上面敷着一层厚厚的药膏。因为疼痛，慕容皝的表情比较痛苦，两眼无力地闭着，呼吸十分微弱。世子慕容俊与慕容恪、慕容霸等在床前侍疾。

　　良久，慕容皝缓缓睁开眼睛，看了看围在身边的几个儿子，有气无力地说："那天出城打猎时，我在城门外见到一位老者，身着红衣，骑着白马，举手挥动，说：'山前不是打猎的场所，大王还是回去吧！'言终而不见……我当时以为自己眼花，并不在意，想不到果然坠马受伤！"慕容俊、慕容恪等人听了，面面相觑，觉得父王开始变得糊涂，不由得心中一阵酸痛，"扑簌簌"流下泪来。慕容皝停顿了片刻，转动了几下眼珠，盯着慕容俊，轻声说："玄恭（慕容恪）才堪重任，道业（慕容霸）智勇双全，都是你可以倚重的。将来，你们兄弟应齐力进取中原，完成我未了的心愿。"说完这句话，就合上了眼睛，再不言语了。9月17日，燕王慕容皝因伤而逝，在位十五年，享年五十二岁，谥号文明王。世子慕容俊枢前继位。

第二章　挺进中原

> 第二天，燕王慕容俊便派太监去吴王府传旨，让慕容霸改名为慕容垂，又改字"道业"为"道明"，命其出任安东将军、北冀州刺史，镇常山。

慕容皝去世半年有余，公元349年4月23日，统治中原的赵王石虎也病故。年仅十一岁的赵国太子石世在邺城（今河北省临漳县）登基。21天后，石虎的第九子、彭城王石遵以冉闵为前锋，自李城起兵，打进邺城，杀掉石世而即位。又过了半年，冉闵发动政变，处死石遵，拥立义阳王石鉴，不久又杀了石鉴，自立为帝，改国号为魏，年号青龙。原赵国那些手握兵权的重臣见状，也纷纷自立门户，如建义将军段勤据黎阳（今河南省浚县），羌人首领姚弋仲据滠头（今河北省枣强县东南），氐人首领符洪据枋头（今河南省浚县西南），各有数万之众，相互攻掠。

公元350年2月，辽东的天气已不像冬季那样寒冷，龙城上空腾起阵阵薄雾轻烟。王城外立着一排排高大的白杨，枝干托起层层绿茸茸的嫩叶，像撑起一把把参天巨伞。平狄将军慕容霸听到中原大乱的消息，即入宫晋见燕王慕容俊。慕容霸着一身戎装，随着一个太监走进王城，一出城门洞，眼前便是一条长长的石块铺成的道路。太监头戴幞头，身穿蟒袍，手里拿着把拂尘，躬着腰走在前面，引着慕容垂来到和龙宫外。

宫外的石级前是一片宽敞的空地，约有亩余，衬托得和龙宫愈加高大威严。平整的地面也是由条石铺就，打扫得纤尘不染，在阳光下反射着润泽的光。一阵微风拂过，吹动了慕容霸鬓边的发丝。他蓦然想起："自己小时候在宫里居住，经常在这里玩耍，到了六岁那年，便像几个哥哥一样，开始学习刀法。父王退朝之后，褪去宽大的衣服，穿着一身短打，曾多次牵着自己的小手来到和龙宫前，就在这片空地上指点自己出刀的技巧。那时的自己身小力微，还舞不动制式的钢刀。父王便特意命人为自己打造了一把不过二尺的短刀。刀尖略微上翘，极像现在用的金柄弯刀。父王除了传授自己刀法，偶尔也传授射箭之术，每见自己偶尔射中靶心，便抚掌而笑……"

慕容霸触景生情，想起往事历历在目，却已与父王阴阳两隔，不由得鼻子一酸。他默默地走上数十级台阶，来到和龙宫的宫门前。厚重的两扇宫门洞开着，左右各肃立着一排持戟的鲜卑武士。太监回过身来，恭谨道："请将军稍候，奴才进去禀报一声。"见慕容霸微微点头，便进入宫内，一会儿就出来了，清了清嗓子，朗声道："大王命平狄将军进宫。"慕容霸躬身道："臣遵旨。"说着，便迈过门槛，走了进去。

春寒料峭，和龙宫的四面长窗全都关着，里面的光线略为暗淡。慕容儁头戴冕冠，身披黄袍，前身上下绣着黼黻、宗彝，后身上下有日月、星辰等图案，端坐在龙书案之后。龙书案旁边着一炉檀香，青烟袅袅四散，使慕容儁的面目显得有些模糊。慕容霸在丹墀上行过参见大礼，站起身来，先简单介绍了一番中原乱象，便道出来意，称："大王，石虎穷凶极恶，为上天所弃，其余孽又自相残杀，令百姓涂炭。臣以为，这倒是我大燕进取中原的好时机。大王若出兵南下，中原士民势必倒戈投靠！"慕容儁时年三十一岁，博览群书，有文才武略，听了五弟这番话，皱着眉头道："先王乍逝，不好贸然动兵吧！"慕容霸说："进取中原是先王遗愿。如今石氏大乱，便是我们最好的机会，切不可错过！万一石氏衰而复兴，或有英雄据其成资，恐怕还会为我国之患。"

慕容俊仍是毫不起劲，上身往椅背上一靠，淡淡地道："邺中虽乱，征东将军邓恒为石虎旧部，却是善于带兵，现据安乐（今河北省乐安一带），挡住了我们南下之路。我军若向中原，只得西走卢龙（今河北省喜峰口附近）。卢龙山势险峻，石路狭窄。敌军若凭高阻击，必令我军首尾难顾、进退两难。"说到这里，将头摇了两下。慕容霸对中原局势已是洞若观火，听了慕容俊这番话，并不气馁，道："大王！邓恒的部下都是中原人，挂念乡里，一个个归心似箭，哪里还有斗志？我军一旦压境，邓恒所部必然土崩瓦解！中州可指日而定。"说到这里，见慕容俊似是心动，又趁热打铁道："若大王还不放心，臣弟愿为先锋，领一彪军马从徒河（今辽宁省锦州市）出兵，直指令支（今河北省迁安县），出其不意，便可迂回到邓恒军的侧后。邓恒一旦知后路不保，必然弃城逃溃。大王再安步南行，绝不会有什么阻碍！"慕容俊听了，虽觉五弟所言有理，但还是有些犹豫，便将四弟慕容恪、慕舆根和侍中皇甫真找来商议。

不一会儿，慕容恪等三人先后来到和龙宫，施礼之后，分列两边。皇甫真，字楚季，安定朝那（今宁夏固原县东南）人，三十多岁的年纪，下颌方正，目光清朗，剑眉斜飞，穿着一件青缎长袍，腰系玉带，足下一双皂靴，整个人显得文质彬彬。慕容俊见众人到齐，便让慕容霸将进兵中原的建议又说了一遍。三人听了，都是连连点头。慕容恪赞许地望了望慕容霸，说："用兵之道，敌强则用智，敌弱则用势。我国自先王以来，积德累仁，兵强士练。石虎极其残暴，尸骨未寒，子孙争国，上下乖乱。中原之民，犹若倒悬，企待振拔。大王若扬兵南迈，先取蓟城，次指邺都，宣耀威德，怀抚遗民，凶党必将望旗冰碎！"慕舆根则道："先王招贤养民，务农训兵，正为今日。

请大王不必顾虑！"皇甫真虽是一介文臣，但也攒着劲儿说："中国之民困于石氏之乱，咸思圣主。这机会可谓千载一时，万不可失。"慕容俊这才拿定了主意，遂以皇甫真留守龙城，命慕容恪为辅国将军，命慕舆根为折冲将军，以慕容霸为前锋都督、建锋将军，选精兵二十余万，讲武戒严，为进取之计。

公元350年2月，燕军大举南下。燕王慕容俊亲率主力出卢龙塞，由慕容恪、慕舆根任前锋；命慕容霸率军二万，出徒河；以偏将慕舆于出蠮螉塞（今居庸关）。

慕容霸奉命，引军直抵三陉（今河北省滦县），再往前数十里，就是安乐城了。滦河已然解冻，碧绿的河水如一面绿色的大镜子。两岸是枝叶繁茂的柳树，柔软的枝条弯弯曲曲垂下来。正当傍晚，太阳缓缓西沉，直至留下一抹残红，空中云霞变幻。慕容霸时年二十五岁，眉宇间英气勃勃，两片薄薄的嘴唇紧抿着，头戴铁盔，身披战袍，骑在马上，见暮色四合，正欲传令安营扎寨，忽见前方火光闪烁，又有一骑飞来。马上的探子一溜烟儿似的奔到慕容霸的马前，猛然带住缰绳，气喘吁吁地禀道："将军，邓恒火烧府库，已率兵弃了安乐，逃往蓟城（今北京市西南）。"慕容霸知道安乐贮藏着大批的军用物资，暗道可惜，忙命部下急行军赶到安乐。

安乐府库的大火正熊熊地烧着，在暮色里显得耀眼夺目。一堆堆的粮草化作火龙，很快又连成一片火海。丈余高的大火肆无忌惮地四处蔓延，猩红色的火球遍地乱滚。一阵风刮过，炙热的火苗肆意舞动，简直要刺破这漆黑的夜幕，又蹿到附近的房檐上，使房梁、屋檩燃烧起来。一片房倒屋塌声里，瓦片如急雨冰雹般地坠下，顷刻间砸伤了十几个人。幸存的人们连滚带爬地逃离火场，再也不敢靠近。

慕容霸率兵入城，见火势正大，不由得急中生智，命人在全城收集了千余条棉被，再用水将这些被子浸湿，让将士们披在身上。上千名披着湿被的军兵，手里提着装满清水的木桶靠近火场，拼命洒水。风威火猛，泼水成烟。兵士们身上的湿被烤得"吱吱"冒汽，直抢救了大半夜，才将城中的大火渐次扑灭。天亮时分，满城弥漫起呛人的浓烟，但大半的粮仓终得以保全。慕容霸这才略舒一口气，一边命人扑灭余火，一边安排将士们收集粮食和财帛，几天后，领军继续前进，与慕容俊会师于临渠（今河北省三河市东）。

3月初，燕军取无终（今天津市蓟县），克蓟城，邓恒败走鲁口（今河北省饶阳县）。蓟城是历史名城，凭山据险，为天下名都，昔周武王封尧后于此。春秋战国时，燕襄公更曾"以河为界，以蓟为国"。燕王慕容俊便把国都从龙城迁到了这里。接着，燕军继续南下，克范阳（今河北省涿州），定幽州，取渤海，擒魏渤海太守逢约，第二年8月，又攻下了中山（今河北省定县）和鲁口，斩守将邓恒。

公元352年，邺城的魏王冉闵见燕国不断扩张，渐有咄咄逼人之势，遂率兵北上常山（今河北省镇定）、中山之间，准备阻遏燕军南下。冉闵字永曾，小名棘奴，魏郡内黄人（今河南省内黄县）人，时年二十九岁，身高八尺，骁勇善战，果断英锐。燕王慕容俊闻讯，派慕容恪领兵四万前往讨伐。这年4月，两军相遇于泒水（河北省中部大沙河）之畔的廉台（今河北省无极东）。

泒水并不甚宽，远远望去，像崩在原野上的一根琴弦。河水还算清澈，日夜湍流不息。廉台位于泒水南岸，据传战国时期，赵国大将廉颇曾驻兵在此，并筑有一台，题曰"廉颇点将台"，故而这里得名为"廉台"。

太阳刚刚升上树梢，魏军和燕军在廉台附近的郊原上列阵，相隔数里之遥。数以万计的刀枪在阳光下闪闪发光。风刮旌旗，好似疾风掠过森林，旗角漫卷，犹如荡起万顷波涛。燕军有轻骑兵三万，还有一万步兵。将士们盔帽上的长缨随风轻扬，越发显出凝神屏息的神情。慕容霸披甲骑在马上，手搭凉篷，望向对面的敌阵，对身边的慕容恪说："四哥！冉闵性轻锐，所领兵少，很可能会冒险直取我们的中军。我军多轻骑，虽然机动灵活，但未必能挡住对方重骑兵的攻击。真打起来，不待我们的骑兵迂回到位，中军就已被敌人杀散了……"慕容恪听兄弟说得有理，略一思忖，道："咱们可以用铁索连接战马，强行列阵！除非敌人斩断铁索，否则，就算他们杀尽连环马队上的骑士，也很难攻入我军纵深！"遂传令下去，急调五千精骑充实到中军。这五千燕军都披着重铠，仅露着两只眼睛；所乘的战马全带马甲，只露出四蹄悬地，相互间用铁索相连系，结成方阵，布置在中军前方。慕容恪又命慕容霸与慕舆根各领一队骑兵，分置两翼，对他们两人道："我厚集中军之阵，以逸待劳，待战斗打响，你们各领所部从旁进击，必能取胜。"

魏军有一万多人，就在燕军东南方列阵，其中最精锐的是四千重装骑兵。魏王冉闵身披锁子连环甲，骑在"朱龙"马上，立于阵前。"朱龙"是一匹千里良驹，两只耳朵像竹叶一样，一身火炭似的鬃毛披散着，四腿粗壮有力，身材匀称高大。冉闵的身边，是车骑将军张温。张温向对阵瞭望了一会儿，见燕军声势浩大，心里直打鼓，建议道："大王！燕兵乘胜锋锐，且彼众我寡。我军不如暂时回避，待其骄惰，然后进击。"冉闵年轻英果，战志如虹，听了部下这几句泄气的话，微微动怒，冷哼了一声，道："我将以此众平幽州，斩慕容俊，若遇到慕容恪还要避开，那算怎么回事？"但也知道自己的兵力不占优势，遥遥望见慕容恪的大纛，知是中军所在，便回头高声下令，命麾下齐向燕军大纛的方向冲锋，以求一击破敌。随后，冉闵一手持双刃枪，一手持勾戟，催动"朱龙"，率领重骑兵团，发起排山倒海的突击。慕容恪见敌军来势凶猛，疾命前军向前，又命两侧翼迂回包抄冉闵军后方。

惊心动魄后的大战骤起，洇水之畔没有了往日的宁静，取而代之的是兵甲的撞击和凄厉的哀号。冉闵率重骑兵突入燕阵后，才发现面前的燕军骑兵竟被铁索牢牢地锁在了一起。燕军的连环战骑将敌人的重装骑兵紧紧绊住，令其冲击力大副减弱，但自身却受铁索连系，完全丧失了机动性，在冉闵等人凶狠的攻击之下，几乎就成了活靶子，大部战死。遍地都是燕军残缺的尸体，手里犹握着折断了的刀枪。四周的厮杀呐喊声不绝于耳，喘着粗气的战马被铁索乱缠着，简直推挤不动。冉闵虽勇猛异常，却也不能轻易脱出连环马的纠缠，一时之间，进也不能进，退也不能退。

燕军的五千连环战骑用血肉之躯赢得了宝贵的时间，让慕容霸、慕舆根两支轻骑顺利地实现两侧包抄，将冉闵的重骑兵困在中间。慕容恪见状，指挥中军拼命向前，顽强抵抗敌人的正面攻击。冉闵的兵士陷入重围，经过一番苦战，到了中午，大部战死。冉闵手杀三百多人，遍身浴血溃围而出，东走二十余里，所骑"朱龙"突然脱力毙命。冉闵被摔倒在地，右腿被沉重的马身子压住，一时挣扎不起。这时，慕容霸率一队骑兵追到，指挥部下一拥而上，将冉闵死死按住，旋即把他五花大绑了起来。

此战，燕军斩首七千余级，杀魏仆射刘群，生擒魏大将军董闵、车骑将军张温等，又将冉闵送至蓟城处斩。

随后，慕容俊挥师扫清了邺城的冉魏余部，再命慕容霸进军山东，降伏了段部鲜卑的首领段勤，拓土数千里。至此，燕国的疆域"南至汝颍，东尽青齐，西抵崤黾，北守云中"（包括今天的河北、山东、山西、河南、安徽、江苏和东北的一部分），比南下前扩大了两倍多。

公元353年年初，燕王慕容俊于蓟城称帝，大封宗室，以慕容恪为太原王、慕容霸为吴王。

慕容霸引兵由山东回到蓟城，将兵马驻扎在城外，带了几名亲兵回到了府前。吴王府在蓟城北，临着大街，正门五间，朱粉涂饰的大门，上面桶瓦泥鳅脊，下有白石台矶。院外粉墙环护，绿柳周垂。慕容霸跳下马来，将马缰交与亲兵，迈步入府。院中山石点缀。甬路相衔。大厅前的花圃里，红蕾碧萼缀满，一派风光旖旎。缠枝藤萝上紫花盛开，清新秀丽，一阵风吹过，但觉香气扑鼻，沁人心脾。慕容霸绕过前厅，来到后宅，入门便是曲折游廊，阶下石子漫成甬路。上面

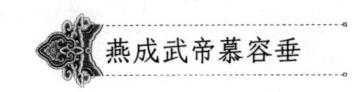

五间正房，左右各有四间配房。阶前种有大株梨花兼着芭蕉。吴王妃段氏正在檐下相候。

段夫人是辽西公段末㔻之女，祖父曾为部落祭师，可谓出身名门，一头柔黑亮泽的秀发盘起，几缕青丝坠下，衬托着脸部美妙的弧线，双眸水润，散发着清澈的光泽，穿着一身淡青色的长衣，怀里抱着三岁的次子慕容宝，一旁立着七岁的长子慕容令。慕容霸和妻子打过招呼，一手拉着慕容令，一起走进屋内。屋子两边是卧室，中间是个小厅。厅内靠墙摆着檀木桌椅，上面细刻着花纹，南窗下排着几盆天冬草，草叶低垂。

和煦的阳光，透过稠密的树叶洒进厅内。慕容霸与夫人在厅里相对而坐。慕容令长得虎头虎脑，脸蛋圆圆的，一头金发在头上梳成个小小的发髻，忽闪着两只机灵的眼睛，穿着一身锦衣，偎依在父亲身旁。慕容霸一手揽着慕容令，抬眼打量了一下妻子，道："夫人，自从龙城搬到这里，还住得惯？"段夫人笑道："我倒没什么，只是令儿想他的小伙伴，这几天总吵吵着要回老家去。"慕容霸轻抚着慕容令的头，道："国家既已迁都到这里，我们身为皇亲，自然要在京城定居。令儿也不小了，该当习文练武，不要总想着贪玩。我像他这么大的时候，已随着先王出兵放马了。"

夫妻二人又说了一阵家常话。慕容霸便道："夫人，可足浑皇后的生辰快到了。府中想必已备好了礼物，就由你带入宫，为皇后贺寿。你们妯娌向来不睦，借这个机会，也可缓和一下关系。"段氏才高性烈，自以贵姓，素不尊伏可足浑皇后。前一阵子，皇后将自己族中的一个女子指给慕容垂为妾，更令段氏不满。段夫人现在听了丈夫的话，撇了撇嘴角，有些不屑地说："可足浑氏出身低微，使尽心机和手腕，做了皇上的嫔妃，又凭着狐媚功夫，才得以爬上皇后的宝座。在我看来，她可没有母仪天下的资格！"慕容霸脸色一变，道："夫人，噤声！这话是乱说的吗？"段氏见丈夫发急，轻掠了一下鬓角，淡淡地道："我这几天有些不舒服，到时候派侍女将贺礼送进宫就是了。"话说得慢条斯理，却透着股子执拗。慕容霸知道夫人的性子，见她坚决不肯，只得作罢。

两天之后，是燕主慕容俊之妻、可足浑皇后的生日。

可足浑氏三十出头的年纪，也算有几分姿色。她出身鲜卑小姓，自幼过惯了苦日子，人却非常聪明，来到慕容俊身边后，很快赢得了"贤德"的名声，不久就成了宠妃，生下儿子慕容炜。随着慕容炜被立为太子，可足浑氏顺理成章成了皇后。

这一天，是可足浑氏正位六宫后的第一个生日。她自然是非常重视，一早就装扮起来，头戴龙凤珠翠冠，身穿红色大袖衣，衣上加霞帔，于侍女们的簇拥之下，在翊坤宫里接受朝贺。六宫妃嫔和大臣的妻子们，毕恭毕敬地跪在殿内，向皇后贺寿，大殿里一片嗡嗡之声。可足浑氏听着这些悦耳的吉祥话，面上不由得露出一丝自得之情，游目四顾，却不见吴王妃，转头问身边的侍女道："怎么不见段夫人？"侍女穿着一件对襟的大红宫装，头上梳着双髻，嗫嚅道："段夫人说自己不舒服，已命人将贺礼送来了。"可足浑皇后见段氏不到，知她意存轻视，不由得怒气暗生，但在众人面前不好露出，只得强自克制，故作雍容与众妃嫔、命妇周旋。

傍晚时分，一轮红日缓缓地落向西山，残霞满天，殿外归巢的鸟雀吵成一团。众嫔妃、贵妇见天色不早，先后辞出。可足浑皇后也略有些疲倦，命人点起灯盏，又在侍女的服侍下，卸去礼服，换了身宫装，坐在桌前，念及段夫人竟敢不来道贺，不禁懊恼，暗自咬牙琢磨："段氏依仗着吴王，却也不可轻动。待本宫想办法先扳倒了慕容霸，再慢慢对付她。"正想着，忽见侍女来报，称皇上驾到。可足浑氏忙敛去怒容，另换了一副和颜悦色的模样，起身相迎。不一会儿，慕容俊身穿一件明黄色团花龙袍，身后随着两个太监，走进殿来。可足浑氏移步向前，飘飘拜倒接驾。慕容俊今天心情挺好，坐在南窗下的椅子上，说声："皇后免礼。"可足浑氏立起身来，命人摆上晚膳。宫女们答应一声，随即用玉碗金盘端来一道道精美的菜肴，放在

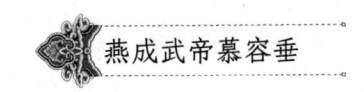

桌上。慕容俊与可足浑皇后相对而坐,边吃边聊。

慕容俊端起一杯酒,笑吟吟地对可足浑氏道:"今天是皇后的生辰,朕也祝你松鹤长春。"可足浑皇后听了,忙举杯相陪,笑道:"不敢!臣妾多谢皇上。"二人各自喝了一口酒,将杯放在桌上。可足浑氏笑容一敛,道:"陛下,我朝乍到中原,外面有多少国家大事,都得由您料理。妾的生日这等小事,不足以劳圣虑!"慕容俊见皇后双眉微蹙,有些不解,便道:"皇后,你这话是何意?"可足浑氏提起酒壶,给慕容俊满上酒,款款道:"今天,来宫中道贺的人倒也不少。臣妾听她们说,皇上入主中原,以吴王慕容霸功劳最多,可是有的?"慕容俊闻言一愣,道:"外边的人都这么说?这话倒也不错!五弟首建南下之策,才使我朝有今日局面。"

可足浑氏目光闪烁,道:"皇上,妾身所虑正是这事。吴王智勇双全,屡立大功,声望可谓如日中天,将来恐有尾大不掉之势啊。"但凡帝王,最忌臣下功高震主,慕容俊也不例外。燕国这次挥师南下,迭克名城,全仗着慕容霸、慕容恪等一干宗室。但功成之后,慕容霸等人的盖世才略就成了慕容俊的一块心病。如今慕容俊听可足浑氏也这么说,不由得神情一变,端起酒杯,道:"皇后说的是,这事我自有计较。"可足浑氏鉴貌辨色,知道自己的话起了作用,心里暗自欢喜,嘴上却道:"啊哟,妾是一妇道人家,不懂国家大事,胡言了几句,还请皇上莫往心里去!"慕容俊脸色有些阴沉,一口饮尽杯中酒,却不言语。须臾饭罢。可足浑皇后命人撤去残席,又陪着慕容俊说了会儿闲话,便去休息。

过了几天,燕主慕容俊下诏,以吴王慕容霸为黄门侍郎。黄门侍郎的全称是"给事黄门侍郎",即给事于宫门之内的郎官,初置于秦代,为历代所沿用,是皇帝近侍之臣,"掌侍从左右,给事中,关通中外。及诸王朝见于殿上,引王就座"(《后汉书·百官三》),也负责协助皇帝处理朝廷事务,容易接触国家机要,本属要职。但慕容霸担任黄门侍郎后,却被剥夺了兵权,而国家机要则不能参与。这项

第二章 挺进中原

任命一出，朝野议论纷纷。慕容霸初闻诏命，也感愕然，转念一想，便知皇上对自己起了猜忌之心，无奈之下，只得深自韬晦，在朝堂之上，话也不多说一句，生怕被人挑眼。

公元353年12月，寒风呼啸着掠过蓟城。

在这寒冷的冬天，宫女、太监们都躲起来烤火。皇城内人烟稀少，寂寥无声，雪花簌簌而落，更衬托出四周的冷清。道路被大雪覆盖着，两旁枯树插天，残败零星的枯叶悬挂在枝头，在风雪中瑟瑟发抖。黄门侍郎的衙门被森冷的空气包围，沉默地矗立在漫天大雪里，显得有些萧条。衙门外环绕着一道又厚又高的墙，屋宇式的大门，傍有门房。里面是一个不大的院落，有三间屋子，由铺着石子的甬道相连，向着正阳门开有一粗梁小窗，窗口有值日的僚吏。凡是觐见皇帝的大臣，都要在这里登记。

这大半年，二十七岁的慕容霸就一直在这个弹丸大小的衙门里，与几个上了年纪的老吏守着宫门，登记着每日出出入入的大臣。这样的生活，对他这么一个曾经叱咤沙场的人来说，无疑是很难过的。每每无事可做的时候，慕容霸就一个人坐在四壁萧索的屋里，心头不时掠过对建功立业的渴望，期盼着能再次领兵出征。但半年过去了，这样的机会一直没有出现。他渐渐明白，跃马挥刀的梦想，已被撕碎得不堪回味，不禁心中郁郁，却又不敢把心里的苦楚告诉旁人，只得在人前装作坦然

这一日下雪，没什么人来晋见。慕容霸独坐在房里，裹着厚重的棉衣，地上燃着一个炭火盆，仍感到寒浸浸的。屋里的陈设很简单，除了桌椅，再无别物。桌上摆着厚厚的一沓登记簿册与笔墨砚台。窗外一片静谧，洁白的雪花缓缓自空中飘落。寒风透过窗棂悄悄渗入，慕容霸紧了紧身上的衣服，默默咀嚼着心底的片片愁绪，努力沉淀着无用武之地的惆怅。

正在这时，门外响起一阵脚步声，一名禁军进来禀报，称太原王慕容恪要晋见皇上。这一年多来，慕容恪一直统兵在外，不知什么时

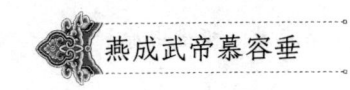

候回到了蓟城。慕容霸闻言大喜，忙不迭地迎出门外，刚走到檐下，就见慕容恪披着一件黑色大氅，踏着遍地的碎琼乱玉而来，身边有名亲兵为他举着油纸伞。兄弟二人到屋里落座，仆人献茶后退出。

慕容霸寒暄道："四哥何时回的京城？小弟竟然不知，有失远迎，还请海涵。"慕容恪年过三旬，两鬓的头发脱落了一些，额头显得较宽，鼻梁还是那么高挺，脸膛有棱有角，仿佛石雕一般。他掸了掸袖子上的雪花，道："五弟！我也是昨日刚刚到京，前一程子，奉皇命为大都督，率军克广固（今山东省青州市），擒段龛，平定了齐地。这一场仗，却是足足打了近一年的时间。"慕容霸听了，又羡又佩，道："广固是齐地名城，为前赵刺史曹嶷所筑，据书上说，此城在尧王山东侧，濒北洋河，前有大涧甚广，形势险峻，想必是易守难攻？所以这一役才拖了这么久！"慕容恪道："倒不全是这个原因。自我军围了广固，诸将屡请攻城。但我觉得城中守军不少、士气正盛，若是尽锐而攻，则麾下死伤必多，故在城外筑起长围，与敌相持了大半年，待城中粮草缺乏、士气低落，才趁机取城。"说到这里，又看了看慕容霸，道："我这次特来面君，听说你现任黄门郎……五弟，不觉得清闲吗？"慕容霸长叹一声，低头不语，在四哥面前，自己不必再故作坚强。慕容恪一瞥之间，见他脸颊清瘦，面色苍白，神情中透着落寞，便猜到他的心思，温言道："老五，眼下戎马倥偬，遍地干戈，军中急需你这样的将帅。今日我就面奏皇上，保你重掌兵权，可不能再在这里坐凉椅子。"说罢起身，打了个招呼，就进宫而去。

燕主慕容俊穿着一件团花绣龙袍，以金、琥珀、透犀（即带有透线纹的上等犀角）相间为饰，听慕容恪讲述了一番攻克广固的过程，慰勉道："四弟功在社稷，此行辛苦了！"慕容恪谦谢道："臣弟为国竭力，也没什么，只可惜关中却已落入氐族之手。"关中概指"四关"之内，即东潼关、西散关、南武关、北萧关，沃野千里，蓄积多饶。在燕人虎步中原之际，氐人却大举进入关中。如今齐地既定，燕

第二章 挺进中原

国版图横跨幽、冀、并、平四州，与关中只隔着一条黄河。慕容俊已有西进的打算，听慕容恪提及，便道："贤弟，你在外这些日子，可了解到氐人入关后的情形？"慕容恪事先已打探清楚，便道："皇上！石虎旧部、氐酋符洪死后，其子符健奄有关中，自称秦王，治理得还算井井有条，却是多病，恐将不久于人世。符健的长子符生，却是个残暴的家伙。此人将来若是继位的话，我们大概会有机会。"慕容俊听了，精神一振，道："哦！四弟，你详细说说。"慕容恪恭谨道："是！符生自降世就瞎了一只眼，生性狠毒无赖。早些年，符洪尚在，戏谓之道：'孩子，我听说你哭的时候只流一行眼泪，是不是？'符生闻言而怒，'嗖'的一声，拔出匕首，反手在那只瞎眼上深深的割了一刀，立刻鲜血直流。这小畜生狠巴巴地对自己的祖父嚷道：'这也算是一行泪！'符洪大惊，抓住符生痛鞭了一顿，又招来符健，断言：'此儿狂悖，如果容其长大，必破我门户！'符健本打算杀了符生，却被弟弟符雄劝止。"慕容俊听到这里，不禁莞尔，道："符生如此凶残，若将来登基，定会整得天怒人怨。到那时，嘿嘿，可就是我们进取关中的机会了。"

慕容恪说这一番话，本就为了让他高兴，见慕容俊果然笑逐颜开，便趁机道："皇上，目前疆场未靖，军务繁重。臣弟愚驽，与几员大将实在料理不过来。黄门侍郎慕容霸，有命世之才，不应闲置。臣以为，可将其调往前线，分担些军务。"这段时间，慕容俊也一直在考虑："虽然从巩固皇位的角度看，解除慕容霸的兵权是必要的，但对乍入中原的燕国来说，这一举措无疑也是削弱了自己的力量。"如今听慕容恪为慕容霸说情，便道："四弟所言不错。朕就准你所奏！"略一思忖，又说："只是五弟生性犷悍，恐在外难制。他的名字里就有一个'霸'字，怎能让人安心？朕想给他换个名字，叫慕容垂（音quē），怎么样？朕素来仰慕贤臣郤缺（郤缺是春秋时期晋国上卿，曾侍奉晋国文公、襄公、灵公、成公四世，以忠诚稳健著名），希望五弟将来做个治世之能臣。"

慕容恪知道慕容霸年少时曾坠马折齿，以"䴗"为名似含讽意，心下不以为然，便婉转地道："皇上，'䴗'字应了谶文（预示吉凶的隐语）。民间盛传，叫'䴗'的人有极贵之份！"慕容俊向来信重慕容恪，听了他这几句话，便道："那就去掉'䴗'中的'夬'（音guài），给五弟赐名为'垂'吧。"于是，第二天，燕王便派太监去吴王府传旨，让慕容霸改名为慕容垂，又改字"道业"为"道明"，命其出任安东将军、北冀州刺史，镇常山。

公元357年，燕主慕容俊迁都邺城，旋派吴王慕容垂出兵塞北（长城以北），征伐丁零。

第三章　功成祸起

> 慕容垂轻轻关上窗户，回身坐在床沿，透过桌上摇曳的烛光，仿佛可见段妃那若隐若现胃烟眉、似嗔似喜含情目，不由得潸然泪下。

长城绵延万里，跌宕起伏的砖墙，连接起一个又一个的堡垒，在群山万壑里绵延伸展，直向天际。这年7月，吴王慕容垂率六万大军出了长城紫荆关（今河北省易县紫荆岭上）。紫荆关周长二里，墙高数丈，石基砖身，雉堞如齿。雄伟的关门上筑有楼台，楼台的门额处嵌石匾一方。关外便是莽莽苍苍的草原，深深的草丛直没过将士们的膝盖，其间点缀着不知名的野花，异彩纷呈，美不胜收。无声无息的微风，缓缓地在草海上移动着。

慕容垂天性旷达，虽蒙易名，去掉了名、字里原有的"霸、业"，但并不以为意。他穿着细鳞铁铠，腰悬金柄弯刀，骑马行在队伍的前面，一头金色的长发披散在后脖颈上，充满豪情的脸庞，在阳光下闪着神奇的光泽，与做黄门侍郎时相比，简直是判若两人。慕容垂身后是四万骑兵和两万步兵。将士们手执寒光闪闪的长刀、铁枪，沉默但是极有秩序地向前开进。队伍整齐，中有节次，在草原上蜿蜒

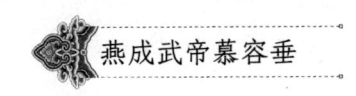

数十里。

太阳西下，天边的云朵变得火焰一般鲜红。慕容垂命部队就地安营扎寨。落日的余晖，把成千上万顶军帐抹上了一层胭脂色。蘑菇般的毡帐间，军炊袅袅升起，在绿茵如毯的草原上，格外醒目。到了夜晚，星光灿烂，皎洁的月光洒向草原，天地间一片静谧。晚风轻轻地吹过军营四周，万顷草浪随风起伏。

第二天，燕军继续北进，一连走了半个多月。这一日，探马来报，称前面就是丁零部落的驻地了。慕容垂大喜，命三军兼程前行。丁零是当时中国北方的游牧民族，所在牧地草茂而高，每逢冬季则积雪深厚。丁零族为减少行进时的阻力，善于制作和使用高轮大车，故又被称为"高车"。魏晋南北朝时期，中原大乱，丁零部落大举南下，散居在阴山南北，与其他少数民族杂居，逐渐向辽东扩张，常犯燕境。

这天清晨，远处的山峦披上朝霞的彩衣。慕容垂率大军悄悄掩近，距丁零驻地仅有数里之遥。丁零驻地外环绕着上万辆大车。这种大车的车轮直径有一米半，比牛身还要高；车辐多达二十根，是用烘烤过的桦、柞木制成；车辕弯曲，可用牛力拉挽。一般是一牛一车，首尾相连，车上装载粮食、水、燃料等。丁零人在宿营的时候，常将车辆在营外回环连系，这样迅速搭建起的营地又称车营。

太阳渐渐升起，东方现出万道彩霞。丁零车营东南方有座数丈高的小丘，丘上长满了野草，翠色欲流。慕容垂顶盔挂甲，外罩一件黑色的斗篷，纵马驰上小丘，远远望去，见偌大的营地里炊烟袅袅，无数顶毡帐像星星一样，点缀在广阔的草原上。车营四周，是一片绿油油的牧草。肥壮的牛、羊、马等牲畜，千百成群，正埋着头，专心致志地吃草。慕容垂见丁零人毫无防备，遂命四万名披铁铠、执利刃的骑兵和步兵为前锋，再将其余的两万骑兵布置在中军之侧作为预备队，安排妥当后，即命身后的旗手舞动令旗，麾军进攻。

此次出塞的燕军骑兵全都久经沙场，一闻攻战，无不欣然，进则争先，战则奋勇，骑在高头大马上，呼啸着卷地而去，踏碎环绕在营外的车辆，挥舞着马刀，冲入车营，威若雷霆，势如风发，摧锋破锐，一鼓而胜。丁零人完全没想到有敌来袭，在燕军出其不意的打击之下很快就溃不成军，大部投降。丁零部落的首领翟斌带着千余战士逃到车营的西北角，用百十辆大车围成个临时的堡垒，负隅顽抗。燕军前锋要控制大批的降人，一时腾不出多余的力量去攻剿，便派人向慕容垂禀报。慕容垂闻讯，扬鞭催动胯下战马，向车营驰去。两万燕军铁骑组成的预备队，随着慕容垂向前"隆隆"推进，马蹄下扬起了夹杂着草末的滚滚烟尘。

时近中午，风息草偃，受了惊的牛羊四处乱窜。方圆数十里的车营内满目狼藉，几乎看不到一顶完整的帐篷。遍地都是丁零人和少数燕兵的尸体，死者的鲜血不及渗入地下，在旁边聚成一个个的血洼。伤者的哀号里夹杂着一些妇孺的哭叫声，在广袤的草原上此起彼伏。丁零部落的首领翟斌已五十多岁，头发蓬乱，额头上冷汗涔涔，满脸的皱纹如刀刻的一般，颌下一绺花白的山羊胡，散披着长袍，手里提着一柄长矛，率残部躲在大车拦成的堡垒里，紧张地关注着外面的情况，眼睛都不敢眨一下。他正在提心吊胆的时候，忽见有数不清的燕军骑兵驰来，渐行渐近。

阳光仿佛条条金鞭，驱赶着空中的飞云流雾。慕容垂身先士卒，骑马跃过倒翻在地的一顶顶帐篷，轻捷地穿过车营之间的空地，疾若闪电似的冲到敌垒数十丈之外，猛地将马勒住。他胯下的黑鬃骏马人立起来，前蹄高高扬起，发出一声响亮的长嘶。慕容垂身后是黑压压的骑兵，全都张弓以待，呈扇面队形逼近，只等主帅一声令下，便可发出铺天盖地的箭雨，随之便是凌厉无匹的弯刀冲锋。

慕容垂从容地摘下头盔，挺着胸脯，对着垒内喊道："我便是吴王慕容垂，请翟头领答话。"躲在大车之后的丁零残兵清楚地听到这句话，都吃了一惊。翟斌也想不到大名鼎鼎的吴王居然敢以身犯险，忙从车后探出半个身子，道："我是翟斌，殿下有什么说的？"慕容垂的一头金发映着朝阳，闪闪发光，身上的斗篷随风飘摆，如雄鹰展翅。他很诚恳地道："翟头领，现在的形势就摆在你的眼前，不必我多说。你还是降了吧，只要带着部属出来，我保你无事！"翟斌为慕容垂的气势所慑，加之年老惜命，已没有了血战到底的勇气，想提起手里的刀，却感到它是那样的沉重。这时，燕军骑兵渐渐围近，将无数支寒光闪闪的利箭对准了垒内的众人。翟斌看了看身边灰头土脸的部属，知道大势已去，长叹一声，只得抖着胡子下令开垒出降。

此战，慕容垂率燕军俘获丁零十余万人，获马十三万匹、牛羊无数，然后押解着俘虏，振旅还于邺城。

邺城曾为曹魏、后赵、冉魏的都城，北接燕赵、南临黄河，四周沃野千里。城外有漳水及白沟、邗沟、汴渠等，直通江淮，水陆交通便利。城西建有著名的金凤台、铜雀台和冰井台。魏晋时期，左思在《魏都赋》里称："廓三市而开廛，籍平逵而九达。班列肆以兼罗，设阛阓以襟带。"可见邺城在当时的繁华。

后赵王石虎都邺期间，苦役汉人，修造洛阳、长安二处宫室，并称东、西二宫，又大兴土木，营建四十多所台观。石虎本是羯族首领，手下将领不乏匈奴人与羌人，从此，羯族、匈奴、羌族等开始在邺城聚居。

燕王慕容俊斩杀冉闵之后，以邺城是华北与并州（山西）之间的枢纽，也是南下河洛的基地，便又一次迁都到这里，并对邺城作了进一步的扩建。整座城市东西十五里，南北九里，外城有七个门。城内一条东西贯通的笔直大道，连接起建春门与金明门，将城市分为南北两部分。宫殿群集中建在城北，有文昌殿、听政殿等。城南是居民区和商业区，一应房舍、街道整齐对称，分区明显。

慕容垂凯旋回到邺城，已是10月初。

这天上午，慕容垂将兵马驻扎在邺城之外，带了十几名亲兵入城，一走过高大的金明门，就听得一片喧哗。邺城里车水马龙，人声鼎沸。平阔的街道可容十余辆马车并行，两旁店肆林立，有茶楼、酒

第三章 功成祸起

肆、绸缎庄、当铺、玉器店等。临街横出的飞檐上，高高飘扬着各色市招旗帜。熙来攘往的人群仿佛潮水一般，除了汉人，还有许多胡人。其中匈奴人身材粗壮，大脸盘子，大耳朵，满脸胡茬儿，斜披着长袍，腰悬弯刀，摇头晃脑地走在车马辚辚的街上，一副彪悍的样子。羌人面宽多须，头大而后仰，小眼睛，唇厚而鼻平，低额大耳，穿着对襟阔袖的长衣，混杂在川流不息的行人中。当然，街上最多的还是鲜卑人。鲜卑人身材魁梧，长条脸，深深的眼窝，高鼻梁，白皮肤，生着金黄色的头发，多穿着交领左衽的袍子，有的在沿街购物，有的在售卖着奶酪、牛羊肉、刀、剪及各种杂货。

皇城位于城北，开有四门，城内楼阁交错，东部是文昌殿、昭阳殿等百余座亭台殿宇，宏伟壮丽；西有仙都苑，是皇家苑囿。苑内古木参天，怪石林立，又有碧水潆洄，流经园内，曲折变幻，风景幽深。文昌殿是皇城的正殿，也是一座重檐九脊顶的庞大建筑。殿基全用条石砌成，高二丈八尺，长百余步，宽七十五步。整座大殿面阔七间，顶上铺着黄琉璃瓦，前后出廊，外檐绘彩画，殿前列置铜钟、九龙、翁仲、铜驼、飞廉等。殿内是燕王朝会群臣之处，地面由大理石铺就，正中设地屏宝座，所有的门窗上都饰有万字锦底团寿纹。

慕容俊头戴十二旒冕冠，身穿一件盘领右衽的黄色龙袍，腰系玉带，坐在龙椅之上，正朝见群臣。燕国的大臣们站立在丹墀两边，文左武右。这时，有太监来报，称吴王慕容垂凯旋来见。慕容俊听了，便命人引入。不一会儿，慕容垂身披白色战袍，来到殿内，跪倒丹墀，行三跪九磕的大礼。慕容俊脸上不见喜怒，像一面绷紧的鼓皮，命其平身，又淡淡地道："五弟辛苦了！这次远征，粮草还算充足？"慕容垂忙躬身道："臣秉皇上威灵，薄有劳绩，不敢言功。我军出塞，军食还够。平定丁零后，缴获更多，将士们一日三餐有奶豆腐（用牛奶制成的凝固食物）和大块的羊肉吃，渴了就喝掺着牛、羊奶的茶。"慕容俊微微点了点头，又问道："抓了多少俘虏？"慕容垂答道："我军俘获丁零首领翟斌以下约十二万人，已将俘虏带到城

· 33 ·

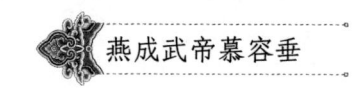

外！"这话一出，左右的群臣起了一阵无声的骚动，人人都惊讶于这丰硕的战果。

慕容俊在龙椅上轻轻扭动了一下身子，道："这么些丁零人，一时倒不好安置呢！"语气平淡，让大家都觉得奇怪。慕容垂道："自顷中州丧乱，连兵积年，民间十室而九空。臣已与四王兄函议，可将俘虏安置在邺城周边，量力拨给荒田，任凭耕牧。"慕容恪穿一件绛纱袍，方心曲领，足下蹬着一双朝靴，挺身出班奏道："陛下！五弟所言不错。伪王冉闵在邺城时，月余内就杀了羯人二十多万，凶势蔓延，整个北方有多地响应，前后杀了百余万人！陛下虽已定都邺城，城外百里内仍是萧条，尚有不少无主的荒田和草甸。臣以为，正可安置这次俘获的丁零人，以实京畿。"慕容俊听了，无可辨的，便命有司准行。诸事议定之后，百官退朝，各自散去，慕容俊也回到了寝宫。

慕容俊却大睁着两眼，脑海里思绪潮涌，在床上辗转反侧。这次燕国趁着石赵崩坏而入主中原，全靠慕容垂、慕容恪、慕舆根等一干宗室、大将的征战。但慕容垂的赫赫战功和声望，却引起慕容俊的警惕，由此衍生为无端的猜忌。慕容俊为了缓解自己内心的紧张，还曾改了五弟的名字，但又不知能够产生多大的作用，今见慕容垂大胜丁零，更是不安，觉得对方成了帝位的潜在威胁者。此时，慕容俊在心里反复琢磨："在金殿上俯首称臣的五弟，究竟有多少心悦诚服呢？将来会不会拥兵自重？……五弟新立大功，又不好无端地将其降职，而自己以帝王之重，不能事必躬亲，更不能身当前敌，免不了将权力有所分寄……"一边胡思乱想着，一边慢慢地合上了双眼。

天色微明，可足浑皇后见慕容俊犹自阖着双眼，便轻轻地起身穿好衣服，蹑手蹑脚地走到外殿梳洗，又让人去传太医涅皓，让他到寝殿旁的一间偏殿等候。偏殿外面漆饰屋瓦，里面珠帘玉璧，地面整洁而平整，靠墙摆有檀木桌椅。涅皓很快就奉命来到，他今年三十多岁，面白无须，长条脸，两只小眼睛不停地眨着，显得很精明，束发盘髻，上面别着一把玉簪，身披一件青兰色长袍，素袜云履。不一会儿，殿外一个太监高声道："皇后驾到。"随着一阵环佩叮当之声，可足浑皇后头戴八宝凤翅鎏金冠，身披百鸟朝凤绣罗袍，带着几个侍女走了进来。

数年之前，燕国尚未染指中原，慕容俊刚继承了王位，可足浑氏也还没成为皇后，不过是和龙宫中的一个普通的嫔妃。有一天，可足浑氏乘轿出宫游玩，回来的时候，由南门进入王城，一时兴起，撩起轿帘向外观看，就见十几个人抬着五六个装得鼓鼓囊囊的麻袋，迎面走了过来。可足浑氏心里纳闷，便命落轿，又派身边的太监过去打探个究竟。不一会儿，太监回报，称："娘娘，是太医涅皓要将霉药抬出去卖。"霉药就是宫中到每年秋末需要淘汰下来的，因其发霉后药性减弱，不能再给宫里的人使用，故贱价向外出售。

可足浑氏正闲着无聊，一听是这事，倒来了几分兴趣，就从轿里出来，信步走了过去。涅皓眼尖，看到她立即跪下叩拜。涅皓身后的十几个吏卒也是"呼啦啦"跪地一片。可足浑氏从没见过霉药是什么样子，就对涅皓说："把这个麻袋打开，给本宫看看。"涅皓听了她这句话，吓得浑身一抖，却又不敢不依，只得站起身来，故作镇静地上前解开了其中一个麻袋。

可足浑氏探头一看，见袋子里装满了药材。这些药材的上面布满了白斑，果然已经发霉。她略扫了一眼，觉得没什么好看的，本想扭身走掉，却瞥见涅皓一副神色不定的样子，不由得心里一动，就停下了脚步，说道："把袋子里的霉药都倒出来，让我仔细瞧瞧。"涅皓听到这话，脑门子上"噌"的一下冒出一层冷汗，两腿微微颤抖，迟疑着不肯动手。可足浑氏见他这副模样，料到其中有鬼，朝身边的太监使了个眼色。太监一个箭步冲上前，提起麻袋就来了个倒扣。袋里的药"哗啦"一声，全散落在地上。这下子可就全部露馅了。麻袋里装的药材，只是上面薄薄的一层发了霉，底下的竟全是上佳的血燕窝、鹿茸、何首乌、川甲、人参等。

涅皓见事情败露，双腿一软，跪在地上，不待可足浑氏逼问，自己就来了个竹筒倒豆子——全招了。原来，他串通了宫里的几个太医，利用自己的职权，想出一个发财的办法。他们故意将生石灰洒在一些不太贵重的草药上，让草药表面生斑发霉，然后将些名贵的药材藏在霉药下面，装袋运出宫外，转手卖给药店掌柜的，便可大赚一笔。

可足浑氏听完，顿时气儿就不打一处来，本想禀明慕容俊，将涅皓处死，但转念想到自己在宫中人微言轻，正少人帮衬，与其为这事杀了涅皓，倒不如以此相要挟，将对方收为己用。可足浑氏想到这里，先是疾言厉色地将涅皓训斥了一顿，扬言要上奏燕王。涅皓吓得魂不附体，一个劲儿地磕头求饶。可足浑氏暗自得意，便趁势收篷，缓和了语气，微露招揽之意。涅皓倒也机灵，见对方有饶恕自己的意思，当即赌咒发誓，愿为其赴汤蹈火。可足浑氏听了，满意地点了点头，便将此事压下。从此之后，涅皓被可足浑氏捏住了小辫子，自是任其驱使，不敢有丝毫怨言。

如今，可足浑氏总领六宫，威势更张。候在偏殿里的涅皓一见她，就像是老鼠见了猫，赶紧上前磕头，又恭恭敬敬地道："臣涅皓迎接皇后凤驾。"可足浑氏施施然坐在一张椅子上，打量了一眼涅皓，先将慕容俊的噩梦渲染述说了一遍，末了问道："你看这情形，是否是中了蛊呢？"涅皓见问，不觉一凛，心里暗暗为难，不敢随便回答，毕竟前代汉武帝曾因"巫蛊案"杀了太子、丞相，更曾株连十余万人。可足浑氏见他犹豫，脸色立刻就沉了下来，眯着一双三角眼，阴恻恻地道："涅皓，明明是有人下蛊，要害皇上。你可不要意存回护、推托不知！"涅皓闻言一惊，趴在那里，磕头如捣蒜，道："是、是，皇后所料不错。皇上昨夜龙体欠安，必是有奸人下蛊。"可足浑氏听了，鼻子里"哼"了一声，站起身来，扭动着腰肢，款款走到殿门口，略一驻足，又回过头来，专意叮嘱道："你且在这里候着，待会儿见了皇上，就这么说。"说着，扶着宫女自去了。涅皓伏

第三章 功成祸起

在殿内,久久不敢起来,心里反复琢磨:"人做个噩梦也太平常了,不知皇后为什么非要扯到巫蛊上去?"

中午时分,阳光穿过树叶间的空隙,一缕缕地洒满了皇城。慕容俊一觉醒来,翻身坐起,慢慢地披上衣服,对身边服侍的可足浑皇后说:"太医来过了没有?"可足浑氏忙道:"皇上,涅皓一早就来了,正在偏殿相候。"慕容俊道:"快传。"可足浑氏答应一声,命太监去将涅皓叫了进来。涅皓匆忙进殿,在榻前跪倒,行过参见之礼。慕容俊半倚在榻上,打了个哈欠,懒洋洋地问道:"你大概也听皇后说了,朕昨晚做了个怪怕人的噩梦。据你看来,是怎么一回事呢?"涅皓偷眼瞅了瞅立在一旁的可足浑皇后,见她正盯着自己,一对眼睛如冰球,射出冷冷的光,不由得打了个寒战,忙低下头,道:"据臣之见,这是有心怀不轨之人,用魇胜巫术,对皇上施蛊。"慕容俊大为诧异,道:"朕深处宫禁,等闲人也近不得身,怎么会中了蛊?"

涅皓早已想好了一套说词,答得滴水不漏,称:"下蛊之人倒也不必入宫,只取毒花、瘟虫,在宫外祝诅,便可施术。有些巫术高明之人,在荒郊野外将鸡、羊相互绑缚,再施咒便可杀人于千里之外,很厉害。依小臣之见,这次下蛊之人的目的是"杀魂"(即打魂)。幸亏皇上洪福齐天,仅受了些惊吓,但也须即刻去蛊,若再晚些,就无法医治。"慕容俊见涅皓说得煞有介事,不由得不信。可足浑氏在一旁微蹙双眉,作一副关切状,插言道:"只要能为皇上去蛊,任你施为。"涅皓听了,便取纸剪成纸人、纸马,让太监拿到院里焚烧,称可以防御,又用草果、姜蒜捣汁,遍涂殿内,还取来几枚鲜鸡蛋,在鸡蛋上插针,放在慕容俊的枕头边,称可以引出蛊虫。

过了几天,慕容俊没再做噩梦,以为是涅皓除蛊有术,下令重赏。可足浑氏又将涅皓召到偏殿,命宫女取过一盘金珠宝石,放在桌上,顿时满屋光华灿烂。可足浑氏还坐在那把椅子上,掠了掠鬓边的发丝,对跪在面前的涅皓说:"你为皇上除蛊有功,这些都是赏你的。"涅皓吓了一跳，忙推辞道："皇后！小臣为皇上疗疾，乃是分内之事，不敢领此厚赏。"可足浑皇后早看出他是个软骨头，自信可将其操控于掌中，向身边的宫女们使了个眼色。宫女们会意，敛衽退出殿外。可足浑皇后这才又开口说："皇上的病虽好了，但下蛊之人是谁，你可知晓？"涅皓一愣，摇了摇头，道："这个……微臣实在不知。"可足浑氏曲起一肘，用手托着下巴，似是自言自语地道："吴王的夫人出身高贵，听说她的祖先曾任部落祭师，自然是擅长蛊术。"涅皓眨巴了两下眼睛，琢磨着皇后的话意，试探着问道："您的意思……是说段夫人有可能给皇上下蛊？"可足浑氏垂下眼睑，却是不语。

太阳渐渐偏西，暗淡的光线透进殿内。偏殿里一片沉寂，似是弥漫着某种阴谋的气息。涅皓为人胆小又热衷，见可足浑皇后正当炙手可热之时，实有心攀附，就算是构陷无辜，也说不得，只能硬心狠肠地去做，不过这次对付的却是段妃，虽说事成必可升官发财，但吴王岂是好惹的？想到这里，不禁有些迟疑。他又转念想道："巫蛊案一起，吴王恐怕也是自身难保，免不了丢官罢职，甚至失了性命。我又有什么可怕的？"一念及此，胆气立壮，抬头望了一眼皇后，道："小臣本就怀疑是段氏下蛊，据此看来……吴王可能是在幕后指使。"可足浑皇后淡淡一笑，右手放在案上，食指轻轻地敲击着桌面，暗想："你倒也不蠢！这事早晚要栽到慕容垂头上，但不可操之过急。"便说："吴王为国家宗戚，又是社稷之干城，没有真凭实据，却也不可轻动。"涅皓忙道："小臣明白，小臣明白。"

第二天，涅皓果然上表，言之凿凿地称："吴王妃的祖先曾为部落祭师，通晓巫术。此次皇上遇蛊，段妃有极大的嫌疑，请将其下狱按验……"话里话外，指摘段氏暗行蛊术。燕王慕容俊看了涅皓的表章，本待不信，但架不住可足浑皇后在一旁可劲儿的撺掇，遂将段氏关入廷尉大牢，命上庸王慕容评为钦差去审理此案，又将吴王慕容垂禁治在府。

第三章 功成祸起

廷尉衙门坐北朝南，位于邺城的南十字街上，前有石头牌坊一座，黑漆的大门，门环是两个狰狞的兽头。大门当中是明间过道，两边是门房。走进大门，有一个长方形的院子，甬道的尽头便是大堂。大堂为五楹厅堂，坐落在两层三级的台阶上，青墙灰瓦，乌梁朱门。楹柱前分树"肃静""回避"牌。堂内有青旗、皮槊、桐棍、蓝扇、官衔牌、堂鼓等，排列有序。大堂约有二百平方米，地面上铺着青砖，中央摆着暖阁，比地面略高。暖阁上面铺有木制的地板，后列四道屏风，上面画着碧海朝阳，正中摆放着桌椅，便是公案和公座。公案上除了文房四宝，还有签筒、惊堂木和一支朱笔。公案前五尺之处有两块石头，供涉讼者双方跪堂陈述使用，称"讼石"。

这天早上，晨光熹微。廷尉衙门里响起七声云板。门房听到这个信号，便敲一通梆子。清脆的梆子声，是提醒僚吏们准备升堂的信号。随后，当班书吏、衙役络绎来到大堂上，各司其职。因为是诏狱的案子，所以有数十名禁军在堂前肃立，负责外围的警戒。堂内的衙役擂响堂鼓，众皂隶在两侧整齐排列，一齐拉长了调子，齐声高喊"升——堂——哦——"。慕容评身穿公服，迈着四方步，走入大堂，在暖阁的公座上入座。

慕容评是前燕武宣帝慕容廆的小儿子，前燕文明帝慕容皝之弟，时年三十七岁，曾任前军师、辅弼将军、章武太守，长得圆头圆脑，稀疏的眉毛，单眼皮，鼻子粗短，黄黄的圆脸上满是雀斑，被封为上庸王，在进取中原的征伐中，率部与侄子们配合，攻守进退，积功升为骠骑大将军。他外貌小谨，内实险诐，在任上买官鬻爵，大肆敛财，屡为言官所弹劾，幸有可足浑皇后的关照，方得以无事。

太阳渐渐升起，一道道黄灿灿的光线，把整个衙门映成一片金色，远处不时传来鸡啼之声。几个全副武装的禁军，押着段夫人来到堂口。段氏穿了一身棕褐色的囚服，满头的珠翠早已卸去，蓬松着头发，脸上仍是一副镇定如恒的表情。堂口值守的是一员禁军统领，二十五六岁年纪，浓眉大眼，挺直的鼻梁，薄薄的嘴唇，穿着一件淡黄色战袍，袍脚上翻，腰束狮蛮带，肋下悬刀，脚上穿着鹿皮靴。他趁人不注意，走近段妃，压低声音说："夫人，小将傅颜，是吴王旧部。吴王托小将给您捎话：'为免受凌虐荼毒，他们想要你招什么，你就招认吧！'"段妃闻听，停下脚步，纤弱的身躯立得笔直，上下打量了一眼傅颜，见他一脸的悯色，不由得凄然一笑，轻声回答道："傅将军，多谢你冒险带话，还请转告吴王：'我一身清白，若自诬以恶逆，上辱祖宗，下累贤王。这样的事，我宁死不为！'"说罢，昂然走向堂口。

几个衙役走出堂外，将段夫人带了进去，勒令她跪在堂上。段氏颈中带着铁链，白皙的脖子被磨出一道道血痕，抬首向前望去，澄澈的眼睛里毫无惧色。慕容评咳嗽两声，拿腔作势地问道："段氏，有人上奏朝廷，指你下蛊谋害皇上，可有此事？你可如实招来，免得皮肉受苦。"段氏傲然道："大王这话是什么意思？我从来不曾下蛊，更不懂下蛊之术。"慕容评听段氏不肯招认，冷笑一声，道："段氏，你的祖父曾为部落祭师。听人说，他每于端午采集五毒（蛇、蜘蛛、蜈蚣、蝎子、蟾蜍），再将其置于容器中，任其互相吞食，制作蛊物。你是他的孙女，岂有不通蛊术的？看来，不动刑你是不招啊！"说着，吩咐一声："来呀，大刑伺候。"两旁衙役们如狼似虎地闯上前来，将段夫人摁倒在地，就是一顿板子。段夫人自幼养尊处优，哪受过这等的官刑，当即被打得皮开肉绽，昏死过去，又被人用凉水泼醒。

慕容评端坐公案之后，狞笑着逼问："段氏，本王问你，你是怎么下的蛊？是不是在宅中隐埋布偶，诅咒皇上？"段氏虽在受刑之后，却还是慷慨应对，辨答益明，拒不承认这些无中生有的指控。慕容评手里摩挲着签筒，两只小眼睛凶光毕露，盯着段夫人道："好你个悍妇，竟是坚不吐供。来呀，接着用刑！"两个衙役随即拿着一副夹棍上来。那副夹棍是杨木制成，长三尺余，去地五寸多，贯以铁条。一个衙役将夹棍竖起，一人扶着，将段妃的双足套进夹棍内，急

第三章 功成祸起

束绳索，又用一根长七尺、粗约四寸的木杠，猛力敲击足胫。片刻之间，段氏足血洒地，直疼得死去活来，却是咬牙苦忍，决不认罪，更没有牵连慕容垂。

慕容评脸上浮出一层油汗，气急败坏地问道："涅皓曾派人调查，称你偷偷画了皇上的像，上写生辰，埋于路上任人踩踏，可是有的？"段氏听了这般荒唐的言语，干脆连话都不说了，只是摇了摇头。慕容评一挥手，命人取来烙铁、火盆，放在堂上。一个衙役将烙铁在火盆里烧得通红，向段氏的后背烙去。只见一阵青烟冒起，火红的烙铁深深地陷入段氏背部的肌肉里，"呲呲"有声。段氏疼得钻心，脸色煞白，嘴一张，一口血喷出，落在地上，如朵朵红莲，登时又晕了过去，随后再次被凉水泼醒。段氏缓缓地睁开双眼，已是鼻青唇紫，身上伤痕密布，后背、两脚更是血迹斑斑，明白自己是活不下去了。她咬了咬牙，强挣扎着用双手支撑起上半身，用尽全身的力气，将额角向面前的"讼石"上碰去，只听"啪"的一声，登时血流覆面，整个人倒地不起，就此气绝身亡。

堂内堂外一片惊呼。慕容评见段妃如此刚烈，也是出乎意外，心里怦怦直跳，好一阵子才平静下来，无奈之下，只得命人将段妃的尸首抬出，然后草草退堂。段妃死了，整个案件无法继续追查。慕容垂因此而免祸。

正值深秋，吴王府里红衰翠减，残荷凋零。黄昏时分，落起了淅淅沥沥的秋雨。慕容垂蓬乱着一头金发，双目无神，驻足立于窗前，不知已立了多久。院里的梧桐，不时飘落三、两片潮湿的黄叶。慕容垂凝视着窗外飘飞的雨丝，呼吸着冰凉的空气，想到自己贵为吴王，却不能保护段妃，心就像被揉碎了一样，再也找不回当初的完整。夜色渐深，冷雨斜坠。慕容垂轻轻关上窗户，回身坐在床沿，透过桌上摇曳的烛光，仿佛可见段妃那若隐若现罥烟眉、似嗔似喜含情目，不由得潸然泪下。

这年11月，三十三岁的慕容垂被贬官为平州刺史，出镇辽东。

燕成武帝慕容垂

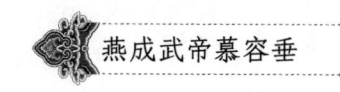

第四章　乱起萧墙

> 今南有遗晋，西有强秦。二国常蓄进取之志，只因我国内无衅，才没有动手。国之兴衰，全看宰辅。大司马总统六军，不可任非其人。吴王文武兼资，有将、相之才。陛下若能委之以重任，必能安邦定国，否则，秦晋必有窥窬之计。

公元359年2月末，漳水已然破冰，滔滔汩汩的河水，夹带着大大小小的冰块，绕过邺城，日夜不停地流向远方。

邺城的北郊，战旗裔裔风飞，士马云屯雾集，军阵竟泽弥谷。此前，燕王慕容俊下诏，选军中骁勇集于阙廷，要亲自阅武。各州郡的人马奉命而至，共有骑兵十五万，步兵二十万。到了阅兵这一天，慕容俊摆齐卤薄，骑马离了邺城，向演武场行去。慕容恪、慕舆根、慕容评等大臣扈从，全都擐甲乘马。护军统领傅颜穿着甲胄，率骑兵两千人，皆执金瓜、银叉、旗枪，先行开路。队伍前张黄盖、列仪仗，后建大纛，浩浩荡荡，绵延数里。

慕容俊身披锁子连环甲，甲上带有镂空式护耳，外绘缠枝花卉、云形宝相等图案，在大臣们的前呼后拥之下控马前行，心里却在想着

第四章 乱起萧墙

宫中发生的一件奇事。前天上午,有三只燕子抖着尖尖的翅膀,在景阳殿前盘旋,"唧唧啾啾"地叫了一阵子,便用米黄色的小嘴巴衔泥,在檐下筑起巢来。这三只燕子却与普通的燕子不同,头上都生着一撮竖毛,背羽呈五色而非蓝黑色。一个太监首先发现这几只与众不同的燕子,急忙禀报给慕容俊。慕容俊亲到景阳宫外看过,也觉得奇怪,便命人将涅皓找来询问。涅皓闻讯匆匆而至,见三只五彩斑斓的燕子正在殿檐下飞来飞去,便故作吃惊道:"恭喜陛下!彩燕翔集,此为吉兆,预示着至尊将临轩而朝万国。"慕容俊双眉一挑,道:"哦!有这种说法?"涅皓惯会装神弄鬼,又摸透了慕容俊好大喜功的脾性,便一本正经道:"正是!燕者,为本朝国号。三燕之数,正应三统。每只燕子的头上有毛冠,预示着大燕即将龙兴;背羽五色呈章,是说圣朝将继五行之箓以御四海!"慕容常有混一天下之志,闻之大悦,即令太监们不得惊扰这三只燕子。

此时,燕王卤薄正走在城外宽阔的大路上。阵阵料峭的春风吹过,队伍里的上百面纛幡猎猎翻飞。慕容俊眼角眉梢里透着踌躇满志,一边控马前行,一边对身旁的慕容恪说:"玄恭,我大燕虽领有中原,但秦占关中,晋据江南,四方干戈方兴未艾。这次阅兵之后,朕打算命你为帅,平秦灭晋,你看如何?"太原王、大司马慕容恪刚满四十岁,正当盛壮之年,头戴凤翅盔,身披锁子甲,从后背至前胸缠以锦带,在马上微微躬身,恭恭敬敬地答道:"皇上!两年前,符健病故。符雄之子符坚杀了符生,在长安自立为帝,任用王猛为吏部尚书、尚书左仆射、尚书令,以至关陇清晏,百姓丰乐,国势日盛。臣以为,我军若是伐晋,胜算更大一些!"慕容俊对关中的情况也有所了解,知道慕容恪所说是实,便道:"诚如卿言!秦王符坚登基以来,有王猛辅政,一时政事休明,倒是个劲敌。但东晋君庸臣骄,内乱将起。下个月,朕便命你领军南下,饮马江淮。"慕容恪躬身道:"臣谨遵圣旨。"君臣谈谈说说,进了北郊的演武场。

太阳升上中天,空中飘浮着片片云朵,赤紫交辉,瞬息万变。演武场方圆近百里，场中的将士们披着甲胄，上绘有白、朱、黑等彩装，色别为阵。中军列为方阵，皆白旆素甲，望之如云。左军全着赤裳丹甲，掌朱羽赤旗，望之如火。右军皆玄裳玄旗，全披黑甲，望之如墨。春风拂过，一匹匹战马精神抖擞，抖髯振蹄。慕容俊亲秉白虎幡中阵而立，又左右麾动旗幡，四野画角齐鸣，鼓声大作。三军将士齐称万岁，声动天地。随后演练开始，有骑兵包抄、步兵突击、步骑合击等，但见步兵劲弓长弩，射疏及远；骑兵纵马而斗，剑戟相接。军容整肃，兵甲威武，去就相迫，步调如一。

燕王慕容俊上午亲阅将佐们的击、刺、骑、射之术，中午简单用过午饭，也没休息，下午又看了士兵们对弓箭、马刀、标枪和战斧的使用，便觉得有些疲累。慕容俊穿的甲胄是为他量身打造，用绿锦为缘边，以红皮为络带，外有甲叶，内衬绵绢，绵绢上还附有一层硝过的、毛茸茸的羊皮，穿在身上可以减轻铠甲对人体的摩擦。但春日晴好，铁甲被阳光直晒，渐渐发热。慕容俊披甲在演武场上奔驰了一天，已是汗流浃背。傍晚时分，夕阳西沉，远处红霞漫天。慕容俊命将士们各自回营，自己也回到中军帐中，卸去盔甲，只穿着一件薄裌衣，举步走到帐外。

暮色四合，一阵阵的冷风掠过帐前。细小的沙砾打着旋儿，在地上乱滚。慕容俊立在帐口，任凉风透体而过，觉得很惬意，直吹了小半个时辰，正打算回帐，忽然一阵头晕目眩，身子竟是摇摇欲坠。远处的侍卫见了，忙赶了过来，将慕容俊扶回帐里，让他躺在一张皮褥子上休息。到了半夜，慕容俊浑身发起了高热，加以遍体疼痛，呻唤不止。慕容恪、慕舆根等人闻讯，急召涅皓。涅皓清楚自己那套把戏不管用，带着太医院的御医赶到。御医跪在慕容俊身前，借着火把的光，仔细诊治之后，小心翼翼地对慕容恪说："禀太原王，皇上冷热交替之下，似是染上了'卸甲风'。"

慕容恪等人听了，相顾失色。原来，人大汗之后，腠里不固，风邪易侵。若突然受寒，则拘束经络，使筋脉拘急，气血不通，严重的

第四章 乱起萧墙

还会丧命（由于骤寒的刺激，引起了肌肉的一种无菌性炎症，在现代叫作"腰背肌筋膜炎"）。慕舆根在旁又是搓手又是跺脚，一脸焦急地道："打过仗的都知道，'功后一身汗，避风如避箭'。皇上从未身临前敌，却哪里懂得这个道理？这可怎么好？"御医开了几副药，为慕容俊温通经脉，祛风散邪，却并不见效。第二天，慕容俊的病势越发沉重，不仅浑身发热疼痛，更添了四肢无力，厌食呕吐等症状。燕国文武束手无策，只得命人将慕容俊装载上车，匆匆回城。

数日后，慕容俊病势沉重，自知不起，急召慕容恪入宫。这天上午，皇城殿顶上的琉璃瓦在阳光下闪着耀眼的光芒。宫墙下栽着一排梧桐树，枝叶低垂。慕容恪随着两个太监，匆匆来到寝宫。慕容俊的脸色焦黄，平躺在龙榻上，头发微乱，由于数天不进饮食，显得很孱弱，睁着一双悲凉的眼睛，眼中还带着些血丝，无神地望着四弟，断断续续地说："玄恭，我的病是不可能好了。国家疆域之外，尚有晋、秦没能平定。景茂（太子慕容炜）冲幼，难承大业，我想传位给你，怎么样？"慕容恪双眼含泪，跪在榻前，答道："太子虽幼，但睿智聪明。臣万死不敢扰乱国家正统！"慕容俊挣扎着咳嗽了两声，勉力道："你我兄弟，还说这些虚言假话吗！"慕容恪慨然道："陛下既然认为我有负担天下的能力，怎知我不能辅佐幼主？"慕容俊脸上浮现出一缕喜色，道："四弟，你若肯作周公，我无忧矣！"不久，慕容俊病逝，葬于龙陵，被谥为景昭皇帝，遗命大司马慕容恪、司徒慕容评、领军将军慕舆根等人共同辅政。十岁的太子慕容炜继位，尊可足浑氏为皇太后，3月，又加授慕容恪为太宰、慕容评为太傅、慕舆根为太师。

太原王慕容恪天资英杰，智略超世，虽为首辅，综大任，但严守朝廷之礼，每事必与朝臣共议，未尝专决，更能虚心待士，咨询善道，量才授任，人不逾位，很快稳定了朝纲。

这天清晨，吴王慕容垂奉召回到了邺城，略事休息，便来看望四哥慕容恪。由于长年在外，慕容垂的皮肤显得有些粗糙，两只眼睛深

· 45 ·

深地陷了进去，虽然只有三十五岁，眼角却已现出鱼尾印迹，一头金发在脑后梳成个发髻。他身披皂色战袍，在太原王府前下了马，见不远处停着一乘官轿。一个轿夫掀着轿帘，侍中皇甫真正从轿里走出。皇甫真穿着一身官服，见了慕容垂，过来拱手为礼，斯斯文文地道："吴王殿下！听说您回京了。这次可是来看望太原王？卑职也正到此讨教。"慕容垂抱拳还礼道："正是！楚季，不想与你在此相遇，我们同进。"说着，二人并肩进了王府，绕过门内的照壁，走过一个宽敞的院落，来到前厅。

　　前厅五间，左右有配房，顶上盖着黄色的琉璃瓦，是亲王身份的体现。慕容垂和皇甫真进厅后，见八扇长窗敞开着，平整的地面上铺着青石板，迎门处摆着一套铁梨木的桌椅。慕容恪正与太师慕舆根相对而坐，似是谈着什么重要的事情。慕舆根着一身锦衣华服，一副欲言又止的样子。慕容恪穿一件石青色的长袍，交领左衽，却是面带不悦之色，一见慕容垂进来，忙起身相迎，道："五弟，你回来了！"慕容垂见四哥鬓边已现出星星白发，便道："四哥，多谢你召我回京。几年不见，你可有些见老了。"慕容恪亲切地握着慕容垂的手，感慨道："你四哥都四十多岁了，可不是老了嘛！来，快坐。"说着，把慕容垂引到桌边。慕舆根便站起身来，托故匆匆离去。慕容垂与皇甫真分别落座，随口对慕容恪道："四哥，太师到此何干？"慕容恪见慕容垂问及，又知皇甫真为人忠贞，便坦然相告，道："太师真是荒悖，方才对我说什么'主上年幼识浅，太后扰乱朝政'，然后你猜怎么着？他居然劝我废主上自立！"

　　皇甫真一听这话，吓了一跳。慕容垂也是脸色陡变，忙道："四哥，你是如何答复他的？"慕容恪脸上似罩了一层严霜，冷哼一声，道："我自是严辞拒绝，说：'太师是不是喝醉了？我们同受先帝顾命，你怎么能说出这种话来？'"慕容垂心里略感轻松，道："此人是打算以拥戴之功而居群臣之首，他既动了这个念头，不可再留，不如……"说着，右掌提起，向下虚劈。皇甫真也在一旁道："太宰，

第四章 乱起萧墙

慕舆根才地平平,不过蒙先帝厚恩,才得为顾命大臣,自国哀以来,骄狠日甚,将成祸乱。您今日居周公之地,当为社稷深谋!愚以为,吴王这个建议倒可以考虑。"慕容恪默然半晌,缓缓地摇了摇头,说:"国内新遭大丧,外有秦、晋观衅。我与慕舆根同为宰辅,若自相诛夷,恐失远近之望,且忍一忍再说吧。"

太师慕舆根是慕容氏的四世老臣,先后辅佐慕容廆、慕容皝、慕容俊、慕容炜四位君主,为燕国的开疆拓土立下过汗马功劳,但有着很强的权力欲。今日他劝慕容恪篡位不成,悻悻地出了太原王府,骑马走在路上,回想起自己方才的言行,才觉有些莽撞。慕舆根越琢磨越是恐惧,意识得己是祸从口出,颇有进退无地之感,遂孤注一掷,进了皇城,来到翊坤宫,求见可足浑太后和慕容炜。护军将军傅颜正带着一队禁军在宫外值守,见慕舆根来见,忙入宫通报,不一会儿便出来,请慕舆根入宫。

慕舆根面色泛青,疾步走进翊坤宫。可足浑氏穿着一身孝,携着十岁的小皇帝慕容炜,并肩坐在地屏宝座上。慕舆根跪倒丹墀,行三跪九叩的大礼。可足浑皇太后从宫女的手里接过一杯茶,轻轻地啜了一口,又将瓷杯交还给宫女,挥手命其退出,才慢条斯理地道:"太师,今日入宫,有何贵干?"慕舆根来了个恶人先告状,道:"太后!皇上!太宰将谋不轨,大祸迫在眉睫。"可足浑氏与慕容炜听了这话,都是吃了一惊。可足浑氏忙问道:"太师何出此言?"

慕舆根作出一副义形于色的样子,振振有辞地称:"臣方才去太原王府议事。太宰肆口妄言,称:'兄终弟及,古今成例',便欲废主上为王,自登寰极,实为大逆不道!臣请太后与皇上割恩弃爱,亟行斧钺之诛!"可足浑氏毕竟是个女人,没什么主见,想到慕容恪召回被远贬的慕容垂,心里很是不满,如今听了慕舆根这番话,便打算依言而行。慕容炜也穿了一身孝服,坐在可足浑氏身旁。他虽然年幼,却隐隐觉得不对头,悄悄在母亲耳边说:"母后!太宰为国之亲贤,又是先帝亲选的首辅,一定不会谋逆。太师言辞闪烁,所说的话不可轻信！……也许是太师自己想要作乱呢！"可足浑氏听儿子这话倒也明白，便对慕舆根说："太师，兹事体大，又是空口无凭，不可轻杀皇亲国戚。"慕舆根无奈，只得磕了个头，告辞而去。

慕舆根是武将出身，性疏而太健，在殿中粗声大嗓地说话，全被外面的傅颜听了去。傅颜暗暗吃惊，待下了值之后，立即出宫，赶往慕容恪的府上。

傍晚时分，夕阳西下，在天边留着一抹残红。邺城上空升起一股朦胧的淡烟，太宰府外行人寥寥。慕容恪送走慕容垂与皇甫真后，想到慕舆根言辞狂悖，正忧心忡忡地在厅内踱来踱去，忽见家人来报，称傅颜来见，便命人快请。不一会儿，傅颜来到厅内，躬身施礼道："末将参见太宰。"慕容恪一摆手，道："彦宗，不必客套，坐下说话。"傅颜谢过，与慕容恪分别落座，便将方才慕舆根在宫中所奏原原本本地复述了一遍。慕容恪饶是养气功夫甚深，听完之后，还是脸上失色。傅颜又说："殿下！太师心怀叵测，不臣之志已暴露无遗，不可不除！"慕容恪翻来覆去地掂量思揣，终于沉重地点了点头，命人取过笔墨纸砚，写成一道表章，悉陈慕舆根罪恶，请傅颜带回宫中，密奏太后与皇上。傅颜应允，接表辞去。

第二天凌晨，天还黑沉沉的，空中挂着几颗稀疏的星星。燕朝百官鱼贯经过皇城南门，来到文昌殿内，文东武西，依次站好，等待着皇帝来上早朝。慕容恪为文臣之首，慕舆根则排在武将的第一位。这时，殿外传来一阵杂沓的脚步声。护军将军傅颜一脸肃杀，戎装贯带，右手按着胁下的刀柄，带着十几名膀大腰圆的禁兵走进殿中，径直来到慕舆根近前，隐隐成合围之势。傅颜朗声道："奉诏令，将慕舆根拿下。"说着，左手一挥。众军兵一拥而上，将惊慌失措的慕舆根按倒在地，如捆粽子般将他捆缚了起来，又将他的嘴用麻布堵住。百官不知内情，见了这副场景，惊得面如土色。随后，小皇帝慕容㸑带着两个太监，由屏风后走上金殿，在龙椅上落座。一个太监立在金阶之上，手里捧着一卷诏书，读道："奉天承运，皇帝诏曰：'太

第四章 乱起萧墙

师慕舆根包藏祸心，图谋不轨，欲害元勋，实为大逆不道，着即处斩。'"接下来，便罗列慕舆根的罪名。众臣听了，方才恍然。这时，大批禁军已将文昌殿包围，将慕舆根的十几名党羽一并擒获，与慕舆根一起，押至午门外斩首。

朝阳自东方冉冉升起，万道阳光照进皇城，把千百座高大的殿宇映成一片金色。高大挺秀的梧桐，在道路上投下斑驳的身影，树上百鸟唱和，唧啾声声。散朝之后，太宰慕容恪从容出了皇城，从家丁手里接过马缰，便欲上马回府。慕容垂从后面追了上来，道："四哥！国家新遭大丧，诛夷狼藉。您身边只带了几名家丁，恐遭人暗算。小弟不才，愿护送您回府。"慕容恪摇摇头，气定神闲地道："不必！眼下人情惶惶，我身为宰辅，正当安重以镇压朝野，何必自为惊扰！"说着，翻身上马，正欲扬鞭而行，略一思忖，又回过头来，对慕容垂说："五弟，前次阅兵之后，所征各郡的十几万兵士，以本朝多难，互相惊动，往往擅自散归，回去的路上却又不安分。据郡县来报，自邺城以南，道路断塞。我打算让你统一支兵马，巡行境内，你觉得如何？"慕容垂听了，应允道："四哥有命，小弟无不遵从。"说着，二人作别，各自还府。过了几天，燕朝下诏，以吴王慕容垂为使持节、征南将军、都督河南诸军事、兖州牧、荆州刺史，帅骑二万，观兵河南，临淮而还，境内乃安。

燕太宰、太原王慕容恪稳定朝野局势后，很快就按原定计划，对东晋发起了进攻，于公元361年率兵取河内，斩晋冀州刺史吕护，两年后，派宁东将军慕容忠克荥阳；继而兵进许昌、悬瓠、陈郡及汝南诸郡，掠走一万多户人家；又于公元367年，将兵攻洛阳。

洛阳别称洛邑、洛京，地处黄河中游南岸，跨伊、洛、涧几条河流，北倚邙山，南对伊阙，东据虎牢，西有崤坂，素有"河山拱戴，形胜甲于天下"之誉。

洛阳守将沈劲，麾下只有五千多人，听说燕军将要来袭，立即动员全城军民加固城防，还在城外开挖出一条宽达数里的"伊洛河"，

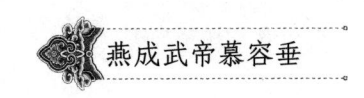

连接起伊水与洛水，使汹涌的河水绕城而行，又在"伊洛河"的南岸布下若干哨卡。哨卡里驻有哨兵，严密监视对岸的动静。

　　这年春初，慕容恪率五万燕军抵达洛阳附近，见一条宽广的河流将洛阳城围在中间。浩瀚的河水夹杂着泥浆，滔滔向东流去。岸边的船只早已被晋军尽数掠走。慕容恪见状，只得派人去百余里外的邙山上砍伐了几万棵树木，再运到河北岸，扎起几百架木排。每架木排上面可搭载百余名军兵。

　　凌晨时分，天刚蒙蒙亮，浑浊的伊洛河中不时泛起锅盖大小的漩涡。慕容恪与慕容垂集齐军兵来到河边，准备渡河强攻。五千燕军先头部队，乘坐着临时扎成的木排，劈波冲浪，向对岸开去。不料木排刚一离岸，对面的晋军哨兵就发出信号，紧接着，洛阳城的北门大开，从城内涌出许多弓箭手。这些弓箭手冲到岸边，齐向木排上的燕军射箭，登时射死了不少燕兵。燕军将士用刀枪拨打着对面射来的箭矢，拼命驾着木排抵近岸边，然后腾身跃到陆地上。但他们尚未站稳脚跟，马上又被沈劲率领的晋军包围。

　　过河的燕军与晋军激战了几个时辰，大部阵亡，一小部分被逼进河中，被汹涌的河水冲走，只剩几百名水性上佳的军兵游了回来。晋军一片欢呼，将战死的燕兵抛到河里。傅颜在北岸见此情形，气得暴跳如雷，三两下脱了个赤膊，抄起一把鬼头刀，要带部下泅渡过去，与沈劲拼个死活。慕容恪骑马立在北岸观战，见傅颜要过河拼命，连忙阻止道："不可莽撞！洛阳四周有深水围护，沈劲又是早有准备。咱们若一味强攻，只是枉自送人头。"慕容垂全身披挂，也在一旁劝道："傅将军，莫逞血气之勇。咱们还是想法子探明洛阳的布防情况，做到知己知彼，方有取胜的把握。"傅颜有些焦躁地说："城外多了一条大河，我们靠不近啊。"慕容恪却并不气馁，向四周扫视了一圈，说："明天我与五弟去探探，看情况再说吧！"

　　第二天，天光大亮之后。慕容恪和慕容垂两人脱下铠甲，各自穿了件半新不旧的长衫。慕容恪戴了一顶毡帽，慕容垂则在背后背了个

第四章　乱起萧墙

青布包袱，里面装了些杂货。两人各骑上一匹瘦马，也不带随从，出了军营，向西奔出十余里，才放缓马速，沿着伊洛河巡行。洛阳城周足有百余里。伊洛河绕城而流，离城墙约有十五六里，两岸边尽是丛生的杂草。慕容恪和慕容垂由城北绕到城西，隐隐可以看到城堞后的敌军，觉得骑马目标太大，便跳下马来，将马拴在一边，步行向前探路，边走边留心观察。

太阳慢慢地升起，河边异常寂静，显得有些冷落。慕容垂的右手突然向前一指，低声道："四哥，那边有人。"慕容恪向他手指的方向望去，果不其然，只见前边的杂草丛中露出一只破斗笠来。二人不知对方是友是敌，暗自戒备着走近，就见河边有一个老渔翁。老渔翁大约六十岁，衣襟褴褛，正坐在草地上，手里拿着一根长长的钓竿，独自钓着鱼，听到背后有动静，便回过头来，疑惑地打量着他们二人。

慕容恪放下心来，估摸着这老渔翁一定是附近的人，便想从他嘴里套出些情况，脸上带着笑问道："老人家，兵荒马乱的，怎么还有闲心在这里钓鱼？"老头儿满脸皱纹，颔边长着一丛花白的胡子，眯着两只眼睛道："不出来钓鱼，在家也是饿死。再说了，我这把年纪，还有什么好怕的？唉，你们二位是干什么的？"慕容恪迈步走了过去，道："我们兄弟是做小本生意的，打算到洛阳城里进点儿杂货，不想被阻在了城外。"慕容垂随着慕容恪走到老汉身边，向草地上的一个鱼篓里望去，见里面装了半篓的鲜鱼。大大小小的鱼儿，在篓内不时地跳动，银白色的鱼鳞闪闪发光。慕容垂顺口赞道："老人家，钓了不少了嘛。"老汉独在这里，正闷得慌，见有人和他聊天，便道："不瞒二位说，因为在打仗，这一带的渔夫都逃走了，所以河里的鱼特别多。我来这里也就是半天的工夫，已经钓到十几斤了。"

几个人正说着，又有鱼儿咬钩。老汉打住话头，急忙收竿。不料那条鱼的力量竟是不少，在水里拼命挣扎，鱼尾打的水花乱溅。老渔翁又是年迈体衰，连运了几次力，竟拉扯不动，手里的钓竿似要脱手。慕容垂上前一步，从他手里接过钓竿，略一用力，从河里扯上一条两尺多长的鲤鱼。这条鲤鱼体形硕大，浑身呈金黄色，鱼嘴旁还有两对颤动的红须，在草地上"扑喇喇"地不停跳动。老渔翁眉开眼笑地取过鱼篓，将那条不停挣扎的大鲤鱼装了进去，然后向慕容垂道谢。慕容恪在一旁道："老人家！看这鲤鱼的个头，应该是从黄河里过来的。这条鱼可比普通的河鱼值钱，大概要卖得一钱多银子吧！"老汉笑得更开心了，伸出两个手指头，比画着说："若是卖到对面的晋军哨所里，能得二钱银子呢。"慕容恪和慕容垂听了这句话，心里都是一动，互相对视了一眼。

日已晌午，河面上白茫茫的水气升腾。慕容垂见四外无人，反手从背上解下包袱，道："老人家！咱们在此遇见，也算有缘。我正好带了几条干牛肉，还有一葫芦酒，就借这块地方作个便宜东道，请您老人家小酌一番吧。"说着，在旁边的草地上铺开一块薄毡。老渔翁也不客气，欣然应邀。三个人坐在毡上，用手撕扯着肉干，又就着葫芦，一口接一口地喝起酒来。不一会儿，慕容兄弟与老渔翁仿佛成了多年的旧友。慕容恪攀谈道："老人家，你是哪儿人啊？"渔翁的酒量并不大，几口酒下肚之后，脸就开始泛红，一条条的皱纹看起来更为明显，道："往前二十里，有个村子。我就在那里住，平时种菜种粮，闲时就在河边打鱼。"

"看样子，这条伊洛河开挖的时间不算长吧？"慕容垂一边问，一边又将酒葫芦塞到老渔翁手里。老汉抖着手接过去，仰脖儿灌了一口，兴许是酒劲儿上头，洒了一些酒在衣襟上，话也多起来，道："前两个月，沈将军听说燕军要来攻城，就在四里八乡发下告示，征召民夫匆匆挖了这条河。我这把老骨头是干不动活了，只负责给挖河的人送饭。河工结束后，沈将军要我们全都搬走，说是要打大仗了，免得白白送死。村里的人都搬了。我一个孤老头子，反正离死不远了，搬不搬的还有什么关系？每天就来到这里钓鱼，收获还不错，呵呵！有了大鱼，就送过河去，每条一二钱银子呢！你说，哪里去找这

第四章 乱起萧墙

么好的生意？再这么钓上些日子，我的棺材本儿就出来了。"

慕容恪假作无意地问："老人家，城边都是水，这附近也没见您的船只，您是怎么过河到对岸兵营里去呢？"慕容垂脸上不动声色，却立时支棱起耳朵。老渔翁每日与明月清风作伴，毫无心机，憨厚地笑了笑，指着不远处道："当时挖这条人工河的时候，因为时间仓促，最后一段挖得比较浅。只不过上面有水漫过，别人看不出来罢了。那边的水下积了许多烂泥，不能走船，但人可以蹚水过去。"

慕容恪和慕容垂听了，都暗自欢喜，想不到今日竟大有所获。不一会儿，老渔翁的酒喝得差不多了，起身取过鱼篓，伸手从里面提出那条活蹦乱跳的红嘴鲤鱼，慷慨地递给慕容垂道："今天扰了你一顿酒，将这条鲤鱼送给你！"慕容垂怎么肯收，摇着双手，一个劲儿地推辞。慕容恪在一旁道："老人家，一顿酒值得几何？你还是把这鱼送去军营吧，我们就不打扰了，就此别过。"老渔翁见对方坚意不收，只得作罢，将鲤鱼放回篓里，捡起鱼竿，告辞而去。慕容恪与慕容垂也站起身来，弃了毡布和葫芦，远远地在后面追着他。

老渔翁喝得半醉，自不知后面有人，手里提着鱼篓，肩上扛着鱼竿，摇摇晃晃地走到一处水边，坐在一棵手腕粗细的小杨树旁，将鱼竿撇在树下，又脱掉脚上的破布鞋，便蹚着齐腰的水过了河，向着晋军的哨所走去。慕容恪与慕容垂躲在草丛里，遥见老渔翁正与迎出来的几个晋军哨兵打着招呼，就猫着腰齐向后退去，直到确定对面的哨兵看不见他们，这才直起身子去寻到自己的马，骑马回了军营。

晚上，浓云遮住了月亮，夜空点缀着几颗星，四周伸手不见五指。慕容恪、慕容垂等悄悄地带兵出了兵营，绕到洛阳城西，准确无误地找到河畔那棵小杨树。夜幕笼罩下的伊洛河流波有声，冰凉的河水闪着幽幽的光，河畔不时传来几声蛙鸣。十余里之外，便是曲折蜿蜒的洛阳城墙。慕容垂全身披甲，先带着一小队骑兵蹚水过河，发现这里的水只没过了马腹。他顺利抵达对岸之后，点起一只火把，在空中画了两个圈，示意此处可渡。慕容恪看到信号，翻身上马，带着大队骑兵涌过了伊洛河。四周水流的声音，掩盖了燕兵蹚水的"哗哗"声。但有几匹战马不小心走偏，踏进了不远处的深水区，被湍急的河流一冲，失去了平衡，惊慌地嘶鸣起来。营垒里的晋军哨兵发现有敌来袭，急忙鸣锣示警，但已经来不及了。这个工夫，大批的燕兵已冲了过去，踏破营垒，将放哨的晋军杀散。

　　城里的晋军听到骤起骤止的锣声，知道有敌来犯，但还没来得及出城，就被傅颜带领的骑兵堵在城门洞里。守将沈劲只得关了城门，率众登城拒守。燕军过了河之后，再无忌惮，点起长龙似的火把，开始四面围攻洛阳。燕军数量是城中晋军的十倍，慕容恪、慕容垂、傅颜等人各领一队人马，从四面八方架起云梯。数万名燕兵头戴铁盔，身披铁甲，像蚂蚁似的沿着云梯爬向城头，坠而复升，迭相番代，令城内的守军顾此失彼。激烈的战斗持续到天亮，傅颜身先士卒，冲上了城头，砍掉城上的晋军旗帜，又与几名勇士一起，沿着马道杀到城门处，斩关落锁，大开城门。慕容恪跃马挥刀，带领着燕军向城里冲去，不料刚到城下，被城上的一支冷箭射中，一个倒栽葱，从马上摔落在地。随后的侍卫们大惊，连忙将他抬到阵后。这时，慕容垂已由西门带兵涌进城去，很快就扫荡了城中的残敌，还生擒了晋军守将沈劲。

　　天光大亮，洛阳城中形势已定。慕容垂分兵扼守四门，又带兵在城中巡视，正走在街上，忽见一个军士慌里慌张地跑来，道："殿下，大事不好，太原王昨晚中箭落马，据说伤得不轻。"慕容垂彻夜鏖兵，眼睛里带着血丝，听到这个消息，也顾不得巡城了，急忙赶往慕容恪的营中。慕容恪被部属救起后，在城外临时搭起的帐篷里疗伤。他脸色苍白，左胸上扎着厚厚的绷带，兀自向外渗着血水，正半躺在一张简易的竹床上。慕容垂急匆匆地赶到帐篷里，见此情形，心里一沉，走近过去，关切地问道："四哥，你觉得怎么样？"慕容恪微微一笑，示意自己还好。一边的军医端过一碗汤药来，道："这支箭幸亏是失了准头，若再向右偏两寸，后果不堪设想。"慕容垂扶着

第四章 乱起萧墙

慕容恪从床上坐起,帮着军医喂他喝下汤药,又将慕容恪轻轻放倒在床上,安慰了几句,让其安心养伤,便从帐中退了出来,忧心忡忡,没走多远,见傅颜带兵押着一队晋军俘虏走近,便立下脚步。

晋将沈劲走在俘虏的最前面,他三十多岁年纪,头发蓬乱,满脸血污,被扯破的衣衫上也沾满了血迹,看得出是经过一番剧斗之后才被擒的,双手被捆缚着,从慕容垂身边走过时,微微一笑,似是自嘲,又似是在嘲讽对方,脸上一副满不在乎的样子。慕容垂身披战袍,见其眉宇间仍洋溢着一股精悍之色,不由得暗暗称奇,心想:"不料南人里竟也有这等的硬骨头。"傅颜几步来到慕容垂身边,道:"殿下!昨夜太原王伤于洛阳城外。弟兄们俱怀不平,请斩沈劲以快众心。"慕容垂见四哥受伤不轻,也是一肚子的无名火,暗道:"沈劲终究是南朝名将,必不为我所用,留着他也是后患,倒不如杀了干净。"想到这里,便点了点头。傅颜奉命,便将沈劲带至营门处斩。沈劲临刑,意气扬扬,略如平日,后被晋朝追赠为扬武将军。

过了几天,慕容恪伤势有所好转,便命班师。至此,慕容恪已执政七年(361-367),打下了黄河以西的大片土地,使国土东起辽东、西至黄河、北近大漠、南临淮北,构筑起燕国最大的版图,又以慕容垂为都督荆、扬、洛、徐、兖、豫、雍、益、凉、秦十州诸军事、征南大将军、荆州牧,镇鲁阳(今河南省鲁山县)。

鲁阳位于伏牛山东麓、沙河上游,为一邑巨镇,地势西高东低,西、南、北三面环山,东连黄淮平原,郡城东北十八里有鲁山。5月的一天,灰蒙蒙的云雾遮挡了天空,天色渐渐地有些灰暗。霎时间狂风肆掠,呼啸着迎面而来,摇撼着大树的枝叶。滚滚乌云犹如奔腾的野马,浩荡而至,布满了天空,像是在翻腾的狂涛怒浪,大地被黑暗笼罩了。

慕容垂正在鲁阳郡府内,与慕容德商量着军情。慕容德是慕容皝的第十七个儿子,字玄明,身长八尺二寸,姿貌雄伟,额有重文,似日角、偃月,博观群书,性清慎,多才艺。慕容垂见天阴欲雨,屋里光线暗淡，便命人点起了灯烛，又起身关上窗户，回身坐在桌前。慕容德时年三十一岁，比慕容垂小着整十岁，斜披着战袍，道："五哥，你现在手握重兵，提调十州军马。这种情况，自我朝立国以来，是没有过的，足见四哥对你的倚重。在我们兄弟中，小弟最佩服的就是你们两个。"慕容垂摇了摇头，谦道："我怎能和四哥相提并论？四哥为将，不事威严，专用恩信，爱抚士卒，不为苛令。我这次随四哥征洛阳，也算是学到了一些本事。"慕容德一直驻守龙城，最近才调到江淮一线，听了慕容垂这番话，道："四哥德业迈于诸葛，五兄才气不下管萧。今上有明主，两位兄长左提右挈，驱驾才俊，我大燕混一天下之业，指日可待！"兄弟二人正说着，忽见门上人来报，称邺城有使者到来，忙命快请，又命人在厅上陈设香案，准备接诏。

不一会儿，使者匆匆进厅，竟是傅颜。傅颜一身戎装，面色沉重，手捧诏书，居中而立，朗声宣读道："奉天承运，皇帝诏曰：'吴王慕容垂在军积年，卓有功勋，着令为车骑将军，接诏之日，作速料理回京。'钦此！"慕容垂与慕容德跪在地上听完诏书，磕头起身，从傅颜手里接过圣旨，递与家人妥善保管，然后撤去香案，三人分别落座。傅颜坐在一旁，却是神情恍惚，脸色阴郁。慕容垂见他表情有异，便道："彦宗！朝廷既命我为车骑将军，是太原王所奏吗？"傅颜见问，双目竟有些湿润，颤声道："殿下！太原王……已然病逝。"这话一出，如一道炸雷，在慕容垂与慕容德的耳边响过。慕容垂霍然起身，道："你……你说什么？傅颜缓缓道："太原王自洛阳返旆后，身上的伤势一直没有痊愈，时好时坏，本欲再征襄阳，不想箭创发作，卧床月余，终至不起……请殿下把军务料理一下，尽快登程。"

外面天空黑沉沉的，好像要塌下来。乌云深处滚动着沉闷的雷声，一道道闪电如条条火蛇，飞快地掠过天空，照亮了漆黑的天际。过了一会儿，豆大的雨点"哗啦啦"地从天上落下来，撒落一地。傅颜平静了一下情绪，又道："二位殿下，这次小将前来，是皇甫真大人按排的。皇甫侍中让小将到这里，还要说几句要紧的话。"慕容垂颓然坐回椅子上，已是心如乱麻。傅颜压低声音道："太原王临终，皇上亲临问疾。太原王对皇上说：'今南有遗晋，西有强秦。二国常蓄进取之志，只因我国内无衅，才没有动手。国之兴衰，全看宰辅。大司马总统六军，不可任非其人。吴王文武兼资，有将相之才。陛下若能委之以重任，必能安邦定国，否则，秦晋必有窥觎之计'。"慕容垂听到这里，不禁又是感动，又是难过。

傅颜又对慕容垂道："太原王虽有意将兵马大权交付给您，但皇上回到宫中，与太后、太傅商议，还是以皇弟慕容冲为大司马，却以您为车骑将军。"慕容德在旁插言道："冲儿年仅九岁，懂得什么？这么一来，大权可就落到了上庸王手里！"慕容垂心里明白："燕主慕容炜幼弱，政不在己。太傅慕容评多猜忌。太后与自己的关系又早已恶化。自己这次回邺城，可谓吉凶未卜。皇甫真正是为此，才特意派傅颜前来提醒。"想到这里，不禁长叹一声，赏了傅颜一百两银子，命他下去休息。

屋外的夏雷骤雨，直下了两个多时辰，院里积满了雨水。傍晚时分，乌云散去，雨过天晴。太阳西坠，斜晖残照透进房内。慕容垂将鲁阳军政交与慕容德代管，第二天便与傅颜回了邺城。

燕成武帝慕容垂

第五章　枋头之战

就这样，晋国的五万疲惫之师，被燕军前后夹击，横遭刀劈马踏，阵亡了足有三万余人。桓温带着残兵冲出一条血路，朝襄邑东南方向逃去，好不容易逃到了谯郡（今河南省商丘一带），没来得及喘息，又被前秦大将苟池的部队截杀，再搭上万余条性命。

太宰慕容恪去世后，燕朝举国震悼。随后过了几个月，也就是公元367年10月，远在关中的秦国也出了乱子。原秦王苻生的弟弟、晋公苻柳勾结赵公苻双、魏公苻廋（sōu）、燕公苻武，一齐造反，史称"四公之乱"。苻柳据蒲阪（今山西省运城永济）、苻双据上邽（今甘肃省天水市清水县）、苻廋据陕城（今河南省三门峡市西），苻武据安定（今甘肃省定西市附近），四人同时举兵，声势浩大。公元368年正月，秦王苻坚出兵平叛：以后将军杨成世攻上邽，左将军毛嵩攻安定，辅国将军王猛、建节将军邓羌牵制蒲阪，前将军杨安、广武将军张蚝逼近陕城。魏公苻廋遂以陕城降燕，派使者去邺城见燕主慕容㬢请援。

第五章 枋头之战

燕主慕容暐时年十八岁，兴许是久居深宫的原因，脸色是那种常年不见天日的苍白。他头戴冲天冠，身高近七尺，瘦削的身板缺乏剽悍的气质，显得有些孱弱，穿着一袭绣龙纹的黄袍，外罩一件亮绸面的浅黄色对襟袄背子，腰束白玉带，脚蹬赤舃。慕容暐名义上已然亲政，但毕竟年少识浅，碰上这样的军国大事，还是不敢自己做主，急忙来到翊坤宫，与可足浑皇太后商议了半天，也没个主意，便将慕容评、慕容垂、皇甫真等大臣请来共议。

翊坤宫的天花板上刻有龙凤图案，四面墙上挂着五彩斑斓的蜀锦壁毯。宫殿的东侧摆有花梨木雕竹纹的裙板隔扇，正中设地坪一座，左右分列一对铜龙和一对铜鹿。地坪上摆置紫檀木雕嵌寿字的屏风，屏风前有宝座、几案、宫扇、香筒等。可足浑皇太后年过四旬，尽管运用胭脂花粉的手段十分高明，也掩盖不住额上的皱纹，眼角斜吊着，鼻头上起了小小的粒子，尖尖的嘴巴如鸷鸟的喙，满头珠翠，上穿彩凤短襦，领后垂明黄绦，弧形琵琶袖；下着马面裙，饰有裙襕，居中坐在宝座之上，旁边的绣墩上坐着燕主慕容暐。慕容评等人已先后来到，分列两边。

彼时鲜卑皇族入居中原未久，君臣之间顾及不到什么男女之防。自慕容俊去世之后，可足浑太后便常和小皇帝一起接见臣下，处理国事，大家也并没觉得有什么不妥。这时，可足浑太后向慕容暐点了点头，示意他先说话。慕容暐受到母亲的鼓励，怯生生地打量了一眼众人，开言道："列位王公大臣！秦国内乱，魏公苻廋遣使请援。今日请诸位来议一议，应不应当出兵呢？"上庸王、太师慕容评辅政以来，不思进取，只是一味享乐，丝竹尽当时之选，庖膳穷水陆之珍，后房姬妾百余人，皆曳纨绣、珥金翠，如今听了慕容暐的话，生怕让自己统军出征，只是默然不语。

吴王慕容垂时年四十一岁，在朝任车骑将军。车骑将军一职主掌征伐，有战事时乃拜官出征，事毕便罢官，自回邺城之后，基本处于闲置状态。他入宫前就听说了秦国大乱的消息，敏锐地意识到这是一个灭秦的良机，今见慕容评装聋作哑，便率先发言道："关中沃野千里，蓄积多饶。如今苻氏骨肉相残，国家四分五裂。陛下应马上发兵。臣愿领许昌、洛州的兵马去解苻廋之围；另由皇甫真率并州、冀州的兵马直趋蒲阪，再请太傅总京师虎旅为二军后继，传檄三辅，示以祸福。秦地百姓必望风归附，关中可一战而定。"

皇甫真在一旁当即响应："吴王之议，实有可寻。"慕容㙷一时不知如何应答，侧着略带稚气的脸庞，只是望着可足浑太后。可足浑太后矜持地坐在宝座之上，一见慕容垂，心里先自不喜欢，听了他这番话，暗道："此人万万不可掌兵，否则将如蛟龙得云雨，非复池中之物了！"想到这里，慢条斯理地说："这个苻廋，是个什么人物？"

慕容评巧于钻营，清楚太后才是王朝的掌舵人，忙抢着回答道："他是苻健的小儿子，与苻柳同为苻生的兄弟。"可足浑皇太后道："那他就是苻坚的堂兄弟了？他们自家人打个不可开交，我们何必去跟着凑这个热闹？"慕容评听了这话，正中下怀，晃着肥硕的圆脑袋，道："太后圣裁！秦为大国，今虽有难，却非不堪一击。朝廷虽明，未如先帝；我等智略，又不及太宰。目前，我们闭关保境即可，不可轻易出兵……"

慕容垂按捺不住急切的心情，不待慕容评说完，便道："先帝应天受命，志平六合。陛下继统，应当完成这一大业。如今苻廋投诚，可以说是天赐良机，不可错过。"他这几句话却是对慕容㙷说的。可足浑皇太后矜持地坐在那里，瞥了眼慕容垂，撇着长腔道："吴王，太傅年长位尊，既说不宜出兵，我看你还是不要再执拗了。"

慕容垂建功心切，知道一举吞并关中、统一北方的良机就在眼前，见太后与太傅执迷不悟，焦急地说："秦地与我相邻，苻坚、王猛皆人杰，早就想吞并燕国。今若不乘机取关中，恐怕燕之君臣将有甬东之悔！"（越王勾践灭吴后，把吴王夫差流放甬东，迫其自杀）可足浑皇太后听此言不吉，心下恚怒，眼角立刻又吊了起来，嘴角的两条法令纹更深了，登时便欲发作。皇甫真见太后面色不善，忙出来打圆场，道："吴王一时失言，倒也不是藐视朝廷，还请太后息怒。"慕容垂说完那几句话后，也意识到不妥，忙改口道："臣一时口不择言，实无心冒犯太后与皇上。"可足浑太后听了，心里虽恼，却也不好再说什么，只是一脸嫌弃地将头撇到一边。

夕阳似一枚光亮的圆盘，悬在西边的天际。余晖照在殿宇的琉璃瓦上，偌大的皇城上空浮光跃金。众人退出殿外，相继散去。慕容垂与皇甫真并肩走到皇城外，略一驻足，抬眼望向天边的晚霞，有些郁闷地说："皇甫大人！主上富于春秋，太傅才略，岂能敌苻坚、王猛？大概用不了多久，秦国必为大燕之患！"皇甫真也是一肚子的不痛快，点了点头，道："不错！我也知道，但说的话却不管用，只能徒呼负负了。"二人无奈地对视了一眼，各自摇了摇头，遂分手而去。

慕容垂知道太后与己有隙，而慕容评大权独揽，容不得异见，自己胳膊拧不过大腿，再难有什么作为，从此托疾不朝。燕国也终于没有出兵援救苻廋。公元368年7月，秦王苻坚率军攻克上邽，斩苻双、苻武，结束了西线的战事，随即驰援东线，9月，与王猛、邓合兵攻下蒲阪，斩苻柳，又于12月，移师攻拔陕城，擒杀苻廋，彻底平定了这次叛乱。

燕上庸王、太傅慕容评位为首辅，嘴上说："闭关保境"，实则是想安安稳稳地做个富家翁。其时燕地连年大稔，四方的财富源源不断地集中到邺城。慕容评巧立名目，大肆聚敛，以至财产丰积，府中私库堆垒无数珍珠、玛瑙、琥珀、犀角、象牙等珍宝财货。他在京畿一带还有田地十万多顷，奴仆两千余人，进而大修宅第，因山形水势，筑园建馆，使室宇宏丽。慕容评一心只想享受权力带来的种种利益，但偏偏有人不让他如意。

燕主慕容俊、太宰慕容恪相继病逝的消息，早已传到了江南。东晋君臣听到这个消息，皆以为中原可图。公元369年春，3月，徐、充二州刺史、大司马桓温率豫州刺史袁真、冠军将军毛虎生、大司马参军郗超等举兵伐燕。桓温是宣城内史桓彝的长子，未满周岁的时候，被江南名士温峤看到。温峤对这个婴儿大为赞赏，向桓彝道："这孩子生具奇骨，你试着让他哭几声。"桓彝知温峤素有冰鉴之名，便轻轻拍了拍儿子。桓温果然张嘴而啼。温峤闻声后赞道："真英物也！"桓彝甚喜，以儿子为温峤所赏，故遂名之为"温"。桓温长大后，姿貌伟岸，风度不凡，挺雄豪之逸气，韫文武之奇才，娶晋明帝司马绍之女——南康长公主为妻，加拜驸马都尉，后又袭父亲的爵位为万宁县男，于公元345年出任荆州刺史，两年之后，以平蜀之功被封为征西大将军、开府仪同三司、临贺郡公，从此手握重兵，威镇江南。

6月的初夏，大地一片桃红柳绿。郁郁葱葱的树荫遮挡着日渐刺眼的阳光。远近响起了知了的鸣叫声，时快时慢，时缓时急。桓温率步骑五万发兵姑孰（今安徽省当涂县），共搭乘百余艘战船沿水路前进，舳舻绵延数百里，于月末抵达金乡（今属山东省）。这天早上，旭日初升。晋大司马桓温披挂整齐，正立在船头，忽听背后脚步声响起，回头见是豫州刺史袁真到来。袁真，字贵诚，陈郡阳夏（今河南省太康）人，出身江南"王谢袁萧"四大高门中的陈郡袁氏，三十出头，双目细长，面白无须，身形健硕。他头戴铁盔，身披甲胄，走到桓温身旁，躬身一礼，说："大帅，卑职想起一事，不得不来面禀：我军即将进入敌境，日益远离后方，万一水路梗阻，运粮可就成了大问题。"

桓温扫视了一眼身后浩浩荡荡的船队，不以为意地道："前方还有汶水和清水，至不济还可以开条运河，从黄河里引水通运就是了。"袁真摇了摇头，说："汶水—清水—黄河这条水路的水量小。我军若依托此道转运军粮的话，势必困难重重。大帅请想，如果燕军坚守不战，又坚壁清野，咱们的补给有可能跟不上。卑职以为，不如放弃水道，全军只带必要的干粮，沿陆路轻装疾进，避开要塞，直扑

第五章 枋头之战

邺城。燕国君臣慑于大帅的威名，必望风逃溃，北归辽、碣。若是他们仓促应战，咱们正好将其主力一举歼灭。就算他们固守邺城，也一定来不及坚壁清野。这样城外的庄稼和民众，足供军需！"

战船劈波斩浪，一路向前行驶着，汹涌的河水在舷旁泛起朵朵白色浪花。袁真立在甲板上，说到这里，瞧了瞧桓温的脸色，见他有些犹豫，便又道："大帅觉得这么做太冒险的话，不妨驻兵于黄河、济水一线，控引漕运，俟资储充备，到明年夏天再进军。这样做虽然迟缓，但可立于不败之地。将军若舍此二策不用而连军北上，进不速决，退必愆乏，一旦拖到秋冬，水路涩滞，届时需要担心的，可就不只是粮食了。"

桓温为人持重，不必得则不为，听了袁真的主意，皱着眉头琢磨了一会儿，道："第一条计策有些冒险！我军轻装迫近邺城，万一交战不利，想再撤回来就难了。但你的第二条计策又有些保守……"桓温心里还有些话，却没有说出来。这些年他权柄日重，已引起朝中大臣的猜忌，就拿这次北伐来说，其政敌难免不在后方阻挠，甚至拖大军的后腿。桓温不愿轻进邺城，但为避免后方生变，又想尽快打完这一仗，自然也不能采用袁真的第二策，于是仍按原定计划向前推进，带领水军从清水（古济水自巨野泽以下别名清水）进入汶水（今大汶水）。

晋军入燕境后不久，果然遇上大旱天气。一连四十多日没下一滴雨。白天，太阳像火球似的挂在空中，从早到晚暴晒，河畔树木的叶子被晒得发黄。河道里的水位大幅降低，露出龟裂的河床。晋军的战船无法前进，粮船也全都搁浅。桓温见此情形，命冠军将军毛虎生，从巨野泽（当时在山东境内的一个大湖泊，后因黄河改道等原因，今天已不存在）开掘出一条长达三百里的运河，将汶水与清水连接，又引黄河水入清、汶，以通粮运。

桓温自己则率大军登岸，派建威将军檀玄攻克湖陆（今山东省鱼台县东南），生擒燕国守将、宁东将军慕容忠。燕主慕容炜命下邳王

燕成武帝慕容垂

慕容厉（慕容皝第七子）为征讨大都督，仓促调两万兵马，与桓温在黄墟（今河南省兰考县东南）交战。燕军大败，几乎全军覆没。慕容厉单马逃回邺城，高平太守徐翻向晋军投降。可足浑皇太后、燕王慕容㙔及太傅慕容评闻讯大惧。慕容㙔慌忙任命自己的庶兄、乐安王慕容臧出兵阻截，又为晋军前锋邓遐、朱序在林渚（今河南省新郑县东北）所败。桓温乘胜，长驱大进，驻兵武阳，其先头部队抵至枋头（今河南省浚县东南淇门渡），距离邺城已不过百里。

这一天，玄色的天幕上不见星月，邺城还笼罩在黎明前的黑暗里。皇城内一片静谧，高墙外的梧桐树挺立着模糊的身影。树下黑乎乎的，隐隐可见三五成群的人影，那是等待着早朝的燕国大臣。不一会儿，朝会的钟声响起。皇城的两扇大门缓缓开启。文武百官们鱼贯而入，来到文昌殿，向端坐在龙椅上的慕容㙔行三叩九拜的大礼。大臣们听说了前线失利的消息，都惦记着身家性命，一个个心乱如麻，但还得认真磕拜，否则被言官看见了可是要遭到弹劾的。

殿内明烛煌煌，燕主慕容㙔坐在龙椅之上，慌乱不堪的心里像揣着一只小兔子，怦怦地跳个不停，脸上努力做出一副镇定的表情，扫视着两边的群臣，道："诸位爱卿，大家也都知道，晋军已至枋头！卿等有何策可以应对？"当时慕容评专权，群臣在朝多采取明哲保身的态度，不敢轻易献替。他们如今听了皇上问话，面面相觑，尽皆默然。

太傅慕容评上朝前就打定了主意，这时忙出班奏道："陛下，臣以为，秦与我地壤相接，可派使者前去求救。"慕容㙔听慕容评出了这么个主意，只有更慌，道："太傅，秦王苻坚未必肯出兵来援；再说，晋兵已近，远水不解近渴。恐怕用不了多久，桓温就会打到城外了。"慕容评自以年长位尊，在朝堂上一向颐指气使惯了，如今当众被驳，不免有些发窘，支支吾吾了半天，一拍脑袋，道："陛下，不如弃了邺城，回龙城去吧！"慕容㙔知道这位叔祖是想不出什么好点子来了，无奈之下，只得先派散骑侍郎乐嵩去关中请援，愿献出虎牢

第五章 枋头之战

关以西的土地，请秦王苻坚速发救兵，又与群臣共议：万一秦国不出援兵，就打算弃了中原回辽东故地。

东方现出鱼肚白，朝霞布满了天际。黎明的曙光照向大地，皇城内高大宏丽的殿宇，很清楚地露出轮廓。慕容炜还没退朝，宫内的嫔妃们就得到了皇上要放弃邺城的消息。她们都是大臣家的千金，平日里养尊处优，本就胆小，现在听到这个消息，忙不迭地收拾金银、准备车马，都想随着皇上趁早离开。各宫中的太监、宫女们被支使得团团转，全像没头苍蝇似的乱窜起来。没多大工夫，皇城里的纷乱就传到了宫外。

自冉闵的"杀胡令"之后，邺城刚刚恢复了些元气。如今城中百姓听说晋兵将至，无不惶恐。有钱的富户将财物装载到车马上，穷人赶着拴束包裹，忙不迭地开始逃难。偌大的邺城里鸡飞狗跳，几条大街上人潮涌动，一片喧嚣，不时传出妇孺的啼哭之声。惶恐不安的行人背着大大小小的包袱，都想出城，但城门已奉命关闭。全副武装的士兵堵在城门洞前，亮出明晃晃的刀锋，不许人们逃走。许多辆满载的马车，遇阻后返回，又与汹涌的人流挤成一团，将路上的青石板都压坏了几块。路边的几棵小树被车辆撞折，倒伏在地，露着白色的木茬儿。城头之上，隐隐可见兵器的寒光，那是卫戍部队开始登城布防。

皇甫真是慕容氏的三朝元老，亲身经历了燕国的崛起，又辅佐着慕容俊自辽东入主中原，今见慕容炜等人竟准备轻弃祖业，心里难过又压抑，挨到散朝之后，随着众臣走出大殿，跟谁也不打招呼，闷闷不乐地骑上马，带着几个亲随准备回府，见街上一片混乱，到处都挤满了惶恐的百姓，就调转马头，赶往附近的吴王府。

吴王府离皇城不远，临着西大街，三间垂花门楼，两扇黑漆的大门紧闭。皇甫真在府前下了马，命亲随上前叩门通报。不一会儿，一个家人开了府门。皇甫真随着家人进了府，绕过一道影壁，见眼前是一个宽敞的院落。院子里甬路相衔，两边排列着形态各异的花木盆

· 65 ·

景。甬路的尽头是前厅，厅顶铺着黄色琉璃瓦，两边是抄手游廊连接的配房。慕容垂正立于檐下，见皇甫真前来，忙降阶相迎，与之携手进入大厅。厅内方砖墁地，迎门摆着桌椅，后列八扇屏风。二人分宾主落座。

慕容垂也知道京师吃紧，甫一坐定，不待寒暄，先问道："楚季，桓温士众精强，乘流直进，逼近京畿。邺都形势已然危殆。今日早朝的时候，皇上与太傅怎么说？"皇甫真情绪不高，一脸的颓丧，说："自太原王逝后，国中风气日以颓靡。皇上体羸气弱，肤脆骨柔，不耐寒暑。太傅秉政，又不重局量才识，只知聚敛，今见强敌压境，竟鼓动皇上弃了京师回辽东，又想割地求援于秦国。"

慕容垂听了，愕然半晌，道："大燕三圣重光，弓马之劲，四方莫及，乘石氏之乱，兵进中原，一战而擒冉闵，再举而拔邺城，气盖四海，威加边服。不料才短短十几年的时间，赫赫声威就已不再……"这时，仆人斟上茶来。慕容垂端茶敬客，又说："桓温凭数万之众，纵其鲸吞之势，妄图席卷京洛，似能有一番作为。但在我看来，他未必会成功。"皇甫真闻言，精神一振，立时挺直了腰杆，不及饮茶，忙道："敢问其详？"慕容垂曾都督十州诸军事，在江淮一线待过，对东晋局势较为熟悉，沉吟道："晋室衰微，君弱臣庸，忌桓温专权，虽不敢明着与其作对，少不了暗中给他下绊子。再者，桓温骄而恃众，不善应变，率军深入之后，不敢分兵掠地，反而在枋头与我军相持，这样就把补给线拖得太长，如果粮草断绝，将不战自败。"

皇甫真听慕容垂说的有理，心里一阵激动，两手竟微微颤抖，手里的茶杯与杯盖相碰，"叮当"有声。他干脆将茶杯放在桌上，道："殿下为当世英杰，素受皇上倚重，更为百姓所信赖，何不领兵退敌？殿下若是出马，必能安黎民而慰宸虑。楚季愿朝夕听命，共克时艰。"慕容垂也明白，大燕能有今天这个局面，是慕容家数代英杰共同奋斗的结果，平心而论，确实不忍看着它就此被异族吞灭，遂写了份表章，请皇甫真带回宫中，称："晋兵循江而下，略地屠城，逼近京师。臣慕容垂请率兵退敌，拯国难，纾君忧。若臣战败，陛下再撤回辽东也不晚……"

燕王慕容炜接表大喜，遂从京畿卫戍部队里拨出四万人交给慕容垂，命慕容垂代乐安王慕容臧为使持节、南讨大都督，率兵赶赴枋头，以拒桓温。

夏日的晴空万里无云，黄灿灿的阳光喷薄而下，金光耀眼。慕容垂奉旨后，领军驰至枋头（今河南省浚县一带），与慕容德合兵一处。枋头连通黄河、淇水、白沟和清河，是河北漕运的枢纽，历来为军事要地。这些天，征南将军、范阳王慕容德指挥燕军决死力战，勉强挡住了晋兵的攻势，但已渐渐支撑不住。慕容垂与慕容德联兵，在晋军前方扎下连绵数十里的大营。营中的燕军将士披坚甲、执利刃，步骑相杂，游弩往来，戒备森严。营外安置栅栏、拒马，防止敌兵奔驰突击。慕容垂率部截住桓温大军后，不与决战，却命一支轻骑兵，绕到晋军的后方，破坏晋军的漕运粮道，顺便斩了晋将李述，同时利用骑兵优势，在外围连打了几个小型的运动战，杀伤不少晋军，还生擒了晋军的向导、前燕叛将段思。

8月，烈日高悬。各河流的水位急剧下降，只在河床中心剩下游丝般孱细的河水。龟裂的河床仿佛老人脸上的皱纹，清晰而深刻。河边的小草枯萎，匍匐在滚烫的土地上，树上的叶子变得焦黄。汶水—清水—黄河是枋头晋军的主要水运路线，很快也运行不畅了。桓温与慕容垂相持月余，打又打不着，吞也吞不下，还隔三差五地吃些小亏，而军粮即将告罄，只得命豫州刺史袁真去进攻梁国（今河南省商丘市），若得手的话，便可凿通石门（今河南省荥阳县前），进而连接起睢水与黄河，用以运粮。

梁国是历史古城。公元前2400年，阏伯任陶唐氏的火正，死后即葬于此地。由于阏伯的封号为"商"，坟墓称"丘"，所以此处被称为"商丘"。西周时期，商丘曾是宋国的国都。秦始皇灭六国前，

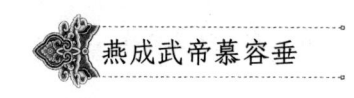

改商丘为砀郡,是当时的二十七个郡之一。汉高祖五年(公元前202年),废砀郡,建梁国。梁国现属豫州,整座城市呈长方形,四周筑有高厚的城墙,总面积十余平方公里。

豫州刺史袁真受命之后,倒是成功地攻占了梁国。但燕军在弃城突围之前,放火烧掉了梁国城里的粮仓。晋军入城之后,忙到市民家里翻箱倒箧,却没找到多少粮食,上万士兵的吃饭就成了大问题。袁真万般无奈之下,只得命人到城外的村镇征粮。这天傍晚,夕阳染红了大地,给树木镶上一层暗红。须臾,暮色四合,归巢的鸟儿在梁国城上起落着。一队穿着各色衣服的百姓,赶着百余辆马车出现在梁国城下。一袋袋的小麦、玉米、大豆、高粱等各色粮食,在车厢里堆得直冒尖。城上的晋军见运粮的车队到了,忙去禀报袁真。袁真闻讯赶来,披甲立在城头,望着外面的大小车辆,高声发问:"城下的人,你们是从哪里来的?"

城外的这队村民约有百人,一个个肤色黝黑、骨节粗大,穿着破衣烂衫,却是燕军假扮的,为首的正是傅颜。原来慕容垂听说梁国失陷,便猜到了桓温的意图,即派慕容德、傅颜领一万骑兵驰援石门,又让他们伺机夺回梁国城。五天前,二人就带兵到了石门,听说梁国城里的晋军正像饿蝗虫似的四处找粮,便顺水推舟,定下这条计策,准备以送粮为名,冒险混进城去,里应外合,夺回城池。这会儿,傅颜穿着身粗布衣服,故意把头发弄得蓬乱,脸上抹了一层灰,挽着袖子,脚下穿着一双草鞋,立在城门边,仰起脸来,高声答道:"将军,我等是三十里外吴家铺子的,奉命送粮进城。"袁真听了,便下令开城,亲自带了五百亲兵出城,将傅颜等人遍身搜查了一遍,没有发现兵刃,又在车上翻查了一遍,也没有发现异状。

袁真手按刀柄,上下打量了傅颜几眼,有些狐疑地问道:"你们怎么来得这么晚?"傅颜满脸堆着笑,憨声憨气地道:"将军,我们今天急着来送粮,不巧在半路上坏了个车轮子。俺只得又跑回村里换了新的,可不就耽误了工夫!"袁真又盘问了他几句,并没发现什么

第五章　枋头之战

破绽，便放傅颜等人进城，在粮库里卸下粮食，拿出几百两银子作为粮价，又管待了他们一顿酒饭。

　　天色已晚，一弯新月升上中天，在城内洒下一片朦胧昏黄的光。傅颜等人装出喝醉的样子，打着响亮的酒嗝，东倒西歪地走道都不利索。袁真便让部下在城内腾出一个院落，安排傅颜等人休息，准备明天一早再打发他们出城。为了保险起见，袁真还在院外布置了一小队军士，名为保护，实则监视。傅颜等人相互搀扶着，踉踉跄跄地跟着几名晋兵走街过巷，来到那所院子里，见院中有十几间民房。傅颜跨上台阶，推开两扇木板门，走进一间正房，见屋内低矮窄小，除一桌二凳外，便是一盘大土炕。桌上点着盏油灯，灯盏里只余不到二指的灯油。土炕上铺着张硬旧不堪的草席，还胡乱堆放着几床单薄的被褥。一顶黑黄陈旧的帐子，悬在土炕的上方。傅颜等人也不多言，分散在各个房里，各自上了炕，摸索着摊开被褥，合衣躺下。

　　半夜时分，梁国的城头上，刁斗声声。几小队晋兵荷戈持戟，隐在楼堞后的黑影里值守。大部分晋兵正躺在自己的营帐里酣然入睡。范阳王慕容德率一万铁骑奄至城下，绕城奔驰，不断地摇旗呐喊，做出一副要乘夜攻城的样子。袁真闻报，不由得大为紧张，急调军兵上城抵御。顿时，梁国城中的静谧被打破。各条街道上响起军兵跑动声、马蹄声和刀枪的碰撞声，还夹杂着南方口音的传令声，四下里如开了锅一般。傅颜躺在坑上装睡，却一直支着耳朵，听到外面一片嘈杂，明白慕容德已率军临城，便悄悄下了炕，抄起一根门闩，将其藏在肘后，开门从屋里出来。院里有个哨兵，腰里挂着柄长刀，正在巡逻，见了他便喝问道："干什么去？"傅颜趿拉着鞋子，走下台阶，仰天打了个哈欠，若无其事地道："军爷，小人饮了酒，有些口渴，想到厨房烧些水喝。"军兵闻言，便指给他厨房的所在。

　　傅颜点头哈腰地从他身边经过，趁其不备，猛然举起门闩，端端正正地砸在哨兵的天灵盖上。哨兵哼都没哼一声，便被打了个脑浆崩裂，倒地死去。傅颜一矮身，抽出他的刀，穿好鞋子，起身来到院门

· 69 ·

前。院门外一左一右站着两个晋军，听着城外传来的人喊马嘶之声，都有些不安，并没有留意院内的动静。傅颜一手拉开院门，如猿猴般纵身而出，手里长刀左劈右斩，将两名晋军砍死，随即回到院里，撮唇嘬哨一声。伪装成农民的百余名燕兵从屋子里鱼贯而出，随着傅颜，蹑手蹑脚地摸出院子，将附近巡逻的晋军逐个杀掉，取其兵器，将自己武装了起来。

晋军大队人马正在城上御敌，谁也没料到城内有变。傅颜等人扒下晋军哨兵的军装穿在身上，假扮成上城增援的模样，顺着街道便向城门方向冲去，一路上并未引起任何人的怀疑，很顺利地来到北门。北门高达十余丈，门洞深宽，里面有些晋军正在搬运砖石，打算将城门封死。傅颜带的这一百多人都是军中勇士，在战场上可以一当十，突然从晋兵背后发起奇袭，很快将他们杀散，随即斩关落锁，打开城门。城外的燕军骑兵横刀跃马，潮水般冲进城来，像发了疯似的四处乱砍乱杀。晋军城守有余，却并不擅长巷战，吃了大亏，有许多军兵被砍死在街道上。袁真见势不妙，只得弃城，带着为数不多的残兵落荒而走，逃回枋头。

这段时间，桓温不断接到军需告急，知道军粮告罄，还缺少薪柴和水，本军处境已是一天天艰难起来，如今又见袁真大败而回。他觉得没有击退慕容垂的把握，还听说秦国的军队将要到来，只得命人焚烧舰船和带不走的辎重，率部由陆路向南撤退。

9月19日的早晨，红艳艳的太阳跃上山尖，雾气像幕布一样拉开，一望无际的燕军大营渐渐显现在晨光里，营外号角高扬，军旗猎猎。慕容垂穿戴盔甲，腰佩金柄弯刀，骑着一匹高头大马，立在队前，望着远处滚滚而去的晋军，左右是世子慕容令和次子慕容农，身后的将士们各着甲胄，分阵排列。慕容令已是一个二十出头的小伙子，一头金黄色的头发，双目闪闪有神，高高的鼻梁，两片不薄不厚的嘴唇，身高膀阔，体形矫健，穿一件青布锦袄，腰束独蛮带，外罩战袍，手提长刀。慕容农是慕容垂的庶子，生得方脸宽额，鼻直口阔，粗发浓

第五章 枋头之战

眉，眼睛虽然不大，却是藏锋卧锐，流露出机警、智慧的神采，雪白的皮肤，英俊的脸上带着无所畏惧的表情，胁下悬剑，背后是弓袋箭囊。慕容令见晋兵在撤退，建议道："父王，桓温落胆，仓皇而走，我们何不趁势杀他一阵？"这次慕容垂将两个儿子带在身边，也有言传身教的意思，闻言摇了摇头，说："桓温刚率大军撤退，必简精锐殿后。我军接战，未必就能取胜，不如暂缓。晋军一心想回国，必然日夜兼程地赶路。我们待敌人力尽气衰之时，再全力追击，方能取胜！"说罢，遂率精骑三万，按辔徐行，远远跟在敌人后面，这样既能使部下保存体力，也在一定程度上麻痹了晋军。

桓温所部多是步兵，自东燕出仓坦，疾趋七百余里，将士们饥肠辘辘地连日行军，累得精疲力竭，浑身冒汗，东倒西歪地走在队伍里，步态里透着疲惫。桓温本人也累得够呛，见这里离国境不远，而燕军又没有猛追，于是便下令就地休息。晋军将士闻令，全都坐倒在路边，话也不想说一句，还有人横七竖八地躺在地上，像一摊摊烂泥。

这个情况，立刻被燕军的探子禀报给了慕容垂。慕容垂闻讯，知道晋军已是强弩之末，遂命麾下铁骑纵马急追。郊原之上，漫漫兵甲如林，题有"吴王"的杏黄色大旗在秋风中猎猎招展。一阵嘹亮劲急的号角声之后，燕军骑兵身披铠甲，手持长剑、弯刀，风驰电掣似的向南追去。第二天就在襄邑（今河南省睢县）撵上了晋军。

这天凌晨，漆黑的天空中还闪耀着明亮的星星。渐渐地，东方有些发白，而空中的星星越来越少，最后连启明星也消失不见了。突然，东方出现一片淡红色，接着，淡红色越来越深。没多大工夫，太阳露出了红彤彤的脸庞。慕容垂先命五千轻骑兵，以弧形阵势逼近敌军，又命一万五千重骑兵分成若干个突击集群，随轻骑兵隐蔽前进，伺机突击。桓温见敌兵追到，拔出腰刀，疾传号令，准备拒敌，却发现用于抵御骑兵的拒马、木楯早已在枋头丢弃。晋兵只得支起随身携带的盾牌，向外刺出长矛，硬着头皮准备战斗。燕军轻骑兵驰至，见

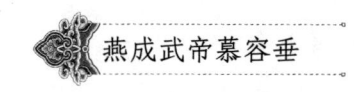

晋兵阵势没有松动的迹象，便横过敌阵，让出位置。燕军重骑兵随后源源不断地围拢了上来，对晋军呈合围之势。

战场上万马齐奔，烟尘四起，蹄声如雷。燕军的重装骑兵全身披甲，可以抵挡晋军射来的箭矢，又居高临下地骑在马上，不断地向晋军阵中施放弩箭，从而最大限度地疲困敌人。战场上空的羽箭来回穿梭，发出尖锐的啸声。晋军机动能力有限，处于被半包围的状态，已是心惊胆战，外围持矛的士兵不断中箭身亡，防线开始出现缺口。

中午时分，明亮的阳光透过浅灰的云朵，向大地投下一圈又一圈金色银色的光环。慕容垂用衣袖抹去额头的汗水，挥动战旗，发出总攻的号令。四面八方的燕军骑兵抛掉弩箭，拔出长刀，排成密集的阵列，以雷霆万钧之势，突破了敌人长枪组成的防线。晋军外围的步兵遭到燕军战马的冲撞，接二连三地被抛到空中。其余的晋军本已饥疲交加，见燕军骑兵冲入，更是大骇，各自乱窜，争相逃命，可谓兵败如山倒。燕军骑兵们一个个红着眼，将长刀砍向敌人的脑袋。战场一瞬间成了屠场，呐喊声与惨叫声交织，血光与刀光辉映。

就这样，晋国的五万疲惫之师，被燕军前后夹击，横遭刀劈马踏，阵亡了足有三万余人。桓温带着残兵冲出一条血路，朝襄邑东南方向逃去，好不容易逃到了谯郡（今河南省商丘一带），没来得及喘息，又被前秦大将苟池的部队截杀，再搭上万余条性命。10月，桓温收拾数千散卒，一路溃退到山阳（今江苏省淮阳），才算摆脱了燕、秦联军的追击，从此落胆，终身不敢再兴北伐之念。

第六章　逃离故国

> 黄河北岸一片寥廓，草丛里露重霜寒。一阵凛冽的秋风拂过，卷起几片凋零的黄叶。慕容垂翻身上马，正要驰向前方，却又带住缰绳，立马河畔，回头望向故国的方向。

10月初，薄薄的晨雾似轻纱笼罩着大地，田野里的枯草一片金黄。漳水一路向东，流波无声。两岸蓼花苇叶，渐觉摇摇落落；河内翠荇香菱，随波荡漾起伏。吴王慕容垂留范阳王慕容德镇襄邑，率军凯旋，回到了邺城。慕容垂年过四旬，一头浓密的金发仍很有光泽，高高的鼻梁下，现出两道勾纹，眼神炯炯，紧抿着嘴唇，眉棱、颧骨、下巴的轮廓鲜明，身披青色战袍，将兵马驻扎在城外的兵营里，率慕容令、慕容农、傅颜及众僚佐一起入城。

太傅、上庸王慕容评率众在建春门前迎接。这里是邺城的南门，外有黄土夯筑而成的墩台。门上有箭楼，下设拱形门洞。门洞高、宽各六米，深约二十米，磨砖对缝，厚实端正。几个月不见，慕容评又发福了，一张脸又圆又大，长满了横肉，脖子上的肉也是一层盖一层，显得又粗又短，圆滚滚的肚子像个皮球，穿着一件团花锦袍，身

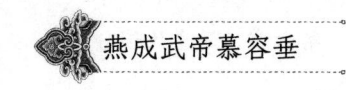

后是人马仪仗。

慕容垂年龄既长，城府日深，虽然反感慕容评，但来到对方近前，还是跳下马来，躬身一礼，道："皇叔，有劳远迎。"慕容评一笑，两眼眯成一条缝，道："道明，这次出兵放马，可是辛苦了。"慕容垂谦谢道："道明竭命，兼为家国，谈不上什么辛苦。"两人寒暄了几句后，慕容评便伸出胖乎乎的右手，道："兵符印信这就缴还了吧！"慕容垂见还未进城，就被勒令交出兵权，心里有些不快，知道对方是信不过自己，却也不便推拒，只得说声："是！"便从怀里掏出虎形铜符，递了过去。慕容评接过兵符，立即揣了起来，微微有些气喘地道："道明，你这就随我入朝。皇上还要在文华殿摆宴犒劳你呢。"说着，二人翻身上马，并马同行，过了建春门，沿着长街来到皇城前。

阳光照在皇城的高墙上，泛着耀眼的光芒。城门左右站着两列禁军，一个个挺胸收腹，立得笔直。众人跳下马来。慕容垂命慕容令等人在外相候，便随着慕容评向皇城内走去。二人"唰唰"的脚步声回响在城门洞里，慕容垂道："皇叔，这次击退桓温，全赖将士用命。朝廷论功之际，还请皇叔多美言几句。"燕国军功分十五级，包括斩将、陷阵、夺旗、先登等。根据不同等级的军功，将士们可以获得钱财、田产的赏赐，也能为有罪的家人顶罪赎身，还可以晋升军官，甚至获颁爵位。数十万鲜卑人入关以来，攻城略地，所向披靡，很大程度上是靠着军功之赏的激励。

慕容评迈着两条短腿，一边向前走，一边哑着嗓子道："道明，此次出兵虽然打了胜仗，但并没有斩杀敌方大将。桓温、袁真、郗超等敌酋，皆全身而退。所以嘛，这军功一事……"说到这里，皮笑肉不笑地"嘿嘿"了两声，却没了下文。慕容垂听了，心里一沉，毕竟在战场上斩将是很难的，忙辩道："这次出兵，虽没斩杀敌军大将，但将士们奋勇陷阵，历历有功，也应受赏。"陷阵之功指的是击穿对方的军阵，对敌人进行分割包围，从而达到取胜的目

第六章　逃离故国

的。在千军万马之中，于矢石交下之际，敢于陷阵的将士，必定是胆识与勇武兼顾的悍将雄兵。陷阵之士的功勋，仅次于斩将。若有这一项功劳，军官可望晋爵、士兵可得厚赏。慕容评仍是打着哈哈说："到殿里说。"慕容垂心里狐疑，却又不好再问，只得随着慕容评进了文华殿。

文华殿在文昌殿的东侧，中央设地坪宝座。宝座后摆置紫檀木雕嵌寿字镜心屏风，前设龙书案，左右对称排列着铜鹿、铜鹤和铜瓶等。燕主慕容炜的脸色愈见白皙，头戴冕冠，身穿龙袍，高坐在龙椅之上，文武群臣分列两边。慕容评、慕容垂跪倒行参拜之礼，然后各自起身。慕容炜春风满面，道："吴王大胜而回，朕当为你摆宴，与众爱卿一起为你庆功。"说罢，便向旁边示意。随即殿内韶乐高奏，一大群太监、宫女鱼贯走进大殿，在两侧各摆了一溜桌椅。桌子是实木雕花的长条形几案，椅高三尺四寸。慕容评、慕容垂等人遂依次入席。慕容评是文臣之首，来到东面首席。慕容垂是宗室勋臣，位于西面首席。众文武在席位之后站好，且不就座，一齐车转过身，面对着皇上，先叩一个头，再齐声高呼："谢皇上圣恩，祝皇上万岁万岁万万岁。"慕容炜在宝座上略微点了点头。众臣这才起身，在各自的位子上坐好。

不一会儿，大家面前的酒菜摆放停当，热腾腾地冒着热气，香味儿扑鼻。每个桌子上都有四个龙纹大碗，碗内装着燕窝、海参、熊掌、驼峰等四道珍稀，旁边的碟子里盛着鸡、鸭、鱼、肉及几样蔬菜。每人还有一小碗白米饭、一碗杂烩。碗碟旁是一把银制小酒壶和一只酒爵。两边侍立的太监走向前来，给大家依次斟酒。

慕容垂饮过几杯酒，待乐声稍止，便起身奏道："陛下！臣的功劳不足挂齿。只是所募将士忘身立效，将军傅颜等椎锋陷阵，应蒙重赏。臣为有功人员请赏的文表早已送到朝中，还请圣裁！"慕容炜坐在龙椅里，听了这一番话，却是一脸的迷惑，将手里的酒爵放在桌上，道："朕不曾见过你的文表啊！"慕容垂闻言，不禁一阵错愕。

慕容评坐在东首,像一口披了衣衫、束了腰带的酒桶,见事情瞒不住了,只得站起身来,略显尴尬地笑了笑,咳嗽一声,轻描淡写的道:"陛下,吴王的叙功文书全在臣那里,未及上报。臣以为,我大燕崛起辽东,劳臣旧将,实不在少数,若都论功行赏,恐怕有一千个官位也不够封。这次的军功,还是过些日子慢慢再叙吧。"

慕容垂这才明白,原来麾下的军功全被慕容评压下了,不禁有些生气,盯着慕容评说:"太傅,这次桓温来伐,若不是将士们浴血奋战,恐怕我朝有灭国之忧……"慕容评身为皇族,但心胸狭窄、狂妄自大,见慕容垂战功赫赫,早就心生妒忌,才故意瞒功不报,如今不待他说完,便打断说:"这次将士们的军功自然要赏,但也得排在入关勋臣们之后。你不必着急,等个一年两载的,自然会有消息!"慕容垂见他一味敷衍,脸上立刻罩上了一层阴云,道:"还要等个一年两载?'军无赏,士不往'。如果不即行封赏,岂不寒了将士们的心?若再有强敌入侵,谁还会替我们卖命?"慕容评好像没听见一样,只是鼻子里"嗤"的一声。

慕容垂无奈,只得强忍着心里的不快,对慕容炜道:"将士们苦战半年,风雨罢劳,饥渴交困。臣敢请朝廷拨些银子,犒赏三军。"慕容炜还没来得及说话,慕容评在一旁撇着长腔道:"道明啊,劳军要用大笔的银子。你带去的四万人加上范阳王麾下两万人,共六万之众。每人按十两计,就是六十万两,还有运送粮草的民夫呢?各州郡的府尹、县令,帮着维持地面、征草集粮,要不要赏?这么算下来,没个百十万两银子是办不下来的。"说到这里,两手一摊,不阴不阳地道:"但现在国库里没钱哪!"

慕容垂听他既不愿赏功,也不肯劳军,只是一味刁难自己,心里那股火儿直撞到嗓子眼儿,忍不住出言讥刺道:"若非有人损公肥私,怎么会让国库空虚?"慕容评赃秽狼藉,本就有心病,听了这话,立刻涨红了脸,喝道:"放肆!你这话什么意思?给我说清楚!你打赢了一场仗,便居功自傲不成?"慕容垂双眉拧成疙瘩,连额头

第六章　逃离故国

上的青筋都看得清清楚楚，道："道明不敢居功自傲！只是太傅秉权辅政，行起事来，也得叫人信服才是！"慕容评听慕容垂话里有刺，更是恼羞成怒，原本的小眼睛一下子瞪得大大的，凶光四射，两只又短又肥的手在空中挥来挥去，厉声道："好啊，你肆意妄言，眼里还有没有长幼尊卑？"双方唇枪舌剑，在朝堂上吵了个不可开交。

燕王慕容炜见朝中将、相当众起了争执，一时不知如何是好。皇甫真等大臣见两人争得不像个样子，忙一齐来劝。二人只得住口，各自坐回原位。当日勉强终席，众人不欢而散。

太傅慕容评窝着火出了文华殿，迈步走下台阶，正欲回府，忽见一个小太监跑到近前。小太监头戴幞头，身穿蟒服，腰里系着丝绦，过来行了个礼，尖着嗓子道："太傅大人，皇太后有请。"慕容评听了，不敢怠慢，随着小太监来到翊坤宫。

中午时分，阳光透进偌大的翊坤宫，照得大理石的地面一片金黄。窗边有张长条案，案上摆着白玉盘、琉璃瓶盒、紫檀木嵌玉如意、玻璃四方容镜等物件，在阳光里熠熠生辉。可足浑太后正微合着双眼，斜靠在地屏宝座上，身边是几个宫女，手里捧着宫扇、香筒等物。可足浑太后已四十多岁了，当初凭着聪慧与心机，在慕容炜出生前的几年里，赢得了慕容俊对她的宠爱。但慕容炜出生之后，慕容俊另有了年轻的新欢，更一口气儿册封了四个嫔妃。可足浑氏虽母以子贵，成了皇后，但与其他嫔妃相比，已是年老色衰，渐渐遭到了冷落。她见皇帝不再专宠自己，常暗暗担心，怕别的皇子会夺走儿子的太子之位。三年前，慕容俊驾崩的时候，她表面上也悲痛欲绝，心里却也大大地松了口气，因为这锦绣江山从此便是儿子的了。不料，慕容炜登基不久，便有东晋入侵。桓温兵至枋头，大燕的江山动荡不安。那些天，她简直愁得不行，与儿子商量后，准备采纳慕容评的建议，先退回龙城再说，好在有慕容垂挺身而出，击退了晋军，保住了慕容炜的江山，保住了她皇太后的地位。但慕容垂威名赫赫，却是她极不愿看到的。她心里非常清楚：慕容垂为段夫人之死而一直记恨自

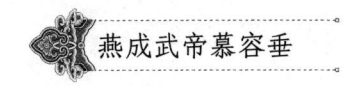

己……。

可足浑皇太后正想得入神，就听外面响起了轻轻的脚步声。小太监躬着腰走了进来，道："太后，上庸王到了，正在外面候着。"可足浑太后坐正了身子，缓缓吩咐道："让他进来吧。"小太监答应一声，出殿去传。不一会儿，慕容评恭谨地走进殿里，见了太后，跪下行参见之礼。可足浑太后将乌黑的头发盘在头上，穿着一件黄色长衣，束着腰带，挺着腰板道："罢了，来人呀，赐坐。"话音刚落，小太监从旁边搬过一个绣墩，摆在一边。慕容评谢过，小心翼翼地坐在墩子上。可足浑氏见慕容评脸色特别难看，仿佛被寒霜打了的茄叶一样，又黑又紫，忙道："太傅，我听说你和吴王吵起来了，所以请你过来问问。哎哟！怎么就把你气成这个样子？"

慕容评坐在那里，余怒未消，听太后提及，便气哼哼地道："吴王率军退了桓温，便抖了起来，今日在朝堂之上，竟连皇上都没放在眼里，而且目无尊长，公然让臣下不来台，实有负朝廷的厚望。"说着，便向太后讲述了与慕容垂争吵的经过，进而指摘慕容垂桀骜不驯，提醒太后谨防宫掖生变。

可足浑太后本就忌惮慕容垂，如今听了慕容评的话，不由得暗喜，心想："最好的办法，便是借慕容评之手杀了慕容垂，除掉这个心腹之患。"想到这里，蔼然吩咐道："来呀，给太傅上茶。"一个宫女用鎏金茶盘端上一个碧绿色的翡翠杯，里面泡的是上好的龙井茶。慕容评正说得口干舌燥，向太后道过谢，便接过茶来，"咕嘟嘟"喝了个干净，又将杯子递还给宫女。可足浑太后坐在椅子上，沉吟道："吴王身为宗室，为国扞御，还不是理所应当？怎么有了点儿功劳，就摆起谱来？若是人人都像他似的，那还得了？"

慕容评琢磨着话风，试探着问道："太后，慕容垂骄横跋扈，是否可将其罢黜？或是削掉他的爵位？"可足浑皇太后听了这话，摇了摇头，道："此人虽恃功而骄，却并没有造反的实迹。咱们若贸然将他革职，别人会说朝廷亏待功臣……"说到这里，瞅了慕容评一眼，

第六章 逃离故国

又重重地加了一句："还会留有后患！"慕容评当即心领神会，忙道："太后说得很是！臣以为，事关社稷，不可心慈手软，不妨派兵围了吴王府，再请皇上下道谕旨，将慕容垂赐死就是了。"可足浑氏默然片刻，一咬牙，道："慕容垂在军中颇有威望，动兵擒他恐怕不行。太傅，你不是总领宫中禁卫吗？不妨调些侍卫去办理此事。"慕容评大喜，道："还是太后想得周全！臣明白，这就去安排。"说着，磕头辞出。

第二天早晨，笼罩在邺城上空的雾气正慢慢散去，吴王府前的石阶还有些湿漉漉的。慕容垂素有早起的习惯，今天也不例外，五更就起了床，托故不去早朝，来到前院客厅。客厅里靠墙摆着桌椅；东部设有翘头案，案后是一道花梨木的避风隔扇，隔扇上雕有花纹。厅角的大宣炉里点着一炉好香，烟气袅袅地上升。

慕容垂自己动手泡了一壶茶，坐在桌前，一边喝茶，一边琢磨着昨天朝堂上的事，知道自己与太傅彻底闹翻，未免有些担忧。他皱着眉头，正在沉思，忽见慕容令与慕容宝从外面匆匆而入。慕容宝是段妃的第二个儿子，在慕容垂所有的孩子里排行第三，时年十五岁，胖乎乎的脸，浓浓的两道眉，眼睛虽大却无神，肤色暗沉，一头稀疏干枯的黄发，披着一件淡紫色的锦袍，足蹬一双皂靴，来到慕容垂身边，说："父亲，儿子方才正要与大哥出门，发现府外有一些形迹可疑的人，一个个探头探脑、鬼鬼祟祟的。"慕容垂心里一沉，忙站起身来，对两个儿子说："走，你们带我出去看看。"父子三人走出府门，立在台阶上，见空旷的大街上还没什么行人，不远处却立着几十个身着便装的人。这些人若有意若无意，眼睛总瞟着吴王府的方向，虽是空着双手，但腰里鼓鼓的，似是暗藏利刃，一见到慕容垂父子，立时扭过头去，装作不相干的样子。慕容垂见了他们，不禁惊出一身冷汗，意识到灭门之祸就在眼前，忙命家人关上府门，带着两个儿子回到客厅里，又让人把慕容农和慕容麟找来。

柔和的晨光笼罩着庭院，鸟儿清脆的叫声传进厅内。慕容垂坐在桌前，表面虽然镇静，但深深地不安，像怪兽一般吞噬着他的心。不一会儿，慕容麟随着慕容农来到。慕容麟是慕容垂的第六个儿子，时年十三岁，脸色白里透青，两道细眉，目光闪烁不定，显得有些奸诈，和几个哥哥比起来，体形较为瘦削，披着一件黑色的锦袍。他的母亲便是可足浑太后的族人。因为段夫人之死，慕容垂有些迁怒于慕容麟母子。慕容麟的母亲从那之后便稀得晋见，没过几年就郁郁而终。慕容麟自幼也不为父亲所喜，在慕容垂面前动辄得咎。

慕容令随父亲去过皇城，影影绰绰听到些风声，便在一旁说："父王昨天退朝回府之后，就面带忧色，可是为功高望重而遭太傅所忌的原因？如今府外那些人，八成就是太傅派来的。"慕容垂手抚着两膝，叹了口气，道："不错！我竭力致命以破强寇，本欲保全家国，岂知功成之后，反无容身之处了。"说着，望了望身边的四个儿子，道："现在你们既知情由，可有良谋？"

慕容麟虽然还未成年，却有不少鬼主意，这时想在父亲面前表现一下，便上前道："太傅既起心要害您，倒不如我们先发制人，只要杀掉慕容评和乐安王慕容臧……"慕容垂没等他说完，气儿就不打一处来，喝道："住嘴！骨肉相残而首乱于国，我宁死也不忍做这样的事！"慕容麟抖机灵却碰了个钉子，翻着白眼儿退在了一边。

慕容农知父亲下不了这样的狠手，踌躇道："父王！太傅的杀机已动，很快就会动手了。我们应及早想法子应对，晚了就将受制于人！"慕容垂黯然道："万不得已的话，我宁可出逃躲避，其他的办法就不必提了。"说到这里，脸上的肌肉抽动了几下，嘴里喃喃地道："'飞鸟尽，良弓藏；敌国破，谋臣亡'……"语气里透着苍凉。慕容令思忖道："如今要保全家门，又不违大义，不如逃往龙城，然后上书请罪，以待主上明察。实在不行，咱们固守燕、代之地，外抚蛮族，把守肥如（即卢龙塞）之险，也足以自保。"慕容垂曾镇守过龙城，大得东北之和，如今听了长子的建议，觉得这个办法倒还算妥当，便缓缓点头。

第六章 逃离故国

于是，慕容垂与儿子慕容令、慕容农、慕容宝、慕容麟收拾了一些金银细软，包成几个包裹，驮在马上，又带了两名心腹亲兵，全都穿上猎装，假做外出打猎的样子，拿上称手的兵刃，从后门出了府。街上像往常一样，满是熙熙攘攘的行人。慕容垂等人骑着马，走街串巷，直奔城门。慕容麟随行，两只眼睛轱辘辘地转着，不知在想些什么，有时趁父兄不注意，还回头观望，像是有些心事。不一会儿，慕容垂几人出了城，扬鞭纵马，向北便行。

城外一片冷清，四野寂静无声，阴森的小径一片漆黑。慕容垂等人奔驰了一天，回头一看，却不见了慕容麟。一个亲兵回忆称："出城的时候，六公子就随在队后，后来赶起路来，大家也没注意，好像半路就不见了。"慕容农在一旁道："父王，我们停下来等他一会儿吧。"慕容垂知慕容麟弓马娴熟，绝不会出什么意外，今无故不见，大概是掉队了，正好自己也有些疲倦，便与众人下了马，支起帐篷，点起篝火，边在帐中休息边等着慕容麟，命两名亲兵在周围警戒。

夜色深沉，月光幽幽，几颗星星在空中跳动着，一会儿便隐没不见，天空像被墨汁涂抹的一样。帐外的篝火渐渐熄灭，四下里一片漆黑。正在这时，忽听不远处传来一声尖锐的惨叫，令人毛骨悚然。慕容垂听出这是亲兵的声音，惊道："不好，有敌来袭。"话音未落，已抄起弯刀，起身跃出帐篷。

夜色正浓，玄黑色的天空下伸手不见五指。慕容垂纵到帐外，见四周敌影憧憧，也不知人数多少，便提刀冲上前去，随即"乒乒乓乓"地与来袭之敌交上了手。慕容令、慕容农、慕容宝各执刀枪，也冲了出来。他们兄弟自幼习武，尤以慕容令和慕容农本领高强，可以一敌百，在这个生死攸关的时刻便派上了用场。暗夜里，慕容垂率三个儿子挥舞着弯刀，与敌人捉对儿厮杀，互相劈刺、斩斫。周围不断有人倒下，鲜血四处飞溅。慕容垂手杀五六人。前来偷袭的是慕容评的一队卫士，他们先杀了两个亲兵，见惊动了慕容垂父子，知道难收奇袭之效，只得撤退，丢下十几具尸体逃走了。

短暂而激烈的战斗结束了，四周又归于沉寂，仿佛一切都不曾发生过。慕容令右手拎着柄长刀，气喘吁吁地来到慕容垂近前，急切地问道："父王，您怎么样？"慕容垂并没有受伤，见长子无恙，道："我没事，你两个兄弟呢？"这时，慕容农提着把血迹斑斑的钢刀，与慕容宝围拢过来，两个人都无大碍。慕容农点起一支火把，抹了一把头上的汗，道："父王，有个家伙被我砍伤了，就倒在那边。"慕容垂闻听，便与三个儿子赶了过去，见地上果然倒着一个黑衣人。这人腿上挨了慕容农一刀，伤得着实不轻，鲜血已浸湿了裤子，故而没能逃走。慕容垂借着火把之光，打量着眼前的俘虏，朝他身上重重地踢了一脚，道："你是谁派来的？"俘虏脸色惨白，哼哼唧唧地半跪起来，不敢隐瞒，只得据实而言道："禀吴王，小人是太傅的卫士。您的六公子已回邺城向太傅告变，称您要逃往龙城。太傅不及调动大队军兵，先命人骑快马去通知沿途州郡拦截，又命小人与府里的几十人前来偷袭。"原来，慕容麟自小常遭慕容垂的呵斥，故而心怀怨恨，这回竟逃回邺城向慕容评告密。慕容垂听了俘虏这话，料想不假，直气得脸色铁青，暗道："想不到我竟养了一条白眼狼。"不禁又是伤心，又是恼怒，手起一刀，将俘虏当场砍死。

天光逐渐大亮，周围的景物变得清晰起来。慕容垂立在乳白色的晨曦里，见十余丈外的树上拴着自己与儿子们的坐骑，而慕容宝的马匹却不见了，大概已被偷袭的人骑走。单丢了一匹马倒不打紧，毕竟还有亲兵的马可骑，但慕容垂从家带出的金银全在这匹马上。如今没了盘缠，可就无法赶路。慕容垂想起前途茫茫，不禁眉头紧皱，暗暗发愁。

慕容令在一旁，猜到了父亲的心思，手搭凉篷，向四周望了望，道："父王，此去云州也就是百十里路。我舅舅不是在云州住吗？何不到他那里商借些银两？也耽误不了多少时间！"原来，段氏巫蛊案后，她的兄长、散骑侍郎段仪也被贬官为民。段仪心伤妹妹之死，又自知恶了太后，以后难在邺城存身，便带着家眷回了故里——云州段家村。

慕容垂知道目前也只好如此，再说追兵必会卷土重来，便与儿子们翻身上马，向南边的云州驰去。百余里的路，说远不远，说近可也不近。慕容垂等人骑马飞奔，直到中午时分，才来到段家村。

慕容垂于数年前岳父去世时，曾到妻兄家吊唁，故而还记得路径，此时与三个儿子骑在马上，绕过池塘，走进村子。村北头有一座巨大的宅第，便是段府了。府外是灰瓦白墙。高大的门楼前，五级青石台阶打扫得干干净净，两扇气派的黑漆大门紧闭着。

慕容垂等人从马上跳下来，走上台阶，扣打着门环。不一会儿，两扇大门从里面打开，出来一个青衣罗帽的家人。这家人曾随段仪在邺城，故而识得慕容垂，忙躬身施礼，道："原来是王爷到此。"慕容垂点点头，道："你家老爷在家吗？"那家人道："在的！您请稍候，待小的通报一声。"说着，匆匆入内而去。

不一会儿，就听得院里脚步声响。段仪头戴方巾，身披紫色夹袍，蹬着一双短靴，从里面接了出来。他五十多岁年纪，脸上的气色还好，两条淡眉，一双眼睛透着温和的光。段仪自罢官之后，动用历年宦囊所积，在家乡添置了不少田产，隐然已是一方的大地主，今日一见慕容垂等人，便招呼道："道明，你怎么来了？还把孩子们都带了来！"慕容垂向妻兄拱手为礼，见段府家人在旁，便称自己是外出打猎，路过此地。慕容令等人也上前磕头，见过舅舅。段仪笑吟吟地对着外甥们一摆手，道："罢了，都起来吧。"说着，引着慕容垂一行人进了大门，走进宽敞的院落。

这个院子有一亩大小，西墙下种着一排翠竹。多节的竹根从墙垣间垂下来，仿佛鞭子似的。竹下爬满了花藤，稠密的绿叶衬着紫红色的花朵。众人走过甬道，来到前院大厅。大厅三开间，圆形的拱窗上有精致的雕花。东、西两侧的墙壁都贴着壁衣，还挂着些名人字画，迎门处摆有一套黄花梨的桌椅。桌椅后列置一排宽大的立式屏风。这套屏风共有八扇，全是漆木制成，顶部和表面均雕刻有花草纹、火焰

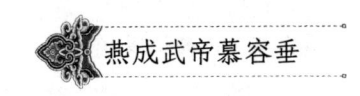

珠纹、祥云图案和海水江崖纹。屏风之后有一道门，通向后堂。

段仪与慕容垂等人分别落座，在厅里叙话。仆人献上茶后退出。慕容垂见身边都是自家人，就不再隐瞒，将自己出逃的事情向妻兄原原本本地讲述了一遍，最后说打算借些盘缠。段仪越听越是吃惊，待他讲完，右掌在大腿上一拍，恨恨地道："慕容评逼死我妹子，现在又想害你，着实该杀！道明，你既来到这里，盘缠的事就请放宽心。你大哥虽然不富裕，几千两银子还是拿得出来的。我这就让账房去准备。"正说着，忽听屏风后传来一个娇柔的女子声音："爹，谁来了？"随着语声，一个少女由后堂转上厅来。这少女也就十八九岁的样子，两条弯弯的柳叶眉，一对灵动的眸子黑似点漆，小巧的鼻子下，是两片红红的薄嘴唇，肤如凝脂，穿着一身鹅黄色的衣衫，俏生生地走到段仪身旁。

慕容垂乍见这少女，惊觉她酷似段夫人年轻时的模样，当下还以为是妻子复生，浑身如遭雷轰电击，双目直视着她，一时竟说不出话来。段仪在旁介绍道："道明！这是我的小女，叫段芳，今年刚刚十九岁，之前一直在辽东老家。去年你嫂子去世，我就把她接到了这里……既是至亲，也不必避嫌了。"说着，扭头对那姑娘道："芳儿，快过来见过你姑父和你的几个兄弟。"慕容垂听了这几句话，才明白眼前这个少女是段夫人的侄女，不禁若有所失，怔怔地坐在那里，喑然不语。段仪知他念及妹妹，也是一阵难过。这时，慕容令等人一齐起身，向表姊妹施礼。段芳向慕容令等人打过招呼，请他们落座，又微着低头，如风摆杨柳似的走到慕容垂面前，轻轻一福，道："姑父好。"清脆的声音像黄鹂婉转，说不出的好听。

慕容垂缓缓点了点头，嘴唇翕动了几下，道："阿芳，你三岁的时候我曾见过你，想不到一晃长这么大了。你……你与姑母可真是太像了！"说着，眼眶有些湿润，便微微合上双眼，转过头去。段芳早就听说过慕容垂的大名，一开始见对方把自己当成了姑母，不觉有些好笑，现在又见慕容垂一脸失落的样子，心里一阵恻然，暗想："这么一个杀伐决断的男子，用情竟如此之深！姑母逝去这么多年了，他竟还是念念不忘。"便立在慕容垂身前，一手梳理着自己乌黑的头发，微侧着头道："我听爹爹说起过，姑母不仅美貌，而且性情刚烈……"段仪听她说了这几句，转眼瞥见慕容垂神色黯然，便拦住她的话道："芳儿，你到账房去，取三千两银子过来。"段芳听了，答应一声，盈盈转身，出厅而去。

天色渐晚，夕阳的余晖透进厅里。壁衣上面附有金碧锦绣，反射出耀目的光彩。段仪见慕容令兄弟三人都是一脸的疲惫，便对慕容垂道："道明，天不早了。你们就在我家休息一晚，明天再赶路吧！"慕容宝昨晚没睡好，还受了场不小的惊吓，现在坐在软绵绵的椅子垫上，眼皮早就开始发沉，巴不得能洗个热水澡，再美美地睡上一觉，听了舅舅这话，连忙点头道："那最好不过，我可困死了。"说着，打了个呵欠，又伸了个懒腰。慕容垂虽然也很困倦，但知身在险地，多停留一刻，便多一分风险，便瞪了慕容宝一眼，又对段仪道："大哥，'夜长梦多，迟则生变'。追兵随时都会到来，我们还是尽早赶路吧。"

段仪明白慕容垂等人担着天大的干系，稍有差池，便是性命交关，不好再挽留，点头道："如此也好！"这时，段芳走进厅来，手里捧着一个沉甸甸的黄皮包袱，里面装着银子。段仪接过包袱，双手递给慕容垂，想到今日一别，还不知何时才能相见，有些依依不舍，便道："贤弟，你和孩子们还没吃饭吧，我让厨房给你们安排些热饭，吃过再赶路。"慕容垂已立起身来，辞谢道："不必了，大哥。我们既有了银两，路上自会买些干粮，多谢相助，就此别过。"说着，接过包袱，转手交与慕容宝背好，迈步便欲出厅。

这时，外面忽然跑进来一个家丁，对段仪道："老爷，刺史大人来拜，已到府门外了。"厅里的众人听了，群相耸动，面面相觑。段仪心头巨震，暗想自己久不与官场上的人打交道，不知刺史为何前来，难道是慕容垂到此的消息已走漏了风？当下强作镇定地对慕容垂

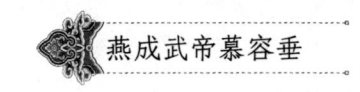

道:"贤弟,你们先随小女到后堂避一避,待我打发了刺史,再送你们远行。"慕容垂心里隐隐有种不祥的预感,但此时已无处可去,只得由段芳引着,与儿子们转过雕花的漆木屏风,去了后堂。

段仪命人收拾了桌上的茶具,将桌椅归置了归置,略整理了一下衣冠,想了想,又从墙下摘下佩刀,挂在腰间,然后带了两个家人,步出厅外,见院里还拴着慕容垂等人骑来的五匹马,忙让人将马匹拉去跨院,这才做出一副若无其事的样子,缓步出府相迎。

已是傍晚,西边一轮落日正圆,光芒四射。天际晚霞灿烂,仿佛镶上了金边。段仪一到府门外,就见台阶前停着一乘四人抬的官轿。轿前摆着"肃净"、"回避"的牌子,轿后是百余名头戴青红帽的差役。云州刺史慕容永正低着头,从轿子里钻了出来。慕容永,字叔明,昌黎棘城(今辽宁省义县)人,属燕朝皇室旁支,其祖父慕容运是慕容廆的弟弟,从辈分上说,他是慕容垂的堂弟,如今三十多岁年纪,和所有鲜卑人一样,长着一头金黄色的头发,身材高瘦,肤色偏白,两只细长的眼睛,隆鼻阔口,披着一件紫缎蟒袍,腰系玉带,足下一双皂靴。慕容永出了轿,抬头见到段仪,两手一拱,笑吟吟道:"段公,好久不见,你的气色可是越来越好了。"

段仪在官场周旋多年,久经历练,知道做官之人最讲究城府深沉、含而不露,当面礼节周全,背后则尔虞我诈,故而并不把对方的客气当真,但也不肯失礼,抱拳道:"大人光降寒舍,蓬荜生辉。"说着,身子一侧,右手前伸,作了个"请"的姿势。

慕容永"呵呵"一笑,道:"如此有僭了。"便背负着双手,迈着四方步向院里走去,眼睛却到处乱瞄,嘴里道:"自段公归田之后,下官就一直想着前来拜访,只是衙门里的事务太多,总是丢不开手。这不,好不容易今天得了个工夫,倒要和段公谈谈。哈哈……"段仪听了这话,暗皱眉头,心想慕容垂等人就藏在后堂,自己哪有工夫陪他闲扯?当下脑子里急转,盘算着怎么尽快把此人打发走,脸上却是波澜不惊的样子,与之来到厅里,分宾主落座。

第六章 逃离故国

慕容永虽是皇室疏属，为人却极为热衷，千方百计走了慕容评的路子，去年得以升到云州，成了一方的土皇帝，在地方上没少刮地皮，今晨在府里刚刚起床，还未及梳洗，就见慕容评的十几个亲兵狼狈而至，说是偷袭慕容垂未果，前来请援。慕容永初闻吴王叛逃到自己的辖区，很是惊骇，转念一想，却又心花怒放起来，觉得若能捕了慕容垂父子送往邺城，便可换一套泼天的富贵。他反复盘问来人，得知慕容垂失了盘缠，逃不多远，而附近唯有段家与之有亲，便集齐城中的一千多名军兵、差役，紧赶慢赶地来段家庄探查。慕容永颇有心机，一到段府之外，见地上蹄迹纵横，却不见马匹，便觉得蹊跷，再见段仪后，处处留心，但也瞧不出什么破绽，便随之来到厅里，落座攀谈。

慕容永满脸堆笑地问道："段公归田之后，与邺城的亲戚可还有往来？"段仪听他这话有试探之意，便道："段某自为今上免职，幸保首领，只知闭门思过，与邺城权贵再无往来。"慕容永见他推了个一干二净，心里反更怀疑，单刀直入道："吴王与您是郎舅之亲，最近也不曾有信来？"段仪叹了口气，道："自舍妹逝后，便再未与之通信。"慕容永听对方口风很紧，脑筋一转，干脆来了个敲山震虎，道："段公，本府接到邺城急报，称吴王出逃。吴王一路散骑灭迹，迷惑追兵，据称已到了云州。如今上峰有令，命本府阖境大索……。"段仪听到这里，虽强作镇定，但脸色还是变了变。慕容永瞧在眼里，料定对方无私也有弊，便冷冷道："兄弟牧守一方，吃的是皇家的俸禄，自当为皇上当差，不得不在贵府搜上一搜，还请莫怪。"说着，一甩袖子，起身走到厅口，向院里高喊一声，道："来人呀，搜！"话音刚落，外面传来暴雷似的一声呼喝，有上千人齐声答应道："是！奉命搜府！"原来，慕容永带来的军兵，已将段府包围。

段仪听了这整齐划一的应答，知道对方是有备而来，不由得心里一沉，霍然起身道："段某不曾犯法，不知大人为何一定要搜我的宅第？若是惊扰了内眷，你不怕打官司吗？"慕容永为人势利，若在往日，自不敢来段府放肆。但现在吴王出奔，段仪已然没了倚傍，不过是一个退居的京官。慕容永哪里还将对方放在眼里？听了这几句恫吓质问，微微冷笑几声，走到段仪近前，板着脸道："段公，吴王叛国外逃，私自藏匿他的人便有罪过，还请放明白些，莫阻兄弟办理公务。"此时，外面脚步声乱作，众军兵、差役各执器械，已涌入府内。段府的几个家人上前拦阻，都被推得一溜跟头。

段仪又急又气，面皮变得焦黄，额头微微渗出一层汗珠，两手微微发抖，却是情急智生，趁对方不备，"嗖"的一声，从腰里拔出佩刀，便架在了慕容永的脖子上。慕容永没防他这一手，等明白过来，冷森森的刀锋已搁在自己的颈下，惊愕了片刻，结结巴巴地道："你……你这么做，可知道后果？"段仪"哼"了一声，道："事已至此，必无善罢。段某大不了舍弃这份家业就是了！"说着，扭头对堂后道："道明，你们出来吧。"随着话音，慕容垂等人从堂后走了出来。

慕容永见了慕容垂，暗骂自己该死，心想："本府堂刚才带兵围了宅子，何等威风凛凛，直接下令搜府便是了，偏要多此一举进宅探勘，想不到竟成了人质。"他虽然狡猾，但身当此境，却也无可奈何，只得被段仪要挟着，与慕容垂等人到了院里。周围的差役、军兵各挺刀枪，虎视眈眈地围在旁边。段仪持刀挟着慕容永出了府，喝令周围的人带过几匹马来。云州军兵见刺史被段仪制住，倒也不敢轻举妄动，只得拉过几匹战马。段仪示意段芳与慕容垂等人上马，然后押着慕容永走到另一匹马的旁边，长笑一声，道："刺史大人，得罪了。"说着，左手一推慕容永的肩膀，打算将他推开。慕容永借势向前迈了半步，假作脚下不稳，打了个趔趄，却猛然转过身来，从怀里拔出一柄尺许长的短剑，一剑便向段仪戳去。

段仪与他离得本近，见这一剑猝然而至，下意识地用右手刀格挡，却已不及，在这电光火石般的一瞬间，前心已然中剑，痛哼了一

第六章　逃离故国

声，踉踉跄跄地后退了几步，胸口喷出一股血箭，溅得满地都是，手里的刀"呛啷"一声落在地上，整个人翻身栽倒。慕容永一剑得手，已向旁边逃了开去。慕容农见势不好，纵马上前，俯下身去，右手疾伸，提起舅舅的身子，随即把他背了起来。段芳悲叫一声，只觉头晕目眩，在马上摇摇欲坠。慕容垂在旁眼疾手快，将她一把提到自己的马上，放在身前。

慕容永手里提着血淋淋的短剑，鼻子闻到一股浓烈的血腥味儿，不由得杀机大起，满脸煞气，对众军兵吼道："还不快上，不要放走了叛贼。"众军兵齐声答应，各执刀枪，乱哄哄地涌了上来。慕容令、慕容宝各自抽出兵刃，分左右护着慕容农，竭力抵挡着扑上来的军兵。一时间，兵器撞击之声密如爆豆。慕容垂一手揽着段芳，一手提着金柄弯刀，手起刀落，砍死了几个扑到近前的差役，与三个儿子血战突围，向西驰去。

慕容永立在台阶上，见慕容垂等人已骑马逃到了数十丈之外，便扬手跺脚地大喊道："放箭，快放箭，射死他们！本老爷重重有赏！"军兵们也回过神来，从背后取出铁胎弓，搭箭向慕容垂等人射去，顿时，破空之声大作。慕容垂等人边纵马飞驰，边执刀拨打着后面射来的箭矢。

慕容令骑马断后，见追兵叫嚷着追来，心里暗道："也让你们这帮狗杂种试试我的箭法。"想到这里，先伏在马背上，躲过几支射来的箭矢，然后抽弓搭箭，一个"回头望月"式，反手就是几箭，竟是箭无虚发，将几个追来的骑兵射死。慕容令的箭法已有相当火候，一手连珠箭称得上是百步穿杨，素有"小李广"之称。其余的云州军兵见他箭法如神，无不惊骇，虽然在慕容永的监督下不敢不追，但有意无意地放慢马速，远远地落在慕容垂等人后面，奔出几十里，眼见追不上了，只得回去复命。

夕阳慢慢地落向西山，傍晚的凉风轻拂，吹得马鬃飘扬。慕容垂怀里揽着段芳，与三个儿子纵马疾驰，听后面的喊杀之声越来越远，

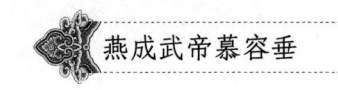

终于听不见了。众人又不知奔出多远，眼瞅着天色渐渐地暗了下来，才在路边停了下来，胯下的几匹马已是累得通身是汗。路边种着几株参天巨木，树下杂草丛生。慕容令背着段仪下了马，来到一棵树下，让段仪半坐半倚着树干。

段芳从马上跳下来，急忙奔到父亲身边。慕容垂让慕容令、慕容宝到周围瞭望，也来到树下看望段仪。段仪双目紧闭，前胸的衣服被鲜血浸透，已是气若游丝，听到慕容垂的呼声，才缓缓睁开双眼，声音低沉地对慕容垂说："道明，我是不行了……"慕容垂知道是自己连累了妻兄，心里又是难过，又是愧疚，蹲在他身边，一时不知说些什么。段仪又喘了几口气，缓缓地将目光投向段芳，断断续续地道："可怜的孩子，以后你可怎么办？"说到这里，目中泪光荧然，沉默了一会儿，又对慕容垂道："道明，我死之后，你就娶了芳儿吧，由你照顾她一生一世……"

慕容垂听了这话，既意外又为难，忙道："大哥，这怎么可以？我比阿芳大二十多岁。但是你放心，将来我一定为她找一个如意郎君就是了。"段仪脸色蜡黄，抬起左手，紧紧抓住了慕容垂的腕子，急切地道："不，你们这一去，势必将亡命天涯，就算平安逃到秦国，也不过是寄人篱下。芳儿无父无母，失了怙恃，哪里还有什么人肯娶她？岂不耽误了她一生？道明，你要让我死得安心，就答应我！"慕容农在一旁听舅舅说的不无道理，便劝道："父王，舅舅说的也是，你就答应了吧。"慕容垂急出一头汗，本待不允，但见段仪一丝两气的，用哀恳的眼光看着自己，心里过意不去，只得道："好吧，我答应就是了。"

段仪听了这话，嘴角微微挑动，勉强做了个笑容，轻声道："这我就放心了。"说着，又转头看着段芳，道："好孩子，你……"说到这里，声音渐低，身子突然一挺，就不动了，但两眼仍是睁着，定定地望着段芳。慕容农伸手到舅舅的鼻子下轻轻探了下，发现已经没了呼吸，便向着父亲摇了摇头。段芳悲叫一声，扑倒在段仪的身上，

第六章 逃离故国

嚎啕大哭起来。慕容垂眼里含着泪，望着段仪的尸体道："大哥！但有我在，必护得段芳平安，你放心就是。"说完这话，为段仪轻轻地阖上了双眼。

夕阳西坠，远方的天际暗云变幻。晚风渐紧，四周的树叶"哗哗"直响。慕容垂等人用兵器在树后刨了个浅浅的坑，将段仪葬在里面，又堆上些木石、泥土，却不敢起坟头，只是在旁边做了暗记，以备将来迁葬。众人跪在墓前磕了几个头，又洒了一把眼泪，这才上马，准备动身。慕容农骑马立在慕容垂身边，说："父王，我们本打算回龙城以自保，不想行踪已然泄露，再去故都已是万难，倒不如去代国。代王拓跋什翼健性情宽厚，现定都云中（今内蒙古托克托东北）盛乐城。"慕容令却不同意，道："此去云中，路途太过遥远。"说着，扭头对慕容垂说："父王，听说秦主苻坚正在关中招延英杰，咱们倒不如投奔秦国！"慕容垂向周围望了望，只见四野暮霭重重，便道："令儿的主意不错，我们还是去关中吧！"众人听慕容垂这么说，自无异议，便沿着太行山麓，秘密回向西南，来到邺城数十里之外，已是天光大亮。众人便隐于赵之显原陵（后赵石虎的墓，今河北省邢台百泉村），准备到晚上再绕过邺城西行。

显原陵高似丘陵，外有封土为覆斗状，前面享殿、碑亭、阙楼、石牌坊等，皆已残破不堪。神道两边还倒着几个石人、石兽等石刻。神道的尽头是享殿，也早就毁于兵火。其余的廊庑、具服殿、宰牧亭、燎炉、雀池、水井等只余残迹，仅存五十六个石柱础。周围树林茂盛，草木葳蕤，常有狐兔出没。

慕容垂等人躲在陵后，席地而坐，取出在路上买的干粮，各自草草吃了些。慕容令抹了一把头上的露水，有些不甘心地对慕容垂说："太傅嫉贤妒能，为人所愤恨。如今邺城中的百姓，莫知父王所在，如婴儿之思母。父王若顺众心，招引旧部，便可潜入邺城斩杀慕容评，待事定之后，革弊简能，大匡朝政，岂不是好？"段芳的眼睛红红的，脸色灰白，在一旁听着，似若未闻。慕容垂因为连日奔波，容颜有些憔悴，思忖道："如汝之谋，事成诚为大福，不成悔之何及？不如西奔，可以万全。"正说着，在一旁整理马缰的慕容宝突然叫道："快看，远处来了一哨人马。"众人忙立起身来，向远处望去，果不其然，就见数里之外正有一支队伍过来。这支队伍约有二三百人，渐行渐近，从服装上看，竟是出城打猎的皇城侍卫。他们手里拿着猎刀、长枪、粘竿、兔叉等，肩膀上架着鹰，胯下骑着高头大马，马旁是成群的猎犬，摆出打围的架势，见显原陵四周松林丛簇，树木森罗，便乱吆喝着围拢过来。

　　慕容垂知道这些侍卫多曾见过自己，急忙一挥手，与众人躲在了高大的陵墓之后，但总这么藏着，早晚会被对方发现。慕容垂身边只有数人，众寡不敌，欲逃无路，只能决死一战了，而且一旦动起手来，很快就会引来邺城的大批军马。他伸手握住冰冷的刀柄，暗想："自己死不足惜，却让三个儿子和段芳陪着自己在这里送命。"想到这里，不禁一阵难过。慕容令与慕容农的脸色惨白，齐望着父亲。慕容宝吓得最厉害，双腿抖似筛糠，哆嗦着蹲在一旁，瞪着一双惶恐的眼睛，毫无血色的脸上挂满了冷汗。段芳瞅见他这副脓包样儿，不禁皱了皱眉头。慕容垂看出三儿子胆小，但知父子今日俱要毙命于此，却也不忍责备他。

　　不远处马蹄声大作，侍卫们的队伍已是越来越近。正在这时，显原陵旁边的灌木丛里忽然跑出一群狐狸。这群狐狸有五六只，每一只的体型都比家猫略大，全身毛色火红，像涂了一层油彩，在阳光下闪动着华丽的光泽，甩着毛茸茸的尾巴。它们平时居住于树洞、土穴中，晚上出外觅食，到天亮才回家。为首的那只狐狸身段修长，四肢匀称，两只竹叶似的耳朵警觉地立着，两颗乌黑的眼睛滴溜溜直转，毛茸茸的尾巴拖在身后，几乎占了全身长度的一半，瞅见附近有人，整个身体颤抖着紧绷起来，尾巴高高地翘起，"咕咕"地叫了两声，带着其余的狐狸从灌木丛里掠过，一直向东逃去，那些红色的身体在山坡上像一团团跳跃的火球。猎鹰发现猎物，立刻振翅而起，闪电般地追了过去。这几百名侍卫也就跟着跑远了。

慕容垂等人出乎意料地化险为夷，无不暗称侥幸，却也不敢在这里多待，立即上马向西驰去。他们绕过邺城之后，又转道晋城，走过安阳、洛阳，终于有惊无险地来到了黄河北岸的渡口。渡口边的河滩里生长着一眼望不到边的河柳和没过头顶的芦苇，不远处，便是浩浩荡荡的黄河。黄河如一条金色巨龙，迤逦横卧在辽阔的大地上。河面阔达数里，水流迅急，形成大大小小的漩涡。对岸水天相连处，模糊一片，便是秦国的地界。

河边停着一艘大渡船，舷高首宽，黄底龙骨，长十二丈，船体榫接钉合，下有水密隔舱，两舷各伸出数个桨、橹，可载客三十多人。一条长长的踏板，宽约六尺，颤悠悠地连接起船体与泊岸。踏板前立着一名津吏，带着三名吏卒，正在盘查着登船的客人。

慕容垂一行来到船前，跳下马来，便欲登舟。津吏三十多岁年纪，黝黑的一张长条脸，下颌微有胡须，一对蜜蜂眼，两片厚嘴唇，身穿下级官吏的公服，两手一张，拦住他们的去路，道："客人，从哪里来？"慕容令答道："从洛阳来。"津吏上下打量了一下眼前的这几人，道："到哪里去？做什么？"慕容令随口道："去长安，做生意。"津吏见这几人多是金发白肤的鲜卑族人，一个个悬刀佩剑，气宇轩昂，根本不像是普通的生意人，不由得心中起疑，便道："有过河的路引吗？"慕容垂听了这话，倒有些犯难，自己一行人是逃出来的，哪有什么路引？便对慕容农使了个眼色。

慕容农会意，趁津吏不备，拔出腰刀，一刀刺了过去，"噗"的一声，端端正正地扎入津吏的咽喉。津吏毫无防备，中刀后委顿倒地，抽搐了几下，随即毙命，鲜血染红了身下的一大片河滩。其余的几个吏卒见状，吓得魂飞魄散，连滚带爬地逃远了。

慕容垂等人拉着马，顺着踏板登上了船。船老大和几个水手立在船头，看了这一幕，都惊得张口结舌，说不出话来。慕容垂厉声对船老大喝道："不干你事，快快开船。"船老大这才明白过来，连忙招

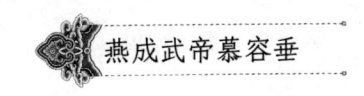

呼水手，作速升起风帆，又哆嗦着两手，一竿子点到水底，撑船离岸。众水手齐力摇着橹，驾着那条船荡悠悠地向对面驶去。

不一会儿，渡船到了河中央，桅杆上悬挂的白色巨帆吃饱了风，行得越来越快。慕容垂这才松了口气，立在船上，凭舷而望，但见河水咆哮而下。滔滔浊浪翻滚着，奔涌着，撞击在船上，溅起两米多高的浪花。宽阔的河面上卷起层层波涛，形成一个接一个的波峰浪谷，气势雄壮。须臾，船到对岸，众人牵马登岸。

黄河北岸一片寥廓，草丛里露重霜寒。一阵凛冽的秋风拂过，卷起几片凋零的黄叶。慕容垂翻身上马，正要驰向前方，却又带住缰绳，立马河畔，回头望向故国的方向。灰蒙蒙的天幕低垂，空中传来苍鹰高亢凄凉的长唳，撕心裂肺般响彻长空。宽阔的黄河在浓云密布的天空下流淌，对岸水天一色，昏昏然融为一体。慕容垂一任河风吹乱满头金发，回想起自己半生戎马，为大燕竭力，却还是命途多舛，终落得个去国外逃的境地，不由得心如刀绞。慕容令等人一言不发地立马一旁，也都能体会到他的心情，无不黯然。慕容垂驻马良久，浩叹一声，调转马头，与段芳、慕容令、慕容农、慕容宝等人扬鞭催马而去，带着一路烟尘，驰向崤关方向。

崤关南连嵩岳，北濒黄河，山岭交错，自成天险。守关的秦将见燕国的吴王来投，简直不敢相信这是真的，一边派使者骑快马急报于秦王苻坚，一边派出三百军士护送慕容垂一行人赶往长安。

第七章　樽俎之间

> 慕容垂谨守"客卿"的身份,殷勤相送,望着王猛带着侍卫策马扬鞭而去,却没有注意到,有一丝残酷的冷笑正掠过王景略的嘴角。

秦据有关中形胜之地,与慕容鲜卑的燕朝、司马氏的晋朝鼎足而三,也是当时的强国。早在公元355年,氐人首领、秦王苻健病逝后,太子苻生继承帝位。苻生力举千钧,雄勇好杀,走及奔马,手格猛兽,击刺骑射,冠绝一时,却是天下少有的暴君,即位当年,就毫无道理处决了皇后梁氏、国丈梁安、大臣梁楞,不久又斩了丞相雷弱儿及其九子、二十七孙,在位不到两年,"后妃、公卿已下至于仆隶,凡杀五百余人,截胫、拉胁(断肋)、锯项、刳胎者,比比有之。"(《资治通鉴》)。苻生虽为一国之主,却常弯弓露刃以见朝臣,并于左右备置锤、钳、锯、凿。秦国大臣在他面前稍有不慎,即遭刑戮,故而人人自危,常有朝不保夕之感。

到了公元357年,也就是燕王慕容俊迁都邺城那一年,羌族首领姚弋仲病故。姚弋仲的第五子姚襄拥兵来争关中。苻生命苻坚率苻黄眉、邓羌等人率兵抵御。苻坚是苻雄之子,袭父爵为东海王,引军两

燕成武帝慕容垂

万与姚襄的部众大战于三原（今陕西省三原县）。姚襄兵败被杀，余部被秦军包围。姚襄的弟弟姚苌无奈，只得请降。苻坚受其降，率军凯旋回到了长安，本人与麾下却没得到任何封赏。苻黄眉是个直脾气，有一次忍不住向秦王苻生邀功。苻生大发雷霆，先将苻黄眉大骂一顿，随即将他处斩，回宫之后，余怒未消地对身边的侍女说："朕觉得苻坚也不可信赖，明天就得把他除掉。"侍女等苻生熟睡后，秘报与苻坚。苻坚立即召集亲兵，当晚冲进王宫，杀了睡得懵懵懂懂的苻生，遂登基为帝，改年号为"永兴"。

苻坚，字永固，小字文玉，据说一出生背后便隐有文字："草付臣又土王咸阳"（"草付"是"苻"；"臣又土"是繁体的"坚"），他的父亲苻雄便为其取名为"苻坚"，即位后，上礼神祇，下恤民生，劝农重耕，设立学校，整顿吏治，惩处豪强，广招贤才为官，又颇具慧眼提拔王猛为辅臣，相继平定了张平、敛岐、"四公"之乱，消除了内部隐患。这些年，秦国国力日增，关陇清晏，百姓丰乐，自崤关至于长安，皆夹路树槐柳，三十里一亭，四十里一驿。秦王苻坚久已有图燕之志，但惮于慕容垂的威名，一直不敢采取行动，前些日子听说慕容垂父子来投，这一喜可是非同小可，遂吩咐下去，一待慕容垂等人到达，便要大会文武，在未央宫接见。

公元369年11月的一天，已是入冬。慕容垂等人在秦国军兵的护送下，来到长安。长安是秦的国都，南北长三千多米，东西宽一千余米，占地九百七十三顷。慕容垂等人由朝阳门进了长安城。朝阳门大街宽近百米，两边的店肆鳞次栉比。

清晨时分，太阳刚刚升起。天气有些冷，不停地刮着白毛风。大街上走着川流不息的行人，自然是氐族人居多。《汉书·地理志》里称："氐，夷种名也，氐之所居，故曰氐道（今松潘，在四川省阿坝藏族自治州境内）"氐人最先活动在川西北地区，后迁居陇南，又随苻洪、苻健父子进入关中。他们的前额一般比较突出，高高的鼻子，大都是双眼皮，眼珠的颜色微微有些发黄，脸部轮廓分明，肤色比鲜

第七章　樽俎之间

卑人黑一些，都穿着圆领紧身、两侧开叉的棉袍。街面上也有不少汉人、羌人，各着具有民族特色的服装，来往奔走。慕容宝乍到长安，免不了事事好奇，骑在马上东张西望，只觉得眼花缭乱。众人先在大街西头找了家整洁的客店，安顿了段芳，便匆匆随着秦朝的官员去皇城晋见秦王苻坚。

皇城位于长安城北，内有三庙、八府、十六桥，还建有长乐宫、未央宫、长信宫、长秋殿、永寿殿、永昌殿等一大批建筑。各宫殿之间架设飞阁，地面又有复道相连，可谓宫中有宫，殿中有殿，皆金饰瓦当、银装楹柱。皇城内有一纵一横两条主干道，路面宽阔，以水沟隔作三道，中间为御道，宽六丈，专供秦王通行；两侧为边道，各宽一丈二，供臣僚们行走，道旁栽植着槐、榆、松、柏等各种树木。

慕容垂和三个儿子在秦国官员的引领下，沿着边道来到了未央宫。未央宫在皇城西南，自汉代以来，便为皇帝朝会之所，四面筑有围墙，东西南北皆长七十余丈，中有正殿五间，明间开门，前后出廊，上盖黄色琉璃瓦，檐下施以斗栱，饰龙凤和玺彩画，宫前的台阶皆以玉石铺砌。宫外有十根石柱，每根石柱上都雕刻着两条巨龙，上下交错，盘绕升翔，有腾云驾雾之势。宫中很宽敞，有一座高大的琉璃影壁将前、后殿隔开，四面是步步锦的支窗，殿顶上雕饰着云龙出海图。

冬日的阳光透过窗棂，照在墁地的金砖上，映出一圈圈耀眼的光环。慕容垂与儿子们整了整衣服，随着秦国官员步入宫内，见秦王苻坚正坐在龙书案后。苻坚面色红润，两道眉毛斜飞入鬓，一双眼睛很有神，鼻直口阔，头戴冲天冠，身穿九龙袍，腰金佩玉，足饰珠玑，身后侍立着两名手拿拂尘的太监。丹墀两边，整齐地排列着秦国文武大臣。

慕容垂率三个儿子上前，跪倒磕头，行参见大礼，口称："逃国孤臣慕容垂携子慕容令、慕容农、慕容宝参见陛下。"苻坚满脸笑容地道："爱卿平身。"慕容垂与儿子们站起身来。苻坚上下打量着慕容垂，道："卿为燕之戚属，世雄东夏，宽仁惠下，恩结士庶，去年更在枋头一战成功。朕闻名久矣，想不到今日得见。"慕容垂躬身道："臣击退晋军，反遭谗言，以至无处容身，故此来投，还望陛下收留。"苻坚在邺城布有眼线，早就清楚慕容垂与慕容评交恶的过程，当下也不多问，亲切地道："天生贤杰，必将使其共成大功。朕当与卿平定天下，告成岱宗，然后还卿本邦，世封幽州，使卿去国不失为子之孝，归朕不失事君之忠！"慕容垂听苻坚透露出伐燕的打算，忙道："羁旅之臣，但愿免罪，至于本邦之荣，非所敢望！"苻坚为人宽厚，虽听慕容垂给自己碰了个软钉子，但也不以为意，心里反喜其诚实不欺，随即下诏，以慕容垂为冠军将军，封宾徒侯，赏赐钜万，还在长安城内赐以宅第一所。

第二日上午，秦王苻坚与丞相王猛并肩游于御苑，二人移步观景，缓缓而行。王猛，字景略，北海剧县（今山东省潍坊寿光东南）人，身材魁伟，豹头燕颔，行动如虎。他少时好读兵书，有博学多闻之誉，为避战乱，辗转流落到魏郡（今河北省魏县），又因家贫，曾以贩卖畚箕为业，后入华山隐居。公元357年，三十岁的王猛经吕婆楼的引荐，得以结识苻坚，两人一见如故，谈及兴废大事，异常契合。自此，王猛便留在苻坚身边，任其谋主，在诛灭苻生一役中立有大功。苻坚即位为大秦天王后，命王猛为中书侍郎，职掌军国机密。不久，王猛便升任尚书左丞、咸阳内史、京兆尹，又授尚书令、太子詹事，加骑都尉，居中宿卫，曾于一年之内，连续五次升职，直做到尚书左仆射、辅国将军、吏部尚书、司隶校尉、太子太傅、散骑常侍，权倾内外。

苻坚对王猛相当信任，不惜打击其政敌，如处死特进樊世，又罢黜尚书仇腾和丞相长史席宝。正是有了苻坚的全力支持，王猛才得以放手施展自己的才干，"宰政公平，流放尸素，拔幽滞，显贤才，外修兵革，内综儒学，劝课农桑，教以廉耻，无罪而不刑，无才而不任，庶绩咸熙，百揆时叙。于是兵强国富，垂及升平。"（《晋书·苻坚载记》)。

　　苻坚与王猛这对君臣之间有着不同寻常的默契，有时一个眼神或一个动作，就能让对方明白自己的心意。这时，苻坚见王猛沉默地走在自己身边，显得顾虑重重，便立住脚步，说："景略，你是对慕容垂不放心吗？"王猛见秦王猜中了自己的心事，也并不惊讶，便直言不讳地说："陛下！慕容垂父子，譬如龙虎，非可驯之物，若借以风云，将不可复制。臣以为……不如早早地将其除掉。"苻坚善待慕容垂，一是惜其才干，二也有怀柔燕人的企图，听完王猛的话，摇了摇头，道："慕容垂才高功盛，无罪见疑，穷困归秦，未有异心！朕正广招天下英雄以肃清四海，怎好无端杀了他呢？景略，不可杀一人而失天下之心！"

　　王猛是苻坚的知己，明白他一言九鼎的性子，知道若要除掉慕容垂，只能另想办法，便转了话题，道："陛下说的是！如今燕虽强大，但纲颓纪紊，寇盗充斥。关西百姓困弊，不胜烦扰。若陛下发兵，先取山东，再进洛邑，收幽、冀之兵，引并、豫之粟，观兵崤、渑，则整个中原便可收入大秦版图。"苻坚今天把王猛找来，就是为了商量这个事，听对方先提了出来，喜道："燕太后可足浑氏侵桡国政，官非才举；太傅慕容评贪昧无厌，货赂上流。今慕容垂既来归，燕国更没了折冲御侮的大将。朕召你来，正要命你领兵伐燕，如何？"王猛躬身道："臣领旨，这就去召集兵马，做好东征的准备。"说到这里，略一思忖，又道："当初桓温北伐，慕容𬀩派使者前来请援，声称愿割地纳款。请陛下先派一名使者去邺城索地。臣估计慕容𬀩八成会爽约，则我出师有名了。"苻坚从其议，第二天即命黄门郎石越出使燕国，既是为了索取虎牢关以西的土地，也是为了观察燕国的虚实。

　　石越是始平（今陕西省兴平）人，头大脸圆，颧骨很高，留着络腮胡子，中等身材，身形粗壮，为人机警有辩才，是苻坚的亲信，如今奉命出使，遂携带表文，带了百余名从人骑马离了长安，

燕成武帝慕容垂

又坐船过了黄河,一路晓行夜宿,来到了邺城附近。这一日,天上飘起了雪花。那雪纷纷扬扬,很快将四野染成一片银白。朔风劲吹,凛冽如刀。石越一行人头戴皮帽,身穿棉袍,犹自在马上冻得手脚冰凉,勉强揽着缰绳,正冒寒而行,忽见前面来了一队人马。为首的是燕国的鸿胪寺官员,头戴皮冠,身披锦袍,迎面高声叫道:"是秦国贵使吗?"石越闻听,纵马上前,道:"正是!"来人喜道:"太好了,我奉燕王之命,前来相迎。我王正在城外的铜雀台欣赏雪景,请贵使前往相见。"

北风夹带着雪花,呼啸着掠过旷野。石越临行前,曾到王猛府上讨教方略,已清楚这次出使的目的,现在自然用不着迁就对方,遂断然拒绝邀请,道:"燕国的使者上次到了秦国,秦国的君臣都穿好朝服,备好礼仪,洒扫宫廷,然后才敢见面。如今燕王却要在城外会见,使臣不敢听命!"燕国官员听对方的话茬子挺硬,颇觉意外,道:"宾客入境,唯主人之命是从。所谓'客随主便,'就是这个道理!"石越的眉毛着雪成白色,脸色有些发青,振振有辞地说:"晋室纲纪混乱,秦、燕承运,分据北国。前有桓温猖狂,兴师伐燕。燕危秦孤,势不独立,是以秦主同恤时患,出兵为援。今强寇既退,交聘方始,应崇礼笃义以固二国之欢。若慢待使臣,就是看不起本国,这难道是友好的表示吗?"燕国官员无奈,只得据实回报燕王。慕容㻱听了,便乘着御辇回到邺城文昌殿,命百僚陪位,然后延请石越入见。

石越这才满意地率众进了城,来到文昌殿前,见殿门的左右各有一列持戟的侍卫,即命随从们在外相候,自己抖掉头上、身上的雪花,整了整官服,从容走进宫门,故意在丹墀上缓步前行,用眼睛的余光打量着两边的文武,然后在鸿胪寺官员的导引下,对燕王慕容㻱行三跪九叩的大礼,再呈上国书。慕容㻱待石越以宾礼,将国书略一过目,简单而又客气地寒暄了几句,以示慰问,便请石越到偏殿休息,又下诏赐宴,命太傅慕容评、尚书皇甫真相陪。

第七章 樽俎之间

偏殿位于文昌殿西，里面铺着白色的大理石，石头上刻有暗纹，天花板由六根立柱支撑。每个柱子上都雕着一条回旋盘绕、栩栩如生的金龙，金鳞金甲，活灵活现，似欲腾空飞去。宫殿正中摆着一席丰盛的酒席，席上罗列水陆珍馐，摆着金壶、银杯、玉盘、玛瑙碟子，还有几双纯金的筷子，亮晶晶的，搁在桌上。两旁的侍者面容俊秀、衣着光鲜。

尚书皇甫真随着慕容评走进殿内，见到这样奢华的安排，皱了皱眉头，悄悄地说："太傅！石越入城前言辞荒诞，进殿后眼神飘忽，此次前来，大概不是结好缔盟，而是来观衅的。太傅不妨耀兵以示之，或可挫败秦人的阴谋，如今却示之以奢，恐怕益为其所轻。"慕容评晓得皇甫真与逃走的慕容垂颇有交情，心里一直拿他作为自己的政敌，如今听了这番话，只是当作耳旁风，随口敷衍了两句，自顾自地走到席前，大模大样地坐在主位，请石越坐在宾位，命皇甫真打横相陪。

席间，石越正眼儿都不看身边的豪华摆设，只想探一探燕国文武的底细，喝了几杯酒后，假作不经意地问道："石某到了邺城，得睹燕王龙颜，可谓三生有幸，只是不知贵国名臣还都有谁？"皇甫真何等老练，闻言知意，应声而答道："太傅、上庸王慕容评，明德茂亲，光辅王室。大司马慕容冲，雄略冠世，折冲御侮。其余或以文进，或以武用，官皆称职，野无遗贤。"石越唯唯称是，心里却知慕容评是个嫉贤嫉功之人，听皇甫真将他这般夸赞，颇不以为然，转眼瞥见皇甫真一脸凝重的神情，不禁一凛，忙端起酒杯，借喝酒掩饰，然后放下杯子，转过头去与慕容评攀谈，便提到了这次出使的主要目的，道："当初，桓温来犯。贵国请我朝出兵，并许割虎牢关以西之地。今晋兵既退，我王命我前来履约。不知太傅作何打算？"

虎牢关是洛阳门户，西至秦境足有数百里。这片土地囊括了大半个富饶的河洛平原，是燕国的主要粮仓之一，更是军事要地，若被秦国占了去，燕国的整个西部将无险可守。当初，燕国上下在桓温的兵锋之下，岌岌有灭国之危，不得已向秦国请援，为打动苻坚出兵，才许诺割地以酬。如今，桓温兵败而退，燕国的危险已经解除。慕容评好了伤疤忘了疼，正为自己当初的承诺后悔，现在听石越提及，倒也不含糊，很干脆地来了个不认账，板着脸道："我国从来没有开出过这样的条件，可能是使节用语不当，才让贵国有了这样的误会。燕、秦两国乃友好邻邦，有了灾祸相互帮助，是理所当然的事，怎能索要回报呢？"石越来之前，已料到燕国君臣不会履约，如今听慕容评这么说，倒也不感意外，又闲谈了一会儿，草草终席后退出，带着随从回了驿馆，准备第二天再到文昌殿外辞行返国。

皇甫真坐在席上，目送石越离去，默默地思忖片刻，对慕容评说："太傅，秦国虽然派来使节，但恐怕已有犯边图谋。上次苟池、邓羌率兵深入洛水一带，已知险易虚实。洛阳、太原、壶关等要地，应尽快调兵镇守，以防不测！"慕容评过惯了安稳的日子，一听见打仗的事就头疼，端起金杯，"咕嘟嘟"灌下一杯美酒，抹了抹嘴角，道："皇甫大人多虑了吧！"皇甫真见他不信，干脆挑明了说："燕、秦二国分据中原，常有相吞之志。苻坚日夜操练军马，且在陕东一带积草屯粮，绝不会与我国久睦。太傅不可不早做提防！"慕容评把玩着手里的金杯，默然半晌，问道："楚季，你看苻坚是什么样的人？"皇甫真很坦率地说："明而善断。""王猛呢？""名不虚得！"

慕容评连灌了几杯酒，一时酒劲上头，只觉得浑身轻飘飘的，摇了摇肥硕的脑袋，不以为然地说："秦国小力弱，恃我为援。从这次使节带来的文表上来看，苻坚态度还算友好。他终不肯纳邪臣之言、绝二国之好。楚季，目前若在边境布置人马，反倒有可能招来秦兵！还是稍安勿躁的好。"说到这里，不待皇甫真再说，一拍手道："来呀，奏乐。"随着乐声响起，从殿外进来一群妖娆的歌妓，轻歌曼舞了起来。皇甫真见与之话不投机，只得借故辞去。

12月的一天下午，长安城内寒风凛冽。未央宫的檐下垂下一条条

第七章　樽俎之间

晶莹剔透的冰凌。不时有冰凌断裂，又在台阶上摔得粉碎，发出"噼里啪啦"的声音。宫内却是温暖如春，四角燃着几个铜火盆。每个火盆的口径足有四尺，里面的炭火烧得正旺，将盆沿烤得通红。石越这天回到了长安，正立在丹墀上，向秦王禀报出使的经过。苻坚头戴九龙冠，披着龙袍，坐在龙椅之上，右手习惯性地捋着胡须。王猛身穿朝服，庄容立在丹墀的一边。石越详详细细地说了与慕容炜、慕容评、皇甫真等人会谈的过程，尽量不遗漏任何一个细节，最后道："据臣出使所见，慕容炜懦弱无用，慕容评贪而无能。燕朝百官里，鉴机识变，唯有皇甫真一人。"苻坚将身子倚在椅背上，沉吟道："彼拥关东六州之地，宁不得有智士一人？只是燕朝如大厦将倾，非皇甫真独力能撑的了。"

　　王猛向前一步，躬身道："陛下，皇甫真虽有智略，却屈居慕容评之下，不得施展。燕国政刑紊乱，如今又公然爽约。臣不才，请领兵伐燕。"苻坚精神一振，坐直了身子，道："爱卿这次东征，需要多少人马？"王猛思虑已熟，胸有成竹道："精兵三万足矣。"苻坚即命王猛率建威将军梁成、洛州刺史邓羌，统步骑共三万余人，准备进攻洛阳。君臣议定之后，王猛刚要告退，似又想起些什么，对苻坚道："陛下，臣此次出兵，路径不是很熟悉，敢请慕容令为军中向导。"苻坚听这个要求合理，就点了点头道："朕知道了。"王猛遂磕头谢恩，与石越一起辞出。

　　新年将至，刺骨的北风从长安上空掠过，宫殿房舍的顶上积着尚未融化的积雪。大街上人烟稀少。各店铺门前也没什么客人，只余五颜六色的招子在风中飘舞飞卷着。因大雪阻路，秦伐燕大军尚未集结完毕。王猛暂时留在邺城筹备粮草、军械。但秦军五千人的先头部队已然开拔，慕容垂的长子慕容令也随军出发了。

　　这天傍晚，天空阴沉沉的，看样子又要下雪。远近响起了零星的鞭炮声，慕容垂的宅子外已贴上了对联，门上挂着两盏"气死风"的灯笼。透明的灯罩上涂了桐油，随风飘摆着，桔黄色的灯光照的门前一片光影斑驳。远处传来了零星的鞭炮声。慕容垂这所宅子便是符坚所赐，位于长安朱雀大街上，临街三间门楼。前院有四间客厅，左右各有两间配房。后院是内宅，分住着慕容垂及其家人。

慕容垂现被封为"宾徒侯"，虽是虚衔，没有封地，每月却有一千二百两银子的俸禄。长安物价便宜，一两银子可以买白米三石或猪肉五斤。慕容垂的三个儿子里，除了慕容令任军职之外，慕容农被封为太子洗马，慕容宝也获拜陵江将军，各有一份月俸。他们一家凭着这几笔收入，倒也可以丰衣足食地生活。慕容垂安定下来后，还抽出时间，带着慕容令到长安市署（负责奴仆交易的衙门）上买来四个家丁，让他们在府里应门、喂马，也让他们帮着干些杂活，给每人每月二十两银子的月钱。此外，府里还雇了一个手艺高超的厨子。慕容垂给厨子每月三十两，又买了两个丫鬟，让她们专门服侍段芳。

慕容垂自己住了后院的几间正房，正房的左右各有一座跨院。慕容农兄弟住在东跨院。段芳与两个丫鬟住在西跨院。西跨院有三间北屋，分一明两暗。屋中青砖墁地，打扫得一尘不染。左边一间是段芳的寝室，右边是丫鬟的住处。中央的明间里摆着一套红木桌椅，南墙上开窗。雕花的窗扇紧闭，上面挂着蓝布的窗帘。

慕容垂打算等段芳守孝期满之后再与之完婚，有时也到西跨院与段芳说说话，帮她排遣一下丧父之后的悲痛。二人年纪虽相差不少，却都经历了无家飘零的一段痛苦日子，将来既结为连理，便准备相互扶持着走过以后的岁月。这天傍晚，慕容垂披着件紫袍，腰里悬着金柄弯刀，正与未婚妻在桌前对坐，聊着过年的事宜。段芳的精神好了一些，脸上没擦脂粉，鬓边戴着一朵白色的纸花，穿了一身白色的孝服，坐在椅子上，手里拿着一只暖手的小火炉，身旁侍立着一名十几岁的小丫鬟，低眉顺眼地听着慕容垂的安排，偶尔插上一两句话。天色暗了下来，丫鬟轻手轻脚地在屋里点起了几盏油灯。这时，有个叫金熙的家人前来禀报，称府外有王猛到访。慕容垂也曾会过王猛几次，知道对方是个厉害角色，如今听是他来，有些诧异，连忙别了段

第七章 樽俎之间

芳，出府迎接。

宽阔的大街上黑沉沉、空荡荡的，没什么行人。北风卷着枯枝败叶，打着旋儿地从街上掠过。门楣上的灯笼摇摆不定，黄灿灿的灯光照耀着门前的几级石阶。王猛正披着件皂色棉袍，负手立于门前的灯影里，身后只随着一个侍卫。侍卫腰悬钢刀，手里牵着两匹马。慕容垂一脚踏出府门，见此情形，心里暗暗吃惊，想不到威名赫赫的王景略居然如此简率，忙抱拳拱手，道："王大人，今日怎么这般闲在，想起到我这里来了？"王猛拱手还礼，笑道："慕容将军，适才从宫里出来，路过贵府，想着久已不见，故来与你谈谈。"慕容垂迈步走下台阶，伸手做了个"请"的姿势，陪着王猛进了府门，走过院落，来到客厅里落座，又命家人摆酒款待。

暮色已深，客厅里明烛煌煌，角落里摆着几盆冬青。慕容垂与王猛围坐在桌前，涮起了"暖锅"（类似今天的火锅）。桌子中央摆着一个炭烧的小火炉，炉上支着一只铜锅。铜锅里的清汤已经沸腾，冒出一连串的小气泡儿，发出"咕嘟咕嘟"的声音。桌上放着几个干盘儿，盛着新鲜的羊肉片、青菜等。慕容垂和王猛面前各放着一只小碗，里面是调好了的酱料。慕容垂抄起筷子，将盘子里的羊肉放入锅中。羊肉片被沸水一冲，在锅里来回晃悠着，很快就熟了。王猛从锅里抄起几片羊肉，在面前的酱料碗里蘸了蘸，放在嘴里，有滋有味地咀嚼着。两人酒喝了不少，话也越说越投机，仿佛多年不见的故交。

慕容垂放下手里的酒杯，随口问道："大帅奉诏出兵，不知何时得以启程？"王猛已有了几分酒意，微眯着醉眼说："大军兵粮齐备，两日后就要出发了。"略顿了一顿，又从容道："今当远别，卿何以赠我，使我睹物思人？"慕容垂对王猛毫无戒心，又知他是当今炙手可热的人物，有意接纳，便解下随身佩带的金柄弯刀，慷慨相赠。王猛并不推辞，接过刀挂在自己腰间，又若无其事地与慕容垂接着畅饮。

半夜时分，一弯月牙在西南天边静静地挂着。清冷的月光洒下大

燕成武帝慕容垂

地,是那么幽暗,银河的繁星却越发灿烂起来。王猛酒足饭饱,辞了慕容垂离去,脚下微微打着晃出了府门,搬鞍上马时,腰里的金刀碰到马鞍上的铁饰,铿锵有声。慕容垂谨守"客卿"的身份,殷勤相送,望着王猛带着侍卫策马扬鞭而去,却没有注意到,有一丝残酷的冷笑正掠过王景略的嘴角。

第八章　金刀毒计

就这样，王猛用计虽然没有害死慕容垂，却断送了慕容令的性命。从此，慕容垂的合法继承人只剩了个平庸的慕容宝（慕容农虽年长于慕容宝，却是庶子）。

公元370年2月，秦尚书左仆射、辅国将军、司徒王猛率建威将军梁成、洛州刺史邓羌等，挥师伐燕。秦军过了黄河之后，一路攻城略地，势如破竹，迅即包围了洛阳。洛阳守将是燕荆州刺史、武威王慕容筑，命人突围向邺城告急。燕王慕容㬙、太傅慕容评派卫大将军、乐安王慕容臧率十万大军前往增援。王猛不等慕容臧赶到洛阳，即命梁成率一万精锐甲士前出荥阳（今河南省郑州市西）阻击，大败慕容臧，斩首一万余级。慕容臧率败兵溃退至新乐（今河南省新乡市）。慕容筑见援兵没了指望，只得开城投降。王猛率兵进占洛阳，命邓羌镇金墉，以辅国司马桓寅为弘农太守。燕国被迫退守虎牢关以东，原先承诺的割让之地，都被秦国占有。

秦军的大营驻扎在虎牢关以西五十里处，外面立起一人多高的栅栏。栅栏是用成千上万根碗口粗的树干编成，每根树干的底部都被削尖，然后插到土地里。削尖的部分已被将士们用火烧焦，可以防止树干腐烂，增强了栅栏的牢固性。军营里是一望无际的营帐。一队队巡逻的哨兵，打着火把，不时从营间的隙地走过。官兵们早已用过晚饭，回到了各自的帐篷里，正准备休息。

秦军制：普通的军兵十人一帐，设帐头、帐副各一人。慕容令是大军向导官，又是王猛的参军，属于高级军官，独居一个帐子。他住的帐篷并不算大，四角被木橛固定在地上，里面有一桌二椅，桌子上点着一支蜡烛。慕容令少沉敏，多谋略，骁勇刚毅，被誉为慕容氏这一代最杰出的人才，此时正在帐侧摊开铺盖卷，打算解衣就寝，忽听有军士在帐外压低了声音道："慕容参军，您睡了没？"慕容令忙道："还没睡，有什么事吗？"说着，撩开帐门，走了出来，见外面的空地上立着几个手持火把的军士，还有一个年轻的"苍头"（男性为奴，常常以青布为头巾、头帻，又称"苍头"）。

慕容令认出这年轻人正是金熙，不由得一愣。当初去长安市署挑选家仆的时候，是慕容令随着慕容垂去的，也是慕容令一手订立了文契，并经有司验讫，买下了金熙等四人。金熙虽然年轻，却很有眼力劲儿，入府之后，手脚勤快，干活不惜气力，让慕容垂一家都觉得满意。慕容令还曾暗自盘算着，过段时间，回过父亲，就把卖身契赏给金熙。

一阵夜风吹过，通红的火苗在火把上乱晃，"呼呼"有声。金熙穿着一身便装，见了慕容令，忙上前跪倒，道："奴才叩见少爷。"慕容令点了点头，道："罢了，起来吧。"金熙又磕了个头，这才站起身来。一个军士在旁陪着笑道："慕容参军！我们是守把营门的。这人匆匆地到了营外，自称是贵府的家人，从长安赶来，说有急事非要见您。头儿见时候不早了，也不知他说的是真是假，有些不放心，便派我们几个将他带到这里。"慕容令听明白了怎么回事，很客气道："这个人确是我府里的！有劳你们几个了。"几名军士见没有异常，一齐躬身施了个礼，便相率离去。

第八章　金刀毒计

慕容令引着金熙进了帐篷，问道："你来这里干什么？家里人都还好吗？"金熙背着个长条状的包袱，脸崩得紧紧的，左右望望，见帐中无人，这才压低声音道："世子，侯爷派我来，捎个口信给你。"慕容令奇道："父亲命你捎什么话给我？"金熙又侧耳听了听，确信帐外无人走过，才低声道"侯爷让我转告你：'我们逃到秦国，只不过想保全性命。王猛却疾我如仇，恶言诋毁，日甚一日。秦王虽待我厚善，但内心难知，也许过不了多久，就会降祸！估计我们仍然难免一死。我最近听说燕国太傅、太后颇有悔意，思虑再三，决定重返燕国，所以派人来通知你，望你立刻脱离秦营，回到故国。'"

慕容令听了这些话，心里一沉，立在地上，用狐疑的眼神打量着金熙，道："你……你说的这些都是真的？"金熙反手解下背后的包袱，从中取出一把金柄弯刀，递了过来，道："少爷，老侯爷担心走漏消息，没敢写家书，命我持此刀以为信物。"这把金刀慕容令自小就经常见，绝计错不了。他接刀在手，对金熙的话已是信了七八分。金熙又道："侯爷与两位公子都已经上路了。少爷！此处不可久留，请你速作打算。小的该说的都说了，先行告辞。"说罢，便躬身一揖，匆匆出帐而去。

夜色正浓，天上点缀着寥寥几颗残星。秦军大营里静悄悄，远处黑压压的一片帐篷间晃动着几支火把，在暗夜里分外显眼，那是一小队巡逻的秦兵。金熙离了慕容令的帐子，走出十余丈远，回头见无人跟踪，便拐了个弯，向着火把的方向走去。带队巡夜的是秦军的一员校尉，听得脚步声，便喝问："什么人？"金熙并不惊慌，从容上前，从腰间摸出一枚令牌，递给了校尉，低声道："请禀报大帅，就说是长安旧人奉命到此。"校尉接过令牌一看，登时换了一副毕恭毕敬的神色，道："啊，您就是长安来的？大帅已有交待，正等着呢！快请。"说着，引着他直奔王猛的军帐。

王猛的帅帐位于大营的正中，里面仍是灯火通明，周围戒备森

· 109 ·

严。一员顶盔挂甲的副将,挎着把腰刀,领着一百多名全副武装的军士,分散在帐篷外值守。校尉轻手轻脚地到了帐前,躬身将手里的令牌交给了副将,和他小声嘀咕了几句,又对着金熙点了点头,便自去了。副将拿着令牌进帐通报,一会儿就出来对金熙道:"大帅命你进去。"金熙听了,迈步进帐。王猛本人穿戴整齐,在桌前正襟危坐,见金熙进来,也并不意外。金熙对着王猛躬身一礼,低声道:"大帅,卑职方才已将金刀交给了慕容令,并把您教我的话全说给了他听。"王猛淡淡地一笑,道:"很好!据你看,慕容令是否相信呢?"金熙垂手而立,道:"小的冷眼旁观,见他有些将信将疑的。"王猛站起身来,背着手在帐里踱了两圈,又立定脚步,沉吟道:"慕容令是个聪明人。但越是聪明人,顾虑就越多。他听了你的话,就算是半信半疑,也一定不敢再在营里待下去,大概用不了多长时间,就会有所行动了。"原来,金熙本是王猛的心腹。王猛利用自己的权势,在长安略动手脚,即令假作奴仆的金熙混进了慕容垂的府第,取得慕容令等人的信任,又在临出征之前,很轻巧地从慕容垂手里骗得金刀,再与金熙约好,让他来诓慕容令。

王猛回身坐在椅子上,道:"宾徒侯府那边,你都料理清楚了吗?"金熙道:"卑职出长安时,曾给府里告假,就说要回乡探亲。"王猛晃了晃头,说:"我已安排石越在京照应诸事,不怕慕容垂飞上天去!你既出了侯府,就不能再回去了,还告什么假?……但也无妨。这次你总算干得不坏,就到凉州去做个副将吧。喏,这是委任书。你今晚就动身,不可再在营中盘桓,免得走漏了风声。"说着,从桌上拿起一卷文书,交给了金熙,又赏了他五百两银子。金熙大喜,接过文书与银子,千恩万谢地去了,果然连夜起身,远赴凉州,从此再不曾回中原。

半夜时分,空中繁星闪烁,秦军大营里一片漆黑,几顶帐篷内传出忽高忽低的鼾声。慕容令却是睡意全无,独自一人坐在帐中,躬背低头,手捧金刀,反复琢磨着金熙捎来的口信,却苦于不能与千里之

第八章 金刀毒计

外的父亲取得联系，故而难辨真假。外面的守夜人报了三更，一下一下的梆子声仿佛敲到了他的心脏上。又过了片刻，桌上的残烛燃尽，烛焰晃了两晃，终于熄灭。慕容令也不再点灯，只枯坐在黑暗里翻来覆去的思索，挨到天光明将未明的时分，还是将金刀挂在腰间，出帐骑上自己的战马，借打探军情之名，单骑离了大营，逃到石门，投奔了乐安王慕容臧。

王猛第一时间接到了慕容令归燕的消息，知道自己的计策奏效，心中大喜，立即修下一道文表，派人飞递长安的石越，请他转奏秦王苻坚，称慕容令无故叛逃。

2月17日早上，天边挂着一颗启明星。长安未央宫笼罩在一片晨曦里，宫外的树木在微风里轻轻摇摆着。来上早朝的文武大臣鱼贯走进宫内，按班次排列在丹墀两边，宾徒侯慕容垂自然也在其中。不一会儿，秦王苻坚缓步绕过屏风，走上前殿，在龙椅之上落座。他身后的一个太监手里拿着拂尘，向前一步，立在宽大的龙书案旁边，高声道："列位大臣，有事出班上奏，无事卷帘退朝。"石越应声而出，在丹墀之上跪倒磕头，称："臣启奏陛下，王猛丞相军前送来八百里加急，称慕容令无故逃回了燕国，现有表文在此。"说着，呈上手里的一卷文书。一个太监接过文书，转身将其呈给苻坚。

作为客卿，慕容垂在秦朝的地位本就微妙，自秦伐燕以来，更是尴尬。他打心眼儿里不愿意秦军得胜，但又不敢将这样的情绪表露出来，生怕被人扣上个"心怀故国"的罪名，如今听了石越的话，既意外又惊惧，脑子里"嗡嗡"乱响，一时僵在班位里，不知如何是好。秦王苻坚自觉对慕容垂父子不薄，听说慕容令叛逃，也有些出乎意料，忙从太监手里接过表文，迅速地浏览了一遍，确认此事无误，脸色变得有些难看。

石越是氏族豪强，他和王猛一样，绝不相信慕容垂会真的忠于秦国，故受王猛的指派，参与到这个阴谋中来，必欲置慕容垂于死地，此时敲钉转脚的道："陛下！宾徒侯慕容垂辜负恩奖，致使其子军前叛逆。臣请将慕容垂锁拿问罪。"慕容垂听了石越的话，有些回过神来，看看周围的大臣们，知道没人会替自己说话，遂把心一横，出班跪倒，磕了个头，称："陛下，臣教子无方，甘愿领罪。"苻坚将表文慢慢地放在桌上，思忖着说："慕容爱卿！贤子心不忘本，也是人各有志，不值得深咎。朕不追究你的过错，你且退下吧。"石越听了，忙道："陛下！慕容令倏降倏叛。慕容垂不能约束其长子，同应视为叛逆，应予严惩！"苻坚看看慕容垂，又瞅瞅石越，犹豫了片刻，方道："自古父子罪不相及！慕容爱卿若有叛意，岂在慕容令之后？石爱卿不必多言！"语气已有了几分严厉。石越不敢违拗，只得与慕容垂各回班中。然后，苻坚与群臣议了一阵子国事，就下令退朝，回了宫中。

慕容垂虽蒙秦王宽赦，心里却仍是忐忑。他怀着深深的忧惧，随在群臣的后面出了皇城，骑马回到了府前，甩镫离鞍跳下马，几步跨上台阶，匆匆地走进府内。一个家人迎上前来，称金熙告假外出，至今未归，不知去了什么地方。慕容垂心如乱麻，自不在乎一个仆役的去留，只略点了点头，便径直来到后院的上房，将段芳、慕容农和慕容宝找来，屏去丫鬟，将慕容令的事说了一遍。段芳安静地坐在慕容垂右边的椅子上，听完这事，脸色就变了，想说些什么，嘴张了张，却终于没说出来。慕容农与慕容宝立在父亲左侧，也是面面相觑。

过了一会儿，慕容农忍不住道："大哥向来稳重，怎么突然做出这样的事来？这岂不是将我等置于险地？"慕容垂也觉得事有蹊跷，隐隐猜到似与王猛有关。他忧心忡忡地道："令儿好端端地随军出征，却无端叛逃，不管怎样都是闯下了大祸。今日朝堂之上，秦王倒是拒绝了石越的奏请，暂未追究于我。但下个月，王猛就会班师回朝，届时必进谗言。他说话的分量与石越不可同日而语。到那时，咱们全家的性命才真是岌岌可危。我看，长安是待不下去了。大家赶紧去收拾一下，这就随我出城。"慕容宝期期艾艾道："父亲，出城去哪里呢？"慕容垂沉着脸道："我们还是去代国，虽然路途远了些，

第八章　金刀毒计

但总比在这里提心吊胆地等死强。"众人也知事态紧急，便各自依言回房，换上便装，收拾了些细软，包成几个包裹，分别背在身上。慕容垂与大家各牵了一匹马，悄悄离了府，骑马出了长安，转上大路，便一直向秦岭方向驰去。

但王猛做事何等的周密，他在离长安之前，已于宾徒侯府外的街口布下了十几个探子，暗中监视慕容垂的动静。这些探子认出改了装的慕容垂等人，一边在后遥遥坠着，并于沿途留下记号，一边派人去向石越报告。石越一收到消息，半点儿工夫都没耽搁，立即召集亲兵，出了长安城，沿着途中的暗记，飞速地追了下来。

这天下午，天晴得像一张蓝纸，几片薄薄的白云，随风缓缓浮游着。慕容垂与慕容农、慕容宝快马加鞭，行至蓝田。蓝田位于秦岭北麓，据秦楚大道，有"三辅要冲"之称，境内盛产美玉。因《周礼》有"玉之美者为蓝"之句，故此地得名为"蓝田"。慕容垂一行人不敢入城，只得绕城而过，又向前驰出几十里，这才停下来休息。路边有个高高的井台，四周围着几棵垂柳，在井上覆盖着浓荫。井口镶嵌着四块大青石，井口砖壁上长满嫩苔，弥漫着一股清凉。

慕容垂等人下了马，正欲取些井水饮马，就听到不远处蹄声大作，心里暗道一声："不好。"再想上马离开，已是不及。许多秦人骑兵从四面八方抵近，一个个弯弓搭箭，却是引而不发，将慕容垂父子与段芳围在中间。慕容宝惊得脸色惨白，手攀着马鞍，浑身瑟瑟发抖。慕容农禀性悍勇，不甘心这样束手就擒，"唰"的一声，抽出腰刀，便欲顽抗。慕容垂见四周全是明晃晃的箭头，知道儿子若是轻举妄动，立刻就会被射成刺猬，忙命慕容农放下武器。慕容农无奈，只得抛刀在地。石越喝令几十名秦军一拥而上，将慕容垂父子三人绑了，连同段芳一起押回长安。

回到长安时，天色已晚，一轮暗红色的夕阳正慢慢地落下城头。石越派人将慕容垂等人关入长安监狱，准备第二天禀明秦王之后，再行发落。监狱位于长安城的西北角，占地百余亩，里面有大大小小的上千个囚室。慕容垂等人一进狱门,便被解脱了身上的绳索,由几个手持刀、棍、锁链的狱卒推着去见牢头。牢头是个四十多岁的中年汉子,一脸的横肉,散披着件黑色的夹衣,腆着肚子,立在慕容垂等人面前,打量着众人,却是一语不发。慕容垂倒也懂得监狱里的规矩,只是所携的大宗金银都已被秦军掠去,便从怀里摸出两个小银锞子,足有十多两,送给了牢头。牢头接过银锞子,在手里掂了掂,撇了撇嘴,鼻子里"哼"了一声。

段芳见对方有嫌少的意思,连忙取下手上的金戒指,递给慕容垂。慕容垂又将金戒指塞给牢头。牢头的脸皮这才有些松弛,顺手将戒指和银子揣进怀里,对着慕容垂皮笑肉不笑地道:"慕容侯爷,得罪了。"随即吩咐狱卒道:"先别给他们换囚服,听明天上面的发落再说。"又指着慕容垂和段芳说:"这两个人押五号,把另外两个年轻人押进九号。"狱卒便将慕容垂和段芳关到一间狭小的囚室里,也没给他们戴刑具。慕容农和慕容宝被其余的狱卒推搡着关押到了别处。

夜已深,监狱的四方天井上悬着一片深蓝色的天空,空中布满了星星。

慕容垂和段芳二人都满腹心事,在囚室里相依相偎,有一句没一句地说着话,竟是一夜未眠,只觉得天光渐亮,隐隐听到公鸡打鸣的声音,又听到外面传来杂沓的脚步声。牢头带着几个狱卒走近,来到慕容垂的囚室之外,道:"慕容侯爷,奉上面的命令,要带你入朝面圣。"说着,打开囚室,给慕容垂和段芳都带上桎梏(类似于现在的手铐、脚镣),然后押着他们出了监狱的门,连同慕容农与慕容宝,一起交给等候在门外的禁军,办完了交结手续,便关上狱门回去了。百余名禁军押着慕容垂一行人,直奔皇城。

长安皇城的南面开闾阖门,是为正门,门内有别凤阙。慕容垂等人被全副武装的士兵押解着,经闾阖门来到了未央宫。秦国文武大臣正在上早朝,见慕容垂等人被押了进来,都用复杂的眼神看着他

第八章 金刀毒计

们。石越身穿朝服，手持笏板，对着符坚躬身行礼，又得意洋洋地道："陛下，慕容垂公然叛逃，被臣在蓝田拿获，请陛下发落。"符坚没接他的话茬儿，坐在龙椅之上，见慕容垂一脸的沮丧，忙温言安慰道："卿家国失和，前来投奔，把身家性命托付给朕。朕必不会为贤子之事怪罪于你！况且燕国之亡，就在眼前，一个慕容令回去，也无济于事，只可惜他自入虎口而已。朕昨天已说过'父子之罪不相及'！卿又何必如此忧恐呢？"说着，命人为慕容垂等人除去身上的刑具，还下诏恢复了慕容垂的爵位，恩待如初。石越大失所望，但见皇上态度坚决，也不敢再像上一次似的庭争了，只得悻悻地退回班内。

慕容垂心里的一块石头落了地，他也确实被符坚的度量感动了，一时热泪盈眶，跪在地上，讷讷谢恩，然后带着段芳和两个儿子退出皇城，回到了府里。慕容垂一家惊魂初定之后，不禁又担心起慕容令的命运。

这时的慕容令，正在前往沙城的路上。原来，燕太傅慕容评以慕容令叛而复还，而慕容垂为秦所厚，疑其为反间，便把他远远打发到沙城戍守。慕容令归燕之后，没见到父亲，才知道上了大当，但懊悔已经来不及，接到远戍的任命后，明白这样的安排，对自己其实是一种变相的流放，却也无可奈何，只得依令前往。

沙城位于燕国故都龙城东北六百里，方圆不过数里，城墙不算高，开有四门，楼堞荒颓。城外非常荒凉，放眼望去，尽是茫茫的大戈壁，没有一点绿色生机。城里有几条窄陋的街巷胡同，两边是些破旧低矮的民房，里面住着些戍兵的家属。家家户户门可罗雀，毫无生气。四面城墙根下搭了几排简陋的土坯房，便是驻军的营房。

这天傍晚，夕阳西沉，天气显得有些阴晦。苍黄的天底下，横着萧索的沙城，城外的戈壁滩上又起了风。那风格外凶猛，呜呜响着，越过荒颓的城墙，卷着漫天黄沙，一直灌进城中。慕容令住的院里有三间土屋，屋外的墙皮久已脱落，露出里面的土坯。墙根下寥寥几簇麻黄草，把根深深扎进粗砂砾石里。屋内四壁萧然，没什么摆设，只有一个旧桌子和几把木椅。南墙上掏了一个窟窿，算是窗户，上面挡了块破布。慕容令自外巡城归来，回到屋内，见桌椅、地面上又落满了尘土，不禁皱了皱眉头，心里说不出的郁闷。他掸去椅子上厚厚的积尘，坐在桌前，自忖慕容评终不会放过自己，便打算仗着城里的两千戍兵奇袭龙城，一旦拿下了龙城，就足以割据一方了。慕容令想到这里，略振作了一些，从此便刻意招揽亲信，厚抚麾下士卒。

又过了几个月，沙城的天气开始炎热。这一天，副将涉圭匆匆赶来见慕容令。涉圭三十多岁年纪，身形矮壮，脑袋圆圆的，眼睛不大，蒜头鼻子，厚厚的嘴唇，颌下一部短髯，脖子粗短，出身行伍，久在边陲。他见到慕容令，先施了个礼，禀称城外来了一队人马。慕容令听了，忙披上外衣，带上涉圭和两名亲兵，沿着马道走上城头，向城外眺望。

城下石块满地，寸草不生，远处的戈壁滩上正刮着旋风，一根根尘柱冲天而起。有几十人骑着马，赶着几辆大车，正向沙城缓缓行来。队伍前的掌旗手打着几面金黄的旗帜，旗子在大风里翻卷飘舞着。不一会儿，这一队人来到了城门前。一个军兵纵马向前，对城上喊话道："喂，城上的弟兄，请告诉守将，就说慕容麟将军前来探视。"慕容令站在低矮的城墙上，听是自己的兄弟到来，不禁一阵错愕。原来，慕容麟上次没有随众出逃，像一条怕挨打的狗一样，匆匆溜回邺城告变，声称父兄北逃龙城。慕容评信以为真，曾派出数队人马追杀，却是一无所获，最后才得知慕容垂等人已西行投秦，便认定慕容麟要诈，一怒之下将其贬到龙城。如今，慕容麟奉龙城守将慕容亮之命前来，名为慰问，实则是观察慕容令在沙城的情形。

慕容令虽知慕容麟的为人，但毕竟当他是自己的兄弟，在这个落魄的时候相见，还是觉得亲切，即命开城，自己下城相迎。不一会儿，慕容麟带队入城，在慕容令面前跳下马来，抱拳施礼。慕容麟的容貌倒没太大的变化，只是身量长高了些，显得更瘦了，披着件灰色

第八章 金刀毒计

长袍,带来百十坛烧刀子(一种酒)。"烧刀子"酒历史悠久,可以追溯到周、秦时期,主要流行于古辽东地区(今天辽宁省东部、吉林省东南部),以其度数高、味浓烈、入口似火烧而得名。涉圭与慕容麟寒暄过后,带着几名军兵,将百十坛烈酒搬入仓库。

慕容令引着慕容麟来到自己的土屋里,分头落座。慕容麟做出一副亲热的样子,道:"大哥,父王他们都还好吧?"慕容令听他这声"大哥"一叫,更触动手足之情,本想责备他几句,也说不出口了,便道:"父亲他们都还好。"然后又把一家人在长安的情况简单介绍了一番。慕容麟听了,装出一脸愧疚的样子,道:"小弟当日一时糊涂,没有随你们去秦国,不料回到邺城之后,仍是不被信任,屡遭排挤,最后被打发到龙城。"说到这里,眼圈一红,竟掉了几滴眼泪。

慕容令本自恓惶,见兄弟两边不落好,不禁起了同病相怜之意,转念想到自己将奇袭龙城,若有个人于彼作内应,那么成功的把握就大得多了,便将自己的这个计划透露给慕容麟。慕容麟听了,精神一振,拍着胸脯道:"大哥!龙城险固,城高兵多,强攻确实不易得手。小弟回去后,见机行事,或可出其不意,取到城门管钥,便可迎接大哥入城。"慕容令大喜,又与慕容麟密议良久,约好十日后的凌晨前往袭城。彼时,慕容麟便负责打开龙城的南门,迎接慕容令的军马。

第二天早晨,太阳跃出了地平线,把渐渐炙热的阳光洒向大地。慕容令送走了慕容麟一行,准备摆宴劳军,商议起兵的事。但沙城的仓库里除了粮食和蔬菜,根本没有鸡鸭鱼肉等物资。随军家属们倒是养了几十只老母鸡,还不够两千军兵塞牙缝的。慕容令无奈之下,便让涉圭杀几匹马。涉圭领命,先将一匹马拉到空旷的地方,然后蹲下身子,趁马不留意,右手持一把雪亮的利刃,迅速在马腹下划开一道巴掌宽的口子,随即将左手闪电般地探进伤口,准确握住了马的心脏,稍一用力,便将马心捏碎。那匹壮健的战马还没反应过来,甚至来不及发出一声嘶鸣,便已倒地身亡。整个过程干净利落,一气呵成。原来，涉圭从军前做过屠夫，对宰杀牛马很内行。涉圭从马腹里抽出血淋淋的手，在马身上抹了抹，又用同样的方式杀了其余的几匹马，再叫来十几名军兵。众人一起将死马剥皮剔骨，把切剁成块的马肉洗涮干净，然后支起数口大锅，在锅里放上清水，锅下架火烧开，再将马肉投进锅内，加上盐、酱等作料，煮将起来。到了中午，马肉煮熟，分别放进几个大盆里。

慕容令下令聚众，征召城中各处的戍卒，将马肉分成若干份，散给阖城的军兵，每五人又发了一坛烧刀子，让他们自在享用。众军兵苦得久了，见酒肉在前，尽皆喜笑颜开，在营房里呼朋引伴，划拳行令，吃喝了起来。傍晚时分，慕容令让涉圭将沙城戍兵全都召集到自己的院外，要对他们训话。戍兵们都已酒足饭饱，一个个面红耳赤，醉醺醺地排成数十列。慕容令披挂整齐，站在队列的前面，高声说："弟兄们，你们都是大好男儿，个个都有一身的本事，但因一点小过而困在这里，一辈子不会有出头的机会……"这些军士们闻言，触动酒后愁肠，一齐连连点头。

慕容令手抚腰间的金柄弯刀，又鼓动道："身为大丈夫，理应轰轰烈烈地干他一番事业，怎么能在这里等死？六百里外的龙城里，财货山积，富庶无比。弟兄们，你们有没有胆子随我攻取龙城？"戍兵们在他这番话的鼓动下，一个个热血上涌，便让他们去杀官造反也无不可，一齐挥舞着手里的刀枪大叫道："死生唯将军所命。"慕容令对眼前这个气氛很满意，回首见涉圭默默地立在一旁，便问道："涉圭将军，你怎么说？"涉圭抬眼看了看周围这阵势，忙道："愿听将军调遣。"慕容令信以为真，遂让将士们回营中歇息一晚，第二天一早就带兵出了沙城。

阳光照在沙城外的戈壁滩上，与淡黄的荒原融为一体，金光璀璨，吞天沃日。慕容令顶盔挂甲，骑着战马，率涉圭及两千多名军兵径直向西南方向开去。这两千多人在逼仄的城里，倒还有些气势，但一走进广袤的戈壁滩，就显得很是单薄。四外全是荒野，放眼望去，

第八章　金刀毒计

尽是看不到边的黄沙。队伍直走出五百多里，才见地上有了绿草。

这天凌晨，天色将明未明。慕容令率军长途跋涉，按与慕容麟约定的时间来到龙城南门，却见城门紧闭，高大的城墙上兵甲森森，刀枪密布。镇东将军、勃海王慕容亮，字永兴，是慕容俊的第四子，也是慕容令的堂弟，此时身穿盔甲，正站在城头的一竿大旗下，身边立着慕容麟。慕容亮手抚垛口，高声对城下道："令兄，六弟已将你的意图告知。你若释兵散众，束手归降。我愿在太傅面前为你美言，保你无事！"慕容令闻听，气得几乎吐血，深悔自己大意，又一次被慕容麟出卖，奇袭龙城已是不可能，只得懊恼地传令撤兵。

慕容麟戎装贯带，得意洋洋地立在城头，见外面人马稀少，而且一个个衣甲褴褛，便讨好地对慕容亮道："大王！城中有数万之众，何不派兵出城追击？定可将他们杀个干净，也算是奇功一件。"慕容亮闻言，斜眼瞅着他，心里说不出的别扭，冷冷道："外面的队伍里可有你的兄长。"说罢，也不待慕容麟搭腔，转身就走，带着侍卫们下了城。慕容麟讨了个没趣，只得讪讪地随之而去。

时近中午，慕容令带着队伍向东走去，他骑在马上，脸上镇定如恒，心里却是茫然无措，知道附近没有城池可以驻扎，又不能再回沙城，只想远离龙城之后，再作打算。队伍走了几天，又进了极目苍凉的戈壁滩。士兵们踩到砂砾上，都觉得烫脚，浑身大汗淋漓，后背上被日头晒起了泡，再被汗水一泡，疼得钻心，不时有人晕倒。慕容令见大家劳困，只得下令停军休息，在野外扎起帐篷，打算等凉快些再走。

下午时分，太阳渐渐平西。慕容令心烦意乱地坐在帐中，他的头盔和甲胄都脱在一边，只穿着一件单薄的祫衣，原本白皙的脸庞被阳光烤成古铜色。帐帘半撩着，一眼望出去，外面到处都是单调的黄沙，连一棵树木都没有。这时，副将涉圭带着一脸的油汗，迈着沉重的脚步走进帐来，粗声大嗓地请示道："将军！弟兄们休息得差不多了，我们是否继续赶路？"慕容令点了点头，道："好吧！咱们这就

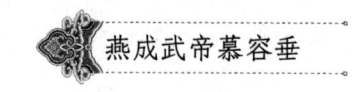

走，离龙城越远越好！"说着，起身将甲胄与头盔包成个包袱，又将金柄弯刀系在腰间。

涉圭当初就不想蹚这浑水，如今见前途凶险，便有了异志，见慕容令毫无防备地侧身对着自己，遂猛然抽出佩剑，一剑刺去，正中慕容令的胁下，掌中利剑深入足有半尺。慕容令猝然中剑，大叫一声，右掌疾挥而出，正中涉圭的太阳穴，将他击开数步，但胁下已出现一道吓人的伤口，鲜血直流了出来。他踉跄着逃出帐外，负疼骑马而走。不远处立着几个疲惫不堪的军兵，被太阳晒得头晕，还不知道帐内发生了什么事，见慕容令单马远遁，一个个面面相觑。涉圭太阳穴上挨了一掌，一时有些发晕，好一会儿才缓过神来，右手提剑追出帐来，却不见慕容令的踪影，低头瞥见地上有点点滴滴的血迹，一直向北，便也骑上马，随后就追。

涉圭眯缝着眼睛向远处望去，就见前方半里之外的地上似乎躺着一人，忙纵马来到近前，见倒着的人正是慕容令。原来，慕容令身受重伤，强撑着逃到这里，却因失血过多，头脑一阵发昏，便从马上直摔了下来，再也挣扎不起。这会儿，他半睁着眼睛，仰面躺在尘埃里，嘴里不停地流着血沫，胁下的衣服被鲜血浸透，模模糊糊地瞥见涉圭追来，缓缓抬起右手，握住刀柄，却是连拔刀的力气都没有了。涉圭提剑跳下马，几步来到慕容令身边，毫不犹豫一剑刺进了慕容令的咽喉。慕容令哼也没哼一声，就此气绝身亡。

涉圭自以为立下奇功一件，兴冲冲地到龙城向慕容亮请赏。慕容亮素知慕容令之才，见堂兄这几年颠沛流离却仍不得善终，心里很难过，找个碴儿杀了涉圭，命人去薛黎泽收敛了慕容令的遗体，连同那把金柄弯刀一并入土安葬。

就这样，王猛用计虽然没有害死慕容垂，却断送了慕容令的性命。从此，慕容垂的合法继承人只剩了个平庸的慕容宝（慕容农虽年长于慕容宝，却是庶子）。

第九章　亡国之余

> 老道士瞅了慕容垂一眼，率然道："春秋时期，吴国不信天道，偏要伐越，最终反受其祸。如今天道在燕，虽为秦所灭，但燕之复建，不过一纪（十二年）罢了。阁下威严近于自然，肃杀藏于宁静，今后事业，断非大燕其他宗室可比。这个重担，可将要落在你的肩上！"

公元370年6月，略有些浑浊的渭水缓缓流过长安郊外，河畔是成行成排的杨柳，茂密的枝叶间不时传出鸟儿的叽啾声。12日早晨，刚落过几滴微雨，霎时间又云散日出。这一天，秦王苻坚再次命王猛督镇南将军杨安、建节将军邓羌等十将，率六万大军伐燕，并摆齐仪仗来到渭水西侧的灞上（今陕西省西安市东白鹿原），亲为东征大军饯行。

秦国王公百官已在郊外会集，皆肃立恭候，其中自然少不了宾徒侯慕容垂。辰时刚过，秦王苻坚乘坐着御辇来到。辇前摆列卤簿，张黄幄，陈敕印。辇后是三千名金甲武士，各执金瓜、宝顶、旗幡。王猛率杨安、邓羌等将领上前跪倒。黄门监石越侍立辇侧，捧读出兵诏书，授王猛大将军印信。苻坚坐在辇上，将王猛招至近前，亲赐御酒，王猛跪受叩饮。苻坚亲切地对他说："景略，大军此次远征，当先破壶关（今山西省黎城县东阳关），再平上党（今山西省长治一带），然后跨过太行，以迅雷不及掩耳之势，直取邺都。朕当亲率精锐续发，更督舟车粮运，水陆俱进，卿不必担心后勤不继。"王猛一身戎装，更见精神抖擞，慷慨应对："臣仗威灵，奉成算，荡平关西残胡，如风扫落叶，敢请陛下让有司早作准备，以便收容鲜卑俘虏！"苻坚大悦。随后诸将继进，苻坚命百官赐饮，颁赐衣马弓刀，又遍饮众军，赐金钱丝帛。王猛与诸将谢恩，跪请秦王回驾，然后率大军开拔，首途东征。

秋，7月，王猛率兵克壶关，生擒上党太守、南安王慕容越，所过郡县，皆望风降附，遂分兵围晋阳。秦将杨安攻晋阳，久之未下。王猛留屯骑校尉苟长成壶关，自引兵助杨安，为地道，使虎牙将军张蚝率壮士数百潜入城中，大呼斩关，纳秦兵。9月10日，王猛、杨安、张蚝等攻克晋阳，生擒燕并州刺史、东海王慕容庄，留将军毛当成晋阳，引兵径进，直抵潞川（今山西省浊漳水一带）。燕人大震。

燕王慕容炜命太傅、上庸王慕容评将精兵三十万以拒秦。慕容评不得已奉诏出兵，走到了潞川以西五十里就不敢再进，下令封锁附近的山路、河道，禁止人们樵采，就算是本军将士用水和柴，也要花钱买！还明文规定每两石水的价格是一匹绢。没几天的工夫，他靠着卖樵鬻水，在营中积钱帛如丘陵。慕容炜在邺城听到这个消息后，立刻就坐不住了，忙不迭地派使者到军中责备慕容评说："上庸王是高祖之子，当以宗庙社稷为忧，如今大战在即，岂可不抚战士而榷卖樵水？国库中财物丰积，朕当与上庸王共有，何忧于贫？若秦军深入、家国丧亡，聚财如山又有什么用？"遂命慕容评悉以营中钱帛散之军士，且催促出兵。慕容评愧而且惧，遣使刻日请战于王猛。

23日，灰蒙蒙的天空中布满了铅灰色的阴云，秋末的冷风嗖嗖地直往人的脖子里钻。树木光着枝杈，在风里簌簌地抖着。这一天，

第九章 亡国之余

秦、燕两军主力决战于潞川。秦军大帅王猛身披铠甲,骑着一匹白马,手秉旄节,率军列开阵势,又指着数里之外的燕军,对众将道:"慕容评鄣固山泉,鬻樵及水,真是一副奴才相,虽有数十万兵也没什么可怕的!王景略受国厚恩,任兼内外,今与诸君深入贼地,当竭力致死,有进无退,共立大功,以报国家。"遂麾兵进战。

秦军皆踊跃,破釜弃粮,大呼竞进。邓羌与张蚝、徐成等跨马运矛,驰赴燕阵,出入数次,旁若无人,所杀伤数百。张蚝更率帅骑兵五千,直贯燕营而过,奇袭燕军后方的屯粮地,焚烧了燕军积存的粮草,火光照出百里之外。燕军虽号称三十万人,但多是自己花钱买水喝的苦大兵,没有什么斗志,一时奔溃。傍晚时分,冷风旋卷怒嚎着掠过潞川,太傅慕容评单骑遁回邺城,所部被俘斩十余万人。燕军的尸体铺满了战场,一直向远处的地平线延伸。

秦兵大获全胜之后,长驱东进,于26日包围了邺城。秦军未至的时候,邺城周边充斥着溃散下来的燕兵,四处劫掠。王猛引军围邺之后,号令严明,军无私犯,法简政宽,使远近帖然,又上疏称:"臣于甲子(23日)之日,痛歼敌寇,顺承陛下仁爱之志,使六州官民不觉易主。除了那些执迷不悟、违抗天威之辈,燕地百姓皆一无伤害。"秦王苻坚闻报大喜,留太子苻宏守长安,率阳平公苻融、宾徒侯慕容垂等,领精锐十万,车驰卒奔,急赴前线,与王猛合兵一处,将邺城围得水泄不通。

邺城北临漳水,周长近三十公里。四面城墙皆高九丈,以黄土夯筑而成,下有青条石的城基,外面砌上了青砖,共建有八个城门。城墙的东、西两侧建有瓮城和门楼。邺城的城防虽然坚固,但潞川惨败的消息,早就随着凛冽的寒风,传遍了阖城的大街小巷,以致人心惶惶。一天晚上,燕散骑侍郎余蔚等趁夜杀了哨兵,打开北门,让秦军进入。可足浑皇太后、燕主慕容𬀩、上庸王慕容评、乐安王慕容臧、车骑将军慕容冲等人仓皇出逃未果,全部被俘。至此,立国33年的燕国灭亡,诸州牧守及六夷渠帅尽降于秦。秦得郡一百五十七,户

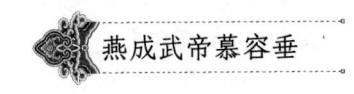

二百四十六万，人口九百九十九万。

11月10日，秦天王苻坚摆齐卤簿，率众臣与五千禁军进入邺城，亲御文昌殿，封赏有功文武，以王猛为使持节、都督关东六州诸军事、车骑大将军、开府仪同三司、冀州牧，晋爵清河郡侯，尽赐以慕容评宅第中的财物；赐杨安博平县侯；以邓羌为使持节、征虏将军、安定太守，赐爵真定郡侯；命郭庆为使持节、都督幽州诸军事、幽州刺史，镇蓟，赐爵襄城侯；将燕宫人、珍宝分赐将士；又提拔燕常山太守申绍为散骑侍郎，使其与散骑侍郎韦儒俱为绣衣使者，巡行关东州郡，观省风俗，劝课农桑，振恤穷困，收葬死者，旌显节行。志得意满的秦王苻坚颁赐已毕，即命人在文昌殿大排筵宴，犒赏文武。慕容垂也随秦军回到了阔别一年有余的故都，便向苻坚告假，称想回家看看。秦王苻坚心情正好，点头允准。慕容垂就带上慕容农、慕容宝出了皇城。

中午时分，天空却是阴沉沉的，不见太阳。灰色的云像一团团破絮，悬在邺城上空。北风呼啦啦扫动着满地的枯叶草屑，更显出街道的空旷与凄冷。道旁几行衰柳上挂着脱光了叶的枝条，似在冷风里摇荡的乱发。虽然秦军入城之后，军纪严明，不曾掳掠，但百姓们还是小心翼翼地躲在家里，没人敢在这个时候到外面行走。慕容垂刚过四十五岁，已两鬓染霜，双颊如削，骑马走在萧条的大街上，心底思潮翻卷，遥想当年随四哥慕容恪斩冉闵、取邺城的情景，不觉一阵黯然。

一会儿，慕容垂等人来到故宅门前，跳下马来，见砖石砌成的门楼还是高大如昔。两扇大门关得紧紧的，上面的金漆有些脱落，门上一对熄了的纸灯笼。慕容农迈步走上石阶，听府内阒寂无声，便伸手"啪啪"叩打门环。不一会儿，一个五十多岁的老家人打开门，见主人带着两位少公子回来了，吓了一跳，忙出来迎接，又唤出几个家丁，将马匹拉去马棚。慕容垂走进熟悉的家门，惘然行在院中，看着曾经熟悉的房舍厅堂，竟觉得有些陌生。慕容农等人沿着小路，自去

第九章 亡国之余

后宅察看。

慕容垂想起往事历历如昨，而段夫人与长子皆已不在人世，不由得眼眶湿润。正在这时，忽听身后有动静，回头一看，竟是慕容农、慕容宝领着慕容麟走近。原来，慕容麟出卖慕容令有功，终于被调回了邺都，不料又赶上秦兵围城。他无处可去，只有躲在府里，今日听说父亲回来了，吓了个魂飞魄散，回后宅胡乱收拾了几件衣服，便想偷偷溜走，一出房门却撞上了慕容农与慕容宝，避无可避，只得硬着头皮来见父亲。

慕容垂入邺之后见到了投降秦军的慕容亮，曾向他询问慕容令的死因，知道长子死前曾遭慕容麟出卖，今见慕容麟耷拉着脑袋立在面前，不禁勃然大怒，额上青筋暴起，瞪着眼睛，"嗖"的一声拔出腰刀，作势便要砍过去。慕容农眼疾手快，抢上一步，一把抱住父亲的胳膊，道："父亲，您就饶了麟弟吧。"说着，与慕容宝一起跪在地上求情。慕容麟吓得体若筛糠，也就势跪下，抱着脑袋大哭起来。所谓"虎毒不食子。"慕容垂见两个儿子一齐为慕容麟说项，不禁心软，恨恨地还刀入鞘，朝着慕容麟身上重重地踢了一脚，让他尽快从自己眼前消失。慕容麟如蒙大赦，一把鼻涕一把泪地从地上爬起来，一溜烟儿似的躲去了后院。

天色迅速暗了下来。慕容垂拖着沉重的脚步，来到客厅里。客厅没什么变化，迎门处摆着黄花梨的桌椅，桌上放着一套官窑茶具。四壁悬挂着几幅字画。门上挂着一条青布帘子，四面雕花的窗户紧闭，地面打扫得一尘不染。老家人跟了进来，殷勤地问慕容垂要不要喝茶。慕容垂摇了摇头，屏去家人，独自坐在桌前，暗想："大燕百余年基业，几代君主的功勋，无数鲜卑将士的浴血奋战，就这样瓦解冰消了吗？"想到这里，心里充斥着令人窒息的苍凉，脸上的肌肉抽搐着，悲不堪言，合上了双眼。

正在这时，外面响起一阵杂沓的脚步声。慕容垂睁开眼睛，见慕容农走进厅来。慕容农躬身向父亲禀报，称故燕公卿大夫来访。不一会儿，皇甫真、慕容德等十几人先后来到，七高八矮，挤了一屋子。这些人多为慕容垂的旧部，听说他回了邺城，故而相约前来参见。慕容垂心绪正劣，见了他们，既不起身相迎，也不请其落座，只是铁青着脸，一语不发地坐在那里。屋里一时陷入了难堪的寂静，气氛变得冷漠、压抑。众人也不知如何开口，过了一会儿，觉得没趣，便讪讪地离开了。厅里只剩下皇甫真和慕容德。慕容农忙搬过两把椅子，请他们二人坐下。在燕朝宗室里，除了太原王慕容恪，便是范阳王慕容德与慕容垂的关系最好。慕容垂逃亡后，慕容德就被慕容评免了职，一直在府闲居。潞川之战，若有慕容德参加，秦军未必能那么轻易得手。

慕容德今年三十五岁，金黄色的头发没有梳理，显得有些蓬乱，脸上胡子拉碴，大概这几天休息得也不好，两只眼眶有些发青，散披着一件墨色锦袍，足蹬一双皮靴，坐在一边。他目睹秦军大摇大摆进入邺城，心里极不是滋味，暗起复国的念头，并有意拥戴在燕人中极有威望的慕容垂，此时见厅里并无外人，便压低了声音说："五哥凭祖宗累世之资，负英杰高世之略，遭值迍陀，栖集外邦，又逢国破！但否极泰来，安知此时不为中兴之开端呢？"慕容垂本是面带怒容，听了十七弟这番话，胸口登时像是移去了一块千斤巨石，瞥了一眼慕容德，脸色渐渐平和了起来。

皇甫真头戴软巾，身披沉香色锦袍，也在一边低声劝道："范阳王说的是！昔日王莽篡汉，绝刘家社稷。光武帝却崛起于南阳，再续汉祚。今日秦虽入邺，安知燕国不能复兴？大王素孚众望，今后宜恢江海之量，以慰结燕国旧臣，从而奠定光复的基础，不可因一时恼怒而摒弃他们！"慕容垂本是极聪明的人，听了皇甫真这番话，顿时大悟，连连点头称是。

傍晚时分，厅里点起了灯烛。慕容德、皇甫真与慕容垂促膝密谈，又互道离别见闻。二人把话说得差不多了，便起身辞去。慕容垂亲自把他们送出门外，目送着他们远去。府门前的两盏"气死风"的

第九章 亡国之余

灯笼已点燃，闪闪烁烁的灯光照着门前数尺之地。经过这次长谈，慕容垂心里燃起新的希望，一扫颓唐的情绪，脸上也有了光彩。他正要转身回府，忽见街东头来了一队秦兵，押着名燕将走了过来。慕容垂待他们走近，发现被俘的人正是傅颜，不由得吃了一惊。傅颜的鼻子流着血，衣衫破碎，身上沾满了血迹，被秦兵推推搡搡，踉踉跄跄地走着，不料脚下一绊，竟一头栽倒在地上，似是晕了过去。

慕容垂抢步上前，见傅颜身上伤痕累累，不知中了多少刀剑，大大小小的伤口正向外流着血，便抬头问围过来的秦兵，道："这人是怎么回事？"秦军将士见了他，倒也不敢造次。为首的一员校尉向前躬身施礼，愤愤地道："禀侯爷，今天上午陛下入城，命姚将军先行入宫布置警卫。这人却像是疯了似的，仗剑把守宫门，不放我们进去。我们告诉他燕国的皇帝都已经投降了，让他识相点儿。这人嘴里却不干不净地骂起来，还抡剑伤了我们两个人。最后，还是姚将军命弟兄们一齐上前，才将他制住。现在姚将军赴宴归来，命我们把这人押到城外的战俘营里去。"慕容垂听完，心里有些明白，见傅颜重伤垂危，必须尽早延医为其诊治，否则必有性命之虞，但如何从这群秦兵手里将他救下，倒得费一番思量。他正蹲在那里转着脑筋，就听到一阵马蹄声响，抬头一看，正是姚苌骑着马从后面赶到，便站起身来。

姚苌，字景茂，南安郡（今甘肃省陇西）羌族人，少时廓落任率，不修产业；长成之后，聪哲勇武，颇有权略，从父兄出征，常参大谋，公元354年8月，随兄长姚襄掠地敷城（今陕西省洛川西南），又率部众进军黄落（今甘肃省庆阳西南），与秦军发生冲突。当时的苻坚正任龙骧将军，与建节将军邓羌率步骑兵抵御，在三原击斩姚襄，迫降了姚苌。苻坚惜姚苌之才，将他收于帐下，继位之后，以姚苌为扬武将军。

四十一岁的姚苌身材魁梧，一长刀条脸上生了一圈的络腮胡子，高鼻梁，两只细长的眼睛倒也有神，头戴铁盔，身披战袍。他刚从宫

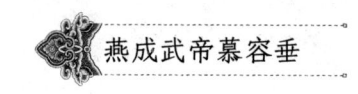

里赴宴出来，身上还略带着些酒气，见了慕容垂，忙跳下马来，双手一抱拳，朗声笑道："慕容侯爷，这里就是你的府第？待会儿小将命人在贵府前布上岗哨，不许闲杂人等进去骚扰。"

在长安时期，慕容垂与姚苌一个是鲜卑族的"客卿"，一个是羌族降将，同属寄人篱下，平日里惺惺相惜，倒也谈得来。慕容垂此时见了他，便客客气气拱手还礼，道："多谢姚将军！我正想拜托你一件事，请借一步说话。"说着，便将姚苌拉到一边。天色渐渐黑了下来，两人的面孔在暮色里都有些蒙眬。街上凉风渐紧，吹得二人的衣袂飘飘。姚苌道："侯爷有话但说不妨。"慕容垂回头看了看，估摸着众军兵已听不到他们的说话，便低声道："倒在地上那个人是我的朋友。我想请将军高抬贵手，放他一马。"姚苌与傅颜并非有什么私仇，倒也不在乎他的死活，今见慕容垂提出，乐得做个人情，道："侯爷有话，还有什么说的。我将他交与侯爷就是！"

慕容垂先是一喜，接着又有些作难地道："只是这么释放他，让将军也不好对上面交待，须得想个妥当的法子。"姚苌外形粗猛，为人却是诡计多端，略一思忖，低声笑道："侯爷，你看着我做出好戏。"说着，回身来到一动不动的傅颜身前，蹲下身子，伸出手去，探了探傅颜的呼吸，又翻看了一下他的眼皮，站起身来，煞有介事地对周围的部下道："弟兄们！这个人已死，咱们这就走吧，将他扔在街上喂野狗就是了。"说着，揽缰上了马，向着慕容垂使了个眼色，带兵远远地去了。

苍茫暮色里，这一小队秦军拐过前面的街口，很快就走得无影无踪。宽阔的大街上复归于沉寂。慕容垂见姚苌瞬间就想出法子，既释放了傅颜，又不落人声口，倒也佩服他的才智，见左右无人，忙伏下身去，抱起晕厥的傅颜，尽量不碰到他的伤口，走进府门。几个家人闻讯过来，一起将傅颜抬到了前院的厢房内，将其放在床上，又给他盖上几床被子。厢房里久不住人，冷得像冰窖似的，四面墙上结着一层白霜。慕容垂让家人端来两个点燃的火盆，摆在床前，又将慕容农

第九章　亡国之余

由后院叫来，让他出去买些刀伤药，再请个大夫来。

慕容农闻命披上大氅，匆匆出府而去，几个时辰之后，却是垂头丧气地回来了，既没买来药品，也没请到大夫。原来，秦军一路打进邺城，部队里的伤亡自然也少不了，为了救治伤病人员，将邺城及周边药店里的药材全部征用。药店里的大夫逃走了许多，剩余的不多几个也都被召进了城外的兵营。慕容农遍走四城，竟是一无所获，只得两手空空回来禀报父亲。慕容垂无奈，命慕容农退下，在灯下看着傅颜奄奄一息的样子，心急如焚，只能先命人烧些热水，放温之后，给傅颜喂了下去。傅颜已是认不得人了，迷迷瞪瞪地喝了几口水之后，又陷入了昏迷。

床边的两个火盆里，一块块通红的火炭散发出丝丝缕缕的热气，屋里很快暖和了起来。慕容垂立在床前，束手无策，正为傅颜的伤势发愁，忽听家人来报，称门外有个道士求见。慕容垂哪有心情去接待什么道士，没好气儿地让家人拿几两散碎银子，将他打发走。家人应声而去，不一会儿又回来，支支吾吾地说外面的道士不要银子，也不肯走，非要见本宅主人不可。慕容垂觉得奇怪，且让家人看护着傅颜，自己离开厢房，来到府外。府门外冷风劲吹，门上的灯笼随风乱摇，斑驳的光影里立着一个身材高大的老道。这个老道士约有六十岁，头发呈金黄色，面如古铜，颔下三绺长髯，身板儿倒是很硬朗，披着一件半新不旧的道袍，腰系丝绦，袍襟在风里翻飞不定，背后背着个紫红色的大葫芦，脚上穿着素袜云履。

慕容垂一见这老道，不知怎么，心里就觉得亲切，上前拱手一礼，道："老仙长，有礼了！敢问道号怎么称呼？在哪座道观出家？不知要见我何事？"老道士挺着腰杆，大大咧咧地受了他一礼，也并不还礼，只是瓮声瓮气地道："贫道了尘，游走四方，大观不收，小观不留，方才见贵府公子在几家药店里奔进奔出，一脸的焦急，故尾随至此，敢问宅里可是有人抱恙吗？"慕容垂摇头叹道："家中有一位朋友，受了重伤，生命垂危！我派小儿出去买药，不料却是一无所

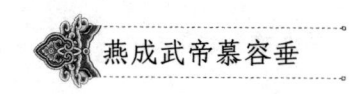

获！"老道说："贫道虽是出家人，却立志济世救人，也略通医术，可否请施主带我进去一观？或者可以救治！"

慕容垂正为傅颜的伤势焦虑，听了他这番话，也是病急乱投医，忙道："如此有劳了！老仙长若能救治我那位朋友，道明必有重谢。"说着，便在前引路，引着老道士入府进了厢房。老道士径直走到床前，掀起棉被，看了看傅颜身上的伤，给他号了脉，又回过头来，对慕容垂道："贵友不碍的，身上不过是刀剑之伤。"说到这里，便从背后的葫芦里倒出一粒红色的药丸，索来一碗温水，将药丸化开，让家人扶起昏昏沉沉的傅颜，给他灌了下去，又从怀里掏出一个桑皮纸包，从里面倒出些黑色的药末，仔细敷在傅颜的伤口上，再缠上了绷带。傅颜喝过药后，不一会儿就沉沉睡去，呼吸也变得均匀起来，惨白的脸上竟有了几分血色。老道士坐在床边，又伸手摸了摸他的脉，回头对慕容垂说："此人性命保住了，但是失血过多，还得静养一阵子。"说着，从怀里取出几个小药包放在桌上，道："这里共是七副药，白纸包的内服，绿纸包的外敷，一月之后，贵友可望痊愈！"

慕容垂喜出望外，便请这老道到客厅里叙话。二人来到厅里，分宾主落座。桌上点着数盏灯烛，照耀的厅里亮如白昼。慕容垂命家人取来二百两银子，放在一个细木描金的托盘里，摆在桌上。慕容垂道："老仙长！这点儿医金，还请笑纳。"老道士坐在一边，摆了摆手，说："贫道是出家之人，要银子又有何用？"慕容垂见他出语不俗，又道："仙长医道高明，令我佩服之至。"老道士淡然一笑，说："贫道不过是略通岐黄之术，最擅长的还是天文地理、占星观象。"慕容垂被他这句话触动心事，便拐弯抹角地问道："老仙长，我有一事不明，倒要请教！敢问燕亡秦兴，可是天意？"老道士瞅了他一眼，率然道："春秋时期，吴国不信天道，偏要伐越，最终反受其祸。如今天道在燕，虽为秦所灭，但燕之复建，不过一纪（十二年）罢了。阁下威严近于自然，肃杀藏于宁静，今后事业，断非大燕

第九章 亡国之余

其他宗室可比。这个重担，可将要落在你的肩上！"

他这几句话虽说得轻描淡写，但听到慕容垂的耳里，却似晴天霹雳一般。慕容垂身子一震，颤声道："你……，你这是什么意思？"老道士却是不急不躁，坐在那里，只是笑吟吟地瞅着他。慕容垂本是又惊又怕，但见老道一脸的慈和，望向自己的眼神里满含期许之意，也就慢慢放下心来。老道士又道："这般大业，说着容易，真要做起来，可是千难万难，不知要遇到多少险阻。贫道盼你好自为之，将来，我们还有再会的时候。"说着，站起身来，便要告辞。慕容垂见对方要走，忙端起桌上的银子递过去。老道士却是坚辞不受，飘然出府而去。慕容垂自始至终不清楚他的来历，只得恭敬的将老道士送出府门，立在台阶上，疑惑地望着他高大的背影隐入暗夜里。

12月，秦王苻坚下诏，迁慕容𬀩及燕后妃、王公、百官并鲜卑四万余户于长安，以慕容垂为京兆尹（首都市长），封慕容𬀩为新兴侯；以慕容评为范阳（今河北省涿县）太守，以慕容德为张掖太守，命皇甫真为奉车都尉，又将翟斌的丁零部族由邺城迁往新安（今河南省新安）、渑池（今河南省渑池）。甲寅，苻坚率大军回了关中。

深冬的邺城，一连下了几天的大雪。阖城银装素裹，如同披上了一件白色的大衣。道边的树木早已落光了叶子，在寒风里摇颤着凝冰挂霜的枝干。当初秦兵进城之际，在王猛的严令约束之下，并没有抢劫皇宫。秦王苻坚入邺后，为表示对燕国皇室的宽大与优待，还曾特意下诏，不许军兵去骚扰，更不得掠夺慕容皇族的财产，故而可足浑氏与慕容𬀩一直住在宫内，只是不像以前那么自由罢了。如今，可足浑氏与慕容𬀩听说要迁往关中，便让心腹太监在宫中的私库里挑选出一批珍贵的财物，如玉器图章、翡翠珍宝、金银钻石等，装满了近百个大木箱子。

到了出发这一天，慕容𬀩披着大氅，随着母亲走出偏殿。他身后是十几个宠爱的嫔妃，也要一起去长安。宫里的太监赶着十几辆马车，正在殿外等候。有几辆带篷的马车是给可足浑氏等后、妃乘坐，其余的则运载着装满宝物的箱子。慕容炜立在台阶上，看着眼前这一队重载的马车，有些担心，问道："母亲，可否请五叔（慕容垂）派兵护卫？"可足浑氏年近五旬，作为亡国妾妇，已没了当初的威风，双目无神，嘴角略微向下耷拉着，脸上的皱纹很明显，好像一夜之间苍老了许多。她穿着一身普通的宫装，外面裹着件厚厚的缎衣，手里拉着十二岁的小儿子慕容冲，听长子提到慕容垂，不禁地反感，哑着嗓子一口回绝，道："秦军纪律严明，你看他们都没有来宫中抢劫。咱们在路上也不会出事，不必求他！"说着，似有些气恼地走下殿前的台阶，带着慕容冲坐进了一辆带篷子的马车里。慕容炜这些年被可足浑氏管得死死的，本没什么主意，如今听母亲这么说，只得作罢，看着其他的嫔妃坐上了车，自己也在殿前上了马，随着监押的一队秦军出了皇城。

皇城外已经聚齐了此次迁移的燕国皇族，有原燕国太傅慕容评、原车骑将军慕容冲、原云州刺史慕容永、原镇东将军慕容亮等人。这些人都带着自己的家小，老老少少足有三百多人，正心情复杂地候在城外，与慕容炜等人汇合之后，便迎着寒风出了邺城，迤逦向西行去。城外的大路上挤满了西迁的鲜卑族人，浩浩荡荡的队伍一眼望不到头，有推车的、骑马的、赶牲口的、荷担的、负囊的……接踵而来。当时世道不太平，盗匪极多，好在沿途有三千秦兵押送。一般的小股盗匪，也不敢前来滋扰。慕容炜等人自离开邺城之后，一路还算顺利，与四万余户鲜卑人每天也能走五六十里。

这天，大队人马来到了黄河。正值拂晓，黄河上下烟雾茫茫，岸边树影依稀可辨。众鲜卑人熙熙攘攘地在渡口集结，有的背着包裹候渡，有的已坐在船头泛舟中流。几艘十余丈长的渡船东西横驰，白色的巨帆随风飞舞。黄河边响着哗哗的水声、吱吱呀呀的橹声和高亢的号子声。慕容炜等人先后坐上渡船，过了黄河，来到了潼关。

潼关北临黄河，南踞山腰。《水经注》载："黄河在关内南流，潼激关山，因谓之潼关。"此关始建于公元196年（东汉建安元年），是秦国的东大门。整座潼关城充分利用了自然地理形势，东南包括麒麟山、砚台（又称印台山）和笔架山，西南囊括凤凰山和蝎子山（又称象山），并将潼河入黄河段囊括进关城之内，使得由南向北流的潼河穿越潼关城而过。城上建有关楼，城外开挖壕沟，关城西边设有驿站。

作为秦地最重要的关隘之一，潼关每天日出时开关，待日落时闭关禁止通行。行人要从潼关过，须经关城的东、西两门，一般都会在潼关城里住一晚，这使得城中日益繁华起来。潼关城内有育贤街、四牌坊街、牌楼南街、牌楼北街、南门街和西关大街等五十多条巷道，纵横排列，起伏密布。街道两边店铺林立，还建有许多构筑精美的观庙寺堂。四万余户鲜卑人分批次通过潼关，向着数百里外的长安进发。

这天傍晚，慕容炜等人来到潼关城内，在城中找了一家客栈，又将客栈的整个后院包下，以便停放满载金银的马车。慕容炜住进后院一间整洁的客房里，取出些散碎银子，让两个随行的太监去街上买回些卤肉、鲜果等，又捧过一坛酒，再找来慕容评、慕容冲、慕容永等人，在房里围坐在一起，准备吃晚饭。慕容炜虽丢了江山，但自忖还有十几车财宝傍身，将来不失为富家翁，所以胃口还不错。他先吃了些酒肉，手里又拿着个砂子馍，津津有味地啃着。砂子馍是潼关特产，早见于周、秦时期，又称石子饼、石头馍。店家先将一堆拇指头大小的鹅卵石放在生铁锅里，再用猛火烧焙，直将锅底烧得通红，待满锅的石子冒烟时，便取出部分石子，把擀好的面饼摊平放在锅底的石子上，再将先前取出的那些滚烫的石子覆盖在面饼上，即可做出焦黄鲜亮、外酥内软的砂子馍。

慕容炜等人正在后院的客房里用着晚饭，客栈门外突然来了一队全副武装的秦兵。为首的一员参将腰里挂着一把钢刀，横眉立目地走进客栈，循着地上的车辙来到后院，一眼就看到墙边停的十几辆满载的马车，便朝身边的兵士一努嘴。一个兵士便嘎声嘎气地高喊："长

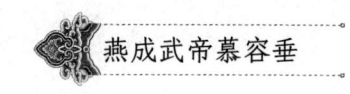

乐公符丕将军驻兵于此，派我等严查入关人员、车辆。若有抗拒者，一律拘捕法办。"慕容炜坐在房里，听得真切，担心自己装在车里的财物，忙放下手里的砂子馍，朝着慕容永使了个眼色。慕容永能说会道，自离邺城之后，惯与沿途的秦军交涉，当下会意，起身出屋去应付。

夕阳照在东边的院墙上，墙头上有几茎枯草随风摇曳。那名参将一手叉腰，与十几个军兵站在院里，见慕容永从屋里出来，便喝问，"你们是什么人，这些车上装的都是些什么？"说话间，又有许多秦兵，气势汹汹冲进了院子。慕容永着了一身便装，定了定心神，走下台阶，摆出一副谦卑的态度，很客气道："我们是燕国皇族，奉秦王之命，迁往长安的。车上装的全是行李。请问这位将军贵姓、台甫？"

参将的身形略显瘦削，肤色倒还算白净，眉弓有些突出，双眼里放着贼光，高高的鼻梁下，两片嘴唇紧紧地抿着，上唇略有些髭须。他身披战袍，上下打量了慕容永一眼，紧绷着脸道："我是符飞龙，隶于长乐公符丕的麾下。你这车里装的都是行李？"说着，走近一辆车旁，随手在箱子上推了推，回头向着慕容永喝道："行李怎么会这么重？打开来看看！"

慕容永见对方硬要开箱，不觉有些为难，眼珠儿转了几转，笑嘻嘻走到符飞龙身边，假作与其拉手，却趁人不注意，将两锭小金元宝塞给了他，又低声道："将军！这点小意思，请您喝杯酒，还望高抬贵手，免得开箱检视。"哪知符飞龙突然翻脸，一甩手将元宝扔到地上，厉声道："好哇，你敢贿赂朝廷武官，可知罪？"原来，今日燕国皇族携带重货，乘着大小车辆一进潼关，便为符丕所知。符丕是符坚的庶长子，禀性贪婪，猜到车上必定载了不少好东西，便派亲信符飞龙到店，名义上是搜查，实则是砸明火来了。随着符飞龙的语声，周围的秦兵也跟着吵吵起来："将军！他心里要是没鬼，干嘛贿赂你？""这家伙贼眉鼠眼，看着就不像什么好人！"符飞龙有部属帮

第九章 亡国之余

腔,更是威风,手按腰刀,喝道:"来呀!将这些箱了统统打开。"慕容永见对方不吃自己这一套,倒是没有想到的,眼见秦兵乱哄哄地去开箱,却也不敢制止。

很快,有几口木箱已被撬开,露出里面光华璀璨的金银珠宝。符飞龙见了这么多财物,倒也有些意外,偏是贪心不足,又下令道:"来呀,给我到屋里搜!要翻箱倒柜地彻底搜!"军兵们巴不得这一声,登时如狼似虎地闯进房去,乱翻起来,免不了掀倒桌椅,将碗、碟打得粉碎。可足浑氏与几个嫔妃头上戴的珠翠首饰也都被秦兵抢了去。

慕容炜与慕容评、慕容冲等人被几个凶神恶煞似的军士揉到院里,见众秦兵正将一箱箱金银财宝抬出门去。慕容炜自幼长在深宫,哪见过这阵势,他脸色煞白地呆站在那里,抖着两手,吓得说不出话来。慕容评家产荡尽,本来情绪低落,在一旁看了,脸上做出一副沉痛的样子,暗中却是幸灾乐祸。最后,秦兵将慕容炜等人的财物悉数掠走。符飞龙临出门前,耀武扬威地来到慕容炜等人面前,睁着一双凶光四射的眼睛,道:"你们平日里没少搜刮民脂民膏,带的这些东西全是逆产,就没入潼关军中了。"说罢,狂笑着走出后院,带队扬长而去。慕容炜又是惊惧又是心疼,只觉眼前发黑,一个马趴栽倒在地。慕容永、慕容冲等人忙抢上前来,将他抬到屋里。可足浑氏与几个嫔妃披散着头发,这时才敢放声大哭起来。

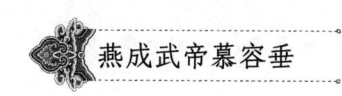

第十章　牧守京畿

　　王猛沉默了片刻，道："慕容垂素有过人之才，必思冲天之据，岂满足于一个小小的京兆尹？我以前处处防范，令他一直遇不到机会。但世事难料，将来若是时局有变，此人必会作乱。殿下不可不防！"苻融听了，郑重地点了点头。

　　公元371年春，这一天清晨，天地间还笼罩着淡淡的一层雾气。晶莹的露珠在嫩绿的树叶上滚动，又轻轻滑落在树下的草丛里。渭河里的水看似平静，实则暗流汹涌，滔滔汩汩地向东流去。河边停着一艘大船，船身长十余丈，外面新刷过漆，甲板上树立着一根粗大的桅杆，上面的白帆已然升起，看样子就要拔锚起航了。张掖太守慕容德已在长安陛见过，马上就要乘坐这条船出关中，然后转陆路赶赴任所。张掖为汉代河西四郡之一，自古是中原通往西域的交通要塞，离长安三千余里。

　　京兆尹慕容垂特地赶来为他送行，与慕容德并肩立在渭河岸上。慕容德没有穿太守的官服，随便披着一件青缎的长袍，腰束革带，望着眼前奔流不息的河水，心里是又苦又涩，道："五哥！当年我们在

第十章 牧守京畿

鲁城论兵，何等快意，不想邺城匆匆一见，今日又要生离。"慕容垂斜披大氅，一头金发被河风吹得有些乱，安慰他道："你这一去，倒是远离了长安这个是非之地，未始不是件好事。"慕容德见四周无人，冷哼一声，道："兄弟虽是名义上的太守，但随我赴任的参将和长史却全是氐人，到了那里，恐怕也是有职无权。"说到这里，又恨恨道："五哥！虽然他们刻意把我远远调开，但只要您起兵复国，兄弟就是隔着千山万水，也要回来助你！"慕容垂明知慕容德这一去，自己犹如去了一条膀臂，复国之事更加渺茫，一时心头沉重，竟说不出话来，只是叹了口气。

朝阳升起，渭河上泛起粼粼光波。大船随波微微起伏，阔大的白帆鼓风，呼呼有声。一个秦军参将从船舱里走出来，立在舷侧，扬手对着岸边喊道："慕容太守，时候不早了，还请上船吧，咱们还要赶路呢。"慕容德听了，向着船上答道："这就来了。"扭头对慕容垂苦笑道："兄弟告辞了！若是被人造作飞语，再按上顶'徘徊顾望'的帽子，不定又生出什么事端呢！五哥，你留在长安，也要事事小心。"

当初，苻坚本打算将慕容垂派往边远之处做个太守，就像慕容评和慕容德那样，后来考虑到慕容垂素有威名，才让其担任京兆尹，也是便于就近控制的意思。慕容垂已猜到了苻坚的用意，明白慕容德最后这句话暗有所指，便轻轻颔首，有些不舍地道："兄弟保重，愚兄理会的。"慕容德再不多言，躬身一揖，便转身沿着跳板上了船。船夫手脚麻利地收起跳板，拔锚起航。慕容垂立在岸边，向船头的慕容德挥了挥手。大船乘风破浪，顺流而下，很快就驶入远方，变成了小小的黑点，然后就看不见了。慕容垂只觉得心里空落落的，又凭河远眺良久，才走到一旁的树下，解开马缰，翻身上马，回了长安，默默地做起了京兆尹一职。京兆尹是京畿地区的行政长官，职掌相当于郡太守，参与朝议，隶属司隶校尉部，治所在京师，辖长安及附近的万年、蓝田、咸阳等二十二县。

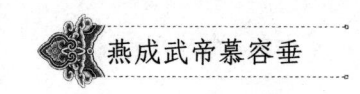

慕容德赴张掖后不久，秦将杨安率姚苌等部共七万余人，大败仇池（氐族杨氏建立的政权，因其统治中心在陇南仇池山而得名）与东晋联军于鹫峡。仇池公杨纂自缚出降，仇池灭亡。秦迁杂夷十五万户于关中。

同年，秦将王统出兵陇西，攻鲜卑乞伏部于度坚山（今甘肃省靖远西），乞伏部首领乞伏司繁战败投降。秦迁乞伏部鲜卑于凤翔（今陕西省大荔）、北地（今陕西省耀县）。

公元373年9月，秦将杨安击败晋梁州刺史杨亮，夺取汉中。随后，秦王苻坚又派姚苌、朱彤、毛当、徐成等部共五万兵马增援杨安，在青谷（今陕西省洋县西北）、剑阁连败晋军，晋梓潼太守周虓投降，益州刺史周仲孙逃入南中（云南），梁、益二州完全被前秦占有。原为东晋附庸的邛都、莋都、夜郎等三个西南夷小国陆续向秦称臣。

这年10月的一天，阵阵秋风刮过，湛蓝色的天空显得格外高远。金灿灿的阳光没有了夏天的炙热，透过柳絮似的云层照耀着大地。长安城中梧桐叶落，树下的小草渐次枯萎，落上了一层层浓重的白霜。京兆衙门位于西长安街，坐北朝南，占地数十亩，沿街一溜虎皮墙。两扇大门敞开着，左右分列上马石、下马石和系马桩，里面共六组四合院。

慕容垂自上任之后，便将家搬到了衙门的后院居住，将原来的宅子送与皇甫真。京兆衙门的后院有九间正房，两边各有七间厢房。宽敞的院子打扫得干干净净，寸草不生。慕容垂已与段芳完婚，当时也没有大事操办婚礼，只请了皇甫真、傅颜等几个至爱亲朋到场。正房最东边一间便是夫妇二人的寝室，屋里格调素净，摆设着床榻、桌椅等一应用具。旁边的一间屋子也收拾了出来，作为慕容垂的书房。这天早上，慕容垂起床后，洗漱已毕，和段芳一起用过早饭，然后在妻子的服侍下穿上官服，走向前院。

前院的衙门约有百余间房屋，沿中轴线排列着大堂、二堂、迎宾

第十章　牧守京畿

厅、三堂，高低错落，井然有序。大堂面阔五间，进深三间，前有月台，两扇黑漆木门。大堂两侧建有签押房、吏舍和东西账房等。一阵风过，吹得墙外的树叶"哗哗"直响。慕容垂背负着双手，来到堂前，见堂外已站着两个值守的堂吏，正准备走上台阶，忽听府外传来一阵急骤的马蹄声。马蹄声由远而近，又在衙门外戛然而止。随即，长乐公符丕带着符飞龙等几个随从，从外面走了进来。

慕容垂与符丕虽无深交，但在上朝时也常见，此时见他到来，有些意外，忙抢步上前，拱手道："卑职参见殿下。"符丕，字永叔，时年二十八岁，一张略显臃肿的脸，两只金鱼眼，光头没戴帽子，身披一件墨绿色长袍，更显肤色暗沉，腰里系着一根丝绦。他年纪不大，架子却不小，此时背负着双手，略一点头，道："罢了，慕容大人好闲在啊！"慕容垂听他说话阴阳怪气，也不以为意，只是笑了笑，安排符飞龙等人去签押房里坐，自己引着符丕穿过大堂和二堂，来到迎宾厅。

迎宾厅在二堂与三堂之间，是接待上官与贵宾的地方。厅里四白落地，墙上挂着名人字画，地上铺着一色的水磨青砖，北窗前摆着一套红木的桌椅。阳光从南窗透进厅来，照着锃亮的桌子面。慕容垂很客气地请符丕上坐，自坐于下首相陪，然后满脸堆笑地招呼道："殿下到此，不知有何贵干？"符丕大咧咧地坐在椅子上，且不答话，眼睛微眯着，先往四周看了看，然后才道："慕容大人的文韬武略，我向来是十分钦敬的。这次前来，是有事要请你帮忙。"慕容垂自任京兆尹以来，免不了与京官们打交道，有时也受人请托，如今听了符丕的话，还以为对方有私事要委给自己料理，便道："殿下有什么事，但请吩咐就是了。"符丕也不客气，直截了当地说："慕容大人，你也知道，这一程子，咱们的将士在外面打得挺顺手，只是嘛……"说到这里，挠了挠脑袋，又道："只是军饷有些紧张。我这次来，是要请京兆衙门帮忙筹措二十万两银子。你可不要推托哦！"说着，"哈哈"干笑了几声。

燕成武帝慕容垂

慕容垂从未亲自征集过军饷，听了这话，心里一沉，没想到符丕突然扔来这么一个烫手山芋，暗想："自己寄人篱下，动遭掣肘，虽有京兆尹这个职位，怎好就贸然派饷？"但也知道得罪不起对方，只好含糊答道："道明受秦王厚恩，但能襄助，自当竭力。"符丕瞅着慕容垂，又笑了笑，道："不敢！慕容大人为朝廷牧守京畿，责大任重。长安士庶能得你匡误纠谬，也是一件幸事。如今这区区二十万两银子，自是不在话下！"说着，又闲谈了几句，便起身告辞。

慕容垂将符丕等人送出府外，目送他们远去，然后匆匆回府，也没有心情去大堂办公了，疾命一个差役去请皇甫真。皇甫真入秦后任奉车都尉，掌御乘舆车，佚比两千石，很快随着差役来到。慕容垂与皇甫真在迎宾厅里落座，也不客套，便将刚才的事向他述说了一遍，然后问道："楚季，你看符丕派军饷给我，却是何意？如今秋赋早已收过，各县该交的租子上个月就入了国库，却让我再去哪里筹集这么多的饷银？"

皇甫真来得匆忙，听完慕容垂的讲述，从怀里掏出手绢，擦了擦头上的薄汗，沉吟着说："我们这些燕国旧臣在秦国当官，虽是做得不情不愿的，但不知已阻了多少人的仕途。就拿您这个京兆尹的位子来说吧，必定有许多人眼红！他们巴不得将您扳倒，平时没少给符王吹风。所幸符王厚待大人，才没出什么事。如今，这些人必定又去长乐公那里搬弄是非。符丕大概是为这个原因，才有了今日这一出。这事办妥还则罢了，若是办不好，就有可能惹来大麻烦，轻则受顿申斥，重则就可能被扣上顶'荒政渎职'的罪名。"

慕容垂听了皇甫真这番话，两手支着膝盖，有些不在乎地道："我让他们安上个罪名倒也好！大不了不做这个窝囊官就是了。"皇甫真却是忧形于色，搓着手道："大人！想撂挑子那么容易吗？咱们在秦国是什么身份？若是稍露不合作的态度，就可能招来杀身之祸。"慕容垂听到这里，默然片刻，道："你说的不错，还是得想个法子交差！楚季，你有什么好主意没有？"皇甫真是吏员出身，为人

第十章　牧守京畿

又是足智多谋，思忖着道："如今别无法子，只有向长安的富户筹些银子，以解燃眉之急。"

慕容垂自任京兆尹之后，一味地韬光养晦，很少与长安豪绅来往，对他们的情况不甚了然，听了皇甫真的话，皱着眉头道："二十万两呢！谁家可以拿出这么多银子？"皇甫真道："一家一户的肯定拿不出这笔巨款。但长安城中商贾殷盛，客至如林。其中盐商们导财运货，懋迁有无，一定是有钱的。大人不妨找找胡天明。此人是长安盐务总办，一次报效几万两银子，应该不是问题。另外，咱们再找几家凑凑，就差不多了。"说到这里，想了一想，又道："只是这些有钱的富户都有一毛不拔的毛病，让他们捐银子如同要他们的命……大人既让他们报效捐输，就该给他们些优恤，如准其'加价''加耗'，也可豁免他们积欠的赋税。"慕容垂听他讲得入情入理，便道："如此说来，这事可行。我们明天就去这位胡盐总处走走，看能不能筹措些银子来，大不了事后给他行些方便。楚季，你这就写封拜帖，约个时间。"

皇甫真也不推辞，在桌上铺开一张洁白的竹纸，提起笔来，蘸饱了墨，道："大人，约在什么时候呢？"慕容垂想尽快把这事办妥，便道："就明天下午吧。"皇甫真答应一声，下笔如飞，刷刷点点，一会儿就写好了拜帖，又招来一名衙役，问道："你认得盐总胡天明的府上吗？"衙役道："胡老爷是咱们长安首富，他的府第小的当然认得。"皇甫真将帖子交与他，道："把这个送到胡府，速去速回。"衙役领命出门去了，过了约莫一个时辰，带了一张回帖归来，将帖子交给慕容垂。慕容垂打开帖子，见上面是几行烫金的楷字："明日申时，治下草民胡天明薄治蔬酒，恭候京兆慕容公大驾。"底下有日期和落款，还有一行小字，注明："敝宅位于南大街草帽胡同。"慕容垂看罢，将帖子交与皇甫真过目，道："楚季，明日我们一同去，扰这姓胡的一顿。"皇甫真点头应允，见日已近午，便告辞而去。

第二天下午，慕容垂正在大堂上处理着一件邻里间的宅基地纠纷。堂内是原木梁檩，中央置一暖阁，里面设京兆尹的公座与公案，上有"明镜高悬"的匾额。三尺公案上摆放着文房四宝、惊堂木、朱签等物。公座后有一面屏风，上绘"海水朝日图"。慕容垂坐在公案之后，听完两造陈述，命其明日听判，然后将他们打发出去，又与书吏整理着案头的卷宗。这时，皇甫真披着件蓝缎长袍，随着一名差役从堂外走了进来，轻声道："大人！未时已过，咱们还得去胡府，迟了未免有些失礼。"慕容垂心里也惦记着今日之约，见皇甫真到来，便道："好吧，我们轻身简从，去去就回。"说着，手里拿着朱笔，在几份公文上迅速勾画了几下，把笔放在砚台上，将公文交与书吏入档，然后立起身来，也不脱去官服，与皇甫真出了府门，一个侍卫也不带，骑马赶往胡天明的府第。

外面天气晴朗，空中游云片片，若飘若定，似嵌似浮。胡府规模宏大，三间垂花门楼，四面抄手游廊，里面布满亭台楼阁，总面积足有百亩。正门五间，上面桶瓦泥鳅脊，前有青石台矶。慕容垂与皇甫真甩镫离鞍，跳下坐骑，将马匹拴在门外的系马桩上。皇甫真走上前去，对门前立着的家丁说："通报你们老爷一声，就说慕容垂大人来访。"家丁已知今日有贵客到来，不敢怠慢，立即进去通报。不一会儿，胡府大门洞开，长安盐总胡天明亲自接了出来。胡天明四十多岁年纪，个子不高，但很敦实，一张胖乎乎的大脸，脸色红润，两只圆溜溜的眼睛透着精明，一对又大又厚的招风耳朵，身穿酱紫色团花锦袍，腰系丝绦，挺着个大肚子，走起路来，一摇三摆。他是做盐务生意的老手，每年获利无算，家里堆金垛银，生活侈靡奢华。

胡天明一见慕容垂，忙不迭地躬身行礼，脸上堆着生意人式的笑容，道："胡某久仰您的大名，如雷贯耳，今日一见，真是三生有幸。"慕容垂抱拳还礼道："胡公乃地方贤达，本官既任职此地，以后还免不了多有叨扰。"胡天明久与官场打交道，磨炼得八面玲珑，很会来事，顺口道："胡某不过是大人治下一介草民，能为您效劳，

第十章　牧守京畿

那还不是分内之事？"说着，又向皇甫真打过招呼，便请二人进府。

入门便是曲折游廊，左右一望，皆雪白粉墙，下面虎皮石，随势砌去。院落平坦宽豁，细沙铺地，甬路相衔。客厅前有一座花坛，里面奇花灼灼，中央用湖石砌有一座假山。假山高达数丈，纵横拱立，上有藤萝掩映。胡天明引着慕容垂与皇甫真绕过花坛，走进大厅。大厅的窗户皆细雕新鲜花样，镂空的雕花窗柏中射入细碎的阳光，四壁挂满了深红色织锦。迎门处是一套名贵的檀木桌椅。胡天明请慕容垂坐在首座，请皇甫真坐在一旁，自在下首相陪，命仆人摆宴。不一会儿，宴席摆上，果然丰盛，菜肴全盛放在银质的器皿里。一个身穿锦衣的侍者手持一把黄澄澄的金酒壶，在各人杯中斟满了上好的"稠酒"。稠酒的做法始于商周，因汁稠味浓而得名。酒水呈淡黄色，从壶里倒入杯中，稠稠的如稀蜜一般。

胡天明很是热情，举杯奉客。慕容垂端起酒杯，轻抿一口，只觉清香甘甜、软糯丝滑，赞道："酒香纯净，醇香适口，果然是好酒。"胡天明笑道："胡某知道二位大人要光临舍下，特命人赶去巴山的酒坊，连夜购来此酒。这酒每年只做两百坛，一般人是买不到的，用的是巴山的优质糯米酿造，后期还须采诸鲜花投入其中，封缸数月，再加沉香四两，以发群芳之气。"

慕容垂连喝了几杯酒，喝一杯赞一句，又望了望眼前富丽堂皇的陈设，对胡天明道："胡公，都说你们盐商有钱，看来此话真是不虚。"胡天明略有些得意，微笑道："不敢！我们做盐商的，总得维持住基本的排场，勉力做出一副家财雄厚的样子。要不然，谁肯和我们做生意呢？"说着，又命一旁的侍者给客人斟酒布菜。皇甫真在一旁道："老胡，我听外面说，你们这些盐商，早上吃燕窝、参汤加两枚鸡蛋，可是有的？"慕容垂奇道："燕窝、参汤是贵重了些，两枚鸡蛋不算什么吧？"皇甫真道："大人不知，他们家的蛋鸡是用人参和白术喂大的。"胡天明连忙晃了晃大脑袋，抖得衣襟如波浪般起伏，辩解道："二位大人，这些道听途说，当笑话听听罢了，可不足

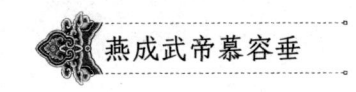

为信。"

三人又吃喝了一阵子，天色渐渐暗了下来，厅里点起了灯烛，照得四壁辉煌。慕容垂觉得酒差不多了，便对胡天明说："胡盐总，我们是无事不登三宝殿，这次来，是有事相求。"胡天明殷勤地说："大人有事便请吩咐。"慕容垂就开门见山地道："不敢！如今戎马倥偬，又值国库空虚。我奉长乐公之命，要为大军募集二十万两军饷，思来想去，无计可施，只有来找胡公救急了，不知胡公可肯襄助？"胡天明明白了慕容垂的来意，将手里的酒杯放下，略有些为难地说："在下世受国恩，身被荣泽，本不应推辞，只是最近手头拮据，各处分号的生意也萧条了些，拿不出太多的银子来。如今拼尽全力，只能报效两万银子，如何？"慕容垂见他一开始哭穷，还以为筹银的事没了指望，后来听他肯出两万两，不由得大喜，道："胡公真是个爽快人，公而忘私，国而忘家，本府在此谢过了。"

胡天明笑了笑，说："敝人食毛践土，报效些银子，那也是理所应当。"接着话锋一转，道："只是家里有一件烦心事，正要去讨教京兆大人，所幸今日大人辱临，不知当讲不当讲？"慕容垂一听，便知这两万银子不太好拿，但形格势禁，只得道："胡公有话，但说不妨。"胡天明皱着眉头，说："敝人书房里摆着一件玉石狮子，是先父购自江南。这只玉狮子长三尺，高一尺，通体碧绿，雕得活灵活现，出自江南名匠之手，当下值得上万两银子，却于前几日不翼而飞。若是件平常的物件，倒也罢了。只是这只玉狮子，却是先父遗物。故此伏请大人神断，若能找回，不胜感谢。"说着，站起身来，朝着慕容垂深深作了个揖。

皇甫真在一旁听了，心想："古语有云：'无商不奸。'果然不假！你府里丢了东西，自己都查不出来，却让我们去何处拿贼？这不是难为人吗？"想到这里，暗自替慕容垂捏了一把冷汗。慕容垂也知对方是出了个难题给自己做，却是神色自若道："胡公请坐。贵府深宅大院，丢了这等物件，多半是内贼。不知府中能进书房的都是什

第十章 牧守京畿

么人？"胡天明复坐回椅子上，道："能进书房的，除了我与拙荆，只有三个贴身的家人。我曾将他们找来，严加讯问。他们却全都一口否认，将自己撇清。"慕容垂道："这三人现在何处？"胡天明说："如今他们都被看管在府上，还不曾释放。"说着，一声唤，叫来管家，让他把那三个家人带来。管家闻命去了，不一会儿，带着几个家丁，押着三名青衣罗帽的年轻人走了客厅。

慕容垂借着厅里明亮的灯光，打量了一下这三个家人，见他们都在二十多岁，生得倒还干净利落，便问道："书房里的玉狮子不见了，是你们中的人拿的吗？"三个家人相互看了一眼，一齐沉默却坚决地摇了摇头。慕容垂四平八稳地坐在那里，又说："本官现任京兆尹，奉你们老爷所托，料理此案。你们若是识相的话，自己从实招来。我和胡老爷说说，还可以从轻发落。若是等我查出来，可就不客气了。"这三个家人垂手立在灯影里，却仍是低着头，一语不发。

慕容垂仔细观察这三人的神色，却也看不出什么端倪，便冷笑一声，侧身对胡天明道："胡公，贵府的灶房在什么地方？"胡天明不明白慕容垂的意思，连皇甫真也有些糊涂。胡天明道："在东跨院里。"慕容垂道："烦请带我一往。"胡天明只得站起身来，引着慕容垂与皇甫真来到东跨院。那三个家人也被监押着一起过来。

外面一片漆黑，天上朗月疏星。东跨院是厨房所在地，墙根下堆着小山似的木柴。柴堆上盖着毡布。南边一溜十几间房，全是做饭用的。慕容垂问胡天明："贵府家大人多，连厨房都这等规模。不知灶台安在哪个房间？"胡天明指了指西首的一间屋子说："在那边！"说罢，引着慕容垂、皇甫真走了进去。屋子里倒还宽敞，四壁露着青砖，灶台下刚刚熄了火，里面一堆黑色的炉灰上还冒着热气，窗台上一灯如豆。

西墙上挂着一张灶王爷的画像。灶王爷又称"灶君"或"灶君公"，被鸾门尊奉为三恩主之一，除了掌管人们饮食，还是替天帝考察一家善恶之神。画上的灶王爷左右随侍两神，一捧"善罐"、一捧

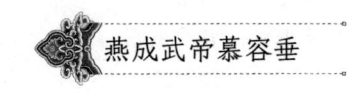

"恶罐"，即示计较家中善恶的意思。

慕容垂朝四周看了看，举步来到灶王爷的画像前，恭恭敬敬地作了三个揖，转头对胡天明道："胡盐总这些年顺风顺水，大发其财，府上的灶王自然灵验。现今既出了盗案，本官就要向灶王爷祈祷，请他明示家中盗贼，还请你回避一下。"慕容垂说完，便让胡天明等人退出房里，只留下皇甫真，随手将窗户、门全都关严。

胡天明带着众家人，手里提着十几盏灯笼，立在院里，搞不清慕容垂与皇甫真在灶房里弄什么玄虚，直候了大半个时辰，就见房里的灯灭了，紧接着房门一开，慕容垂与皇甫真从里面走了出来。二人都是一脸的平静，来到胡天明等人近前。慕容垂咳嗽了一声，道："本官方才祷告过灶王爷，请他老人家在盗宝之人的后背上画一火焰图形。胡公放心，这一方法百灵百验，曾助本官破过不少盗案。"说到这里，便让家丁将那三个家人推进黑漆漆的灶房里，扬言要"待灶王爷显灵。"再命家丁退出，随手在外面带上了房门。

十几盏灯笼发出橘黄色的光亮，照耀得跨院里一片通明，越发显出厨房里的黑暗。慕容垂负着双手，两脚牢牢地立在地上，眼睛望向静悄悄的灶屋，却是一言不发。皇甫真站在他的旁边，脸上挂着一抹微笑，透着些高深莫测。胡天明看他们二人这个样子，更觉莫名其妙。过了一阵子，慕容垂回过头来，向着胡天明道："胡公，请随我进灶房察看。"说着，与众人打开房门，拥进房中。慕容垂从家丁手里接过一盏灯笼，围着那三个家人转了一圈，然后指着其中一个矮个子的年轻人说："偷玉狮子的人就是你了。"这个年轻人的脸上变了颜色，抵赖道："小的冤枉。"慕容垂冷笑一声，道："好个奴才，到了这个时候，还在嘴硬。你把衣服脱下来看看。"胡天明在一旁喝道："胡四，听慕容老爷的吩咐，快把衣服脱下来！"胡四只得脱下外衣，却见衣服的背部沾上了一大片黑色的草木灰，不由得傻了眼。

原来，慕容垂先遣出众人，只与皇甫真躲在灶房里，却从灶下掏出柴灰，遍涂四壁，又灭了灯火，再来到院外放出话，说要请灶王爷

第十章　牧守京畿

显灵，然后将三名有嫌疑的家人推进房里。当时，灶王爷在民间的地位是极高的，号称监督着一家老小的善恶功过，因而得到老百姓的顶礼膜拜。胡四盗宝之后，心虚情怯，担心后背真被画上火焰，下意识地贴壁而立，以为万全，不想却在衣服上沾染了草木灰，露出了马脚。这时，慕容垂放下手里的灯笼，又说清事情原委。胡四听了，颓丧地低下头去，只得招认了自己偷盗玉狮子的事实，并供出了藏匿赃物的地方。胡天明命人去取，果然找回了玉狮子，不由得大怒，先让人将胡四痛打了一顿，再将其关押起来，准备明日送往京兆衙门治罪。

经过此事，胡天明对慕容垂佩服得五体投地，热情地邀慕容垂、皇甫真重回客厅落座，感激不尽道："多谢慕容大人替我寻回先父遗物，又帮我清理了门户。"慕容垂淡淡地道："本官领了贵府捐助，自当略效绵薄之力。"胡天明似乎有些不好意思，忙说："小可的两万两银子，明日准定送到，这些银子原也算不得什么。长安巨富不少，其中东直门外的赵家在城里开有十几家绸缎庄，而且在关中各地都有分号。他家这份财力，在全国也算是数一数二的富户。"

"是吗？"慕容垂还真不知道，长安城里居然有这等富甲一方的人物。"当然！"胡天明接着又说："还有开药店的孟家、开粮行的孙家，每家每年少说也都有十几万两银子的收入。上述几户若都能捐出一些，足敷军中所需。"说着，命家人取来纸、笔，很快拟出个名单，双手递给了慕容垂。慕容垂接过名单，放在怀里，起身抱拳，说："如此说来。本官明日就到这些人家走走！就此别过。"说着，与皇甫真告辞离去。胡天明与家人提着灯笼，郑重地将慕容垂等人送出府外。

第二天，慕容垂按着胡天明开列的名单，在长安连走了几家富户。这些人一开始也是叫苦连天，或称："家底本薄，又不善经营，拿不出许多银子来！"或称："这些日子生意也清淡，每日里没有进钱，只有出钱！"但经慕容垂晓以利害，又见京兆尹既已登门，自己若不拿出些银子来，未免有些交代不过去，便转了口风。一个个拍着胸脯道："满门沐朝廷恩泽，岂有不思报效之理？"便也各捐出一两万的银子。就这样，慕容垂用了十几天的工夫，终于筹措到二十万两军饷。

这一日，天高露浓，云淡风轻，片片黄叶随风而坠。京兆尹慕容垂用过午饭，带着衙门里的几个僚吏来到银库里，将堆在库里的银子点检了一遍，发现数目确实无误，便派人找来傅颜。傅颜自邺城养好伤后，便随慕容垂来到长安，现任衙门里的亲兵头领，闲暇时则传授慕容农、慕容宝和慕容麟一些武艺。慕容垂让他率府内的亲兵，在银库外好好把守，以防有失，然后离开银库，来到大堂，本打算派衙役去通知符丕前来提饷，想了一想，还是自己出府上了马，带了两个随从，赶往长乐公府。

路边的买卖铺户都在下板营业，不时传出伙计们招徕客人的声音。秋风夹带着丝丝凉意拂面而过，让人觉得神清气爽。慕容垂骑马刚过了芙蓉园，忽见前面来了一队人马，为首的正是阳平公符融和长乐公符丕，还有十几个珥貂的大臣，石越也在其中。符融，字博休，是符坚最小的弟弟，自幼聪慧早成，耳闻则诵，过目不忘；长大之后，惊才绝艳，下笔成章，又善骑射击刺，号称百夫之敌，故为符坚所委任。他历任征南大将军、录尚书事，以明察善断著称，在朝中是仅次于王猛的实权人物。

路上行人望见这队声势赫奕的贵官行过，纷纷向两边避开，登时空出一大片街面。正吆喝起劲儿的小贩们也不敢出声，十里长街安静了许多。慕容垂纵马上前，抱拳向符融和符丕行礼已毕，然后对符丕道："殿下，我已筹齐了二十万两银子的军饷，就在衙门的银库里，敢问何时给您送过去？"符丕闻言，似乎有些意外，略想了想，说："我派人到衙门里去提就是了。"说着，从队后招来符飞龙，命其拿上自己的手令，再带些军兵，到京兆衙门去提饷。

慕容垂撂下一桩心事，轻松了许多，又想到不能怠慢了符融，便

第十章　牧守京畿

扭头对他道："殿下这是要去哪里？"符融时年三十二岁，面色淡黄，高颧骨，两只细小的眼睛，略有些鹰钩鼻，上唇一抹浓黑的髭须，穿着黄缎锦袍，腰系玉带，骑在一匹青鬃马上，道："王猛丞相病重。我与几位同僚一同前往探视，既得与京兆大人相遇，便请一同前往吧！"慕容垂见他面带忧色，猜到王猛病的一定不轻，心里暗喜，脸上却是平静如水，忙道："殿下有命，自当遵从。"遂调转马头，随着符融、符丕及众朝臣们，一同赶去王猛的府上。

下午时分，浮云遮住了太阳，天色显得有些阴沉，长安城中弥漫着浓浓的秋意。王猛任丞相多年，却是两袖清风。他的府第也非常简朴，坐落在西城德福巷的南头。这条巷子又窄又黑，故又称"黑虎巷"。整个相府是个二进的院子，占地不过数亩。前院整饬肃净，清俭中不失庄重。后宅收拾得干净利落，五间正房，两侧各有三间配房，主次分明，浑然一体。正房的西边两间是王猛起居之处，里面四壁斑驳，一张半旧的花梨木雕竹纹裙板隔扇，将卧室与明间隔开。卧室里弥漫着浓浓的药味儿，靠墙有一张大木床，上面挂着布帐。

五十三岁的王猛体本羸弱，也许是积劳成疾，自半年前便一病不起，渐渐地咳血消瘦，虽经延医问药，但病情总没什么起色。这时，他正合着双眼，躺在床上，颌下花白的胡须随着胸脯起伏。一个家人进来禀报："丞相，阳平公与众官前来探望，就在门外。"王猛觉得今天略有些精神，便在家人的服侍下，斜靠在床头的一个枕头上，让朝中百官进来。

不一会儿，符融率符丕、石越、慕容垂、邓羌、杨安等朝中大员依次进来问安，高高矮矮地挤了一屋子。大家立在床前，见王猛的脸色并不好，也不便长时间逗留，七嘴八舌问候了一番后，就相继辞去。王猛却用眼神示意符融留下。符融知道王猛有话对自己说，便坐在床边的一个凳子上。

因秦王符坚曾对子弟们称："汝等事丞相如事我！"故而符融在王猛面前很恭敬。符融为人精明，一字不提对方病重的事，只是婉转道:"这两天在朝中理事,想起多日不见丞相,放心不下,特约齐同僚前来看望。"王猛苦笑着,脸上一副无可奈何的神态,道:"有劳殿下牵挂。我这病恐怕是好不了啦。"符融很诚恳说:"丞相为朝中柱石,身系天下黎元,但请宽怀休息几日,这一点小病自然会好。"王猛摇了摇头,清楚自己已是时日无多,剧烈地咳嗽了几声,道:"我是望天的日子远,入土的日子近。以后,您才是朝中的中流砥柱。"符融诚惶诚恐地说:"丞相言重了!自您秉政以来,在内劝课农桑,开放山泽,以致田畴开辟,仓廪充实;在外提鼓出师,三军贾勇,置兵境上,千里无尘。大秦能有今日声威,全仗着丞相夙夜匪懈。我虽奉圣命辅政,但一切举措,悉遵丞相旧章,绝不会违背您的约勒。"

符融这几句话说得情真意切,非常动听。王猛听了,心里颇感欣慰,惨白的脸上有了些光彩,微笑着说:"殿下谬赞了!朝中万机,不能由我这样的老病之躯尸位,迟早要让贤。现在若让别人来接我这个位子,我如何能放心?环视天下封疆,只有你才是最合适的人选。我的章程有哪些不妥当的地方,你尽可匡正。殿下若能超过我,我岂不高兴?"符融忙道:"我哪里敢比丞相,此次前来,正是要向您请教。"

王猛又咳嗽了几声,道:"殿下英姿天纵,堪能允理庶政,何劳过谦?必不得已,愿进愚言。"说到这里,压低了声音,对符融说:"殿下秉政之后,切须提防慕容垂。"符融听了,心里一动,道:"慕容道明自任京兆以来,倒还安分。丞相这话的意思是……?"王猛沉默了片刻,道:"慕容垂素有过人之才,必思冲天之据,岂满足于一个小小的京兆尹?我以前处处防范,令他一直遇不到机会。但世事难料,将来若是时局有变,此人必会作乱。殿下不可不防!"符融听了,郑重地点了点头。

王猛抱病多日,精力越来越不济,谈了这么一阵子,便觉舌端蹇涩,双目视物,亦如雾里看花。符融见王猛脸上露出倦容,便道:"丞相只管放心养病,切勿存后顾之忧。朝中大事,我会派人随时向您禀报。"说着,又嘱咐王猛的家人好生服侍,然后就起身告辞了。

第十一章　鱼羊食人

> 慕容垂倒也想到了这一点，一边接过茶慢慢喝着，一边沉吟道："不错！宫里出了这样的事，却又无迹可寻，必是有人暗中操纵。这背后操纵之人不管是谁，能把事情安排得这般周密，绝非等闲之辈！"

　　转过年来的四月，这天上午，一轮朝阳穿云破雾地升起。皇城殿顶上的琉璃瓦在朝阳下散发出一片黄澄澄的光，犹如铺上了许多金子。秦王苻坚早朝已毕，遣散众臣，正坐在未央宫的龙书案后批阅着奏章，身后侍立着两个屏气凝神的太监。自王猛抱病不能理事以来，朝中虽有苻融辅政，但苻融的才干远不及王猛。苻坚再不能像以前那样"端拱于上"，常要亲自过问和处理一些国家大事。所以他近来常自感叹："朕闻'王者劳于求贤，逸于得士'诚哉斯言！自得丞相，常谓帝王易为。然而自丞相卧疾以来，朕的须发都变白了不少……"

　　这会儿，秦王苻坚正仔细读着河西递来的一道请降表。秦灭仇池之后，苻坚锐意在富饶的河西树立威信，又以大将吕光领兵五万屯扎仇池故地，威胁前凉（前凉为十六国之一，建都姑臧，统治范围包括今甘肃、内蒙西部、宁夏西部、青海以及新疆大部）。前凉王张天锡见秦兵压境，诚惶诚恐，只得遣使向秦国称藩。使者不远万里来到长安，不仅在今日早朝时献上降表，还带来了大批的西域宝物。苻坚已命人将使者安排到驿馆，如今看完这道辞意恭顺的降表后，提笔略加批注，搁笔起身，伸了个懒腰，略微舒活了下筋骨，便踌躇满志地走出殿外，坐上步辇（一种人力代步工具，类似轿子，但没有顶），由两个太监抬着，回向后宫。

和暖的阳光洒向长安皇城，宫中树木的影子拉得长长的。鸟儿在殿檐下叽叽喳喳地吵成一片。苻坚自在地坐在步辇上，从明光殿外经过。明光殿位于未央宫西侧，殿前有月台，西南角有一座御碑亭。正殿三间，明间开门，上盖琉璃瓦，檐下饰苏式彩画，悬有长匾，东西有配殿。这座明光殿紧邻着皇城的西大墙，于汉代曾为妃嫔所居，但现在已然闲置。正在这时，突然从明光殿内传出一阵琅琅的说话声。

苻坚有些惊诧，因为眼前的殿门明明是锁着的。他立刻在辇上坐直了身子，顿了顿脚，示意太监放下步辇，又侧耳倾听。殿里那人的声音略有些嘶哑，反复嚷嚷着同一句话："甲申乙酉，鱼羊食人，悲哉无复遗！"这话不似歌谣，也不似诗文，清清楚楚传到了苻坚的耳朵里。苻坚觉得古怪，便命一个抬辇的太监去取明光殿的钥匙，再将说话的人带出来。太监奉命，一路小跑着去了。另一名太监恭恭敬敬地立在一旁。

这时，殿中的声音突然又消失了，四周顿时变得静悄悄的。阳光照耀着明光殿的檐角，檐下的彩绘更见金碧辉煌。殿外的石级上干净又整洁，大概是今天刚刚打扫过。苻坚身披龙袍，坐在步辇中，打量着眼前高大的殿宇，心里竟觉得有些发毛。好在不一会儿，去取钥匙的太监回来了。他三两下打开殿门外的黄铜锁头，进殿不多长时间却又走了出来，快步到了辇旁，禀报："陛下，奴才看过了，里面并没有人。"

第十一章　鱼羊食人

　　苻坚待外臣虽宽，对太监却极严，常称："太监是贱人小辈，不宜宠用。"听了这话，抬腿就给了他一脚，喝道："你耳朵聋了吗？难道没听见方才殿里有人说话？"太监挨了一记窝心脚，唬得抖衣而战，趴在地上，哆嗦道："奴才确实也听到了，但进去仔细看过，殿中真的没有人。"苻坚见他不像撒谎的样子，益发觉得奇怪，便下了辇，亲自到殿里查看。

　　明光殿的面积并不大，约有三间屋子大小，方砖墁地，天花板上刻着镂金的松鹤图案，四壁饰以旋子彩画，里面十余年来无人居住，除了靠墙摆放的一套桌、椅之外，再没有什么家具，显得空荡荡的，一眼就可以看个通透。值日的太监隔几天就会过来打扫，所以地上也没什么灰尘。苻坚背着手在殿里巡视了一圈，并没有发现人踪，心里想："这可真是奇了怪了，难道说话者凭空消失了？那句没头没脑的话却是什么意思？"遂下令彻底搜查。几十个宫中侍卫闻命赶来，将明光殿里里外外搜了个底朝天，连殿顶都攀上去看过了，但也没有发现可疑之处。

　　苻坚满腹狐疑，命侍卫们且在殿外值守，自己坐在一张红漆木椅子上，又命太监去传苻融和苻丕。不一会儿，二人来到，进殿行过参见之礼。苻坚让他们起身，便将方才的蹊跷事说了一遍。苻丕终究年轻，穿着一身朝服，听了苻坚的讲述，一惊一乍地道："父皇，宫禁深密，怎么会出这样的事？不会是闹鬼了吧？"苻融年长一些，阅历较多，摇了摇头，道："圣天子有百神呵护，宫里不会闹鬼。"苻丕有些不服气，道："依皇叔的意思，那是怎么回事呢？"苻融沉吟道："鱼、羊合成个'鲜'字！臣琢磨这话的意思，大概是在提醒陛下当心鲜卑人……"

　　苻坚暗想："博休一听就猜到此事或与鲜卑人有关，这番见识，可比我儿子强多了。"苻融皱起眉头，又道："陛下自灭燕之后，陆续将七万多户鲜卑人迁至关中，使之密布京畿、深入我腹地。他们本是我们的仇敌，狼子野心，难以驯养，若是伺机作起乱

· 153 ·

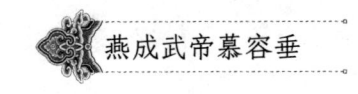

来，后果不堪设想。臣敢请陛下早作打算，谨防将来真会出现'鱼羊食人'之事！"

苻坚听兄弟话里话外指责自己，很有些不痛快，一甩袖子，道："你昏愦！大秦幅员万里，王者更应有包容四海之心！朕既已将鲜卑纳入治下，自然要推诚相待。这次召你来，是想让你找出那装神弄鬼之人。你却见事不明，还一味为奸人辩解！照你方才所说，那在殿里嚷嚷的人竟是个大大的忠臣喽？"

苻融欲待再说，觉得苻丕在旁悄悄扯了扯他的袖子，只好垂首不言了。苻坚见与二人话不投机，便将苻融与苻丕斥退，起身背着手在空旷的大殿里转了几圈，琢磨着这件怪事或与鲜卑人相涉，倒不妨让慕容垂去调查。慕容垂自任京兆尹以来，克勤克谨，为了开脱自己，必能用心办理。苻坚想到这里，便派一个太监去传慕容垂。

几年来，京兆尹慕容垂每于朔（初一）、望（十五）随众入朝，但从未单独陛见，偶于朝堂被苻坚垂询，也都是例行公事，今日突然见宫里来人相召，不知何故，忙穿戴整齐，随来人匆匆入宫，进到明光殿，见苻坚正西向坐在殿内，便恭恭敬敬地上前行过参见大礼。苻坚命其起身，随手取过一张蜀牋，示意身边的太监交给他。慕容垂双手接过，见这张薄如蝉翼的纸上龙飞凤舞地写着："甲申乙酉，鱼羊食人，悲哉无复遗！"这一行字寥寥数语，淋漓的墨迹尚未干，明显是苻坚刚刚写就。慕容垂仔细看了又看，不明所以，便不敢妄言，将纸还给太监，有些疑惑地看着苻坚。

苻坚沉着脸，对他说了刚刚发生在这里的怪事，又搓着下巴道："道明！这事有些蹊跷。你替朕调查一下，看里面有什么玄虚，务必找到殿中喧哗之人！"慕容垂听了，暗暗有些为难。他敏锐地意识到，那人既然敢在皇宫内捣鬼，来头恐怕不小，故而不好在苻坚面前打包票，就略弯了弯腰，道："臣一定彻查！只是特地请旨，要在这明光殿内外探勘一番。"慕容垂是外臣，要在宫内有所行动，非得皇上同意不可，否则可就是杀头的罪过。苻坚点了点头，道："朕知道

第十一章 鱼羊食人

了!"即命一名太监留下听候差遣,自己站起身,扶着另一个太监自去了。

慕容垂将苻坚送出殿外,看着他乘步辇离去,然后回到明光殿巡视,并没发现什么异常,又信步来到后殿,觉得凉风扑面,抬头见一扇窗户虚掩着,便伸手推开雕花的窗扇,见外面十余丈处便是皇城的宫墙。宫墙用红砖砌成,高达数丈。墙根下并无积尘,却摆放着一块巨石,显得有些突兀。慕容垂很客气地问身边的太监道:"请问公公,殿后怎会有块石头?"这太监三十多岁,头戴幞头,身穿蟒袍,方才一直默不作声地随着慕容垂转悠,此时见问,便答道:"啊,前几年整修御花园,从池子里挖出这块石头,一时无处安放,就放在了殿后,反正这里很少有人来。"

慕容垂听了,便出了殿,迈步走下石级,绕到殿后的那块巨石前。这是一块青黑色的太湖石,高达丈余。石头表面有些潮湿,疙疙瘩瘩,很不平整,还长满了青苔,有几块青苔却已脱落。慕容垂俯下身,仔细看去,见青苔脱落之处沾有泥痕,竟似被人用脚蹬落的,再起身抬头,发现石顶离墙头已不是太远。若有人攀上巨石,便可越墙而出。慕容垂看到这里,又问随在身后的太监道:"请问公公,墙外是什么所在?"太监答道:"大人,墙外不远处就是长安河啊!"慕容垂在长安多年,对城中地理已是熟悉,一听太监这话,立即就清楚了。原来,长安河是城中的内河,外接护城河,内连御花园。过了长安河,便是狮子坊,那里是有名的闹市。

不知不觉,已是傍晚。西边的落日像个通红的圆球,正在缓缓地西沉。慕容垂眯缝着眼睛,望着高高的墙头,心想:"秦王在宫里动用了侍卫却仍是一无所获。看样子,若要弄清楚这件事,非得到宫外看看不可。"于是便不再进殿,向太监告了扰,出宫离了皇城,回到了京兆府里。衙门里的红墙碧瓦映着落照,放射出璀璨的光芒。慕容垂皱着眉,无精打采地回到内宅,在段夫人的服侍下换去朝服,穿上一身便装。

段芳脸上擦着淡淡的胭脂。一头青丝披散在脑后，身着一袭淡绿暗花细丝褶缎裙，袖口收紧，裙摆及地，见丈夫匆匆进宫后又面带忧色的回家，便关切地问道："您今天这是怎么了？秦王怎么说？"慕容垂也不瞒她，坐在桌边的一把椅子上，将苻坚告诉自己的话又原原本本地转述了一遍。段芳为人聪慧，一听就说："'鱼、羊'合为'鲜'字。这事摆明了是冲着我们鲜卑人来的，却是不可等闲视之。"说着，动手为丈夫斟了杯茶。慕容垂倒也想到了这一点，一边接过茶慢慢喝着，一边沉吟道："不错！宫里出了怪事，却又无迹可寻，必是有人暗中操纵。这背后操纵之人不管是谁，能把事情安排得这般周密，绝非等闲之辈！"说着，将茶杯放在桌上。

段芳这才明白丈夫为什么忧心忡忡了，轻轻坐在他旁边的一把椅子上，道："在明光殿内外就没有发现什么异常之处？"慕容垂道："殿外的墙下有一块太湖石，高达数丈。若是有人在殿中喊话，然后越窗爬到太湖石上，便可逾墙而出，逃之夭夭。"段芳思索着道："侯爷，在宫里调查难免束手缚脚，再说，也未必能找到什么蛛丝马迹，不妨到皇城外看看。"慕容垂点了点头，道："夫人说的是，我正有这个打算。"

第二天一早，慕容垂找来慕容农、慕容宝和傅颜，又带了几名亲兵，都换上便衣，打算一起到皇城西墙外探察，命小儿子慕容麟在府里留守。慕容农已二十二岁，慕容宝二十岁，两人都在长安任一份闲职，表面上奉官守分，但也只是虚应故事罢了，今天各自告了假，骑马随父出行，来到皇城西边的长安河畔。河宽里许，水面如镜，往来小舟皆可夹岸停泊。河上架着一座弯弯如月的石拱桥，桥下有十二个对称的石头桥桩。这座石桥建自汉代，实在是有年头了。数丈宽的桥面有些磨损，但坚固如初，可容两辆马车并行，两侧的石栏杆上雕刻着各式花纹。桥东为皇城区，桥西便是狮子坊。

慕容垂等人踏过桥头的数级石阶，经长长的石桥进入了狮子坊，顿感热闹起来。狮子坊是长安一百零八坊之一，里面房屋林立，人烟

第十一章 鱼羊食人

稠密。几条交叉的长街穿坊而过。街道两边有绸缎庄、生药铺、茶馆、酒肆等，都打着鲜亮的招牌。还有些小商小贩在道中支起摊子，卖力地招徕着客户，兜售着各种杂货。再往里走，更是热闹，有走江湖跑码头的郎中、卖艺人、耍猴的、卖狗皮膏药的、算命看相的、卖杂七杂八小玩意的。路上的行人也很多，或骑马，或坐轿，或步行，或挑担，络绎不绝。慕容垂见状，暗暗叫苦，心想若打算在这里找点儿线索，简直就像大海捞针，只得将马匹系在路旁的树下，命一个亲兵看守，自与两个儿子和傅颜等人散在人丛里，慢慢地向前，分头观察着。

临近中午时分，太阳升上了中天。街道两旁遍植杨柳，柔美的柳枝在暖风的吹拂下，轻盈地飘来飘去。还有几株桃梨树上绽出或粉或白的花骨朵。这些花骨朵一团一团挤在一起，散发着阵阵幽香。慕容宝头戴方巾，披着件墨绿色的长袍，带了两个亲兵，东张西望地走在人群里，渐渐落在父兄后面，忽见道边围着一圈人。众人一个个伸长了脖子向里面观瞧，人丛中隐隐传出女子的歌声，不时还有人鼓掌叫好。慕容宝一时好奇，便走将过去，挤进人群里一看，原来是一名老者带着个年轻的女子在卖唱。老者五十多岁年纪，脸上皱纹堆垒，一身青布衣服上有几个补丁，浆洗得倒还干净，坐在一把油漆斑驳的长凳上，两只枯瘦的手里拿着一把颜色暗黑的胡琴，正在一旁伴奏。琴声"吱吱哑哑"，勉强成韵。他身边立着一个十七八岁的少女，正随着琴声唱着小曲儿。这少女头上梳着双髻，柳眉杏目，粉脸带着淡淡的红晕，穿着一身半新的淡黄色粗布衣，脚下一双溅满尘土的绣花鞋，虽然穿着朴素，却是体态匀称，姿致妩媚，加以歌喉婉转，不时引得彩声一片。

一曲终了，老汉站起身来，将胡琴靠着凳子放下，双手抱拳作了个罗圈揖，向四周的看客们道："各位老少爷们，有道是'在家不算贫，路贫贫煞人'。小老儿带着闺女到长安投亲不着，一时盘缠短缺，不得返乡，故在此卖艺，还望大家帮衬。"听口音确是外路人。

这时，少女双手捧着个方圆径尺的铜盘，沿着周围的人丛行走。看客们纷纷掏出些铜钱放进盘子里，有给十个的，有给八个的。一枚枚铜钱落在盘子里，发出"叮叮当当"的脆声。不一会儿，少女捧着盘子来到慕容宝面前。慕容宝见少女十指尖尖，皓腕胜雪，不由得心里一荡，便从怀里掏出一锭银子，约有十两，在手里抛了一抛，笑嘻嘻道："姑娘，随少爷回家，便可锦衣玉食，何必再在街头抛头露脸？"那少女听他出言轻薄，秀眉微蹙，也不答言，低头欲从慕容宝身边走过。

慕容宝却不肯放松，一伸手，抓住了姑娘雪白的腕子，笑道："姑娘，别走啊！这里有十两银子呢，你先拿去花用，不够了，再来找我。"旁边看热闹的几个闲人看了，登时哄了起来。姑娘又羞又怕，手里的盘子落地，里面的铜钱洒得四处都是，使劲挣脱了手，道："光天化日，乾坤朗朗，你怎么这般无礼？"慕容宝涎着脸，正想再讨些口头便宜，忽听旁边有人高声大嗓地骂道："他妈的！寄人篱下的小畜生，还有闲心调戏良家妇女。"慕容宝听这话骂得难听，不由得变得脸色，循声向旁边望去，见数步之外的人丛里立着一个道士，正怒气冲冲地瞪着自己。这道士自然就是方才骂人的那位了，他约莫六十多岁，身材魁梧高大，头戴一顶束发竹冠，身着一件玄色道袍，腰系丝绦，脚上套一双多耳麻鞋。

慕容宝不由得气往上撞，喝道："你这牛鼻子，敢管少爷的事，活腻歪了不成？"说着，朝身边的两名亲兵歪了歪嘴。两个亲兵会意，肩并肩地冲上前去，便欲揪扯这个多嘴的老道。不料这道士老则老矣，糟却半点儿不糟，加以身手了得，一拳一个，眨眼间便将两名亲兵打翻在地。慕容宝见势不妙，扭头便想逃，没跑出几步，就觉后脖领子被一只铁钳般的手揪住，紧接着，整个人便如腾云驾雾般飞起，直摔出数尺，重重的落在地上，直跌了个发晕。周围一阵大哗，卖唱的父女与看热闹的人都远远地逃开。两名亲兵胆战心惊地从地上爬了起来，一个鼻子出血，一个被打掉了两颗牙，不敢再与道士纠

第十一章 鱼羊食人

缠，撒腿就去找慕容垂。

慕容垂与傅颜、慕容农等人已走出二里开外，身边都是熙来攘往的人流，耳朵里灌满了叫卖之声，对身后发生的事一无所知，忽见一个亲兵跌跌撞撞地从后面赶来，称慕容宝与人打架。慕容垂有些意外，便与众人往回赶，边走边向报信的亲兵询问事情的原委。亲兵不肯说慕容宝是因为调戏少女被打，只称是碰上了个疯道士。慕容垂听他含含糊糊说了这几句，心里只有更焦，分开人群，疾步来到事发地。慕容宝这会儿正趴在地上，两手抱着脑袋，身边立着那个身材高大的老道。

老道将一只右脚踏在慕容宝的后背上，正高声骂道："小畜生！想当年慕容皝何等英雄了得，怎么生了你这么一个没出息的孙子。你丢了你爷爷的脸，也丢了大燕历代祖宗的脸。"慕容垂马上认出，眼前这人正是曾给傅颜治伤的了尘，又听了他这些话，不由得心里一动。慕容农却从没见过这个道士，见兄弟被人踏在脚下，如何不怒？不待父亲吩咐，一个箭步冲上前去，左手一晃道士的面门，右拳一记"流星赶月"，直撞向道士的前心。老道士却是好整以暇，身子略一侧，轻松地避开了他这疾若奔雷的一拳。慕容农一拳走空，下盘难免有些不稳。道士不等他站稳脚跟，右掌闪电般挥出，斜肩铲背劈在慕容农身上，将他击出四五步开外。慕容垂见道士劈出的这一掌，明明是本家刀法里的一招，只不过他是以掌作刀罢了，更是惊讶，忙喝住慕容农，上前躬身施礼道："前辈，咱们又见面了，可喜您老人家风采如昔。道明教子无方，得罪了您老人家，还请担待。"

道士背负着双手，仰面望天，腰间的丝绦随风飘舞，毫不客气受了他这一礼，道："你教子无方，自然是应该赔罪的。"说着，抬起脚来，放过了慕容宝，又将他的所作所为述说了一遍。慕容宝灰头土脸地爬了起来，耷拉着脑袋立在一旁，听着道士的数落，再也不敢强辩。慕容垂听完，心里惭愧，见旁边的地上扔着一把胡琴，便将胡琴捡了起来，拂净上面的尘埃，又让报信的亲兵引领着，在看热闹的人群里找到卖唱的父女，先将琴交还给他们，再从怀里取出五十两银子，递与老汉道："老人家，小儿无礼，得罪了你们，还请莫怪。这点儿银子，就算我代他向您老人家赔罪了。"老汉起初坚持不收，后见慕容垂其意甚诚，便收下银子，携琴带着女儿自去了。慕容垂回到道士身边，拱手道："前辈，昔年邺城一别，可喜您风采依旧。今日再次得见，也算有缘。前面有个茶楼，可否请您到里面一叙？"老道士听了，点了点头，很爽快地道："也好。"

这时，四周围观的人群渐渐散去。慕容垂等人来到了街道拐角处的茶楼。茶楼是砖木结构，共有三层，在长安非常有名，里面售卖上百种茶品。楼顶上高挑着青布招子，两扇楼门敞开着，进进出出的客人络绎不绝。门外摆开一溜火炉，上面煮着一壶又一壶的开水。壶嘴里正冒出丝丝的热气。慕容垂等人一进茶楼，便闻到茶香扑鼻。一楼是大堂散座，已经坐满了。几个伙计腰里系着白围裙，手里端着茶盘，在人声鼎沸的客座间四处奔走。慕容垂等人顺着楼梯上到三楼，找了个僻静的雅座，让傅颜、慕容农、慕容宝等人在外面相候，自与老道在桌前相对而坐。

慕容垂叫来小二，要了一壶碧螺春，又要了几盘茶点。不一会儿，小二将茶水和点心送到。慕容垂起身给老道士斟了杯茶，终是按捺不住好奇心，便开门见山问道："老人家方才出手的路数，似与在下有些渊源！敢问道长俗家的名号怎么称呼？"道士见房中并无外人，也不再隐瞒，坦然直承道："老夫便是慕容翰。"慕容垂一听，浑身一震，颤声道："你……你是我大伯？可你本已身故多年了啊！"慕容翰手捋须髯，长叹一声，缓缓道出这些年的经历。

原来，慕容廆死后，世子慕容皝继位。慕容皝的生母以慕容翰勇悍多权略，对其很忌惮，先命禁军围了慕容翰的府第，又命军士持鸩毒一杯，称诏赐其自尽。当时慕容翰神色不变，道："我受命于先王，不敢不尽力，幸赖先王之灵，所向有功，却让太后以为我雄才难制。事已至此，我自当一死以明志！"说完，接过杯子，便欲仰药自

第十一章 鱼羊食人

杀。这时，慕容皝及时赶到，斥退禁军，从慕容翰手里夺过毒药杯扔出窗外。但慕容皝不便公然违逆母命，与兄长抱头痛哭了一场，便派人将他秘密送往辽西，对外则宣称慕容翰已死。慕容翰到了辽西之后，出家为道，云游四方，听说秦军伐燕，急忙赶回邺城，却见秦军已然入城，就悄悄随着燕国皇室来到了长安，今日见慕容宝行为不检，便出手惩戒，才得复与慕容垂相见。

慕容翰此时已过六旬，走南闯北，身子骨倒还硬朗，简单讲完这些年的经历，抚髯不语。慕容垂想不到竟在长安与大伯相见，心里说不出什么滋味，道："伯父！侄儿无能，未能护得燕国社稷，实在是愧对列祖列宗。"慕容翰摇了摇头，蔼然道："道明，这些年你里外难做人。燕国之亡，须怪不得你。"慕容垂心里略觉宽慰，又道："上次伯父告诉小侄，称燕之复兴不过一纪，可是真的？"慕容翰信心十足道："自然！"

慕容垂在长安这几年，耳朵里灌满了秦军攻城略地的胜利消息，似信不信的道："伯父！如今秦国兵威极盛，可以说是所向无敌。难道咱们燕国真有复兴的希望吗？"慕容翰冷笑一声，说："我云游在外，看得可是比你清楚。秦恃其强大，务胜不休，北戍云中，南守蜀、汉，转运万里，道殣相望，兵疲于外，民困于内，照这么穷兵黩武下去，完蛋是早晚的事儿。"慕容垂听本族元老说得头头是道，不由得精神大振。

二人又喝了几杯茶，慕容翰问道："道明，今天你怎么到这里来了？"慕容垂便将明光殿发生的怪事讲述了一遍，又道："事关宫禁，且隐隐与族人相关，很棘手。您看应当怎么办呢？"慕容翰略一思忖，说："他们造作这等飞语，摆明了是要害鲜卑人。这回既敢闹到宫里，背后必有极具势力之人的支持。你不能再掺和这事了，毕竟查清查不清都麻烦……"慕容垂忙道："伯父说的是。只是侄儿是奉了命的，现如今怎么脱身呢？"慕容翰轻啜了一口茶，思忖着道："这也不难！你过些日子去见苻坚，干脆揭破'鱼羊食人'与咱们鲜

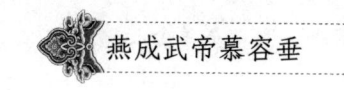

卑的干系，就势代族人请罪辞官。我想，苻坚必会挽留于你，也不会再强求你去调查……。"慕容垂本来聪明，听到这里，已是恍然大悟，如拨云雾而见青天，道："伯父这一招以退为进，足以杜谗慝之口，果然高明！"

日已平西，落日的余晖照进室内。茶楼里兼卖饭食。慕容垂叫了一桌子素餐，命小二送进屋来。慕容翰用过些糕点，又吃了一碗素面，便起身要走。慕容垂挽留道："伯父年已老迈，总这么在外飘泊也不是回事，不如随道明回府安居。"慕容翰摇了摇头，道："我在外云游，天下道观皆可安身，自在得很，何必再到你的府上？"慕容垂见他决意不肯，便掏出身上的一些银两，赠与慕容翰，道："伯父拿这些银子在外傍身。"慕容翰还是像上次一样不收，道："出家之人，一日不过三餐一宿，使不了这许多银子。"慕容垂想今日一别，不知何时才得相见，不由得流下泪来，依依不舍道："伯父还有什么要嘱咐的吗？"慕容翰手捋须髯道："道明，我送你五个字'安身以待时'。"说完，飘然下楼而去。

月余之后的一天凌晨，天刚蒙蒙亮。京兆尹慕容垂起床梳洗，穿好朝服，骑马出了衙门，带着几名亲兵赶往未央宫去上早朝。道边店铺前挂着几盏将熄未熄的灯笼，照着深邃幽暗的街道。马蹄敲击着青石板的路面，"的的"有声。慕容垂赶到皇城外，见众文武已到得差不多了。不一会儿，皇城里响起三通鼓声，然后两扇大门缓缓开启。慕容垂随着众人鱼贯而入，穿过深长的门洞，来到未央宫。宫里灯火通明，秦王苻坚穿戴整齐，端坐于龙椅之上。众文武行过三拜九叩的大礼之后，列于两边。一个小太监手拿拂尘，立于丹墀之上，高声道："有事出班上奏，无事卷帘退朝。"

慕容垂越班而出，在丹墀前跪倒，奏称："陛下，臣奉诏察勘明光殿之事，连日四处走访，并无确耗。臣以为，'鱼、羊食人'这话暗指鲜卑人将危社稷国家……"苻坚见慕容垂公然将此事揽到鲜卑人头上，有些意外，一时默然不语。慕容垂又磕了个头，做出一副痛心

第十一章 鱼羊食人

疾首的样子,道:"臣的族人入关之后,或有不检之处,引得谤讟四起。臣不能约束族人,可谓在官无能;如今费尽九牛二虎之力,仍查不到明光殿喧哗之人,亦不能为君分忧。臣不敢再尸位素餐,甘愿避位让贤。"

自王猛卧病以来,朝中干材日少。慕容垂在京兆尹任上,将京畿一带治理得井井有条。苻坚不愿失去他这么一个得力的帮手,见慕容垂要辞官,便道:"慕容爱卿!你自任职以来,行事井井有法度,何必辞官呢?所奏不准!明光殿的蹊跷事,晦暗难明,朕委给别人去查就是了。"苻融和苻丕方才听慕容垂主动辞位,心里暗暗欢喜,这时见皇上挽留,不由得皱起了眉头,但在大庭广众之下,又不好说什么。慕容垂连辞了几次,见苻坚执意不肯,只得拜倒谢恩,退回班位,暗喜慕容翰的计策奏效。

正在这时,一个太监自宫外跑了进来,称:"陛下,大事不好,丞相府刚才来人,称王猛丞相病危,已到了弥留之际。"这话一出,满朝文武相顾失色。苻坚的头顶上好似响了一声炸雷,急命退朝,自己匆匆出了未央宫,翻身骑上御马,带了几十名侍卫,一溜烟儿出了皇城。刚刚黎明,街上的行人还不多。苻坚快马加鞭,径直来到福德巷里的丞相府。王猛卧病已久。苻坚曾亲为之祈告南、北郊及宗庙、社稷,又分遣侍臣遍祷河、岳诸神,还曾为之大赦天下。但王猛的病情并不见痊愈,只是日重一日。

太阳尚未升起,天地间轻雾弥漫。王猛的家人听到秦王亲临的消息,忙不迭地在门前迎接,黑压压的,跪倒一片。苻坚跳下马来,命侍卫们在门前守候,自己穿过人丛,又登堂入室,来到王猛的卧房。王猛的家人忙走到床前,将帐帘撩起。床上铺着一条毯子,是用了多年的旧物。王猛正枕着枕头,平躺在毯子上,身上搭着一条薄被,苍白的头发有些散乱,脸色暗沉,双目闭合,气息微微,胸部在被子下面简直看不出起伏。苻坚几步走到王猛的病榻之前,轻轻坐在床边,仔细端详着,见昔日瑰姿俊伟的王猛病成这个样子,不由得鼻子一

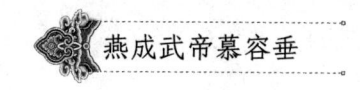

酸,轻声唤道:"景略、景略,朕来看你了。"

王猛听到语声,缓缓睁开眼睛,见是秦王苻坚,便知道他是来与自己诀别的,不由得心中感伤,想挣扎着起身,却连抬头的力气也没有。苻坚忙握住他干瘦如柴的右手,示意他不要动,自己的喉头却像堵住了似的,一时不知说些什么好。王猛静静地躺在床上,良久,突然轻声问道:"陛下,明光殿的事有着落了吗?"苻坚闻言一怔,道:"景略,你也听说了?这桩怪事似与鲜卑人有关。朕委给慕容垂去查,却没个结果。"说着,又讲到慕容垂在朝堂辞职却被自己婉拒。王猛听了,苍白的脸上浮现出一丝失望,犹豫了一会儿,才缓缓地道:"陛下!明光殿之事是臣安排的。"

苻坚一听,惊讶地问:"景略,是你?"王猛勉力道:"陛下信重鲜卑,非人力可挽回。臣也是无奈才出此下策,派人在宫中买通了两个太监,让他们在明光殿提醒陛下。"苻坚问:"那两个太监呢?"王猛颤颤巍巍道:"臣已命人将他们打发了,陛下再也见不到他们了。"苻坚知道两个太监必已被灭口,也明白王猛必欲除掉鲜卑人才做出这样出格的事,见他病骨支离,不忍再出言责备,想了想,又道:"景略,你还有什么未了的心愿吗?只管告诉朕,朕一定替你完成。"王猛只余一丝两气,微微翕动着嘴唇,轻声道:"臣历年俸禄颇有盈余,城外还有十几顷薄田。眷属可以糊口,不足以累陛下……只是晋虽僻处江南,然而君臣和睦,境内安和。臣逝之后,请陛下不要以晋为意。鲜卑、西羌都是国家的仇敌,终成大患,宜渐次除其魁杰,以便社稷。"说完这话,便慢慢合上了眼睛。苻坚悲从中来,哽咽着说:"景略,你放心,朕理会得……"

这一天,秦丞相、中书监、尚书令、太子太傅、司隶校尉、特进、常侍、都督中外诸军事、清河侯王猛病逝。秦王苻坚与王猛同经草昧,共济艰难,见其逝去,顿足捶胸地放声大哭了一场,又下诏将王猛厚葬,追谥其为"武侯"。

第十二章　淝水之战

> 慕容垂此次受命之后，头也不回地出了长安，默默地引军向南开进，隐隐意识到，自己苦等了许久的机会，终于要来了。

公元376年秋，秦武卫将军姚苌率毛盛、梁熙等人，统甲士三万讨伐西凉。8月，秦军在洪池、赤岸两度大败凉军。凉军统帅常据自杀，凉王张天锡自缚出降。秦将西凉的七千余户豪强迁往关中。

同年冬，秦幽州刺史、行唐公苻洛为元帅，会同并州刺史俱难、镇军将军邓羌以及朱彤、张蚝、郭庆等各路兵马约二十万人，三路会讨代国。代国是鲜卑索头部建立的北方少数民族政权，统治着云中（今内蒙古托克托东北）、盛乐（今内蒙古和林格尔北）一带。11月，秦军大败代军主力于石子岭（今内蒙古鄂托克旗东东北），一举占有漠南。代王拓跋什翼犍及其诸子兵败被杀。

拓跋珪是拓跋什翼犍的孙子，时年6岁，国亡之后，因年幼没有被迁往长安，随母亲贺兰氏寄居到匈奴独孤部落。

至此，秦王苻坚灭燕之后，又用了六年时间，完成了对北方的统一。

燕成武帝慕容垂

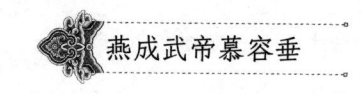

公元377年春，高丽、新罗、西南夷全都遣使来向秦国进献贡奉。

公元378年，秦王苻坚遣征南大将军、都督征讨诸军事、守尚书令、长乐公苻丕率步骑七万寇襄阳，以征虏将军石越率精骑一万出鲁阳关（今河南省鲁山西南），扬武将军姚苌率众五万出南乡（今河南省淅川西南），于次年攻克襄阳城，擒东晋守将朱序。

公元380年9月，苻坚见北方已定，便抽调出三原、武都、汧、雍等处的氐人共十五万户，分由苻氏宗亲率领，迁往全国各战略要地，以控扼四方。如征南大将军、长乐公苻丕任冀州牧，领三千氐户镇邺城；平原公苻晖为镇东大将军、豫州牧，领三千氐户镇洛阳；中书令梁谠为幽州刺史，领三千氐户守蓟城；长水校尉王腾为并州刺史，领三千氐户镇晋阳。

这一日，天色有些阴暗。灰蒙蒙的浓云挤压着天空，掩去了阳光，沉沉的仿佛要坠下来。秦王苻坚头戴冲天冠，身穿一件月白色绣金龙的袍子，乘坐着车舆，到灞上送别苻丕和他的部下。车舆由六匹白色骏马驾辕，车身上镶嵌着金银玉器和宝石珍珠，还雕刻着精美的龙凤图案。车前列羽葆鼓吹，旁边有数队全副武装的骑兵护卫。朝中的大臣如苻融、石越、慕容垂、皇甫真等人皆乘马扈从。

灞上（今白鹿原）位于长安东十几公里，东接箐山，南依秦岭，西至浐河，北临灞河。浑浊的灞水在阴霾密布的天空下沉重地流淌。河畔树木的枝干上，挑着稀稀拉拉的几片黄叶。长乐公苻丕率一万精兵及三千户氐人，已收拾好行囊，黑压压地列好队伍，做好了远行的准备，见秦王苻坚的车舆来到，一齐跪倒接驾。秦王苻坚将苻丕召到自己的车前，亲加慰勉。然后，苻融等宗室上前与苻丕话别。不知不觉，到了出发的时刻，长乐公苻丕整肃衣冠，到苻坚舆前跪辞，然后上马，率众东行。数万氐人带上各自的行李，或乘车，或骑马，或步行，在军兵的护送下，缓缓地随着苻丕离开，渐渐地远去。

数十年来，众氐人雄踞富饶的关中，安居乐业，繁衍生息，如今却要各奔四方，免不了眷属离别，都很不情愿。这次随苻丕迁往邺城

第十二章 淝水之战

的三千户氐人,一边拉家带口地赶路,一边依依不舍地回望巍巍长安城。秋风萧萧,斑马齐鸣。走在路上的氐人们扯开嗓子,唱起了歌:"阿得脂,阿得脂,博劳舅父是仇绥,尾长翼短不能飞。远徙种人留鲜卑,一旦缓急当语谁?"这歌前一句起兴,后一句的意思却也明白:"朝廷把本族人都打发到远方,却留下鲜卑人在身边,一旦出现了变故,将要依靠谁啊?"苻坚坐在车舆上,正准备回城,听了这苍凉凄婉歌声,抬头望向渐渐远去的族人们,默然不语。

　　转眼到了公元383年5月,这天下午,空中虽有一层灰色的薄雾,块块亮处却透出碧蓝的天。一阵西北风吹过,很快将絮状的云雾扫除净尽,便成了万里无云的好天气。京兆尹慕容垂与皇甫真并马行在长街,四周除了络绎不绝的行人,也不时碰到三三两两的秦国大臣。众官员都是奉了秦王苻坚之命,要到朝中议事。慕容垂骑着一匹青鬃马,按辔徐行,与皇甫真刚转上繁华的朱雀大街,就见前方涌来许多刚进城的车辆。车上载着整根的原木和大块的巨石,被牛、马等畜力拉着,辚辚朝着御苑的方向行去。与车辆同行的,还有上千名民夫。这些民夫年龄不等,有老有少,大都穿着草鞋,一个个面黄肌瘦、衣衫褴褛,疲惫不堪地走在大街上,肮脏不堪的手里提着铁铲、撬棍、锤子、凿子等工具。

　　朱雀大街呈南北走向,从皇城的朱雀门延伸开去,是长安城的中轴大街,宽约一百五十米,长五千多米,街道两旁古槐掩映。深褐色的树干上长出片片翡翠似的槐叶。一串串、一簇簇的槐花,有的洁白如玉,有的粉红似霞,点缀在浓密茂盛的枝叶间。街上南来北往的人本就不少,又拥进这么多大车和民夫,登时将路挤得水泄不通。慕容垂带住马缰,与皇甫真避在一旁,让车队先行通过。他望着走在车旁的民夫,对身边的皇甫真道:"这些人大概都是熊邈征集来的。看样子,皇城里又要大兴土木了。"

　　皇甫真骑在马上,手里拿着根马鞭,穿着一件对襟阔袖的圆领袍,有些幸灾乐祸地答道:"不错!这熊邈本是石虎旧部,归秦之

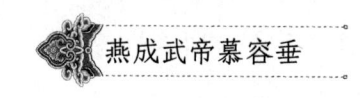

后，屡向秦王称扬赵国宫室、器玩的华丽。秦王脑子里不知转错了哪根筋，任命熊邈为将作长史、尚方丞，从此大修宫室、舟船。"慕容垂低声道："自王猛死后，秦国的法制，日渐颓靡。现在秦王受人蛊惑，又是这么奢侈无度……"说到这里，见四周人多耳杂，便警觉地住了口，没再说下去。

太阳渐渐偏西，阳光映照着皇城的殿宇，在金黄色的琉璃瓦上反射出一片耀人眼目的光波。慕容垂与皇甫真到了朱雀门。这里是皇城的正南门，上面建有高大宏伟的门楼，门外停满了红、绿呢的官轿和各色马匹。二人跳下马来，将缰绳交与各自的亲兵，经朱雀门来到了未央宫。这时，秦国文武群臣已差不多到齐。不一会儿，秦王苻坚绕过殿后的屏风，走上大殿，在龙椅上落座。众人行过晋见之礼，依着班次各归其位。

苻坚头戴五彩冕旒，身披黄色龙袍，端坐在龙书案之后，先扫视了大家一眼，然后缓缓开言道："诸位爱卿！朕继承大业，已快三十年了，四方大致平定，只有东南一隅，还未沾王化。朕估算了一下可动员的兵卒数，约有九十七万人，打算亲自率军南征，大家以为如何？"群臣听了，不禁面面相觑。

皇甫真这才知道，秦王今天把大家招来，竟是要商量伐晋的事。他先与慕容垂交换了一个会心的眼神，然后出班奏道："陛下恭行天罚，必有征无战。晋主要么衔璧军门，要么走死江海。陛下跨据江淮之后，再返中国士民，使复其桑梓，然后回舆东巡，告成岱宗，可谓千载盛事。"苻坚大喜，右手啪的一击龙书案，道："楚季，你这话正是朕的志向所在。"

苻融在王猛死后接替其职位，身披朝服，立在班首。他敏锐地从皇甫真的话里品出一丝危险的气息，忙出班劝阻苻坚道："陛下！过去纣王无道，但有微子、箕子、比干三位仁人在朝。周武王尚且为之旋师。如今晋朝虽弱，但政宽民安；谢安、桓冲皆江表伟人；君臣和睦，内外同心。以臣之见，晋不可伐！"

第十二章 淝水之战

这几年，苻坚被一连串的胜利冲昏了头脑，所以才有了饮马江淮的打算，如今见自己的兄弟站出来唱反调，觉得很意外，默然良久，对众人说："诸位爱卿各言其志。"

太子左卫率石越也不同意伐晋，听苻融发了言，出班道："陛下应天御世，居中土而制四维，自足比隆尧、舜，何必栉风沐雨，经略遐方？如今岁星守在斗位，主吴地有福德，讨伐晋国会遭天谴的！况且，江南还有长江天险作为屏障。不可轻易征伐。"

秦王苻坚见自己的主张连遭两位重臣反对，脸上有些挂不住，略微不悦地道："当年武王伐纣，同样迎犯岁星，不也大胜了吗？（史载：周武王将要出兵伐商前，用龟壳、缊草占卜，结果都是大凶。姜子牙说：'枯骨乱草，安知吉凶？'仍力促出兵。）天道幽远，岂为凡人所知？吴后主孙皓铁索横江，终不免于亡。今朕有百万之众，可投鞭断流，何惧天险？"

石越不为所动，坚持道："孙皓淫虐无道，故而亡不旋踵。如今晋君虽无善政，但也没有大罪。臣愿陛下且休兵养民，以待时机。"说到这里，语气转为低沉，道："臣之顽愚，诚不足挂齿。但前丞相王景略，可谓一时英杰，曾有遗言，请陛下莫以晋国为意。不知您是否还记得？"苻坚听石越提到王猛，不禁一阵黯然，但还是固执地说："今昔形势不同。大秦强兵百万，资仗如山，又拿下了襄阳，令晋朝门户洞开，再出兵江南，将如疾风之扫秋叶，而卿极言不可，可谓不达时变！"

龙骧将军姚苌已五十四岁，额角皱纹堆垒，身穿朝服，出班奏道："陛下神武应期，威加海外，虎旅百万，满朝皆是韩（信）、白（起）似的良将，怎可将江南弹丸之地留给子孙？《诗经》说：'谋夫孔多，是用不集。'这事还请陛下独裁，不必顾忌其他大臣的看法。当初晋武帝灭东吴时，赞同的不过张华、杜预等两三人而已，如果武帝也听从多数人的意见，晋朝怎能统一宇内？"他说这番话时貌似气壮山河，却是垂眉敛目，不肯正眼看人。苻坚没有注

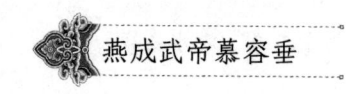

意到姚苌的阴险表情，闻言大悦，道："朕当与卿共定天下。"下令赐绢五百匹。

虽然苻坚的态度已很明确，但朝堂上反对伐晋的人还是很多。群臣各言利害，久之不决。苻坚与众人辩了半天，也有些乏了，烦躁地挥了挥手，宣布退朝，却只把苻融留了下来。众人散去后，偌大的朝堂里只剩下苻坚与苻融二人，顿时显得空荡荡的。苻坚对苻融说："自古帝王相与定大事者，不过一二人。众说纷纭，徒乱人意。朕当与卿共决此事……"语声在四壁回响，显得有些瓮声瓮气。

苻融明知南征之事不可为，虽见皇兄一脸殷切地望着自己，还是低下头，有些为难地说："陛下，如今伐晋有三不利：一是天道不顺；二是晋国并无内乱；三是我们连年征战，兵民疲困。如今劝阻主上南征的人，都是忠臣……"苻坚听到这里，怫然作色道："朕虽非令主，倒也并为暗劣，乘累捷之势，击垂亡之国，何患不克？怎能复留此残寇，使为国家之患？"

苻融心一横，双手撩起袍子，"扑通"一声，跪倒在地，道："晋不可灭，事理昭然。今劳师大举，恐怕不会成功。且臣之所忧，不止于此。慕容鲜卑曾跨据六州、南面称帝。陛下劳师累年，好不容易才制服了他们。如今慕容垂父兄子弟森然满朝，势倾勋旧，将成尾大不掉之势。臣以为……狼虎之心，终不可驯养，愿陛下稍加留意！"

苻坚弑君登基，又亲历早年的"四公之乱"，觉得本族人不见得比外族人更可靠，听苻融又拿鲜卑人说事，便冷冷道："朕方混六合为一家，视夷狄为赤子。卿不必多虑，更不必心怀不安。"言罢，知道与兄弟终是话不投机，便命其起去。苻融本想要再谏，瞧了瞧苻坚的脸色，不敢再言语，只得起身退出。

傍晚，太阳收敛了夺目的光芒，未央宫里略显阴暗。苻坚正一个人闷闷地坐在殿上，忽听殿后传来一阵细碎的脚步声，回头一看，却是张妃绕过屏风，转上殿来。

第十二章 淝水之战

　　张妃手里托着盏琉璃灯，扭动着柔软的腰肢，迈着轻盈的步子来到苻坚面前，将灯放在龙书案上，飘飘万福，道："贱妾参见陛下。"苻坚一见是她，心情略有好转，伸手将她拉近自己身边，道："爱妃，你怎么来了？"张妃如软玉温香似的偎依着苻坚，道："陛下久不回宫，妾身故来探望，恰巧在殿后听到您和阳平公的谈话……妾身倒觉得阳平公所言有些道理。"苻坚诧异道："这话怎么说？"张妃轻声道："陛下若要出动军队，一定要下顺人心、上观天道。如今朝中大臣多不赞同伐晋……"说到这里，略一停顿，又大着胆子继续说："而且天道也不利，所谓：'鸡夜鸣者不利于出师，犬群嚎者宫室将空，兵器响动、圈马蹶惊，军败难归。'臣妾听太监、宫女们说：自今春以来，众鸡夜鸣，群犬哀嚎，圈马多惊，武库里的兵器无故响动，这些都是不能出师的预兆……"

　　苻坚听了这些"怪力乱神"的话，简直不屑于多辩，不待张妃说完，便不耐烦道："军旅之事，你一个妇道人家跟着掺和什么？"张妃在苻坚身边多年，虽不敢说宠冠后宫，但也是颇受礼遇，如今还是第一次受呵斥。她俏脸一红，似有些委屈道："贱妾多嘴，请陛下原宥。"苻坚也觉得自己的话说得重了，便换了一副和颜悦色的模样，道："爱妃，不碍的。你先回宫去吧。"张妃无奈，只得敛衽而退。

　　虽然有这么多人苦口婆心地进谏，秦王苻坚却还是锐意南征。他这一晚简直是寝不待旦，第二天一早，就下令召集全国各州郡的部队，又命国内每十个成年人中选派一人充军，准备大举入侵东晋。

　　8月，已是入秋。天气一天天凉了起来。树上的叶子渐次萎黄，又轻轻地凋零飘落。白毛风"嗖嗖"地刮过长安，夹带着一场连绵的秋雨，便有一种凉意笼罩了全城。这一日清晨，雨过天晴。三通"隆隆"的鼓声响过，打破了长安城的寂静。秦王苻坚穿戴整齐，骑着一匹骏马，率领着朝中的文武大员们，由朱雀门出发，经过黄土垫道的朱雀大街，来到城外的演武场。

燕成武帝慕容垂

演武场在长安城外的南郊上，广约百亩，里面的土地被反复夯筑得很平整。场边临时搭起了一排排帐篷，作为秦王与大臣们的行幄。演武场中央建起一座高约数丈的"点将台"，台上竖着一根十余丈长的旗杆。碗口粗的旗杆用金漆刷过，在阳光下散发出黄澄澄的光。旗杆顶端挂着一面杏黄旗，上用黑色绒线绣着一个斗大的"秦"字。一阵风过，吹动着旗帜"哗哗"作响。一万名御林军，都穿着簇新的军装，在演武场里列开整齐的队伍。他们全是关中富家子弟，渴望着军功，但不知兵凶战危，看上去热闹威武，却实在是没什么战斗力。御林军的各级将校都是二十左右的勋贵子弟，一个个衣甲鲜明，乘着鞍辔鲜明的战马，立在队前。

卯时左右，秦王苻坚头戴冕冠，身穿褚黄袍，神采奕奕地走出行幄，在众人簇拥下，登上点将台。台上摆着一张长条祭桌，桌上有香炉、蜡烛、线香、纸表等物。众将士振臂高喊"万岁"，直有地动山摇之势。苻坚走到宽大的祭桌后，跪在一块五尺见方的黄色毡垫上，台下的众文武与御林军将士随着他一齐跪倒。大家在赞礼官的引领下，向天拜了三拜，然后站起。

场外的秋叶随风摇落，点染着一地金黄。一个军士牵了一匹白马和一头乌牛走进演武场。那马高大精壮，通体白色，没有一丝杂毛，极是神骏。那牛遍身漆黑，油光水亮，骨架庞大，足有七八百斤重。古人以为：白马属阳，为天神所驱使，青牛为阴，为地神所享用。秦王这次御驾亲征，自然比命将出师要隆重，故而在发兵之前，要杀白马、青牛祭祀天地。这对牛、马昨晚都被人用清水通身清洗了数遍，脖子上套有一条彩色绸子，现在还不知将要赴死，在几个军兵的驱赶之下，昂首奋蹄，欢快地走到点将台边。

苻坚抬头看了看日色，觉得时候差不多了，便微微点了点头。台下的军兵会意，有人蹲下身去捉住了青牛的四蹄，有人俯身握住两只牛角。牵牛的两名禁军紧紧拉住了缰绳。一名额裹红巾的刽子手，双手举起一柄厚背薄刃的鬼头刀，一刀挥过，干净利落地斩掉硕大的牛

第十二章 淝水之战

头。顿时，一股血箭从牛的喉管里激射而出。旁边一名禁军早有准备，用手里的木盆将血接住，尽量不让血洒在外面。那头健壮的青牛倒落尘埃，身体还在抽搐，一会儿就不动弹了。随后，刽子手又用同样的手法杀了白马。几名军兵端着装有牛血和马血的木盆，登上点将台，来到旗杆边。

大风漫卷着旌旗，猎猎有声。苻坚略挽了挽衣袖，从军士手里接过木盆，依次将牛血和马血淋在旗杆上。黏稠的血浆顺着旗杆缓缓地流下，在台上汇成一大片血洼，又慢慢渗入砖石的缝隙里。随后，苻坚来到祭桌之后，从侍卫手里接过讨伐檄文，高声诵读起来。待他读罢，四周锣鼓声、军号声一齐响起。驻扎在京畿的秦军逐次开拔，旌旗蔽日，浩浩荡荡杀奔江南。

秦王苻坚这次大举南征，所部精兵二十七万，又遣阳平公苻融督张蚝、姚苌等步骑二十五万为前锋。整个秦国的军事力量随即出动，陆续向江淮集中。苻融率军抵达颖口前线（今安徽省北部）时，蜀、汉之兵正坐船沿江而下，而由凉州调回的军队才抵达咸阳！幽州、冀州的军队则刚到彭城，各部合计达八九十万人，东西万里，水陆并进，鼙鼓之声震动天地。

令人意外的是，多年未掌兵权的慕容垂也随军出征。他奉命率一支三万人的偏师，策应大军的行动。慕容垂已五十七岁，任京兆尹也已十四年，宽宽的额头刻上了深而密的皱纹，两只眼睛不再像以前那样炯炯有神，一头金黄色的长发里增添了数不清的银丝。在这十四年里，慕容垂从未放弃复国的念头。他白天游刃有余地处理京畿政务，八面玲珑地与秦国君臣周旋；到了晚上，待妻子睡后，常安静地躺在床上，大睁着双眼，追思着燕国不朽的荣光。随着年龄的增长，慕容垂越来越清楚，人生有许多时候，只能等待机会的到来，在寄人篱下之际，更得学会等待。等待不是消极地守株待兔，也不是无谓地空想其成，而是韬光养晦、厚积薄发、以静制动，如同蛟龙奋进前的蓄势，默默沉潜，只为腾空而起的雷霆一击。慕容垂此次受命之后，头

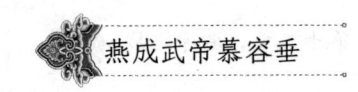

也不回地出了长安，默默地引军向南开进，隐隐意识到，自己苦等了许久的机会，终于要来了。

10月的江淮，天空布满了层层阴霾，混沌一片。不时有星星点点的雪花飘落。秦阳平公符融率军二十万攻克寿阳（今安徽省寿县），执晋平虏将军徐元喜。寿阳地处南北冲要，南援三州，北集京都，上控陇坻，下接江湖，雄峙于淝水（今安徽省合肥市肥西县以北的东记河）北岸，有"中原屏障，江南咽喉"之称。苻坚闻讯大喜，遂留大军于项城（今河南省项城市），自率一万御林军，兼程与符融会师，又引兵前出，逼淝水列阵。

淝水阔达数里，河水还没有结冰，翻着尺许高的浪花向东流去。苻坚身披龙袍，内衬软甲，乘坐着云母车，来到岸边。这辆车是用云母代替了窗纱，故而四望皆通彻。车身上嵌满了金银珠宝，很奢华，车前八匹马驾辕，大驾卤簿，华盖翩翩。苻坚缓缓下了车，抚剑立于岸上，望着河对面的晋军大营。晋营笼罩在一片茫茫的雾气中，依稀可见战船往来如飞，樯橹密布如林。

苻坚驻足观望了一阵子，又忽匆匆上车回御营，进到临时搭起的军帐里，命人将朱序找来。朱序，字次伦，义阳平氏（今河南省桐柏县），本是晋臣，曾以梁州刺史之职镇守襄阳。四年前，襄阳失陷，朱序被擒。然后他就像慕容垂、姚苌等人一样，被宽宏大量的苻坚授予了的度支尚书的官职。这会儿朱序奉命来到，向苻坚施礼。苻坚坐在一把宽大的红漆木椅上，先向朱序打听了一下江南的风土人情，然后亲切地对他说："次伦，卿久在江南，识其渠帅，可去晋军中传朕口谕，就说：'今强弱悬殊，不如速降'！"他有十足的信心吞并江南，所以也不怕朱序往而不返。

朱序还不到四十岁，皮肤白皙，细眉长目，颔下三绺长须，和身边那些雄赳赳的氐人将领相比，身材显得有些纤弱，穿了一身秦国的官服。他本不想接这个差事，略一思忖，却躬身领命，出了御帐后，径直来到河边。冬雾弥漫，河畔的枯草上凝着一层厚厚的白霜。冷风

第十二章 淝水之战

漫卷,黄黄的落叶又从地上飘到水里。秦军将士们正在河岸列阵,他们的脸被风吹得像刀割一样疼,耳朵也冻得失去了知觉。朱序横过军阵,到水边坐上一艘小船,命两个军士摇着,驶向对岸。

小船飘飘荡荡,刚到河中央,便被晋军发现。几条艨艟小舰奉命拦截,飞快地驶近。为首的一员晋军校尉扬声警告道:"对面的船只,别往前走了,否则开弓放箭。"随着话声,他手下的军兵"咯吱吱"地拉开了弓弦,将闪烁着寒光的箭矢对准了朱序等人。朱序令船夫停船,披襟当风,立在船头。冰冷的河水冲击着船舷,雪白的浪花飞溅。朱序向来船喊道:"我是梁州刺史朱序,奉秦王之命,前来传谕。"晋军校尉做了个手势,命部下放下弓箭,又派人去向晋军主帅谢石禀报。谢石听了,有些意外,走出船舱,立在甲板上,手搭凉篷,向小船上望去,见船上的人果然是朱序,便命小船近前,又搭上一条宽达数尺的踏板,将他接上自己的座船。

谢石,字石奴,陈郡阳夏(今河南省太康)人,是太保谢安的弟弟,历任秘书郎、黄门侍郎等职,现为征虏将军兼假节、征讨大都督,统领谢玄、刘牢之等沿河布防,有兵八万余人,分乘各式战船百余艘。谢石的座船是一艘楼船,长达数十丈,甲板上建有三层木质重楼,在周围舰船的拱卫之中,如一条露出水面的巨龙,随波微微起伏,船上武士林立。一面题有"帅"字的杏黄色大旗,在船头迎风飞舞。

朱序沿着颤悠悠的踏板登上楼船,望着四周的故国衣冠,心里不禁一阵激动,转眼看到谢石披甲按剑,正笔直地立在甲板上,便上前几步,深施一礼,道:"败军之将,愧见大帅。"声音微微有些颤抖。谢石与朱序同殿为臣,本极有交情,后来听说他在襄阳被俘,也为之惋惜,不料在此地相见,见他风采依旧,却穿了一身秦国官服,喟然道:"次伦,别来无恙!今日到此,有何贵干?"朱序苦笑道:"奉秦王之命,前来劝降。"谢石一甩袖子,板着脸道:"次伦,你是知道我的。谢某宁为战死鬼,岂肯降秦?这话不必再提起,今后你

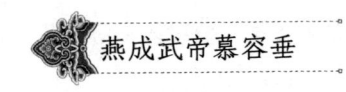

我各事其主,你还是请回吧。"

　　河水不断冲击着船舷,轰然有声,一团团冰凉的水雾将甲板打湿了一大片。朱序见旁边还有几名卫士,便对谢石说:"请大帅屏退众人,我还有下情回禀。"谢石向两边一摆手,命侍卫们远远退开。朱序这才低声道:"朱某败军辱国,身陷敌营,所以不死,正为今日报效。"朱序曾苦守襄阳长达半年,以一万将士捍拒秦兵二十余万,直杀的敌军尸与城平,义声震动江南,只是因桓冲不发救兵,才城陷被擒。谢石素知他为人忠厚,如今听他这么说,忙道:"次伦,有话但讲不妨。"朱序道:"大帅,秦国虽有百万之众,但大都还在路上,不曾赶来。此时秦王苻坚就在对岸,所领的军队不过二十万人。"

　　谢石在北岸布有眼线,这几天也陆续收到不少情报,知朱序所说不假,便点了点头,忧形于色地道:"如果秦军全压了过来,则江东危矣。"朱序诚恳道:"大帅!次伦虽在秦营,却无时无刻不念着故国。这次前来,是想劝您伺机带兵过河。大军若能击败对岸的敌军前锋,必挫动秦人锐气,方可望取胜。"谢石精通兵法,一听朱序此计,便知可行,但转念一想,又有些为难,皱着眉头道:"秦兵逼淝水而阵,我们根本过不去啊。"朱序道:"这好办,我回去劝秦王退兵数里,让出河岸就是。"谢石奇道:"次伦,你说的话秦王就能听?"朱序信心十足地道:"事在人为。请大帅这就做好准备,见秦军后退,便挥师进兵就是了。"说到这里,再不多言,起身一揖,便下船而去。

　　朱序坐上小船,荡悠悠地回向北岸。河面上寒气逼人,刺骨的河风吹着朱序的脸颊。他不禁打了个寒颤,皮肤上起了一层鸡皮疙瘩,然而心里却像是燃起了一团火苗。谁也意想不到,这团火苗马上就要在北岸形成燎原之势,并摧估拉朽般的毁灭不可一世的秦人大军。不一会儿,小船靠岸。朱序弃船登岸,走进秦军的大营,来到苻坚的行幄前,平复了一下激动的心情,进帐见苻坚缴令。苻坚正坐在帅案之后,身旁侍立着苻融。这次苻坚让朱序过河劝降,本是一种统战策略,也让谢石看看南人归顺之后所受的优待,今见朱序回来,不待他

第十二章 淝水之战

开口,便急切地问道:"次伦,怎么样?谢石肯降吗?"朱序摇了摇头,作出一副沮丧的样子,道:"陛下,谢石执迷不悟。臣说破了嘴皮子,也说不转他。"苻坚有些失望,上身往椅子背上一靠,鼻子里冷哼一声,道:"想不到谢石竟如此愚顽!"苻融披着件紫缎蟒袍,在一旁劝慰道:"陛下不必烦恼,再过几天,待我们的船队集结完毕,便挥师过河将这些南蛮子杀个片甲不留。到那个时候,他们就是想投降,也没有机会了。"

朱序瞥了一眼苻融,嘴角的一缕讥诮稍现即隐,道:"谢石还让臣给阳平公带话。"苻坚和苻融都有些诧异,二人对视了一眼。苻融道:"他让你捎什么话?"朱序慢条斯理地道:"谢石说:'君悬军深入,而临水置阵,不让晋兵登岸,这是持久的打法,没有速战速决的可能。何不兵退数里,使晋军渡过淝水,以决胜负?……'"苻融不待他讲完,便拨浪鼓似的晃了晃脑袋,断然拒绝道:"我们怎能让敌人轻易过河!"

秦军虽人多势众,但每天人吃马喂不是小数,在淝水拖的时间越久,物资的消耗就越大。苻坚早就在担心后勤的问题,现在听说谢石愿过淝水,倒觉得是个决战的机会,不及细想,脱口便道:"稍微后撤几里怕什么?待其半渡,我以铁骑蹙而杀入,必能取胜!贤弟,你这就去传令,让全军暂退。"苻融见君命难违,而自己也找不出反驳的理由,无奈之下,只得抄起令旗,出帐麾动兵马,徐徐后退。

凛冽的北风呼呼地刮着,像一把把钢刀,无情地伤害着暴露在外的一切。河畔几棵老树在风中摇晃着,树上的枯枝"咯吱"作响,似要折断。二十万秦军列阵在岸边,黑压压的一眼望不到边,像密密麻麻的蚂蚁,拥挤得水泄不通。将士们冻得鼻酸头疼,双脚就像两块冰。他们本不愿意冒寒从戎,如今接到后撤的命令,便开始退却,但在密集人群的拥挤下,即使是身经百战的老兵也难以保持队形。秦军阵势很快就乱了起来,将士们你推我拽,就像深海里的藻类随着海水左右摇摆,免不了有人失衡跌倒,又被从后面涌来的人浪踏过,继而

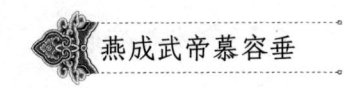

引发多人摔倒、叠压。

　　这时，朱序找了个理由，溜出中军帐。一阵强劲的冷风裹挟着尘土迎面吹来，呛得他咳嗽了两声。他跺了跺冷得发麻的双脚，望向正在撤退的秦军，敏锐地发现秦军的情势开始失控，便沿着河岸溜到队伍后面，高声喊道："不好了！秦兵败了！快跑！"嘹亮的话音随风远远地传开。顿时，秦兵心底的厌战情绪被这一嗓子触发，队伍里腾起一片惊恐的噪乱，各种叫嚷喧嚣此起彼伏，与战马的嘶鸣声混成一团，很快盖过了长官的命令声。本应该短暂后撤的秦军将士们，犹如被沸腾的油锅浇过，无法冷静思考，无法轻松呼吸，只想逃离战场。他们抛弃了刀枪、帐篷，如同涨满河槽的洪水，突然冲开了堤口，势不可当地开始了集体逃跑，而且是越跑越快，漫山遍野，毫无秩序。在逃跑的过程中，竟有数千人相互践踏而死。阳平公苻融发觉情况不对头，为制止秦军继续后退，驰马掠阵，力图阻止骚乱，却被汹涌的兵流挤落马下，当场就被无数只脚踩得七零八落。

　　天色阴沉，一团团乌云仿佛铅块似的垂在半空。淝水南岸的谢石已命麾下登船做好战斗准备。他全身披挂，立在楼船之上，时刻注意着秦兵的动静，望见秦兵在后退中陷入混乱，立即挥动令旗。霎时间，晋军百舸争流，乘风破浪渡过淝水，又弃船登岸，长枪大戟杀将过来。秦王苻坚见状，忙命中军前往迎敌。这批中军就是苻坚的御林军，装备精良，花团锦簇，当仪仗队还行，但既无拼命的狠劲又无作战的经验，与晋军一触即溃。苻坚眼见兵败如山倒，只得带着百余名侍卫落荒而逃。

　　晋军不费吹灰之力，就砍了躺在地上只剩一口气的苻融，又乘胜追击，至于青冈（今安徽省凤台西北），获苻坚所乘云母车，复取寿阳，执其淮南太守郭褒。朱序与徐元喜趁机回到了江南。谢玄、刘牢之等各路晋军大举反攻，彻底收复了失地。秦国几十万大军就这样瓦解冰消，侥幸逃出战场的听到风声鹤唳，皆以为晋兵将至，昼夜奔走，不敢休息，草行露宿，忍饥挨冻，死者又十之七八，尸体蔽野塞川。

第十三章　洹水密谋

　　大军新败，四方皆有叛离之心，宜征集名将到京师，以固根本、镇枝叶。慕容垂勇略过人，世代称雄于东夏，当年因为避祸而来，其野心岂止于一个冠军将军？此人譬如陛下饲养的猎鹰，饥时还能依附于人，一遇云涌风起，便有凌霄之志。这个时候，陛下岂可解其绦笼、纵其远离呢？

　　淝水之战前，秦王苻坚命慕容垂为冠军将军，让他领兵三万，去取郧城（今湖北省安陆）。郧城是历史名城，为战国时期的郧公所筑。慕容垂若能如期攻下郧城，便可威胁二百里外的江陵，进而策应秦军主力的行动。慕容垂受命之后，带上皇甫真、傅颜及慕容农、慕容宝、慕容麟等人，引军南行。他任京兆尹以来，一直谨小慎微、恪守本分，从不乱说乱动。大概正是这个原因，加之年近六旬，才使苻坚放松了对他的警惕，并派他独当一面。

　　11月的隆冬，寒凝大地，雾锁长空。慕容垂率部履冰踏雪，经嵩山，渡河洛，一路来到汉江。汉江号称"黄金水道"，江中往来行舟皆夹岸停泊，略有些浑浊的江水夹带着大大小小的冰块，日夜不停地向东流去。慕容垂驻军汉江北岸,休兵几日,同时派人四处征集船只,准备过江。江畔四十里处便是汉阳城。城外连檐列肆,城内万商云集。

一天傍晚,落日的余晖照在浩瀚的江水上。几十艘大船在江边一字摆开,随着荡漾的江水上下起伏,每船大约可载百人。船上巨大的风帆已经升起,被晚霞映得通红。慕容垂高大的身形略见佝偻,一头斑白的头发,身上的青色战袍在晚风里轻轻飘舞。他与皇甫真、傅颜立在江边,正望着将士们登舟。慕容农所领的五千人马,在岸边排成几队,依次走上船前的踏板。

这时,远处蹄声大作,一小队骑兵飞驰而至。为首的将官扬声大叫道:"五哥,你还好吗?"说着,滚鞍下马,几步来到近前。慕容垂觉得声音特别耳熟,定睛一看,不由得大喜,见来人居然是慕容德。原来,苻坚此次征南,也命张掖太守慕容德赶往前线听候调遣。慕容德接诏之后,带了几个随从由西域匆匆赶来,一入湖北境,听说慕容垂所部正在汉江一带,就又绕了个弯,到此与兄长相见。

慕容垂与慕容德自长安一别后,已是四年多未见面了,今日于他乡重逢,自是喜不自禁,遂命皇甫真、傅颜等继续督率兵士过江,自与兄弟联辔回营,在军帐里置酒为慕容德接风。慕容垂的牛皮大帐有两间屋子大小,四角用绳索牵引,固定在地上的短木桩上。帐内的东侧摆放着简单的桌椅。不一会儿,宴席摆上。因为是在军中,所用器具没那么讲究,都是些粗瓷大海碗,但菜肴很精美。厨子是从汉阳城里请来的名手,做了一桌子地道的湖北菜。湖北菜多以山珍野味及猪、牛、羊肉为主要原料,或红扒或热烧或生炸,尤喜菜上淋油,入口脆嫩味美,生津开胃。慕容垂与慕容德相对而坐,边吃边谈。慕容德在西北待了这些年,皮肤略显粗糙,但脸色较为红润,坐在帐中,喝了几杯酒之后,便绘声绘色地述说了一通在张掖的经历。

暮色渐浓,帐里有些昏暗。一个军士进帐,在桌上点起了两盏灯烛,然后退出。慕容德关切地问道:"五哥,这几年,你在长安过得怎么样?"慕容垂端起酒杯,一饮而尽,有些自嘲地道:"愚兄不过是寄人篱下罢了,虽有符王推诚以待,但日久天长,与共事诸公难免生出嫌隙。阳平公、长乐公等重臣心里各有一把小算盘,对我们鲜卑人总是猜忌。照这么下去,将来还不知是个什么局面。"说罢,轻轻地叹了一口气。

慕容德见他面带不虞之色,料想符家子弟未必好相处,拿着酒壶为慕容垂满上酒,顺手给自己倒了一杯,开解道:"五哥不必懊恼,我看秦人的好日子快到头了。"慕容垂望了他一眼,却没有接话。慕容德见帐中并无闲杂人等,便直截了当地说:"就拿这次南征来说,依您看来,有几分成功的把握?"慕容垂在兄弟面前自不必藏着掖着,沉吟道:"秦人出动的兵员太多,虽然看起来声势浩大,却将整个后勤线拉成了满弓,一旦在前方遇到挫败,很可能会全盘崩溃。"

慕容德挑起大拇指,赞道:"五哥一语中的,说的是半点儿也不错!"他一仰脖子,灌下一杯酒,又道:"另外,秦军的军纪也不怎么样。姚苌带的那帮羌兵,借着出征之际,公然为非作歹,强征硬拿,在沿途干了不少坏事。"慕容垂也有所耳闻,摇了摇头,道:"秦军的其他将领也差不多,不能约勒部下,有意无意地纵容部属抢劫,军声很坏,照这个样子,很难有什么作为。"兄弟二人都是军事大家,你一言我一语地指责着秦人的失误,然后又聊了些别来见闻。到了半夜,慕容德喝得大醉,辞了慕容垂,扶着个军士,跌跌撞撞地回帐睡了。

第二天,慕容垂与慕容德等人坐上船,于两岸猿声之中渡过汉江,率兵经宜城楚皇城、南漳楚寨群、枣阳九连墩,顺利攻克了郧城,斩晋将王太丘,然后,挥师推进到彰口(今湖北省当阳)。慕容德正要赶往寿阳,便收到了秦军大败的消息。慕容垂闻讯,即领所部缓缓北撤,一路号令严明,军容整肃。晋兵不敢追。慕容垂所部安然退到渑池,成为秦国各路参战部队中唯一全军而返的,但与秦军主力失去了联系,只得驻军洹水(今河南省北部安阳河)西岸待命,又派

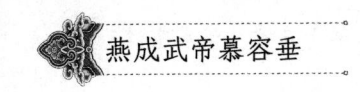

出一哨人马，驻扎在河上游的凉马台。

凉马台高三十尺，周回五百步。是当年赵王石虎所筑。史载："建武六年，（石）虎都邺，洗马于洹水，筑此台以凉马，故以名云。"台子前临洹水，地势高亢，视野开阔。凉马台西三十里，是一个村子。村里约有二百来户人家，都是务农为生。村中鸡犬之声相闻，高高低低地建着些砖、木结构的房子。村东是一片落尽叶子的桦树林，其他三面是一望无垠的庄稼地。地里的庄稼早已收割完毕，上面覆盖着一层没来得及融化的残雪。

过了几天，大批的秦军败兵，漫山遍野，如过境蝗虫似的涌来，经由凉马台一带回向关中。这些败兵有的是从淝水一线侥幸逃回，在路上为了争夺食物又自相残杀，死了不少人；有的还未到前线就闻风而溃，一心只想赶回家乡。散漫的队列里，没有军旗，没有金鼓。将找不兵，兵找不到将，失去了建制，也就失去了约束，更没有了日常的补给。从军官到普通的士兵，全都饿得半死不活的，一个个蓬头垢面，胡子拉茬，带着一脸阴郁的神气，裹着破破烂烂的军装，所穿的靴子都快掉了底，露出冻得通红的脚。他们成群结队，顶着寒风，艰难地跋涉在冰凉梆硬的道路上。

慕容垂命慕容德、傅颜等人各领一队人马，陆续收容溃兵，很快使麾下人马扩充到五万余人。

一天早上，雪后新晴，空中云游雾荡，大地银光四射。慕容垂微合着双目，正沉浸在温馨的回忆里，忽听帐外传来一阵脚步声。随后帐帘被人"呼"的一声掀起，傅颜风风火火地从外面走了进来。他头戴铁盔，身披玄铠，腰悬佩刀，躬身一礼，道："大人，卑职方才骑马巡营，望见远处的村子里有些异常动静，请您出来看看。"慕容垂见他神色严重，忙起身随之出帐，向西边的村子望去，见村中竟冒起了浓烟，紧跟着又蹿起了几个火头。这时，慕容农、慕容宝、慕容麟也闻讯赶来了。慕麒麟已经二十四岁，随着父兄由邺城迁入长安，这几年倒还安分。此次出兵，慕容垂将三个儿子都带在军中，也是为了

第十三章　洹水密谋

历练他们一番。

　　帐外的雪经过军兵的打扫，已清理出一片空地。慕容宝的身材较兄弟略胖一些，穿着一身戎装，立在帐门左侧，眼望前方，一脸懵懂，问道："奇怪，那边怎么着起火来了？"慕容麟的心思却机敏得多，在旁接口道："这一定是败兵掳掠，错不了。"慕容垂"哼"了一声，知道慕容麟说的多半不假，心里暗骂乱兵无法无天，回头看看身边除了傅颜和三个儿子，只有帐外几十名亲兵，便命慕容农、慕容宝拿令箭速去调兵，自己带着傅颜、慕容麟及众亲兵纵马出了军营，向着起火之处奔去。

　　众人骑着马，如一阵旋风般地来到村外，见村子里起了十几个火头，隐隐传出一阵阵的哭喊叫骂之声，还可望见三五成群的乱兵正在放手大掠。这些乱兵久已缺吃少穿，见了这个村庄，就起了歹念来抢。他们将村民的粮食、棉衣、被褥、金银全都洗劫一空，甚至于烧杀淫掠，无恶不作。村里多是些老实巴交的农民，哪见过这等阵势，一时大乱，被乱兵撵得四处乱窜，有人已经拖家带口逃到了村外。慕容垂骑在马上，一边躲避着惊恐的村民，一边转进一条巷子，就见一名秦军校尉带着四个兵士从一家小酒馆里出来。他们每人身上都背着五六个包袱，有个兵手里还提着两只鸡。

　　小酒馆就位于巷子口的左侧，是用土坯垒成的两间门脸，顶上盖着发黑的茅草，两扇补了又补的木板门大敞着。门前的一根细竹竿上挑着面青布招牌，上题"陈家酒馆"几个字，门外不远处堆着些土块，还有几只被捣碎的酒缸。掌柜的自然姓陈，就是本村人，约莫六十岁，满脸皱纹，披着件黑色的开花棉袍，光着头从后面追了出来，一手拖住校尉的衣襟，嘴里苦苦地哀告着："军爷手下留情，我这里小本经营，勉强糊口，还请军爷高高手，给留些财物。否则，小老儿一家全都得冻饿而死。"

　　这校尉大概刚喝了几碗酒，满嘴喷着酒气，抬腿将他踢倒在地，骂道："老子在你店里吃饭、喝酒，顺手再拿点儿东西，那是瞧得起你。你别不识相,再敢啰唆,小心自寻死路。"陈掌柜急得红头紫脸,兴许是没听清他的话,仍是哀求不已。校尉睁着怪眼,有些不耐烦起来,怒道:"你这老家伙,好不晓事,明明是舍命不舍财。老子今天就成全你。"嘴里骂着,右手在腰间抽出刀来,举刀就打算砍死陈掌柜,忽然听到一阵马蹄声,回头一看,见慕容垂等人赶来,倒也吓了一跳。

他虽然不认得慕容垂,但从服装上判断,也知道来者必是附近的驻军,便不敢乱来,手里拎着腰刀,吊儿郎当地道:"嗨,你们是哪里的队伍?"傅颜喝道:"睁开你的狗眼看仔细了,这位是今上钦命的慕容垂将军。你们白日行抢,还有没有王法?"校尉自知理亏,又见对方人多势众,朝几个同伙使了个眼色,撒腿就跑。慕容垂等人打马撵上,亮出兵刃,将他们几个围在村巷里,喝令他们放下身上的武器和财物。几个乱兵见无路可逃,只得翻着白眼,很不情愿地放下手里的东西。

陈掌柜也跟跟跄跄地追了上来。慕容垂骑在马上,一边监视着几个蹲在地上的乱兵,一边指着地上的一堆包袱,道:"老人家,这里若有你家的财物,就请拿回去吧。"陈掌柜闻听,双手抱拳,连连作揖,道:"多谢慕容将军仗义相助。"然后挑出自家的东西,一溜烟地跑回店里,紧紧关上店门,再也不敢出来。不一会儿,慕容农和慕容宝带着五百骑兵赶到,将村子包围,进村挨家挨户地搜捕,从房顶上、地窖里擒了来抢劫的百十名溃兵,夺回财物后还给村民,又合力扑灭了村中的火头。慕容垂命人斩了几个民愤极大的乱兵,将其余的人杖责一顿后驱逐。

事情过去了几天,这一日下午,太阳收起淡淡的光芒,仿佛畏寒似的,躲进了西边厚厚的云层。天空雾蒙蒙的,北风席卷着一团团的枯叶,在军营外的旷地上呼啸而过。快到傍晚的时候,营外马蹄声骤起,渐行渐近。慕容垂独坐在军帐里,还以为是晋军来袭,刚欲传令集兵,就听蹄声戛然而止,然后就见一个哨兵慌里慌张地跑进帅帐,

第十三章 洹水密谋

道:"禀将军,皇上来了,就在辕门外。"慕容垂一听,既意外又吃惊,忙不迭地结束整齐,匆匆走出帐子,迎着扑面的冷风来到辕门外,见外面果然立着几百匹战马。马上的人有文有武,都狼狈不堪地瑟缩着身子。慕容垂仔细打量了一阵子,才看出为首的人正是秦王苻坚,其余的是石越等大臣,忙上前参见。

苻坚的冕冠不知丢到什么地方去了,光着头,眼睛红肿,杂乱的胡子多日不曾打理,两片嘴唇干裂,脸色苍白而又憔悴,裹着一件黄缎锦袍,脚上穿着一双棉靴,靴子上满是泥泞。他见了慕容垂,与众人跳下马来,哑着嗓子道:"道明!淝水失机,令朕愧见于卿。"慕容垂小心翼翼地道:"陛下万安,比什么都强,还是先到帐内休息,其他的事明天再商量。"说着,在前引路,将苻坚带到自己的帅帐,又命四周腾出几顶帐篷,安置其余的大臣。

苻坚缩着脖子,拉紧了袍子的领口,拖着沉重的步子,进到帅帐里,颓然倒在一张椅子上。慕容垂吩咐人在帐里点起油灯、燃起火盆,再去给苻坚和他的臣僚们准备晚饭。苻坚马不停蹄地逃到这里,已是疲累不堪,吃下两碗热乎乎的面条,略恢复了些精神。慕容垂见天色不早,让人取来一套崭新的卧具,在帅帐北侧铺设好,请苻坚休息,诸事妥当之后,遂退出帐外。

外面天寒地冻,呵气成霜。石越总统宿卫,与十几个侍卫用过晚饭,正立在满天的星光下,大概是要安排夜间的警戒。慕容垂知道石越曾想要自己的性命,对其很忌惮,但还是上前招呼道:"石大人,怎么不见阳平公?"话说的客气却并不热情。石越头上缠着一圈绷带,面色阴沉地道:"阳平公已然阵亡。"说着,将前线的情况简单讲述了一遍。慕容垂虽知秦军惨败,但听到苻融殒命的消息,还是吃了一惊。石越愤愤地道:"这次全是朱序那个家伙做的好事!他奉命去劝降,竟趁机把我们的底细全摺给了晋军!嘿,'非我族类,其心必异。'全是些喂不熟的白眼狼。"慕容垂不知这话是不是冲自己说的,脸色微变,借料理军务之故,告辞而去。

· 185 ·

夜色深沉，刺骨的冷风在营帐间"飕飕"地刮过，地上积着些半干的残雪。营里的帐篷大都已灭了灯烛，四下里一片漆黑，不时有巡营的军士打着火把走过。慕容垂低着头，一边盘算着眼前的形势，一边走进自己的寝帐。这也是一间普通的帐篷，帐内右侧卷放着一张草垫子，里面裹着被褥，晚上睡觉的时候就摊开。帐中央摆着一张方桌和几把椅子，桌上点着灯烛。烛光摇摇。慕容德、皇甫真、傅颜、慕容农、慕容宝、慕容麟等人正坐在桌旁，似在等待着他。慕容垂见了众人，不由得一愣。慕容德等人见他回来，起身相迎，打过招呼，便重新围桌而坐。

皇甫真一脸凝重地先开口道："将军，听说符王来了？"

慕容垂摘下头盔，放在桌上，重重地叹了口气，道："不错，符王正在帅帐里休息。"

慕容德看了看兄长的脸色，压低声音道："秦兵如此败局，符王几乎已经没有翻身的可能。五哥，何不趁机杀了符坚？再凭麾下数万人马，便可趁乱复国！"众人听了这话，群相耸动，但知事关重大，一齐望着慕容垂，想听他如何答复。帐里霎时间鸦雀无声，隐隐可听到外面冷风的低啸。

慕容垂心里一跳，低头思忖良久，觉得终究下不了这个手，作难道："贤弟！符王怀一片赤心来投奔，我怎好在这个时候加害于他呢？"

几丝夜风从帐门口透入，帐中灯焰晃了几晃，四壁人影摇摇。皇甫真在一旁规劝道："符坚亡我国家，还有比这更大的仇恨吗？将军又何必心慈手软？"

慕容德也道："皇甫大人说的是！当初秦国强盛，吞并了燕国。现在咱们乘机杀掉符坚，这叫报仇雪恨，然后北据邺城为根本，再命一将挥师西进。那时，关中也非符氏所有了！"

慕容垂手抚桌案，望着眼前闪烁的灯光，缓缓地道："我过去为太傅（慕容评）所忌，无处容身，被迫逃亡到秦国。符王以国士待

第十三章 洹水密谋

我,恩礼备至。后来,我又遭到王猛的构陷,无以自明,独为符王所谅。此恩怎能忘怀?符王决不可伤于我手!若氐人的国运已尽,我自当怀集关东,以复先帝大业,但不会染指关中之地。"慕容德、皇甫真等人听了,面面相觑,都觉得慕容垂不够心狠手辣,但见他已拿定主意,也只得遵从。

第二天一早,天气晴朗,但还是很冷,空中有丝丝浮云在静静地飘游。慕容垂起床之后,略加梳洗,便来到了符坚的寝帐。符坚恢复了些元气,正在帐内与石越议事,见慕容垂到来,便道:"道明,大军星散之际,多亏你保存了这支队伍。否则,朕可就要孤家寡人地回长安了。"慕容垂躬身施礼已毕,道:"不敢!陛下是打算回关中吗?这五万人马可作御林军,请陛下悉数带走就是了。"说着,取出铜质的兵符,递了过去。符坚接过兵符,有些奇怪地问:"道明!你不随朕回京师吗?"慕容垂答道:"陛下!年关将至,臣想先去邺城的祖庙祭奠一番,然后自当策马参随,特来请旨。"

正说着,有军兵从帐外走了进来,躬身行礼,然后道:"禀将军,洛阳军书到。"说着,递给慕容垂一封信。洛阳与渑池相距不远,守将是豫州刺史、平原公符晖。他大概听说慕容垂驻军在此,故派人来下书。慕容垂见军书上有"十万火急"字样,便不敢打开,双手将军书转呈给符坚。符坚却并不接,朝着石越使了个眼色。

石越从慕容垂手里接过军书,拆开看了一眼,惊道:"陛下,洛阳附近的丁零部落作乱,还杀了毛当。"原来,秦灭燕后,将翟斌及其部众迁到河洛一带。如今翟斌听说秦兵战败,便毫不客气地起兵造反,聚众数万人。平原公符晖命毛当领兵讨伐翟斌,却是大败,损兵达万余人。镇军将军、武平侯毛当是秦国名将,与邓羌、张蚝并称"万人敌",竟也死在丁零人手里。符晖大惧,只得派人前来请援。

符坚听到这个噩耗,不禁失色。慕容垂在旁趁机道:"陛下!丁零闻王师不利,轻相扇动,竟敢作乱,实为罪不容诛。如今御营兵力不过数万,不宜再分。臣去邺城祭庙之后,愿从长乐公麾下领一部军兵，必能安集河洛。"苻坚一心要保住洛阳重地，见慕容垂主动请缨，也没细想，便一口答应："好，朕准你所奏。"随即提起笔来，刷刷点点写了一道诏书，递与慕容垂。慕容垂心里暗喜，接过圣旨，谢恩出帐。

石越在旁听得真而且真，见慕容垂要去邺城，便觉得有些不对头，一待慕容垂离去，即在旁谏道："陛下，大军新败，四方皆有叛离之心，宜征集名将到京师，以固根本、镇枝叶。慕容垂勇略过人，世代称雄于东夏，当年因为避祸而来，其野心岂止于一个冠军将军？此人譬如陛下饲养的猎鹰，饥时还能依附于人，一遇云涌风起，便有凌霄之志。这个时候，陛下岂可解其绦笼、纵其远离呢？"

苻坚站起身来，背负着双手，在地上走了两圈，心想："慕容垂方才主动交出兵权，足见其忠心。况且他年近六十，还能兴风作浪不成？"便对石越道："你说的虽不错，但朕已亲口答应了他。匹夫尚要讲求诚信，何况是一国的天子？"石越明知苻坚这是纵虎归山，忍不住埋怨道："陛下重小信而轻社稷。慕容垂必将往而不返。关东之乱，就要从此开始了。"苻坚兵败之后，又听到丁零人造反的消息，心里烦乱得很，回身坐在椅子上，无精打采地道："朕有些倦了，你先退下吧！"

石越无奈地走出帐外，却很不甘心，想来想去，便打算自己动手。他知慕容垂即将动身，片刻耽搁不得，即从随已来渑池的军兵里挑了一百多人，各携兵刃，悄悄离了军营，来到洹水的桥下。这桥形如玉带，宽八米，为一座单孔石桥，两侧有石护栏，下有石柱交替排列，是去邺城的必经之路。天气虽然寒冷，但洹水尚没有结冰。河水滔滔汩汩，在暮色里缓缓地流淌着。两岸一片荒芜，尽是枯枝败叶。石越与众人伏于桥下，单等慕容垂等人经过。

夕阳渐渐落下了地平线，凛冽的寒气裹挟着浓重的暮色，笼罩了世间的一切。天空越来越暗，云彩、树木、道路、河流都成了灰黑色，逐渐模糊起来。慕容垂与慕容德、皇甫真、傅颜、三个儿子及十

第十三章　洹水密谋

几名亲兵骑马赶往洹水桥。众人刚走出军营数里，发现前面影影绰绰来了一人，待那人走到近前，才看出是村酒馆的陈掌柜。他手里提着盏纸灯笼，见一小队军马迎面而来，就畏畏缩缩地避在道边，待看清为首的是慕容垂，才敢出声招呼道："慕容将军，慢些走，小人有话要说。"

慕容垂闻声勒住坐骑，轻捷地跳下马来，走到他身前，道："老人家，你有什么事吗？"陈掌柜已上了年纪，又走得急，累得上气不接下气的，他喘息了片刻，方道："今天下午，有几个当兵的砸开小店的门，非要进来打酒，临走时倒是没有赖账，给足了钱。他们出店的时候，小老儿听其中一个兵说：'大家伙儿都喝点儿酒，汤汤寒，晚上还要去洹水桥头杀慕容垂……'小老儿虽然上了年纪，但耳朵还算好使，隐隐约约听了这几句，实在放心不下，特来通报。"慕容垂等人一听，都是一惊。

皇甫真忙跳下马，几步来到陈掌柜的近前，道："老人家，你可到外面看清为首之人？"陈掌柜晃了晃脑袋，手里的纸灯笼随风乱飘，道："我哪敢出去看？待他们走远，才关了铺子，赶来报信，却不想在这里遇见，真是太巧了。"慕容垂抬眼望向黑黝黝的前方，只觉阵阵寒气袭来，转头对陈掌柜道："老人家，多谢你前来送信，先请回吧。"说着，从身上取出一锭银子，约有二十两，递了过去，聊表谢意。陈掌柜是个厚道人，连忙推辞，很诚恳地道："慕容将军上次帮我抢回财物，免得小老儿破产，理当报效，怎么能要你的银子。"但慕容垂执意要给，将银子塞在他的手里。陈掌柜只得收下，道谢之后，将银子揣进怀里，便按原路回去了。

慕容垂见他走远，便与大家聚在一起商议，道："据陈掌柜所说，前面必是有刺客埋伏……今天我去向符王辞行，唯有石越在旁，八成是他安排的人。"皇甫真头上戴着顶厚厚的头巾，一嘴花白的胡子在风里乱飘，道："如今咱们既已知晓，岂能再着他的道儿？"慕容德将两手揣在袖筒里，道："皇甫大人，你有何妙计？"皇甫真低

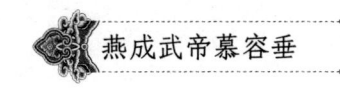

声说了几句,众人笑道:"果然好计,就如此行事。"说着,各自去安排。

半夜时分,冷风越刮越紧,气温骤降。石越带人伏在河堤下,身旁全是挂满了白霜的荒草,直冻得手脚麻木,脸颊似针扎似的疼,正不耐烦的时候,忽听远处马蹄声响,忙探头观瞧,就见遥遥来了十余骑。石越断定是慕容垂一行到来,不禁大喜,忙打个手势,命手下众人做好准备,待那几骑来到近前,率兵突出,将马上的人掀将下来,再点起火把,仔细一瞧,却是大吃一惊。这些人确实穿着慕容垂等人的衣服,却不曾见过。石越气急败坏地揪住其中一人问道:"你们是干什么的?为什么到这里来?"那人也就二十多岁,还以为遇上了劫道的,既冷又怕,抖抖索索地道:"饶命!我们都是营里的士兵,被慕容垂将军召出营外。慕容将军给了十几两银子,又让我们换上他们的衣服从这里过。"

石越这才知道中了计,只觉得嘴里又苦又涩,一抬手,"啪"的一声,给了他一耳光,怒道:"慕容垂老儿去哪里了?"这兵士脸上吃了记脆的,右手捂着腮帮子,一时说不出话来,只得用左手向凉马台的方向指了指。石越气急败坏地让他们滚蛋,又匆匆带着部下来到了凉马台。正值半夜时分,凉马台旁的洹河水映着星月的光辉,泛着粼粼的波光。石越打着火把,遥见河对面飘着几只草筏,却是空无一人。原来,慕容垂回军营找来几个军兵假扮自己,却率慕容德、皇甫真、傅颜、慕容农、慕容宝、慕容麟等人,赶到凉马台,很快扎了几个草筏,然后乘上筏子,安然渡河东去了。

石越手按腰刀,迎着飒飒的寒风立在岸边,心里暗骂慕容垂狡猾,却也无计可施,只得垂头丧气地带人回了军营。第二天,苻坚领兵回了关中,留石越镇渑池。

第十四章　汤池举兵

　　慕容垂骑马统率着中军，见时机已到，下令击响战鼓。猝然响起的"隆隆"鼓声，像惊雷一样，震动着人们的耳膜，又在寂静的夜里远远传开。慕容氏子弟闻鼓而动，各率所部，对分散的氐人兵士发起突然袭击。一千氐骑精锐还没弄清楚怎么回事，就稀里糊涂地被人砍掉了脑袋。

　　12月，漫天飞舞的雪花，纷纷扬扬地落下，似银一样白，像雾一样轻。四野仿佛一望无际的雪海。慕容垂一行人头戴棉帽，身穿厚袄，外罩大氅，顶风冒雪，骑着战马日夜兼程，到了柳林塞。柳林塞南有禁沟深谷之险，北有渭、洛二河，西有华山之屏障，东面山峰连接，谷深崖绝，中通羊肠小道，仅容一车一骑，可谓险厄峻极，自古有"山势雄三辅，关门扼九州"之誉。慕容垂等人经柳林塞后，再走十余日，绕过安阳，便至邺城郊外，派人传诏给镇守邺城的长乐公苻丕。

　　邺城不仅是燕国旧都，也是沟通黄河南北、连接太行山东西的交通要冲，为华北第一重镇。苻丕作为苻坚的庶长子，来到邺城之后，尽有燕之宫室财宝，除了不敢乘坐龙车凤辇，其他方面全按当初燕王的规格自奉，倒也心满意足。不料前几天，符丕忽然接到淝水失利的消息，本已惴惴不安，如今又听慕容垂将到，猜不透对方来意，便将心腹符飞龙找到文昌殿，与他商议。

文昌殿的屋顶被大雪覆盖，檐下挂着一尺多长的冰凌。殿里装饰得比以前更为考究，四壁陈设古董玉器，只是原来的龙椅、龙书案被撤了去，换了一套崭新的檀木桌椅。桌上摆着一棵珊瑚树。这株珊瑚树高达五尺，枝柯扶疏，光华夺目，称得上是稀世之宝。符丕穿着一身锦袍，正坐在桌旁，旁边摆着几个烧得正旺的炭火盆。不一会儿，符飞龙着一身戎装，来到殿内，见过符丕，听说慕容垂将至，思忖着道："大人，慕容垂权智无方，著威于燕、赵之间，其诸子及麾下皆明毅有干艺。如今，大军前线失利。慕容垂挑这个时候回到邺城，极有可能会乘机造反。依卑职之见，不如将其诓进城中除掉。"

古语云："宴安鸩毒，弗可怀也。"是说舒适的生活如烈性毒药，总会消磨人的意志，让人在关键时刻难以做出正确的决断。符丕过久了舒服的日子，已失去了杀伐决断的能力。他想了想，有些举棋不定地说："慕容垂未露反形，而且是奉旨前来。我若擅自将他杀掉，恐怕会引得父皇责备，倒不如给他几千兵马，将他打发到洛阳去与丁零人厮杀。"

符飞龙见符丕优柔，便提醒说："朝廷大军刚受重挫，民心极不稳定，许多散兵游勇逃亡在外。所以丁零人登高一呼，立刻应者云集，大肆骚扰关、洛。慕容垂可比翟斌厉害多了，又为燕国旧臣所奉戴。皇上让他回关东，已是放虎归山。殿下若再委他带兵，更是为虎添翼。您若不忍杀掉慕容垂，至少也得想个法子，把他留在邺城。"

文昌殿顶上的积雪被大风吹落，纷纷扬扬地落在殿前台阶上。符丕坐在殿内，搓着下巴，犹豫了半天，觉得还是遵诏执行的好，说："慕容垂留在邺城，未必安分。翟斌又是出了名的凶恶狂妄。我派慕容垂去洛阳，让他与翟斌拼个两败俱伤，岂不是好？"遂打定主意，

第十四章 汤池举兵

亲自出城迎接,并在邺城外的金虎台设宴为慕容垂接风。

曹魏时期,在邺城外的西南筑有三座高台,分别是铜雀台、金虎台、冰井台,台间连以浮桥阁道。台外环绕着四季常青的葱茏松林。金虎台在铜雀台的南面,以墙为基,高十丈,台上又建五层楼,号称洞霄殿。殿顶置金虎一座,高一丈五,神态逼真。

这天,雪下得小了。慕容垂一行人来到台前,见长乐公符丕足蹬皮靴,披着件黑色大氅,与符飞龙等文武正在台前相候,忙跳下马来。众人立在冷风里打过招呼,便一齐沿着台阶向台顶登去。慕容垂登上高峻的台顶,在漫天飞雪里放眼望去,只觉云海苍茫,景色壮丽,忽然脚下一滑,几乎跌倒。慕容农在一旁眼疾手快,伸手扶住了父亲。符丕看在眼里,暗暗欢喜,心想:"慕容垂这老儿早年是够威风的,但现在已经年迈,不足复惮!"一边想着,一边引着众人进了洞霄殿。

大殿四壁用青条石垒成,地上铺着灰色石板,打扫得干干净净,东西两侧各有几根黄澄澄的柱子支撑着殿顶。殿中摆着一张方桌,四周是几把雕花木椅。这张桌子很宽大,方广丈余,外面刷着锃亮的油漆。符丕、慕容垂等十几个人围着桌子,分宾主落座,倒也觉得轩敞。

符丕两手一拍,命人摆宴。厨房就在殿外,里面的人早有准备。几名侍者很快把一盘盘热气腾腾的菜肴摆在桌上,又搬来几坛美酒放在桌边。不一会儿,酒过三巡,菜过五味。慕容垂便说了在渑池与秦王符坚相遇的经过。符丕听完,大赞慕容垂侍卫乘舆的功绩,借机劝了一轮酒,然后放下酒杯,对慕容垂说:"丁零部落的翟斌,因为王师一次小小的失利,就公然谋反。我听说,他本是您的手下败将,可否劳烦您带兵去洛阳平乱呢?"慕容垂奉旨而来,自然没话说,应声答道:"丁零人心生忤逆,横兴不义之师,实不可恕。下官就是朝廷的鹰犬,敢不从命?"符丕听他语气谦卑,不禁大喜。

慕容垂又喝了几杯酒,慢慢提到想去前燕太庙祭拜的事。符丕朝坐在斜对面的符飞龙望了一眼,见符飞龙微微摇了摇头,便道:"洛阳屡受攻围,形势吃紧。将军明日就启程,待凯旋后,再拜庙不迟。"说到这里,似若无意地又说:"我已命人在庙里建起亭子,派吏员不分日夜看守,以免闲杂人等前去滋扰。"话虽说得婉转,但还是流露出警告之意。慕容垂听了,有些不高兴,本想争执几句,无意间瞥见符飞龙阴鸷的目光,不由得心生惕厉,就没再说什么。须臾宴罢,符丕把慕容垂一行人安置到洞霄殿两侧的配房中,然后率符飞龙等僚佐下了金虎台,回邺城去了。

　　黑沉沉的夜空中,星月无光。邺城东北,约莫二十多里处,有一片黑乎乎的建筑,便是昔日燕国的太庙了。慕容垂望着太庙的方向,心潮澎湃,激情难抑,遂命侍者取来些香蜡纸表,包成一个包袱,又找来慕容农、慕容宝和慕容麟,一起悄悄下了金虎台,准备乘着夜深人静之际,前往祭奠一番。

　　慕容垂等人不愿惊动亭子里的人,蹑手蹑脚地走上台阶,轻轻推开虚掩的殿门,迈步来到殿里。殿里黑咕隆东,什么也看不见。慕容垂从包袱里取出蜡烛,用火折子点着,借着这点儿微光,向周围打量着。前殿内原本陈设着燕国列祖列宗的神位,已全被人推倒,与香案、神龛等散乱地落在地上。殿中收藏的镶金乐器及金鼎、银尊、铜彝等重宝早已被洗劫一空,供桌上的铜灯、铜祭器也都不翼而飞。地上胡乱堆着燕国先王的画像及遗留下来的冠带衣履,上面布满了带着污泥的脚印。慕容垂见了这情景,先是一怔,继而一股凄凉悲哀的情绪从心底涌起。

　　慕容垂小时候,曾听父亲多次讲起本族崛起的历史。据慕容皝说,鲜卑慕容氏的初代酋长是一个名叫慕容焉的好汉,带着部众在辽西靠放牧为生,筚路蓝缕,经始大业。慕容焉死后,他的儿子慕容木延继任酋长。慕容木延性情刚猛,与相邻的高丽交恶。双方结怨甚深,不断攻战,互有胜负。慕容木延本人,也在一次部落仇杀中战死。这时,中原正当魏晋之际,慕容木延的儿子慕容涉归便率部众自

第十四章 汤池举兵

辽西迁于辽东。公元283年,也就是晋武帝太康四年,慕容涉归病猝死,其子慕容廆继位。慕容廆也就是慕容垂的祖父,受西晋封为鲜卑都督,遂率所部徙居大棘城(今辽宁省义县西北)。西晋亡后,慕容廆的势力迅速扩张,据有整个辽水流域,始称鲜卑大单于。公元333年,慕容廆病逝,慕容皝继位。慕容皝自立为燕王,连破高丽及鲜卑宇文部,才有了以后的慕容俊入主中原。然而这一切,在秦兵攻进邺城之后,全归于灰飞烟灭。

慕容垂想到这里,长叹一声,将手里的蜡烛放在供桌上,带着三个儿子,将地上的牌位收拾好,摆回供座,把先王画像挂到墙上,又打开包袱,取出纸钱在桌前焚化,最后整肃衣冠,对着先王牌位,恭恭敬敬地行三跪九叩的大礼。慕容垂怀着苍凉的心绪,一边行礼,一边低声祷告说:"慕容氏后裔式微,致使祖先蒙尘,若是天数,当非人力所能遽振。若我大燕尚有复国的那一天,不肖慕容垂还请列祖列宗默佑。待海晏河清、国泰民安之时,不肖再来叩谒,必重修庙宇,再塑圣像。"慕容农和两个弟弟跪在父亲身后,随着父亲磕了几个头,也默默祷告:"列祖列宗保佑复国顺利,使大燕国威再起,令慕容氏血裔世代相传,永不中断。"

众人祷告完起身,正要出殿,忽听有人没好气儿地在殿外问:"是谁在里面?"随即,殿门被人推开了一道缝隙。一个吏卒探进半边脸来,向殿里打量着,道:"你们是什么人啊,怎么这个时候还到庙里来!"慕容垂朗声道:"前燕子孙,前来拜祭祖庙。"那吏卒听了,打了个哈欠,道:"有阳平公手谕吗?符丕大人有令:'前朝宗室,不得擅自入庙'。"慕容垂越听越觉得对方的语音熟悉,当下按捺不住,上前一把拉开殿门,与那人打了个照面,借着殿内的烛光,这才认出对方竟是涅皓。

原来,涅皓诬陷段妃之后,确实升了官,也发了一笔大财,但好景不长。随着燕国灭亡,涅皓失了靠山,屡遭秦人勒索,家道很快败落,只得来到太庙,做了看门的小吏。这天傍晚,涅皓就着盘蚕豆灌

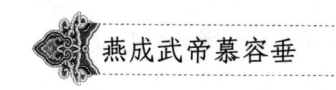

下半壶烧酒，醉醺醺地钻进冰冷的被窝，正琢磨着怎么发一笔横财，再娶几个美貌的老婆，忽听大殿里似乎有些动静，便又极不情愿地起身，骂骂咧咧地披上棉衣，趿上鞋子，过来查看。

慕容垂见是他，不觉怒火冲顶，右手陡伸，揪住他的衣襟，将他一把提到了外面的雪地里。涅皓也认出了慕容垂，直吓得魂不附体，跪在地上，连声告饶道："吴王殿下饶命！当初是皇太后的意思，是她逼着小人诬告段妃。小人也是万不得已啊！"慕容农等人听了这话，无不吃惊，才知道眼前这个不起眼的小吏，竟和段妃的死有莫大的关系。当年段妃死的时候，慕容宝还小，后来听人说起，是涅皓的首告，才致使生母撞石自尽于堂上，今见仇人就在眼前，不由得热血上涌。慕容垂一脚将涅皓踢翻在地，两眼望天，嘴里喃喃道："爱妃，今日我替你报仇雪恨。"慕容宝"唰"的一声，抽出腰刀，递到父亲手里。慕容垂接过刀，"噗哧"一声，刺入涅皓的胸膛。涅皓闷哼一声，倒在地上，抽搐了几下，当即毙命。慕容农和慕容麟见此情形，干脆一不做二不休，在院里的亭子内放了一把火。熊熊大火"噼噼剥剥"地燃起，像一支巨大的火炬，照红了半边天际。慕容垂等人在火光的映照下，出了太庙，上马飞驰而去。

第二天一早，雪住天晴，一轮朝阳自东方冉冉升起。树木的枝丫挑着白雪，千家万户的瓦檐滴落融水，邺城的大街小巷响起一片嘈杂的"滴滴答答"声。符飞龙匆匆来文昌殿见符丕，先说了昨晚慕容垂擅去太庙祭拜的事，又愤愤地道："慕容垂轻侮方镇，斩吏烧亭，反形已露，殿下何不下令将他杀掉？"符丕昨天会过慕容垂，见昔日威名赫赫的吴王已成了一个年迈老人，顿时轻松了许多，宴罢回宫后踏踏实实地睡了一觉，如今听了符飞龙这番话，却不以为意，道："主上兵败淮南，多亏有慕容垂鞍前马后的侍奉，这个功劳怎么能忘记？"

符飞龙一跺脚，有些焦急道："慕容垂只忠于燕国，怎么会对陛下尽忠呢？殿下不要被他的花言巧语蒙蔽，错过了今天，可就再也无

第十四章　汤池举兵

法除掉他了。"符丕听了，站起身来，背负着双手在殿里兜了两圈，犹豫着道："如今洛阳吃紧，不得不派兵往援。慕容垂奉诏而去，自然为三军之帅。你既对他不放心，便随军监视，若此人果有反意，即可下手将其处决！"遂拨给慕容垂羸兵二千，又派广武将军符飞龙领氐骑一千为慕容垂的副手，再命慕容农为浦池马监，名义上让他管理军马，实则是将其扣为人质。

慕容垂奉命，背后嘱咐了慕容农几句，将他留在邺城，再去约上符飞龙，聚齐三千人马，直奔洛阳，一路行至安阳之汤池（今河南省安阳市郊），借口兵力不足，停军招募兵众。之前有大量的溃兵散落民间，一时回不了家乡，集结成不少小股武装。慕容垂派人多方接洽，将这些溃兵收容在麾下，仅用了十天时间，就已经拥有八千兵众，在汤池扎起了方圆十余里的营盘。

这天上午，云散日出，军营外的松柏，披雪挂霜地挺立着。慕容垂穿着件大氅，正独坐在帐中想着心事。他这次赶赴洛阳，自然不是给符晖解围，聚兵也是为了伺机复国，如今人马已堪堪足用，偏有符飞龙的一千精锐夹杂在军中。自己若轻举妄动，必为其所制，若将符飞龙的兵马悉数除掉，非得有一场大战不可，就算得胜，恐怕麾下也必折损大半。慕容垂坐在帐里，皱着眉头想来想去，终不得善策。

正在这时，慕容垂忽听外面军士来报，称六公子慕容麟求见，便命其进帐。不一会儿，身形高瘦的慕容麟走入帐中。他披着件黑色战袍，有些胆怯地看了父亲一眼。慕容垂沉着脸，道："你来这里有什么事？"慕容麟见帐中并无别人，眨了眨眼睛，道："父亲屯兵于此，进又不进，退又不退，迟迟没有行动，是在担心符飞龙吗？"慕容垂见儿子猜到了自己的心思，有些愕然，却并不答话，只是微微点了点头。

慕容麟又低声道："符飞龙为符丕所指派，在军中如藉虎寝蛟，早晚必生肘腋之变。儿子倒有一计，可以将他除掉。"慕容垂正为这事犯愁，听了儿子的话，冷哼一声，道："符飞龙一人还则罢了，但

· 197 ·

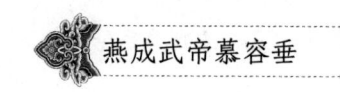

他手下有一千氐兵。你能有什么计策对付他们？"慕容麟低声道："父亲假作开拔，将氐兵分散编入行军队列，再令亲信出其不意地前后合击，便可尽杀氐兵及符飞龙。"

慕容垂听了，暗暗点头，心想这条计策确实毒辣，但也真管用，遂传令军中，称："如今离寇贼不远，大家白天休息，夜间前进，以防走漏消息。"又将氐兵每五人一组编入行军队伍里。符飞龙和他的部下接令之后，并没有起疑。慕容垂以慕容德和慕容农为先锋，派慕容麟与符飞龙押后，暗中与慕容德、慕容农和慕容麟等人约定："一听到鼓声，就各领手下人，前后夹击氐兵。"

12月27日傍晚，慕容垂麾下的军兵把棉衣扣得严严实实，缩着脖子，正列队前行。野外的寒风吹乱了将士们的头发，针一般地刺着士兵的肌肤。到了半夜时分，四周一片漆黑，远处传来夜枭瘆人的啼声，将士们手里打起火把。整个队伍如一条火龙，向着远方蜿蜒行进。慕容垂骑马统率着中军，见时机已到，下令击响战鼓。猝然响起的"隆隆"鼓声，像惊雷一样，震动着人们的耳膜，又在寂静的夜里远远传开。慕容氏子弟闻鼓而动，各率所部，对分散的氐人兵士发起突然袭击。一千氐骑精锐还没弄清楚怎么回事，就稀里糊涂地被人砍掉了脑袋。

符飞龙披着斗篷，正骑马行在队后，忽听前边传来一声声凄厉的惨叫，夹杂在隆隆的鼓声里，在暗夜中显得分外恐怖，令他浑身的汗毛都立了起来。四周的鲜卑武士像约好了似的，突然拔出刀来，毫不犹豫地将身边的氐人骑兵砍落马下，又提着滴血的钢刀，眼露凶光围向符飞龙。符飞龙大惊，拔刀刚要抵抗，就觉后背一凉，一柄利刃直从前心透了出来，回头一看，原来是慕容麟趁他不备，从后面给了他致命的一击。符飞龙连声惨呼都没来得及发出，便跌落马下，绝气身亡。

12月28日，也就是袭杀符飞龙的第二天，慕容垂率部南渡黄河，另留部将可足浑潭守河内沙城。

第十四章 汤池举兵

　　这天下午,一轮残阳是照着千里冰封的大地。蒲池马场外一片银装素裹。马场位于金虎台南四十里,是片一望无际的草滩,地势十分平坦,特别适合牧马。早在后赵王石虎时期,就在此处滋生牧养着优良的马种。符丕到邺城后,也在这里放养了万余匹良驹。马场四周是一圈木制围栏,间隔修筑有墩台。场内建有营房,设有牧监。场里的战马成群结队,每一匹都是粗壮高大、行动敏捷、雄健剽悍。

　　新上任的蒲池马监慕容农已然二十八岁,俊眉朗目,皮肤白皙,一头金黄色的头发在脑后梳成个发髻,体形健硕,披着件藏青色棉袍,在官舍里居住。所谓官舍,就是马场西侧的一排平房。这些房子有十余间,都是砖木结构,和普通民房差不多一个样式,里面也住了些吏卒。东、南、北三面,是一排一排的马厩,那里饲养着邺城大军的战马。马厩是由土坯垒成,用一根根原木立柱支撑着顶篷。柱子旁堆放着一捆捆的干草,既是战马的食粮,也起到保暖的效果。

　　下午时分,慕容农带着两名吏卒,在马厩里巡视了一遍。东边的第一间马厩里,饲养着符丕的两匹爱马。

　　慕容农是武将,自然懂马也爱马,看到这两匹神骏的战马,不由得赞不绝口,观赏了一阵子,见天色已晚,便嘱咐吏卒给马匹上足夜草,然后转身出了马厩,回到自己房里。

　　天边升起一弯新月,慕容农坐在桌前,顺手点着了油灯,正要解衣就寝,忽听外面有人来报,称老大人派人前来送信,忙出外迎接,见来者竟是傅颜,便意识到有大事发生。他忙把傅颜让进屋里,遣出侍者,又关上屋门,转过身来,急切地问:"傅将军,我父亲怎么样了?"

　　傅颜四十多岁,正当壮盛之年,身材魁梧,披着件黑色的大氅,腰悬宝刀,笑眯眯地坐在椅子上。他脸颊被冻得通红,眉毛上挂着一层白霜,一双大眼睛里却闪烁着兴奋的光芒,压低声音道:"二公子,天大的好消息!老王爷已在汤池起事,还宰了符飞龙。"说着,便将昨晚的事述说了一遍,又道:"老王爷命我来邺城,助你速去邯郸,召集旧部兴兵。"当年王猛入邺之后,聚燕室贵族于关中,还将燕国军队尽行遣散。众鲜卑人在邺城待不下去，纷纷迁到邯郸一带。慕容农盼这一天盼了十几年，听完傅颜的话，心里的痛快简直难以言宣，道："符飞龙的死讯很快就会传到邺城，这里不能再待了。我们赶紧走！"

二人商量已定，站起身来，吹熄了桌上的灯火，走出房门。慕容农口称接到符丕之命，要亲自将那两匹宝马送往邺城。吏卒们自然不敢怠慢，立即到马厩里将马拉了出来，还刻意讨好，给每匹马都配上了全副的鞍辔。

月牙细得像一弯柳叶，在薄薄的云层里缓慢地移动着，偶尔从云隙中投出几缕清澈透明的月光，在广袤的雪地上洒下清辉。慕容农和傅颜分跨宝马，扬鞭离了马场，直奔邯郸。这两匹骏马披散着长长的鬃毛，奔驰起来，蹄子像不沾地似的。第二天天不亮，慕容农和傅颜就进了邯郸境，径往列人城（今河北省邯郸市肥乡县境内）。

慕容农二人并马缓辔，一路打听着来到守将鲁利的府前。鲁府位于城东，占地不过亩余，外面是一人多高的围墙，墙根下的雪地里露出几丛枯萎的草茎。两扇府门虚掩着，门前立着几个无精打采的军士。傅颜右手一带马缰，高声道："告诉你们的将军，就说吴王二公子到此，让他速来迎接。"守门的军士见来者气度不凡，连忙入府通报。

列人守将鲁利，本是慕容垂府内的亲兵，于潞川之战前升为副将。燕亡之后，他被贬为校尉，带兵驻扎在此地，此时听说慕容农到了，连忙穿好外衣，就要出去迎接，刚走到门口，却又立住脚步，有些为难地扭回头，对妻子说："恶奴（其妻小字），二公子是贵人，来到这穷乡僻壤的地方。咱家却拿不出什么好东西招待，怎么办呢？"鲁利的夫人三十多岁，头戴荆钗，身穿布衣，虽出自蓬门小户，却知书达理，颇为贤惠，在他背上一推，嗔怪道："二公子有雄才大志，今无故而至，必将有异，岂是为饮食而来？你快去迎接，记着派人四处瞭望以备非常。"鲁利听妻子说得有理，便出府

第十四章 汤池举兵

将慕容农与傅颜接入前院客厅，又命几个家人到府外放哨，严密提备。已是中午，鲁利的妻子便杀了家中的两只老母鸡，亲自下厨炖了一大盆鸡肉，又炒了五六个菜，一起端上桌来。鲁利张罗来一坛酒，摆在桌旁。

慕容农虽然一夜没睡，又走了这么远的路，却仍是精神抖擞，胃口也不错，狼吞虎咽地吃了几块鸡肉，又"咕嘟嘟"喝下两碗酒，抹了抹嘴唇，先讲了父亲在汤池起兵的消息，然后坦率地对鲁利说："家王既已举大事，我欲集兵列人，以图兴复，将军肯从我吗？"鲁利听了慕容农这话，又惊又喜，起身而拜，道："死生唯公子所命！"傅颜在一旁，忙将他搀起，扶他坐下，道："鲁将军，你手里有多少人？"鲁利挠了挠头，有些惭愧道："傅将军，你也知道，我是燕国旧将。秦人没砍了我，已经是大发慈悲了，怎会放心多给兵马？目前，我被打发到这个鬼地方，手里只有三百人。"慕容农却并不气馁，道："三百人也不算少，城里有多少百姓呢？"鲁利道："约有一千多户吧，大部分是我们鲜卑族人。"

慕容农手在桌上一拍，道："好。一千多户，每户一丁，就有千人了。鲁将军，你这就派手下通知到各家各户，让愿意随我起兵的人到府前聚齐。"傅颜又补充道："还要告诉他们'这次愿从征者，只要立下战功，都能得到二公子的官爵之赏'。"慕容农在旁听了，觉得有些不妥，忙道："父王不在此地，我怎敢擅自封拜？"傅颜笑着对他说："公子！所谓'军无赏，士不往'。但凡愿从公子起兵之人，皆欲建一时之功，规万世之利。公子不必拘泥，请权宜行事，以广中兴之基。"慕容农听他说的有理，遂纳其言。三人一边商议，一边吃完了酒饭。鲁利先出去，将麾下三百人召集起来，又派人走街串巷，宣扬慕容垂已起兵复国的消息。

城中本来鲜卑人居多，知道此事后，无不欣喜，又听说慕容农到此招兵，便有许多青壮年踊跃前来应募，将鲁利的府外挤得水泄不通。傅颜和鲁利在应募的人中挑选出一千个多棒小伙子。这些人都是鲜卑、乌桓的部众,却并没有称手兵器,有人提着把锈迹斑斑的斧头,有人干脆拎着把短柄菜刀。慕容农披着大氅,站在府前的台阶上,看到这个情况,忙将鲁利找来商议。鲁利束手无策地道:"二公子,列人城里没有武库,也没有铁匠。我在这里驻扎了十几年,每年领不到多少军饷。城中将士们现在还穿着朽衣敝甲,手里拿的也都是秦军淘汰下来的兵器。卑职无能,实在没办法把新兵武装起来!"慕容农也知他说的是实情,眼睛四下一望,看到周围那些支棱着枝干的老榆树,不由得灵机一动,即命人将城中的榆树全部砍掉,将树干做成一根根的木棒,分给前来应募的新兵。每根榆木棒都有茶杯口粗细、一人多长,坚硬笔直。这样,兵器的问题勉强解决了,但是仍没有军旗。

大家正为难之时,鲁利的妻子带着两个仆妇从府里走了出来,每人手里抱着一大堆花花绿绿的旧衣裳。鲁利的妻子笑吟吟道:"我听说你们没有旗子,就在家找了些不能再穿的衣服。你们把这些红裙绿袄裁开,做成军旗不就得了?"众人听了,觉得这个主意倒也不错,便将旧衣服撕成旗状,又一块块地绑在竹竿上。这一千三百多人穿着五颜六色的衣服,手里拿着简陋的武器,举旗在鲁府外列队,倒也颇有气势。

几天后,邯郸一带的毕聪、卜胜、张延、李白、郭超、刘大等燕国旧将听到消息,纷纷前来投奔。慕容农有众数千人,监统诸将,随才部署,上下肃然,军无私掠,率兵打下了馆陶,缴获大量军资器械,又派傅颜、鲁利等人攻掠四方,占据康台(今河北省曲周东南)和顿丘(今河南省浚县北),夺马数千匹,从此步骑云集,将所部扩充到万余之众。诸将共推慕容农为使持节、都督河北诸军事、骠骑大将军。

公元384年(晋太元九年)的新年很快就到了。长乐公苻丕居于深宫,一味享乐,对外面的情况一无所知,到了元月初一这一天,还令宫中各处扎起彩灯庆祝春节。太监、宫女们闻风而动,在各殿里张灯结彩。到了晚上,偌大的前燕皇城内灯火通明,犹如天穹撒下的万斛

第十四章 汤池举兵

明珠，光彩夺目。

符丕乘着步辇，在各宫转悠着看了一阵子灯，又回到文昌殿，坐在桌旁。这时，一个太监进殿来报，跪倒奏称："殿下，渑池守将石越等人奉命前来贺节。"

不一会儿，石越头戴皮冠，身披黑色锦袍，与七八个来自冀州各地的牧守络绎进殿，见过符丕，分左右立在两旁。几个侍者进来，将四壁灯架上的灯烛依次点着。原本空荡荡的殿里，登时显得热闹起来。这些日子，石越一直惦记着慕容垂，担心他生事，便问道："请问殿下，慕容垂最近可有消息？"符丕漫不经心地道："他曾来过这里，后来与符飞龙前往洛阳了，最近一直没有信来，大概是前线吃紧的缘故吧。"

石越不信慕容垂会为秦国卖命，有些惋惜道："殿下当初何不将他留在邺城？"符丕听他的口气和符飞龙差不多，不禁笑了笑，道："我听说洛阳一带有些不太平，就让他去平乱，但已将慕容农留在蒲池管马。"石越毕竟老练，一听就觉得不妥，忙道："殿下，慕容农在城外任职，若是有个风吹草动，恐怕就逃之夭夭了，不如将他召进城中软禁起来。这样，也让慕容垂在外有所顾忌。"符丕觉得石越所虑也是，便命人去蒲池，以赴宴为名，召慕容农入宫。

一个侍者领命而出，不料直过了几个时辰才回来。长乐公符丕与石越等人正在文昌殿里，围坐在一桌丰盛的酒席旁，相互酬酢着。符丕手里端着酒杯，一见侍者，便板起脸说："怎么就去了这么久？"侍者身上带着一股凉气儿，躬身一礼，道："殿下，据蒲池的吏卒说，慕容农十几天前就离开了马场，临行前还骑走了您的两匹宝马。"符丕与石越等人听了，面面相觑，觉得有些不妙，正要派人四处打探慕容农的下落，忽见一个太监一溜小跑地由殿外进来，气喘吁吁地来到席前，道："禀殿下，大事不好。"

符丕已有了几分酒意，眼睛一瞪，喝道："蠢材！慌什么，有什么大不了的事？"太监跪下道："殿下，邯郸城来的急报，称慕容农在列人起兵，还攻陷了馆陶。"符丕听了，大吃一惊。他手里的酒杯失手而落，"叮当"一声，在地面上摔了个粉碎。石越深忌慕容垂，却没将慕容农放在眼里，闻听此事，便自告奋勇道："殿下！慕容农不过是一无知小辈，竟敢称兵造反，实为狂妄。卑职不才，愿带兵前往讨伐。"符丕心里正没着落，见石越如此忠勇，不禁转忧为喜，即调出麾下一万精兵交与石越，命其连夜出师，征讨列人。

　　正月七日，金黄色的阳光有了几分暖意，覆盖在大地上的冰雪渐渐消融。远方的郊原上，亮起了星星点点的绿色，那是野草开始返绿。石越引军抵达列人城西，见城门紧闭，便在城外安营扎寨。慕容农率众登城，观察着城外的秦军。随在一旁的部下见城墙低矮，便请求在城上树起栅栏。慕容农摇了摇头，说："善用兵者，结士以心，不以异物！今起义兵，唯敌是求，当以山河为城池，何必用栅栏呢！"遂令开城出击。

　　傅颜、鲁利闻命，各率三千壮士出了城门洞。鲁利一马当先，一面向敌军冲去，一面弯弓搭箭，接连射死多人。傅颜骑马随在他身后，与将士们挥动刀枪，洪流一般杀向秦军，把秦军刚扎好的营盘冲得七零八落。眨眼间，双方打成了一锅粥，简直分不清敌我。石越见不是事，跃马挥刀，截住鲁利，一刀向他砍了过去。鲁利敏捷地避开，一带马缰，向旁跃开十几步，返手就是一箭。石越听到金风破空之声，急忙矮身躲过。这时，傅颜已然赶到，轮动鬼头刀，搂头盖顶就朝着石越剁去。石越横刀招架，两刀相碰，就听"当"的一声，碰出几点儿火花，随即与傅颜厮杀在了一起。二马盘旋，八只碗口般的蹄子踢得地上的泥土飞溅。鲁利弃弓持枪，在一旁虎视眈眈，伺隙进击。没多长时间，石越左支右绌，渐渐地有些手忙脚乱起来，不提防胁下被傅颜划了一刀，身子一歪，在马鞍上失了平衡，被颠下马来。鲁利瞅得真切，不等他站起，闪电般地一枪刺去，正中石越的面门，将他当场扎死。秦军失了指挥，又见对手一个个都是不要命的主儿，立刻就如同泄气的皮球，战意全无，四散溃逃。

不久，慕容垂等人称兵反叛的消息传到了关中，慕容氏各豪强闻讯相续起兵。3月，前燕王慕容炜的弟弟、现任秦北地长史的慕容泓，在函谷关聚集了数万鲜卑人，回师关中，在华阴打败秦将强永，自称都督陕西诸军事、大将军、雍州刺史、济北王，遥推慕容垂为都督陕东诸军事、丞相、大司马、冀州刺史、吴王。

紧接着，前燕大司马、现任秦平阳太守的慕容冲聚众二万于河东，进攻蒲阪（今山西省永济），为前秦将军窦冲所败，遂率八千骑兵投奔其兄慕容泓。

苻坚命巨鹿公苻睿为主帅，统左将军窦冲、龙骧将军姚苌，集中五万军队，讨伐慕容泓和慕容冲。苻睿与慕容泓激战于华泽，秦军大败。苻睿、窦冲全被慕容泓的麾下斩杀。

姚苌不敢回长安，派部属赵都、姜协去向苻坚请罪。苻坚听到苻睿等人战死的消息，勃然大怒，将赵、姜二将处决！姚苌得知后惊惧交加，率部逃到渭北马场，扯旗造反，自称大将军、大单于、万年秦王，所部扩充到五万多人，史称后秦。

慕容泓与慕容冲合兵一处，声势益张，挥师迫近长安。两个月后，慕容泓因为待下苛刻，被部将所杀。众鲜卑人拥戴慕容冲为主，史称西燕。

如此，关中就有了前秦、后秦、西燕三大势力拼死角逐，一时间打得遍地狼烟。

第十五章　邺城攻围

> 慕容垂的反应则快得多，一见墙摧敌现，挥掌便拍起桌子，护在身前，任由桌上的碗盏摔得粉碎。紧接着，两手疾出，分别拉住皇甫真和傅颜，将他们二人扯过来，一齐藏在桌后，耳畔就听破空之声大作。桌子上"笃笃笃……"响个不停，刹那间也不知中了多少箭矢。

春回大地，万物复苏。一场蒙蒙细雨过后，嫩绿的小草冒出地面，给田野平添了许多生机。慕容垂率军离开了冀州，于4月开进荥阳境内，陆续招降了前秦荥阳太守扶余蔚、昌黎太守卫驹等，扩兵三万余人。荥阳属豫州，离西边的洛阳不到二百里，南眺嵩山，北濒黄河，有"东都襟带、三秦咽喉"之称。丁零首领翟斌本是被慕容垂打怕了的，也率部众来降。苻晖在洛阳闻讯，大为紧张，率兵乘城拒守。

这一日，空中白云飘逸，太阳升上中天，温馨恬静的阳光照耀着荥阳西的燕军营盘，将千万顶军帐染成一片橙黄色。慕容垂与慕容德、翟斌、皇甫真等人正围坐在帐中议事。帐外肃立着两列武士，都

第十五章 邺城攻围

是鲜卑族人,一个个披甲执戟,目不斜视,立得笔直。

厚厚的帐帘撩起,习习微风透进,让人觉得很凉爽。翟斌年近七十,瘦骨嶙峋的,额上满是皱纹,眉毛和胡须都已斑白,面色灰暗。他外罩一件衣质轻软的黑色长袍,袍子前摆盖及脚面,胁下悬刀,坐在一张椅子上,两眼眯成一条线,正说道:"殿下,老朽与您邺城一别,一晃已经十多年了。如今新兴侯(慕容㸑)失陷在秦,关东无主。老朽斗胆,愿奉殿下登基,以为大燕无穷之福。"

慕容德和皇甫真早有此意,听了这话,一齐望向慕容垂。慕容垂头戴帅盔,披着大氅,居中而坐,婉拒道:"新兴侯方为国家正统!孤若借诸君之力,得以平定关东,当以大义喻秦,将其迎还复位。如卿所言,可谓无上自尊,万万不可。"他也清楚慕容㸑在关中必无重返之日,只是觉得时机尚不成熟,故而说了这么几句冠冕堂皇的话。翟斌随口劝进,不过是想以此为功,见被慕容垂不软不硬地碰了回来,便转了话头,道:"殿下说的也是!现在我们合兵一处,足以横行豫州,倒不如先夺洛阳,便可虎视四方。"慕容垂考虑到洛阳城守坚固,既然不能奇袭,硬攻并不是个好办法,便道:"洛阳四面受敌,北阻大河,至于控驭燕、赵,非形胜之便。我们还是北取邺都,据之而制天下。"众人皆无异议,遂回师向东。

4月末,慕容垂领兵到了邺城郊外,废秦建元年号,改称燕元年。自称大将军、大都督、燕王,承制行事,加封功臣,以翟斌为建义大将军、河南王;慕容德为车骑大将军、范阳王;慕容楷(慕容恪之子)为征西大将军、太原王;扶余蔚为征东将军、左司马、扶余王;卫驹为鹰扬将军。几天后,慕容农自列人率军五万,来与慕容垂会师。慕容垂封慕容宝为世子,封慕容拔等十七人及外甥宇文翰、表弟兰审为王,另封慕容农等三十七人为公。燕军合兵二十余万,将邺城包围,在城外扎下几百座营盘,旌旗蔽野,尘土遮天,擂鼓呐喊的声音一直传到数十里外。

邺城中充满了大仗将至的紧张气氛,老百姓们惴惴不安地躲在家里，随处可见全副武装的士兵。街头巷尾不时响起清脆而迅急的马蹄声，那是传令兵乘马飞驰而过。一队队秦兵和民夫抬着滚木礌石，沿着马道登上城墙，开始布防。城墙上的各色战旗随风飘扬，隐隐传出刀枪的轻微撞击声。秦军将领在城堞后往来奔走，不时发出简洁的命令。垛口后布满了披甲的秦兵，手里各执兵刃，一双双警惕的眼睛注意着城外的动静。

30日清晨，天地间仍然弥漫着浓重的雾气。一团团白雾仿佛湿重的羊毛，在燕军营中起浮游动。千万顶蘑菇似的帐篷，仿佛一座座小岛，在白茫茫的雾气里若隐若现。燕军的数万将士们用过早饭，正在帐篷外磨砺着刀枪，准备着即将到来的厮杀。上千架云梯已然打造好，就堆在辎重营。营中的战马经过精心的刷洗遛喂，一匹匹摆头振鬣，精神抖擞，不时发出几声嘶鸣。

到了上午，云雾渐渐散去，但空中不见太阳，天色阴沉。燕王慕容垂头戴黄金盔，身披锁子连环甲，骑着一匹黑鬃马，率军出营，一径来到邺城南，观望形势。长乐公符丕穿着盔甲，正在城头督战，望了一眼城外密密麻麻的燕军，心里一悸，但不肯在部属面前露怯，扭过头来，按剑厉声喝道："大家都不要慌！咱们据城而守，已是占了地利。勇敢杀贼的，本帅有重赏；若有临阵脱逃、动摇军心者，立斩不赦！"他正唾沫横飞地说着，转眼又看到了城外的慕容垂，心里那股火直撞到脑门子，忍不住向城下喊话道："慕容将军，你不是去平叛了吗？怎么现在自己成了叛军了！"

空中暗云舒卷，城上城下的几百面大旗猎猎飘扬。慕容垂虽听他话里带刺儿，但也不以为意，扬声答道："殿下，运有推移，国有废兴，去来也是常事。慕容垂终究是大燕子孙，兴复故国，实属义不容辞。关东本为燕地，邺城又是大燕旧都，敢请你领兵回关中。我将遏兵止锐，决不伤及你们一丝一毫，否则只能强行攻城了。"

东风阵阵，将慕容垂的话一句句地传到城上。符丕清清楚楚地听到耳里，暗道："这老儿年近六十，说起话来仍是中气充足……当初

第十五章 邺城攻围

我若在金虎台上将他砍了,哪还有今日的麻烦?"想到这里,不由得肠子都悔青了,但自恃城墙高大、粮储丰实,加以麾下有数万精兵,自信决不至失了城池。他扶了扶头盔,气急败坏地回绝道:"我是主上的长子,奉诏镇守冀州,怎么可能拱手献城?如果将军利令智昏,尽管攻城就是了,不必多言!"

翟斌披着件黑色的大氅,与侄子翟真立在一旁。翟真四十多岁,一张刀条脸,两道浓眉,眼睛略显细长,深褐色的脸膛,上着短袄,下着青色长裤,胁下佩剑。他带兵以凶悍著称,下令冲锋时,常自领督战队,见部下畏惧不进的,便毫不客气地将其就地处决;打完胜仗则纵兵大掠,甚至敌尸上的财物也不放过。故而他带兵所过之处,往往肆意杀人越货。翟真知道邺城中财货如山,巴不得打进城去大抢一番,听着慕容垂与符丕的对答,有些不耐烦起来,便道:"大王何必与他费话。符丕小儿,生长深宫,少在军中历练,能有什么识见?咱们人马众多,若四面合围,齐力攻城,必能生擒此獠。翟某不才,愿率军独挡北城。"说着,双手呈上令旗,道:"请大王下令。"

快到中午了,阳光刺穿厚重的云块,像根根金线,纵横交错地投向大地。慕容垂瞧了瞧城上的符丕,轻轻叹了口气,道:"只得如此了。"说着,从翟真手里接过令旗,高高举起,迎风向前挥动。四面的燕军立时吹起号角、擂动战鼓。慕容农、慕容麟、傅颜、翟真等人率所部将士发出海啸般的呐喊,伴随着隆隆的鼓声,向城下迫近。攻城的第一梯队约有万人,每十人一组扛起云梯,在盾牌的掩护下迅速抵至城墙边,掩护敢死队爬梯登城。第二梯队、第三梯队的燕军如波浪般起伏,纷纷向城下涌来。

黝黑的城墙上,长乐公符丕惊恐万状地躲在垛口之后,扯着嗓子命令部下抵抗。秦军将士或张弓射箭,或投掷滚木、擂石,或用火把烧毁云梯,竭力打击逼近的燕军。顿时,城下的燕军伤亡了一大片。翟真见前方部队遇阻,便命人推出几辆楼车到城下助攻。楼车是战车的一种,高达十多丈,上设望楼,用以窥探敌人的虚实。数百名丁零

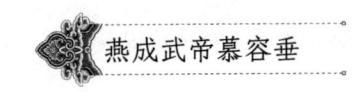

士兵手持弓弩，站在望楼里，居高临下，对着城中放箭。一排排密集的箭矢，拖着的尖锐啸声划破天空，像飞蝗般地越过城墙。城头的秦军也死伤不少，垛口之后死尸伏地，污血横流。浓浓的血腥味充斥在空气中，刺鼻难闻。

双方激战了一整天，燕军用尽了各种攻城办法，秦军也竭尽全力来防守。双方都有大批兵士伤亡。战火夹杂着滚滚浓烟，弥漫了整座邺都。城上的"秦"字大纛旗，已然残破褴褛，在风中摇摇欲坠。不知不觉间，残阳如血，落日的余晖倾洒在了城楼之上。

此后连续两个多月，攻城一直没有什么实质性的进展。燕、秦两军就在邺城对峙着，时打时停。转眼入夏，太阳像一个巨大的火球浮在天上，阳光炙烤着大地。天上的云彩好像也被太阳烧化了，消失得无影无踪，漳河水变得有些烫手，地上的土直冒青烟，到处热浪升腾。道旁树木的叶子卷了起来。树下的小草没了往日的精神，蔫头耷脑的。

这一日，燕军的苦攻又没有得手。慕容垂见天色渐晚，遂下令鸣金收兵。燕军各部收拾好攻城器械，抬起城下死伤的同袍，回向二十里外的大营。慕容农与慕容宝带着几十个亲兵，骑马走在回营的队伍里，忽听前方腾起一阵喧嚷之声，忙赶过去一看，见路边歪歪扭扭地倒着一辆楼车。原来，燕军撤退时，路窄兵多。一个鲜卑骑兵的马惊了，四处乱窜起来，不小心将一架楼车撞倒。高大的楼车轰然倒地之际，还砸伤了几个推车的丁零兵。

丁零部兵很粗野，自己内部常起械斗，与外人争竞时，动辄约集数百人，个个拿刀使棒，下手凶残，非把对方打败不可。此次押送楼车的是翟真的儿子翟辽，他见部下被砸伤，立即指挥手下，将闯祸的鲜卑骑兵揪下马来，然后劈头盖脸就是一顿拳脚。其余的燕军见同袍被殴，自然不能坐视不理，遂过来抢人，便与丁零兵起了冲突。

慕容宝与慕容农纵马赶到，见了眼前情形，便命亲兵将冲突的双方分开。鲜卑将士纷纷住手后退。丁零部兵却不依不饶，嘴里不干不

第十五章 邺城攻围

净地骂着。慕容宝听着不像话，手里拿着马鞭，骑在马上呵斥道："你们不要在这里胡说八道！丢人现眼的！赶紧回自己的营盘是正经。"翟辽二十出头，头发打成一条油光发亮的辫子，盘在头上，光着膀子，露出肌肉虬盘的胸膛，手里提着一杆长刀，骑马立在一旁，听了慕容宝的呵斥，便乜斜着怪眼，歪着头说："老子们在这里讲话，关你什么事？滚蛋！"一个亲兵大声说："这是燕王世子的吩咐，你们还不赶快退下，不知道长幼尊卑吗？"

翟辽平日里是骄横惯了的，听了这话，不仅不加收敛，反而更加嚣张，说："燕王世子算什么东西？管不到大爷头上！"说完，与部属们一齐狂笑起来。慕容宝气黄了脸，纵马上前，挥动马鞭，"啪"的一声，就给了翟辽一鞭子。翟辽不及躲避，脸上挨了一记，登时有一股热乎乎的鲜血流下脸颊。他又疼又气，举刀在空中虚劈了几下，"呼呼"有声，骂道："姓慕容的，你是活腻了吧？"话音未落，便横刀跃马，向慕容宝冲来。

慕容农生怕兄弟吃亏，当下不及细想，一抬腿，从马鞍桥下取出一杆镔铁点钢枪，两腿点蹬，催动马匹，截住翟辽，便与之火拼。二马盘桓，没几个回合，慕容农手起一枪，正戳在翟辽的胁下。翟辽大叫一声，翻身落马，胁下鲜血直流，疼得站不起身来。这还是慕容农手下留情，枪尖稍触即离，要不然，早将他刺死了。

正在这时，一阵急骤的马蹄声响起，慕容垂、皇甫真、翟斌和翟真等人陆续赶到。慕容垂骑在马上，见状忙道："大家都是自己人，有话好好说，到底出什么事了？"一个燕兵几步跑到众人马前，边比画边说着，将事情讲了个大概，众人听了，这才明白。慕容垂和翟斌听说慕容宝、翟辽卷进了这件事里，碍着对方的面子，都不好说什么。慕容宝催马来到父亲身边，道："父王！今日实在是因为翟辽出言不逊。儿子受不得这个气，恨不得打死那个畜生。"

皇甫真披着件浅色祫衣，在一旁打圆场说："这事双方都无大过，不可因此伤了和气。大家还要顾全大局，各自将己方闹事的人带

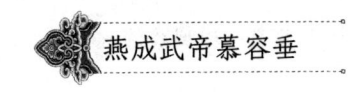

回军中，自行处治就是了。"

当年慕容垂扬威塞外、马踏车营时，瞿真还年轻，虽然领教过对方的霹雳手段，但心里一直不服气，自来邺城后就常想："叔父总说慕容垂如何厉害，在我看来，他不过是个糟老头子罢了。况且我们丁零兵的数量远超鲜卑兵，怕他何来？"今日见儿子脸上、身上带伤，更觉得咽不下这口气，便对慕容垂道："燕王殿下，我叔父拥兵十万，归入麾下，连日苦战有功，可否命我叔父为尚书令？（尚书令总揽朝中一切政令，相当于宰相。）有了这个职位，自然能弹压手下骄兵悍将。"说完，干笑了几声。

慕容垂见连日攻城不利，军中又起了内讧，心绪正劣，听瞿真这个时候为叔父讨官，明摆着是将自己的军，只有更烦，但又不好发作，便淡淡地道："如今荒郊野战，连官署都没有，怎么好任命尚书令呢？此事以后再说吧！"瞿斌听了，脸色微变，忙道："小儿妄言，大王不必往心里去。"说着，朝瞿真使了个眼色，又命人将瞿辽扶上马，向慕容垂一拱手，便带着部下回向北城的营房。

夕阳像个大火球似的挂在天边，已消逝了刺眼的光芒，瑰丽的晚霞在空中变幻万千。慕容宝面含余怒，见丁零人走远了，便低声道："父亲，瞿斌叔侄自恃有功，傲慢放纵，邀官求赏，贪得无厌，早晚必为国患，不如将他们除掉。"慕容垂望着丁零人远去的背影，道："骄则速败，岂能为患？再说了，当初我与瞿斌在荥阳共立盟誓，协力复国，怎好随意违背？"皇甫真抹了一把额头上的汗，也在一旁道："大王！世子所说不为无理。咱们与丁零人相处日久，冲突不断，每日都有十几起纠纷。若仅是底下人的小打小闹，倒还罢了。但今天这事，双方都有重要人物卷入。照这个样子下去，决裂是早晚的事，倒不如提前动手，除掉瞿斌等人。"

慕容垂还是不同意，摇了摇头，道："瞿斌没有什么明显的反状，如果我杀了他，世人必将说我忌惮其功勋才略。如今大业草创，我们正值用人之际，应千方百计地招揽天下英雄，不可让人认为我心

第十五章 邺城攻围

胸狭隘。"皇甫真深知翟斌的为人，见慕容垂下不了这个狠心，便提醒道："大王，当断不断，反受其患！方才群情汹汹，将来难保不出意外之事。翟斌老奸巨猾，我担心他会先下毒手。"慕容垂沉思片刻，道："我们以后小心提防就是了，谅他不会有什么作为。"说着，调转马头，与众人回营去了。

五月以来，邺城一带就再未下过一滴雨，地里的庄稼瓜菜都蔫蔫的。农民们累死累活，挑水抗旱。入秋之后，靠近漳河的地方，还能够捞得四五成的收成，缺水处只能捡得一二成，不少村庄几乎颗粒无收。刀兵四起又加上大旱，真是天灾人祸集于一时。本就贫困的百姓，遇到这样的年景，日子过得更加悲惨。民间出现了易子而食、析骨而炊的事。有的地方竟公开地卖人肉，一斤标价八十文到一百二十文不等。成千上万的人背井离乡，出外讨吃。冀州境内的道路旁、桥墩下，不知蜷缩着多少奄奄一息的逃荒流浪者。他们面黄肌瘦，睁着一双双深凹失神的眼睛，用破布、麻袋裹着身躯，苟延残喘着。干旱使得物价腾涨，再加上饥民蜂拥，愈发人心嚣浮。抢劫、闹事、斗殴、死人的事每天都有发生。

燕军营里的粮食也渐渐不足，每个士兵的口粮只有平时的六成。这天上午，虽已入秋，但还是闷热不堪。慕容垂穿着便衣，手里摇着把扇子，正独坐在帐中想着筹粮之策。一个亲兵挂着一脸汗珠子，撩起帐帘，从外面急匆匆进来，禀道："大王！大事不好，有一批丁零人正在抢粮台！"粮台隶属辎重营，是存放全军粮秣之处。"有这样的事？"慕容垂颇感意外。最近因为粮食紧张，丁零兵下乡抢粮之事不断，但还不曾有人敢抢军中粮台。他意识到事态严重，又问道："有多少人？"亲兵迟疑了一下，禀道："据说有七八百人。"

慕容垂撇下手里的扇子，急忙招来傅颜与千余军兵，一齐赶往粮台。粮台位于邺城西南，离大营有八十多里，外面围着一圈木栅栏，里面有临时搭建起来的几千个粮囤。每个粮囤本可存粮一千斤，但眼下大部分都是空的。负责看守粮台的鲜卑士兵虽有几百人，但被人数

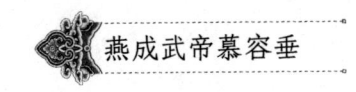

更多的丁零兵打得到处乱跑。几处栅栏已被推倒，粮囤外围的草席被刀划开一个个巨大的豁口，一些黄灿灿的玉米粒、小麦粒从囤子里撒到外面。几百名丁零兵背着鼓鼓囊囊的粮袋，正乱哄哄地从粮台里涌出。

慕容垂见了眼前这副景象，心里暗骂道："简直无法无天！岂不是要造反吗？"此时，慕容农、慕容宝也各领兵马赶到，将粮台团团包围。鲜卑士兵们布了个簸箕阵，持刀四面围拢过去。丁零人见众寡不敌，纷纷扔下粮袋，狼狈奔逃。一个多时辰后，慕容农前来报告，称抓到乱兵二百多名。慕容垂正准备处置，忽见翟斌、翟真骑着马，与一小队骑兵飞驰而来。翟斌在慕容垂马前带住缰绳，气喘吁吁地抱拳为礼，道："参见大王。"慕容垂拱手还礼，道："翟王，不必客气。"

翟斌指着那一堆被绑的乱兵说："大王，这些抢粮的人都是我的部属。他们一时糊涂，还望大王宽恕。"翟真也在一旁帮腔说："军中短粮。弟兄们一直都吃不饱肚子，这才出此下策。依卑职之见，这次参与闹事者，为首的杖责一百军棍，枷号三日；余人各杖责五十棍，释放回营。大王以为如何？"傅颜听他轻描淡写地说着，很不满，便道："军中的粮食本就不多，若被人哄抢了去，二十多万将士全得被饿死。此事若轻轻放过，人人都来抢粮台了，那还得了？"

太阳升上了半空，清澈透明的天上连一丝浮絮都没有，像被过滤了一切杂色，熠熠发着光。慕容垂稳稳地坐在马上，斩钉截铁地说道："这些人胆大包天，连日骚扰邺城周边，使百姓们不得安宁，如今竟抢到军中来了！翟王，对不住了。本王不能掩饰弥缝，更不能任不法之徒横行，只得厉行镇压。"说着，对傅颜说："将带头的人斩首，其余的每人杖责一百。"翟斌与翟真见慕容垂的态度如此坚决，相顾失色，但也不敢再说什么。

傅颜响亮地答应一声，带兵把为首的五十多名丁零乱兵推到一旁，将他们斩决报讫，又将其余的一百多人押了过来。这些人眼见同

第十五章 邺城攻围

伙被杀,一个个吓得脸色惨白,两腿发软,"噗通噗通"都跪在地上。慕容垂瞥了他们一眼,铁青着脸道:"国有国法,军有军规。你们抢劫粮台,实属肆意妄为。本王念在你们是协从,姑免尔等的死罪!来呀,每人重责一百军棍。"话音刚落,早有一群大汉,手持鸭蛋粗细的军棍,如狼似虎地走上前来,将这些丁零部兵按倒在地,扯掉裤子,毫不容情地抡起棍子,噼里啪啦地狠打起来。一棍连着一棍,越打越重,越打越凶。

参与抢粮的丁零兵老老实实地伏在地上,被这一顿棍子打得鬼哭狼嚎。须臾,一百军棍打完。慕容垂对翟斌说:"本王已处刑完毕,请将他们带回军中,严加管束。"翟斌自觉面上无光,只得道:"大王处分的是,我等遵命就是。"说着,命人抬着被杀士兵的尸体回营。那些挨打的丁零部兵早没了方才的嚣张气焰,在同袍的搀扶下,一瘸一拐地回向自己的军中。

丁零人驻扎在邺城北边,偌大的营房里搭着几万架帐篷,中间的隙地走来走去的全是些本族士兵。他们与鲜卑人相比,脸型略长,皮肤更显粗糙,虽然来到中原十多年,但仍保持着自己的生活习惯,都穿蓝、灰、黑色的上衣,长可过膝,束着长达两米的腰巾,下着袴褶,腰悬短刀,足下多是短筒皮靴。翟斌满肚子不高兴地回营后,沉着脸,让人把被杀的部下草草埋葬,又将翟真唤到了自己的帐里,密议了起来。

随后的几个月,慕容垂留部分军马围住邺城,又分兵四处掠地筹粮,以太原王慕容楷安抚山东;命陈留王慕容绍进攻枋头;派范阳王慕容德进攻信都(今河北省冀县)、常山(今河北省镇定)、中山(今河北定县);以平规进攻蓟城。公元384年6月,燕军攻克常山郡(治所在今石家庄西北),进围中山。前秦守将虽严密防守,终难抵挡燕军的攻势,7月,城陷。范阳王慕容德被派驻中山屯兵留守。

一晃到了9月,邺城周边的耕夫早已逃亡,大片的土地荒芜。原本肥沃的田地里,长起了半人高的野草。慕容垂派慕容宝等人巡行冀州

· 215 ·

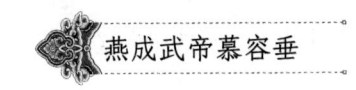

各府县，令民间不得养蚕，将桑椹充作军粮，还派人四处搜罗秋瓜野菜，让士兵充饥，又考虑到将士们的给养不足，便停止强攻邺城，采取围而不打的策略。26日，秋高气爽，碧空如洗。慕容垂与皇甫真、傅颜、慕容农等人骑马围着邺城巡视，从城南转到城北，又到二十里外的华林园（今河北省临漳西南古邺城北），略事休息。

这个园子是赵王石虎都邺时所建，外面环绕着十余里的围墙，经过兵燹之后，园内的殿堂台阁，如凌云城、金花洲、光碧堂诸胜已只余残迹。光碧堂前便是百花洲，洲上积石为山，植以奇树，杂以花卉，四周开凿湖池溪渠，引水为池，风景还算可观。洲边有棵大槐树。槐树西侧有堵矮墙。那道墙是砖石砌成，顶端倾颓了数尺，还剩一人多高，上面长满了半人高的杂草藤蔓。慕容垂等人来到堂外，命人在槐树荫下摆开一张长条桌和几把椅子。几个侍者在桌上放好茶具，又斟上几杯清茶。

蔚蓝色的天空一尘不染，晶莹透明。朵朵霞云照映在清澈的池水上，分外绚丽。慕容垂与皇甫真、傅颜围桌而坐。阵阵金风拂过，众人感到遍体清爽，便谈起了攻城不下的事。傅颜道："大王！邺城要这么围下去，再有个一年半载也不一定能见分晓。"慕容垂捋着胡子说："目前看来，城中守备严固。我们若一味强攻，徒然多损精锐，只得长驻久困，倒也不必求旦夕之功！"皇甫真点头道："这话倒也不错。过些日子，还可以引漳水灌入城外的长围，管教城中的残敌插翅难飞。"

三人正说着，忽见西面那堵园墙晃了几晃，又听到墙头土块"哗哗啦啦"落下的声音，正在纳闷。就在这时，整堵园墙已是轰然而倒。砖砾雨坠之间，赫然冒出几十个秦兵。这些秦兵手里都端着弓箭，明晃晃的箭头，却是对准了慕容垂等人。

皇甫真是一介文官，见此大变，不由得一愣。慕容垂的反应则快得多，一见墙摧敌现，挥掌便拍起桌子，护在身前，任由桌上的碗盏摔得粉碎，紧接着，两手疾出，分别拉住皇甫真和傅颜，将他们二

第十五章 邺城攻围

人扯过来，一齐藏在桌后，耳畔就听破空之声大作。桌子上"笃笃笃……"响个不停，刹那间也不知中了多少箭矢。旁边的五六个侍者已被射成了刺猬，连一声惨呼都没能发出，便横躺竖卧地倒在地上。傅颜待箭雨稍止，拔出腰刀，便要挺身迎敌，刚一露头，就有一箭飞来，擦着其头皮直掠了过去。他急忙又伏在桌后，吓出了一身冷汗。

慕容农领着一百多名亲兵在园门处警戒，听到里面一阵大乱，忙飞身上马，奔过来查看，一见此景，惊骇莫名，麾兵向前疾冲。墙外的众刺客调转箭头，对着燕军骑兵就射了一轮，箭法居然奇准，将二十余名骑兵射落马上。慕容农等人举着盾牌，冒死冲到了众刺客的近前，让他们的弓箭失去了作用。几个回合一过，众刺客毕竟吃了人少的亏，先后被砍翻在地，剩余两个受了伤，单手抢刀，边打边撤，想退入不远处的密林中。慕容农与几名骑兵飞马过去，截住了他们的退路，这时，驻扎在附近的慕容麟也带兵来援，将剩下的两名刺客包围缴械，又把他们推到慕容垂等人面前。

慕容垂、皇甫真和傅颜立在断墙边，身旁死尸纵横，更有血迹斑斑。三人又瞧了瞧长桌上密排的箭矢，都是暗道侥幸。慕容垂惊魂甫定，当场讯问俘虏，道："你们是从哪里来的？"两个俘虏倒也硬气，昂然而立，并不作答。慕容麟拔出刀来，一声不吭地走近前去，手起一刀，将一名俘虏的右臂斩下，断臂处顿时血如泉涌。那名俘虏惨叫一声，倒在地上，竟是疼晕了过去。慕容麟走近另一名俘虏，冷笑道："怎么样？你是不是也想这么活活痛死？"

那名俘虏的眼光不敢与他相接，脸色煞白，出了一脑门儿的虚汗，见慕容麟举起刀来，作势要劈下，忙道："我们是从邺城出来的。"这话一出，众人皆感意外。皇甫真在旁喝道："邺城围得水泄不通，你们是怎么出来的？"俘虏喘了口气，道："昨晚，我们受了长乐公之命，从北城墙上坠了下来，埋伏在这园子附近，本想今夜入营刺杀几个名王大将，见你们过来，又见你们不似普通士兵，便尾随而至。"

慕容垂与皇甫真反复盘问，见那俘虏再说不出什么，看来他也只是奉命行事，对内情却是一无所知，便让人将他押回军营看管，连那晕死的俘虏也一并抬走。暮色沉沉，鸦雀归巢，林间一片啾唧之声。慕容垂立在原处，长长的影子拖在地上，越想越是心惊，因为北城外便是丁零人的防区。他脑子里反复琢磨着："翟斌莫不是与苻丕暗通款曲，才故意放秦兵通过？"

慕容垂没有猜错，翟斌果然与苻丕有了勾结。原来，翟斌当初忌惮慕容垂的威名，勉强归附，后来自恃年长兵多，又见邺城久攻不下，遂不甘久居于人下，决定再反一次。他率部独挡北城，借巡察之际，悄悄将一封信绑在箭上，射进城去，密输诚款，请兵接应。苻丕倒也看到了翟斌的信，只是不知真伪，故而难与重兵，便借着北城外防守松懈的机会，缒下几十名刺客，让他们去刺杀慕容垂，却没有得手。

数日后的深夜，丁零首领翟斌又带着几个心腹来到邺城下，准备再次与苻丕联系，约个时间里应外合，吞并慕容垂的队伍。城头上看不到光亮，四下里静悄悄的，毫无动静。翟斌从背后的箭袋里抽出一支箭，又从怀里掏了一封书信绑在箭杆上，左手持弓，右手拉开弓弦，准备将箭射上城头，正在这时，忽听不远处的黑暗中，传来几声"嘿嘿"的冷笑。这冷笑声虽很轻微，传到翟斌的耳朵里，却无异于晴天霹雳。翟斌大吃一惊，还没等他弄明白怎么回事，就见周围有许多支火把燃起，登时将附近照耀的一片通明。慕容垂全身披挂，率慕容农、慕容麟、傅颜等人立在火把之下，正冷冷地盯着他，身后是黑压压的军兵。翟斌见事情败露，惊得面无人色，右手一颤。那支箭脱弦而飞，却是失了准头，斜斜地射了出去，落到了十余丈之外。

几个燕兵不待吩咐，疾步奔过去，拾起箭，连同箭杆上绑的书信，一并交到了慕容垂的手里。翟斌心里暗道一声："糟糕！"撇下弓箭，回头就跑，但没跑多远，就被傅颜带兵追上。燕兵将翟斌等人围住，没几个回合，便把他们打翻在地，又将其捆了个结结实实，推到慕容垂面前。慕容垂借着火把之光，看过了那封密信，坐实了翟斌谋反的罪名，见他被绑得像个粽子似的来到眼前，根本不屑于与之多言，手一挥，命人将翟斌在城下斩首，又派兵连夜包围了丁零驻地，派慕容德、慕容农、慕容麟等人收编了丁零兵马。当晚，翟真和翟辽却带了几千部众趁乱出逃了。

  慕容垂清洗了队伍里的翟斌及其党羽之后，又在邺城外围了大半年，直到第二年的开春。几场绵绵春雨过后，邺城一带的旱情得到了很大程度的缓解。慕容垂命人引漳河水灌城，又在外面筑长堤、挖地道，百计攻城。城里的苻丕一边拼命固守，一边期盼着苻坚能派兵来援。但是，独坐穷城的苻丕并不知道，远在长安的苻坚现在也是自身难保了。

燕成武帝慕容垂

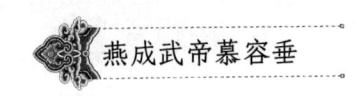

第十六章　苻坚之死

>苻坚的胳膊被缚得酸痛，听说对方竟然提出这样的要求，不由得气儿不打一处来，瞪大眼睛怒斥道："五胡次序，无汝羌名。玉玺已送往晋国，你就死了这条心吧。"

秦王苻坚当初把族人分遣到各地，本意是为了全面控制国土，却令氐人军队陷入各自为战的局面，成了一盘散沙。长乐公苻融在邺城被慕容垂拖住。洛阳的平原公苻晖回援长安，半路遭慕容冲截杀，所部七八万人全军覆灭，索性自杀。然而福无双至，祸不单行。东晋也趁火打劫，出师北伐，一口气儿收复了巴蜀和汉中。公元384年8月，东晋大将刘牢之、谢玄再次出兵，轻而易举地夺回淮河以北、黄河以南的大片土地。前秦帝国至此分崩离析，关中百姓流亡失散，道路断绝，方圆千里没有人烟。苻坚既要讨伐姚苌，又要对付慕容冲，左支右绌，最后所掌握的仅剩长安一座孤城。

公元384年9月，慕容冲自称皇太弟，任命百官，引军十万，进逼长安，将一座长安城围得水泄不通。城外鲜卑人扎起的营盘密密麻麻，一眼望不到头。各式旗幡随风飘扬，像五色云彩。不时有大队的

第十六章 苻坚之死

骑兵绕城而过，蹄声如雷。长安所有的城门紧闭，城中的空气紧张而凝重。百姓们人人自危，担心着城破之后的命运。长安城仅存的两万多秦军，纷纷抄起武器，登城布防。

这一日，秦王苻坚率朝臣登上城头督战，身披甲胄，立在黄罗伞盖之下，手扶城堞，望着城下声势浩大的鲜卑军队，脸上像罩上了一层乌云，自言自语道："此虏从何而来？竟如此强大！"言下很有些郁闷。此时，城下的鲜卑军中响起一阵"呜嘟嘟"的号角之声，队伍如波翻涛裂般地往两边一分。慕容冲头戴金盔，身披金叶连环甲，骑着一匹白马，耀武扬威地越众而出，来到阵前。

太阳躲在了一片云彩之后，蓝湛湛的天空变得有些灰暗，一阵飒飒的秋风拂过城头。苻坚双眉紧锁，眉棱和颧骨突出，脸颊愈见瘦削，望着城下的慕容冲，大声责问道："你等群奴正可放牧牛羊，何必到此送死？"慕容冲是慕容炜的同胞兄弟，还不到三十岁，皮肤白皙，俊眉朗目，手里拎着根银柄的马鞭，一脸的得意洋洋，朗声答道："奴厌奴苦，今率兵而来，打算取汝以代。"苻坚自降世以来，还没被人这样当众奚落过，直气得脸颊通红，鼻孔一张一翕，恨恨地道："朕不用王景略、阳平公之言，使鲜卑杂虏敢如此放肆。"一扭头，瞧见慕容炜正在身边，不由得戟指大骂道："你们鲜卑人全是人面兽心，你兄弟就是条养不熟的白眼狼，枉我以国士相待。"新兴侯慕容炜吓得抖衣而战，"扑通"一声跪倒在地，磕头如捣蒜，口里连称自己该死。苻坚恨不得掐住慕容炜的脖子，将他从城墙上扔下去，但见他这副可怜样，勉强抑制住心里的狂怒，"哼"了一声，便带着众侍卫拂袖而去。

一团一团的白云像弹好的羊毛，在空中慢慢地飘浮着。慕容炜待苻坚等人下城之后，才失魂落魄地扶着城墙，慢慢站了起来。他膝盖上带着两团尘土，先看了看周围严阵以待的秦兵，又望了望城外云屯雾集的族人，心里说不出是什么滋味，便无精打采地沿着马道下了城，骑马走过行人稀少的长街，回到了自己的府第。慕容炜入秦之后，虽有爵位，却无实权，只领一份干饷罢了。他的府第在长安城东，不大的一个小院。院子外面是青砖砌成的围墙。前院三间正房充作客厅。后院是内宅，不过半亩左右，住着慕容炜的家眷。可足浑氏住着后院的两间正房，慕容炜住在东边的偏房里。

秋日的黄昏总是来得很快，太阳一会儿就落进了西山。慕容炜耷拉着脑袋进了家门，回到房里，浑身无力地瘫坐在一张椅子上，想到苻坚充满杀气的眼神，连打了几个寒颤，觉得自己这颗脑袋早晚会被秦人摘了去，正在这时，就听门外脚步声响，紧接着门帘一掀，见母亲可足浑氏从外面走了进来。可足浑氏年过五旬，花白的头发梳成双髻，身穿粗布衣服，不再佩戴金银首饰，看上去就是个普通的老太太。

可足浑氏已知二儿子打到了城外，心里也是没着没落的，方才在屋里听到大儿子回来，便在手里托着盏油灯，特来探问。慕容炜见母亲进来，连忙起身让座，自己侍立在一旁。可足浑氏将灯盏放在桌上，坐在桌前的椅子上，看了看儿子灰白的脸色，道："炜儿，城外果然是你二弟的队伍吗？"慕容炜点了点头，道："不错，儿子在城上看得清清楚楚。城外足有十余万人，为首的正是冲弟。"可足浑氏抬眼扫视着空空如也的四壁，默然半晌道："冲儿这般作为，迟早会给我们引来杀身之祸。"慕容炜一脸的愁容，低垂着脑袋，心情忐忑地道："母亲说的不错，儿子也正担心这事。"

室内又一阵寂静，母子二人的身影在墙上拖得老长。可足浑氏思忖了一会儿，似是拿定了主意，对慕容炜道："儿啊！咱们反正是逃不出去，与其在这里坐以待毙，倒不如先下手为强。"慕容炜抬起头来，两眉一挑，惊道："母亲的意思是……？"可足浑氏眨着一双三角眼，眼眸里射出两道狠毒的光，道："我想皇城的大部分禁军都在城头防守，宫中守卫必弱。如今长安城内的鲜卑人尚有数千，都视你为故主。你何不纠结一些人杀入宫中？若能斩了苻坚，再趁乱开城迎你二弟，便可转祸为福。"慕容炜听到这里，心里打了个突，道：

第十六章 苻坚之死

"母亲！儿子……恐怕做不了这样的事。"他自知为燕室罪人，在长安只与几个亲信往来，素日很少与旧臣联系。可足浑氏对长子自然是了解的，心里却自有计较，道："慕容永久居市井，曾受过你的恩惠，不妨让他去联络人手。若能集结起百余人，便足以在城中起事。"

一弯残月斜挂在长安城上，正缓缓地移向中天，周围是几片银灰色的浮云。外面夜风渐紧，丝丝冷风透窗而入。慕容炜垂手而立，思索了一番，犹豫着道："母亲！此人贪财，恐怕未必可靠。"可足浑氏巴不得赶紧杀掉苻坚，让慕容冲进城，也让自己重享往日的富贵荣华，见慕容炜举棋不定，便道："冲儿在城外这么折腾，咱们慕容氏阖族都得受其株连。慕容永虽是燕室疏属，到时候也跑不了。他又不蠢，为了自保，还能不听你的调遣？"慕容炜为人柔弱，本没什么主意，听母亲说的有些道理，便不再违拗，答应明天一早就派人去召慕容永前来。可足浑氏又叮嘱了慕容炜一番，确保他不会变卦，便起身回自己屋了。

第二天清晨，长安城在白茫茫的雾气里现出轮廓。城中鳞次栉比的屋顶上，蒙上了一层凉凉的露水。慕容永随族人迁进关中后，因与前燕皇族的血统较为疏远，所以并没有得到一官半职，于长安的生活曾一度陷于贫困，幸好在慕容炜的接济下，开了个杂货铺为生。铺子就在新兴侯府不远处的一处陋巷里，只有两间门脸，门口挂着竹帘，入门是一排高大的货架，上面放着些草鞋、扫帚、针头线脑、胭脂水粉及各种杂货。货架左侧是一个油漆斑驳的柜台。柜台有半人多高，一丈多长，四尺多宽，上面摆着秃笔残墨和一本纸页泛黄的账本。柜台后面有一道小门，门楣上面挂着一条青布帘子，通向后院。这天早上，慕容永懒洋洋地起床，刚开了门，还没来得及卸下铺板，就见慕容炜的家人前来相召，忙又关上铺子，匆匆随之而来，进到新兴侯府的客厅。厅里迎门处摆着一张红木方桌，两旁是椅子，四壁挂着几张普通的字画。慕容炜神色不定地坐在方桌的一侧，见慕容永来到，便

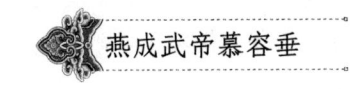

指着另一把椅子，命其落座。

慕容永散披着件黑色的长袍，带着一脸谄媚的笑，道："在侯爷面前，哪有小人的座位？您唤小人来，不知有什么吩咐？"慕容炜也不勉强他，命家人取来个蓝皮儿包袱，摆在桌上。包袱里的东西与桌面撞击，发出沉重的声音。慕容炜把家人打发出去，指着包袱道："这些是给你的，自己打开看看吧。"慕容永依言上前，解开包袱，见里面是五百两纹银。一枚枚翘边细纹的银锭，放射出炫目的白色毫光。慕容永看着眼前的银子，咽了口唾沫，道："侯爷有话，但说不妨，这银子小人可是不敢领。"

慕容炜朝厅外望了望，这才低声道："叔明，你也知道，如今我二弟率兵围了长安城。早早晚晚，符王一发狠，也许就会砍了我的脑袋……"说到这里，住口不语，只是犹疑地看着慕容永。远处传来几声战马的嘶鸣，听起来颇有些惊心动魄，像是给慕容炜的话做了注脚。慕容永何等机灵，见对方有些信不过自己，忙道："侯爷有事，但请吩咐。我好歹也是慕容一族，还能胳膊肘向外拐不成？"慕容炜点了点头，似是下了决心，便将心腹事和盘托出，道："我想来想去，再无别策，只能在城中起事，冒死一搏。这些银子，也不是给你的，你拿去邀结些鲜卑好汉，随我杀进皇城可好？"

慕容永也已四十多岁，听了慕容炜的话，很感意外，心里怦怦直跳。但他城府颇深，脸上不动声色，应声道："侯爷说的很对，如今的形势已是危在旦夕！卑职这些年做生意，倒也识得不少本族豪杰，虽不敢说'振臂一呼，应者云集'，但纠结百十人还是不在话下。请您在府中稍待，我这就去找些可靠的人手。"说着，双手作了个揖，转身便要离去。慕容炜听他这么说，心里忧喜参半，连忙把他叫住，起身取过桌上的包袱，递给慕容永。慕容永推辞了几次，只得接过，千恩万谢后离去了。

慕容永提着包袱出了新兴侯府，缓缓走在路上，低着头暗自琢磨："侯爷此事近似于纸上谈兵，几乎不可能成功。即便成功了，长

第十六章 苻坚之死

安城里尚有几万秦兵，还不把我等剁成肉泥？"他想到这里，便又掉头回到慕容炜的府外。

临近中午时分，太阳扫荡着天地间的茫茫雾气。路边的树木在街道上投下浓重的阴影。新兴侯府前渺无人踪，大门紧闭。慕容炜草草用过午饭，寻出把宝剑，系在身上，想着慕容永也该来回报了，便缓步来到前厅，还没等坐下，就听到府外传来军马奔驰的声音，紧接着，又传来一阵惊天动地的砸门声。慕容炜吃了一惊，心头掠过一阵不祥的预感，急忙出厅，刚来到院子里，就见两扇府门已被人撞开。一群如狼似虎的秦兵冲进府，不容分说，将慕容炜绑了，又将可足浑氏从后院拖了出来，一并绑了，推到长安城头。这天，慕容炜与可足浑氏皆被秦兵斩于城上。

慕容炜虽然无能误国，毕竟曾是燕国的皇帝，就这样被秦人在城墙上砍了脑袋，也激起了所有鲜卑人的愤怒，更让慕容冲失了顾忌。慕容冲目睹母、兄被斩，遂咬牙切齿地下令攻城。此后一连数月，十余万鲜卑人冒死爬城，虽然一次次地被秦兵打了回去，但攻势并不稍衰。那些被苻坚迁到关中各地的鲜卑人，闻讯纷纷赶来，争先恐后地加入了慕容冲的队伍。长安城外的围师，迅速增加到二十多万人。

转过年来，长安被困已久，城里给养断绝，出现了大面积的饥荒。粮店里没有粮食，米袋和粮囤都见了底。肉店里久已没有肉卖，门前的肉砧蒙上了一层厚厚的灰尘。家家户户开始断炊，人们饿得没有办法，只得将树皮、草根剁碎，放进锅里加水煮熟，再吃进肚里勉强充饥。又过了一段时间，阖城的树皮、草根都被吃完了，城内饿死的人越来越多。有的人穿着破旧的衣衫，摇摇晃晃地走在大街上，一旦倒下，就再也起不来了。一开始，秦兵还在城内荒僻之处挖坑，将死人草草埋葬。到了后来，饿死的人太多，已是埋不胜埋，只能任由死尸在大街上腐烂。长安城里生机断绝，大街小巷难见人踪，路边尸骨累累，简直成了一座鬼城。城上的守军穿着破衣敝甲，怀里抱着刀枪，苦苦地支撑着。

燕成武帝慕容垂

这年5月的一天，天气渐渐地热了起来。秦王苻坚知道部下在饿肚子，便命人杀了几匹御马，在未央宫设宴，招待麾下诸将。宫里的各色帐帷早已撤去，做了守军的袍服，四壁只剩下光秃秃的几面墙。苻坚容颜虽然憔悴，穿得还算整齐，默默地居中而坐。几十名秦将一个个面孔黝黑，穿着破破烂烂的甲胄，络绎进到宫里，行过参见之礼后，分别坐在两旁的矮桌。不一会儿，几个瘦骨嶙峋的太监在每个桌上摆了一只海碗、一副筷子。每个碗里盛着几块煮熟的马肉。厨子没有调料，只能将剁开的马肉放在锅里用清水煮过，撒上盐后，连着汤汤水水盛进碗里，再让太监们端上桌来。

诸将多少日子没见荤腥了，见了热气腾腾的马肉，直咽唾沫，也顾不得君前失仪，急忙抄起筷子，夹起肉块放进嘴里，嚼都不嚼就囫囵着吞下肚，宴后赶紧回家，吐肉以饲妻儿。

苻坚又在长安坚持了半个多月，终于撑不下去了，遂带上张夫人与一队侍卫，乘夜溃围而出，逃至五将山（今陕西省西安市西北，岐山县东北）。五将山山峦挺秀，峰高雾浓，满山披绿，曲水流淌。苻坚等人到了山下，甩掉后面的鲜卑追兵，已是人困马乏，便下马休息。侍卫们在山麓的丛林里抓了几只野兔，又搜集了一些木柴，准备给苻坚烤些野味充饥。正在这时，忽听远处响起了一阵马蹄声。苻坚坐在一棵树下，神色陡变，道："不好，难道是敌人追来了？"说着，与张夫人站起身来，向远处眺望。张夫人眼尖，见奔近的追兵多头上梳辫、绕髻于脑后，连忙挽住苻坚的臂膀，一脸惶恐道："陛下，看这些人的装扮，不是鲜卑人，倒像是羌人的队伍。"

苻坚也看出来了，不由得心里一沉，道："八成是姚苌这叛贼！我们快走。"众人刚要上马，但已不及。这队追兵约有五百人，为首的正是姚苌。姚苌已被古羌和西州豪族推为盟主，自称大将军、大单于、万年秦王，年号白雀，屯兵北地郡（今陕西省富平县），聚众十余万，厉兵积粟，以观时变，又将儿子送与慕容冲为质，联合鲜卑人一起反秦，听说苻坚逃出了长安，遂率兵四处搜捕。他们发现

第十六章 苻坚之死

路上的蹄迹便尾随而至,早就看到了山下的苻坚等人,便四面包抄上来。苻坚身边的敢战之士本就不多,突围的时候又折损了大半,只余下百十人,也已人困马乏,在羌人骑兵的攻击之下,一时奔溃。姚苌俘获了苻坚与张夫人,将他们带回新平郡(今陕西省彬州市水口镇),囚禁于静光寺。

半夜时分,一轮残月渐渐升到高空。夜风卷来几片透明的灰云,遮住了淡淡的月光。静光寺外一片黑暗,伸手不见五指。四十七岁的秦王苻坚披散着头发,与张夫人相依相偎,半蜷着腿,坐在灰尘布满的地上。他脑海里各种念头纷至沓来,想起这些年面南称帝,又统一了北方,最终竟落得这个下场,心里涌起愧怍、懊悔、愤懑的复杂情绪,脸上的肌肉微微抽搐着。正在这时,厢房的门打开了,姚苌腰里挎着宝刀,从外面走了进来,身后随着两名亲兵。亲兵的手里各提着一盏灯笼。苻坚被灯光晃得有些睁不开眼睛,好一会儿才适应了光亮,勉强站起身来。

姚苌头戴裘帽,穿着布衫长裤,腰系绣花腰带,打着皮裹腿,见了苻坚,似是有些不好意思,垂手立在一旁,眼睛望着地面,半晌方道:"陛下此次出奔,不知可将传国玉玺带在身上?景茂(姚苌的字)次膺符历,可以为惠!"传国玉玺是秦代丞相李斯奉始皇帝之命,用著名的和氏璧镌刻而成。整方玺方圆四寸,色绿如蓝,温润而泽,背有螭钮五盘,正面刻有李斯所书的八篆字"受命于天,既寿永昌",是中国历代正统皇帝的证凭,也是皇权天授之信物,被历代帝王奉若奇珍。

苻坚的胳膊被缚得酸痛,听说对方竟然提出这样的要求,不由得气儿不打一处来,瞪大眼睛怒斥道:"五胡次序,无汝羌名。玉玺已送往晋国,你就死了这条心吧。"姚苌虽见苻坚态度强硬,但还是不死心,又继续游说,求苻坚禅位给他。苻坚自以待姚苌有恩,如今却落在对方手里,心里尤为愤恨,"呸"的一声,朝地上吐了一口唾沫,毫不客气地将他大骂了一顿,最后说:"'禅代'是圣贤之事。

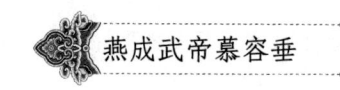

你姚苌不过是一叛贼，怎配与古圣先贤相比？"姚苌碰了一鼻子灰，灰溜溜地出了屋子，随手关上房门，命哨兵好生看管，过了几天，便派人将苻坚与张夫人缢杀于静光寺中。

秦王苻坚遇弑之后，太子苻宏带着母、妻及宗室男女几千骑逃出长安，奔往江南，投降了东晋。慕容冲挥军入城，纵兵大肆掳掠，将长安城变成一片瓦砾场。城中原有的数十万户居民，被杀得十不存一，连胡天明那样的盐商巨贾也是举家被屠。半数房屋被烧毁，熊熊烈火数日不绝。城中大狗小狗成了无主的野犬，成群结队的在废墟里乱窜，吃死人吃得两眼血红。苻坚既逝，慕容永知道自己告发慕容炜之事被瞒得严严实实，便又投在慕容冲的麾下。慕容冲念在慕容永同为皇族一脉，便封其为尚书。

公元386年2月，又是一年的初春。巍巍长安经历过一番兵燹之后，仍没有恢复元气。繁华的朱雀大街上一片死寂，道边的房屋全都残破不堪，墙壁上留着被烈火焚烧过的痕迹，四周遍布焦黑的瓦砾。大片的断壁残垣中长出高低不齐的椿树苗，有的树苗都快有一人高了。皇城外的柳树干上带着累累的刀痕，倒是顽强地生出了淡黄色的嫩叶，树下的小草从成堆的瓦砾中冒了出来。城中涌入几十万金发白肤的鲜卑人，将城中残存的物资洗劫一空之后，随处搭起帐篷，就这么居住起来。

这天中午，璀璨的阳光投射在未央宫的殿顶上。宫前的十六根大理石立柱在台阶上拖着长长的影子。慕容冲入长安之后，匆匆在未央宫登基称帝，倒也让偌大的皇城免遭兵劫。

西燕王慕容冲在未央宫中摆下一桌丰盛的酒席，正与最宠爱的刘妃吃酒取乐。他称帝后，志得意满，不再顾及将士们的死活，役使兵卒在宫中大兴土木，修缮园林殿宇，搞得军中怨声载道，自己却浑然不知。

正在这时，宫外忽然传来几声瘆人的惨呼，打碎了慕容冲心中刚刚升起的欲望。紧接着又传来一阵兵刃撞击声和粗野的叫骂声。慕容

第十六章 苻坚之死

永搞不清出了什么事,正在中心栗六之际,就见一个太监慌里慌张地跑了进来。太监脸色煞白,上气不接下气地道:"陛下,大事不好!外面执役的军士作乱,还杀了几个侍卫。"慕容冲吃了一惊,扔了手里的酒杯,一把推开身边的刘妃,起身来到窗前,向外一看,见宫前果然来了一队兵士,为首者是左将军韩延。韩延原为慕容泓的旧将,后归于慕容冲麾下,现与所部在宫中修造池苑。他此时全身披挂,额头青筋暴起,瞪着一双通红的眼珠子,撸着两只袖子,右手提着把带血的钢刀,边走边骂骂咧咧道:"我等大好鲜卑健儿,岂是为人做苦力的?咱们找皇上说理去,大伙儿离了长安这个鬼地方,同回关东老家去!"他身边的一群兵士乱嘈嘈地附和着,齐朝着未央宫冲来。

慕容冲这才明白自己苦役将士,激成了今日的兵变,见韩延一脸的杀气,岂止是与自己理论?再在这里待下去,必有性命之虞。他想到这里,也不管一旁的刘妃,头也不回地绕过屏风,一溜烟儿似的跑进后殿,又逾墙逃出了未央宫,又着急忙慌地穿过几条甬路,来到一座偏殿旁边。这座偏殿坐落在皇城东侧,平时没什么人来,殿门上明晃晃地挂着一把铜锁,好在殿宇四周的宫墙不算太高。

慕容冲急于逃命,手攀着墙头纵身而入,见偌大的院里不见人踪,便又绕到殿后。后面建有一排平房。这排房子久历岁月,墙根下生满了苔藓,应该是宫里太监的住所,其中一间房子的门虚掩着。慕容冲一溜小跑着来到房门前,推门而入,见房中无人,地上布满灰尘,看样子是久已无人居住了。长安皇城中的太监、宫女本有千余人,经战乱之后,饿死了绝大多数,现在仅剩不到百人,所以很多房子空着。慕容冲回手闩上门,矮身躲在一个阴暗的角落里,大气也不敢出,耳中听到殿外有一队兵士吵吵嚷嚷地走过,过了一会儿,四周渐渐地安静了下来。

慕容冲略放下心来,这才觉得屋内一股子霉味刺鼻,转念想到:"虽然眼下安全,但乱兵马上就会搜索整个皇城,自己在这里终究藏不住。"他定了定心神,张惶地向四周看了看,见东边是一张大通铺，可以睡十几个人。铺上杂乱地扔着些旧铺盖卷。南墙下立着一个大衣柜。慕容冲起身走过去，伸手拉开柜门，见里面挂着几套半新不旧的太监服饰，不禁灵机一动，三、两下脱掉身上的龙袍，穿起一套太监的衣服，又戴上顶幞头，自己上下看了看，觉得挑不出什么破绽，便轻轻开了门，从屋里出来，听了听殿外无人，便又越墙而出，借着树木花草的掩护，一路躲躲闪闪地向朱雀门走去，走不多远，忽见前面倒着十几具尸体，看样子都是被杀的禁军。慕容冲心里明白，这些人都是不肯从乱而被韩延杀死的。他不敢再看，别转过头，从尸体旁边走过，心里打着如意算盘："皇城外还驻扎着忠于自己的部队，他们尚不知道这里的情况。自己只要是能够出了皇城，再招来勤王的兵马，收拾这些乱兵可就易如反掌了。"

已近傍晚，夕阳落向长安城头，暮色四合，成群的鸟雀在天上盘旋着。随韩延作乱的兵士也就千余人，监管不到皇城所有的地方，竟被慕容冲混到了朱雀门。朱雀门前戒备森严，有十几个全副武装的士兵正在盘查出入的人等。慕容冲知道成败在此一举，便将幞头向下拉了拉，压在眉毛之上，硬起胆子，做出一副从容的样子来到门前。门前的士兵头领是个校尉，见来了个太监，喝道："干什么的？去哪里？"慕容冲道："出去买点儿东西。"他百密一疏，却忘记了改变嗓音。

校尉听来人语声深厚，浑不似太监的公鸭嗓，不由得起疑，又见他遮遮掩掩，便喝道："将帽子摘下来。"慕容冲本不愿以真面目示人，听了这句话，心里一惊，结结巴巴地说："感冒了，不能见风。"校尉慢慢走近身去，道："原来这位公公身染小恙，那可要保重些。"嘴里这么说着，却突然一伸手，将慕容冲的幞头扯掉。慕容冲本无胆色，见帽子被摘，只吓得魂飞魄散，转头撒腿就跑。

校尉自然识得慕容冲，见他张皇失措地逃跑，带着人随后就追，几步就赶到慕容冲身后，飞起一脚，将他踹了个嘴啃地。其余的士兵一拥而上，将慕容冲牢牢按住，从身上掏出绳子，将他牢牢地捆缚了

第十六章 苻坚之死

起来,押着他一起赶往未央宫。天渐渐地黑了下来,夜风带着些许凉意掠过皇城。未央宫前挂着一排大红灯笼,灯光照得宫前一片通明。石阶下横倒着一具尸体,正是刘妃。刘妃的脖颈中缠着一条白绫,看样子是被人勒死的。韩延和十几员将领站在台阶上,正如众星捧月般地围着慕容永说话。

慕容永穿着崭新的一品官服,整个人精神了许多,见慕容冲被人押到,便负手走下台阶,施施然来到他的面前,不阴不阳地道:"陛下,得罪了。"慕容冲这才明白,原来慕容永才是这次兵变的幕后主使。他面色如土,结结巴巴地质问道:"慕容尚书,朕哪里对不住你,你竟敢犯上作乱?"慕容永瞅着已成为阶下囚的慕容冲,心想:"你倒是没有对不住我,但我告发了可足浑氏与慕容炜,倒是很对不住你呢!为免后患,不得不挑唆诸将把你除掉。"但这话又不能宣之于口,眼珠儿一转,便森然道:"咱们鲜卑人都生长于关东,自从被迫迁到关中之后,无时无刻不在怀念桑梓。你却在长安修造宫室,做起了长住的打算,弟兄们岂能容你?"韩延在一旁帮腔道:"慕容尚书说得是一点儿也不错!"然后,又指着慕容冲的鼻子,斥责道:"你为人残忍,毒暴关中。如今长安一带,千里无烟,尸骸遍地,皆拜你所赐。你这番作为,还有什么资格称皇帝?"

慕容冲见慕容永和韩延都是目露凶光,自知死期已近,索性把心一横,昂头冷笑道:"朕耽于逸乐,修造宫殿,日益骄奢,实为有过。但慕容垂割据关东,兵强马壮。我们若是回去,岂能为其所容?你们若一意孤行,率众东还,不知可以猖狂到几时?"慕容永不愿听他废话,冲着韩延使了个眼色。韩延会意,一挥手,身后冲上来几个军兵。这几个军兵将慕容冲拖到宫墙边的一棵柳树旁,取过一条白绫缠在他脖子里,又将白绫的一端挂在一根粗大的柳树枝干上,就这样将慕容冲勒死在未央宫前。

前燕王慕容炜、大秦天王苻坚、西燕王慕容冲等人相继身死,慕容永随后率鲜卑族人弃了长安东还,后秦王姚苌则趁机率羌人据有长安。这一系列事件震动四方，相关消息很快也传到了邺城附近。10月的一天，天上阴云密布，邺城外的燕军大营，笼罩在一片朦朦胧胧的雨中。燕王慕容垂与皇甫真、傅颜等人聚在帐中，听慕容麟绘声绘色地讲着苻坚等人的死讯。慕容垂听六儿子说完，先是惊愕，随后不禁一阵黯然。

帐外传来大雨的喧嚣，帐里一时无人说话，显得很安静。皇甫真坐在一旁，觉得这是个攻克邺城的好机会，便打破沉默道："大王！'用兵之道，攻心为上，攻城为下，心战为上，兵战为下'。我军屯兵坚城之外，久攻不破，何不将苻坚的死讯透进城去？秦兵听到这个消息，军心必乱。我们再大举攻城，成功的把握就大得多了。"慕容垂思忖着说："邺城久经攻战，城池残破，百业萧条。苻丕虽然穷困已极，却迟迟不肯投降，不过是在期待外援。他若知道苻王死讯，可就彻底断了念想，理应回关中复仇……楚季！咱们不妨解围撤兵，开其西走之路，也算是报苻王当年大恩。"皇甫真听了，道："还是大王想得妥当！只是大军撤围之后，去向何处呢？"

慕容垂虽对故都怀有深厚的感情，但也知周边黎民逃散、土地荒芜，起码十年内难复旧观，皱着眉头想了想，道："邺城一带皆难以驻兵。我们去新城如何？"新城（今河北省邯郸市肥乡区）在列人附近，本年2月由慕容垂下令修筑，是燕军的屯粮地之一。皇甫真道："大王！新城地方窄小，粮草匮乏，不足以供大军久驻。咱们十余万人马，在那里一走一过，就把地方上搞得精穷。依臣之见，倒不如去中山。"说着，又掰着指头道："中山在燕南赵北，控幽燕肘腋，镇冀州肩背，东有涿郡，西为常山，南邻真定，北接代郡，辖北平（今河北省保定市满城县）、毋极（今河北省石家庄市无极县）、陆成（今河北省保定市蠡县）等十四郡。这两年，中山城在范阳王的治理下，人口增长到近二十万户，可谓粮广财富，足以为我军根基。"慕容垂听到这里，又与大家合计了一番，便欣然道："也好，楚季，我们就先到中山看看。如果真如你所言，不妨在那里常驻。"

第十六章　苻坚之死

　　第二天，雨过天晴。慕容垂下令撤围。十余万燕军接令之后，翻翻滚滚，如退潮的海水似的，向中山方向撤去。城上的秦军正饿得东倒西歪，见此情形，无不疑惑，忽又见城下一骑驰来。马上的骑士弯弓搭箭，将一支箭射上城头，然后调转马头，绝尘而去。一名秦军参将上前拾起箭矢，见箭头已被人掰了去，箭杆上却绑着一封信。这自然是皇甫真的主意，仿的却是翟斌通敌的故智。那名参将拆下信来，见封皮上写着"字呈长乐公左右"，便不敢打开，手里拿着信，撒腿去报与苻丕。

　　自邺城被围以来，无人整治宫室，整座皇城呈现出一片衰落式微的景象。城墙根下长满了野荆荒条。墙皮遭雨水冲刷，脱落了不少，露出了坑坑洼洼的墙面。这天上午，苻丕头上梳着发髻，身披一件紫色战袍，腰悬佩剑，满脸愁容地出了皇城，正要上城巡视，忽见麾下一员参将到来。参将在他面前躬身施礼，具称外面的敌军已经撤退，说着，又呈上手中的信件。苻丕听说燕军无故撤走，不禁有些纳闷，忙接过信来，随手打开，见一张薄薄的竹笺上写着几行苍劲有力的大字："字呈苻将军左右：盖闻识时务者为俊杰。关中巨变，符王已崩。想将军亦焦虑而无可如何。今将军困守孤城，军势已衰，兵单粮少，纵坚守不屈，也已于事无补。本王嘉尔有强固之志，亦未尝毒杀百姓，故特谕麾下，抑兵止锐，纵将军返回关中，上可以全宗族，下可以保身首。今时机已迫，将军祸福在心，愿熟思吾言！"下面的落款是燕王慕容垂。

　　一阵冷风掠过萧索的皇城，吹落了殿顶几片残损不全的黄瓦。瓦片落在地上，"哗啦啦"摔得粉碎。苻丕看罢短信，脸色骤然发青，嘴唇发白，两手瑟瑟发颤。他一把将信撇在地上，疾步向城头奔去。几名侍卫还不知出了什么事，连忙于后相随。苻丕顺着马道一口气儿到了城上，扶着冰凉的城堞向外望去。果不其然，燕军大队人马已悉数撤走，空旷的城外只丢弃着几堆破帐烂旗。这个时候，苻丕虽然心里一万个不肯承认，但也意识到父王驾崩的事八成是真的。

燕成武帝慕容垂

燕兵撤围后不到一个月的时间里，各地的消息源源不断汇集到邺城，证实苻坚确已身亡，而且太子苻宏已逃往江南。长乐公苻丕心乱如麻，每日里如坐针毡。他知道关中无主，几个兄弟逃的逃、死的死，现在唯有自己有资格继承秦王之位，再占着邺城已毫无意义，遂领阖城兵民回向关中，到了并州，却又迎头碰上东还的慕容永等鲜卑族人。双方血战了几场，各有胜负。苻丕因道路梗阻，一时无法前进，便入据晋阳，登基称帝。

第十七章　定鼎中山

众人过了拱形的门洞，又沿着马道上了城墙，手抚垛口，极目远眺，但见中山城外开阔壮美。宽阔的护城河清可见底，水光潋滟；近处田地垦辟，一派葱绿，道路平整，路旁松柏掩映。远处山岭连绵，云蒸霞蔚。整座城市于山环水抱之中，隐隐透着雄霸一方的气概。

正值深秋，浅蓝色的天幕经过雨水的清洗，像一幅洁净的丝绒，空中飘游着细碎而洁白的云块。燕王慕容垂身披大氅，骑在一匹黑鬃战马上，率大军向着中山开拔，麾下将士们排成数十里长的纵队，马步并进。当初中山一带也受到战乱与旱灾的冲击，一度野无青草、室如悬磬。范阳王慕容德率部入城后，立即派人召回四方流民，劝其垦田植桑，以解决日益严重的粮荒，经过一年多的努力，民间百姓渐渐安居乐业，各郡县壁垒争送军粮，仓库溢充。

如今听说慕容垂要来，慕容德带人接出百里之外，引导着大军来到中山。整座城池方圆数十里，略呈长方形，共有四座城门。城墙是青条石垒成，高达十余丈，上面密布楼堞垛口，外绕以深广的护城河。北门外扎起了一座高大的牌坊。牌坊上装饰着翠绿的松枝、红色的绸花，还悬挂着四个大红灯笼。两边甲士林立，绵延十余里，气势壮观。慕容垂将兵马驻扎在城外，与慕容德、皇甫真等人由北门入城。众人过了拱形的门洞，又沿着马道上了城墙，手抚垛口，极目远眺，但见中山城外开阔壮美。

太阳透过薄云，放射出淡淡的白光。慕容垂在城上观望良久，心里赞叹道："表里山河，果然是块好地方。"便与众人下了城，骑上马，继续向城北行去。去年大旱之际，慕容德广募流民，以工代赈，在中山城大兴土木，仿邺都皇城的式样，引水凿渠，挖池叠山，立宫造殿，建楼兴榭。如今城北方圆三千多亩土地上，错落有致地分布着燕昌殿、威远堂、长春殿、紫云阁、延寿宫、宝香殿等百余座建筑物，形成了一片颇具规模的宫殿群。

燕王慕容垂迈着散淡从容的步伐，由众侍者簇拥着，走过砖砌的拱券式门洞，又沿着一条曲径，行近流杯亭。亭外植着簇簇菊花，一阵微风拂过，花香四溢。众人正移步观景，忽见对面来了十几个莺莺燕燕的女子。慕容垂走近一看，见为首者竟是几年不曾见的段芳。

当初，慕容垂在汤池斩了苻飞龙之后，立即派人去长安通知段芳，让她速来与自己汇合。信使一路快马趱行，终于赶在秦人得到消息前，赶到了长安京兆尹衙门。慕容垂不在京的这段日子，段芳与几个家人住在衙门的后院里。那天是正月十五，清晨时分，窗纸发白，远处传来阵阵鸡啼。段芳慢慢地起床，简单地洗漱已毕，对着镜子梳妆穿戴，见天气还好，便又披上件粉色锦袍，准备到花园里散步。正在这时，前院的家人来报，称有老爷派来的信使在迎宾厅等着。段芳听了，便扶着一个丫鬟来到厅里。使者见了她，上前施礼已毕，也不多言，便递上薄薄的一封信。

信口被火漆封得死死的，封皮上题着四个遒劲的大字："夫人亲启。"正是慕容垂的亲笔。段芳接过信来，且不忙打开，命丫鬟取出十两银子，打发了送信人，这才慢条斯理地撕开信，不待看完就吃了一惊。原来慕容垂在信中具道起兵之事,又反复叮嘱,让她速速前去会合。淝水惨败之后,秦帝国已处在分崩离析的边缘,每天都有些坏消息传到长安。段芳虽然足不出户,但从家人仆妇口里,也听说外面的情形不好,心里常有种"山雨欲来风满楼"的预感,如今知道丈夫挑头反叛,心头不禁一阵狂跳。她从速拿出些金银,打发了阖府家人,然后收拾些细软包成个包袱,麻利地将头发梳成男式发髻,换上男式夹袍和皮靴,又从马厩里牵出匹桃花马,将包袱驮在马后,立即出府,骑马逃出了危机四伏的长安城。

正是隆冬,四野荒草委地,路旁枯树插天。段芳冒寒出城之后,一路向东行去。她是千娇百媚的大小姐出身,自幼使奴唤婢,从不曾独自出过远门,但骨子里有姑母的几分刚强,知道离长安越远越安全,便在路上晓行夜宿,片刻都不耽搁,直到出了潼关,又乘船过了澎湃的黄河,才放下心来。她到处打听丈夫的消息,好不容易听说慕容垂率"叛军"去了洛阳,便向豫州方向行去,没多久又获悉长安被鲜卑人包围,不禁暗自庆幸。段芳骑马走了好些日子,见路上人烟渐稀,有时走上一天,都碰不到几个行人,沿途经过的几个村镇,也都是十室九空。她身上虽带足了盘缠,但也很难找到买饭的地方,一连十几天,总是饥一顿、饱一顿。

这一日,阴沉沉的天空彤云密布。段芳骑马途经一个小村子,发现村口有一个路边店。小店不大,只有两间门脸,旁边有一棵大槐树。这槐树约两丈多高,树干有一搂多粗,黑黝黝的树皮略微干裂。树叶子落在地上,积了厚厚的一层。几只乌鸦落在光秃秃的树枝上,用尖尖的喙梳理着黑色的羽毛,不时发出"啊啊"的鸣叫。

段芳正感肚饥,便跳下马来,将马拴在槐树上,推开虚掩的两扇店门,走了进去。店中比较杂乱,看来最近也没什么客人。几张桌子摞在墙边,上面落满了灰尘。柜台在北窗下,旁边是个黑洞洞的小门,大概通向后院。掌柜的头上戴着顶棉帽,两手拢在袖子里,正坐在柜台内,昏昏欲睡,听见门板响,便抬起头来,见来了客人,忙殷勤地出来招呼，道："客官，要点儿什么？"段芳性喜整洁，见这店里非常杂乱，眉头一皱，便想离开，但转念想到天色已晚，前途未必再有歇宿之处，只得粗着嗓子道："老板，我赶了一天的路，又累又饿，先简单来点儿吃的，再准备一间上房。"

掌柜的是个三十多岁的中年汉子，身材不高，面黄肌瘦的样子，两道淡眉，眨着一双小眼睛，蒜头鼻子下是两片没有血色的薄嘴唇，道："您到小店可是来着了，方圆数十里内，就小店还在营业，其他的店，不是关了就是倒了。"段芳打量着四周，随口道："哦！是生意不好做吧？"掌柜的从旁边搬过桌椅，道："这兵荒马乱的年头，附近的青年全被拉去当兵，余下的老弱死走逃亡，谁还下馆子？能保住命就不错了。就咱这店，在十里八乡也算有名，可有一个多月没有开张啦！"说到这里，又取来一条毛巾，热情地把桌椅揩抹干净，请段芳落座，问道："客官，您喝酒吗？小店的地窖里有上好的关东白，要不要来一壶？"段芳素来滴酒不沾，道："不了。给我来壶茶吧，再来碗素面。"掌柜点头哈腰道："好的，小的这就去做。但小店有小店的规矩，客官须得先付钱。请莫怪。"

段芳听了，倒也不以为意，从背上取下包袱，放在桌上，伸手从里面掏出一锭银子，看也不看，就递了过去。掌柜的在旁，觑见包袱沉重，心里暗自欢喜，道："客官，用不了这许多。只给一两就够了。"段芳挥挥手，道："你先接着，明早一总算吧，还有，把外面的马也喂一喂。"掌柜的道："小人明白。"说着，将银子揣了起来，转过柜台，自去店后安排。不一会儿，掌柜的从后院回来，端着一壶热茶摆在桌上，对段芳道："客官，先解解渴吧。"说着，随手为她斟了一杯茶。

段芳虽没有什么江湖经验，但也知人心鬼蜮，看着眼前这杯冒着热气的茶，不敢便喝。掌柜的似是瞧出了她的心思，又给自己倒了杯，端在手里，一饮而尽，放下杯子，笑着道："小店没什么好茶，沏的是高沫，还请客官多担待些。"段芳见状，遂放下心来，加之赶

第十七章 定鼎中山

了大半天的路,也真是渴了,便端起面前的茶杯,"咕嘟嘟"喝了几口,然后撂下茶杯,见掌柜的仍然在旁边,便有些奇怪道:"你不去备饭,还在这里干什么?"掌柜纹丝不动地站在那里,脸上的笑容完全收敛,就像是换了副面孔,默然半晌,才冷森森地一笑,道:"嘿嘿,你这顿饭,恐怕是要到阴曹地府去吃了。"段芳听了这话,大吃一惊,顿觉整个店里阴气逼人。她连打了两个寒颤,霍然起身,喝道:"你这是什么意思?"话刚说完,就觉得天旋地转,眼前一黑,顿时失去了知觉,倒在了地上。

也不知过了多长时间,段芳悠悠醒来,见地上倒着一具尸体,正是那个掌柜的,再转头向四周看看,发现旁边的板凳上坐着一个老道士。老道士须发皆白,手里提着一柄寒光四射的钢刀,刀刃上犹自血迹斑斑。

段芳回想起刚才的情景,又惊又怕,只觉脑袋发木,所幸四肢已能动弹,勉强挣扎着站了起来,一手捂着头,一手扶着桌沿,问那道士道:"你是什么人?刚才是怎么回事?"老道士纳刀还鞘,笑了笑,道:"孩子,刚才你是中了迷药。老朽慕容翰,算起来,还是你的伯父。"原来,慕容垂随军出征之后,慕容翰一直留在长安。他听说苻坚兵败的消息,料到慕容垂一定会起兵复国,遂每日在京兆衙门附近徘徊伺变。段芳常与慕容垂同出同入,并不避人,倒也为慕容翰所识,故而那天一出府,便被慕容翰发现。

慕容翰见她突然易装而出,就一路尾随来到这里。这家店本是一家黑店。掌柜的是个屠夫出身,常用麻药将单身的客人麻翻了,再杀人越货。今天,他猜度段芳携有重资,遂用一把特制的"阴阳壶"装茶水。这把"阴阳壶"从外观上,与普通的壶并无不同,只是壶芯分隔成两半,一半盛着普通清茶,一半盛着混入麻药的药茶。机关全在壶把的按钮上,可由倒茶人随心所欲地控制。掌柜的为段芳斟茶时,悄悄按下按钮,倒出的便是药茶;为自己斟茶时,松开按钮,倒出的便是清茶。段芳虽小心提备,却不知壶内另有乾坤,误服药茶后,迷

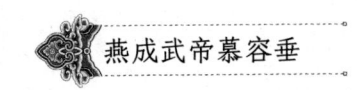

失心智,头重脚轻地晕倒在地。掌柜的心黑手狠,见段芳被迷倒,从腰里拔出匕首,便要下手。

慕容翰在门外窥见,知情势紧急,忙提刀冲进店来,先按江湖规矩,让掌柜的放人。掌柜的财迷心窍,坚决不肯。二人说呛了,就在这狭窄的小店里动起手来。慕容翰武艺绝伦,曾于万马军中取上将首级,如今虽上了年纪,但功夫是半点儿没搁下,没几个照面,劈面一刀,砍死了掌柜的,见段芳犹自昏晕,便取来冷水淋在段芳脸上,将她救醒,又向她讲了方才的经历。段芳知道夫家确有这么一个伯父,却不想是在这里相遇,听完慕容翰的述说,如梦初醒,不禁连声道谢。

慕容翰坐在那里,摆了摆手,蔼然道:"孩子!咱们自家人不必客气。我在路上听说道明已经起事,你易服潜行,是要投奔他去吧?"段芳一手揉着太阳穴,道:"伯父说的不错,我正要去洛阳。"慕容翰长年行走江湖,耳目较为灵通,捋着雪白的长胡子道:"道明已不在洛阳了,他引军又去了邺城。"段芳这才知道了丈夫的确切消息,便邀慕容翰同往。慕容翰笑道:"我已年迈,在军中起不了什么作用。还是你自己去吧,一路上多加小心。"说罢,飘然出店,自去名山大川隐居,数年之后,于一座千年古刹中安然坐化。段芳送走慕容翰后,在店里寻了些干粮带在身上,骑马连夜前行,一路辗转,本想赶往邺城,却在中山遇到了慕容德,听说慕容垂正在全力攻打邺城,不便前去打扰,就在中山城中暂住,直至今日,夫妻这才相会。

深秋的阳光,像一束束闪亮的金线,从枝叶间洒下。四周一片静穆,几个侍者遥遥随在后面。段芳挽着慕容垂的胳膊,走在林荫道上,款款讲明自己出长安后的经历,也满怀感激地提到慕容翰出手相救的事。慕容垂听完,料想再无与伯父相见之日,不禁慨叹道:"神龙见首不见尾,真高人也。"夫妻二人相依相偎,边说边行,来到燕昌殿。这所大殿全仿邺城文昌殿,是由前后两座大殿构成的封闭式宫

第十七章 定鼎中山

殿群。前殿面阔十一间，进深六间，坐落在三层大理石的台基上。殿高十余丈，里面的十八根大柱和主要梁栋上雕有龙凤，四壁及天花板上刻有精细的纹饰，青条石墁地，中央陈设宝座。慕容垂将侍者都打发出去，与段芳绕过宝座后的玉石屏风，走进后殿。后殿也是寝殿，面阔十五间，殿前出廊，廊柱上端卷收，并向内倾斜，屋檐起翘平缓，左右有配殿，自成院落，三面围以红墙。

金黄色的阳光透过窗户，照在大理石地面上，熠熠生辉。慕容垂坐在寝殿的一把檀木椅子上，让段芳坐在一旁，亲切地端详着她道："阿芳，你来得正好。过些日子，新盖的太庙就要在中山落成。我会去庙里祭祀祖先，便册封你为皇后，还要册封太子。"段芳生性淡薄，能与慕容垂相厮守便已心满意足，对皇后一位并不放在心上，但听说要立太子，忙问道："陛下要立的太子是谁？"太子为国之储君，地位仅次于帝、后。立谁为太子，可是关乎社稷安危的大事。慕容垂欣然道："自然是宝儿了。"慕容宝，字道祐，是慕容垂的第二个嫡子，在大哥慕容令死后，就成为慕容垂的继承人。与英年早逝的慕容令不同，慕容宝轻果无志操，喜人佞己，但能装出一副勤奋好学、尊儒敬贤的样子，加之口才不错，也颇有些小聪明，故而博得慕容垂左右及一批朝臣的赞誉。

段芳禀性聪慧，早看透了慕容宝的无能，听了慕容垂的话，不禁眉头一皱，说："宝儿虽然气质雍容，但个性柔弱，缺少决断能力，若在太平之世不失为守成之主，但如今国家多难，恐怕不能成为济世明君。农儿（慕容农）屡立战功，不如选择他继承大业。"慕容垂总觉得亏欠了段妃，连累其死于非命，一心要把皇位传给慕容宝，听了段芳的话，心里略感不快，轻轻拍着她的手，似是开玩笑地说："阿芳！你是想让我做晋献公吗？"（春秋时期，晋献公听信宠妃骊姬的谗言，废了太子申生，导致晋国大乱数十年。）段芳听慕容垂这样说，知道他心意已决，叹了口气，道："父子之间，人所难言。恕臣妾多嘴了！"便不再相劝。

燕成武帝慕容垂

公元386年1月，慕容垂正式定都中山，称帝改元，置中山尹及公卿百官，缮治宗庙社稷，史称后燕。不久，慕容垂追尊自己的生母兰氏为"文昭皇太后"，配享父亲慕容皝；追废皇嫂可足浑太后为庶人，另追封一位嫔妃为"景德皇后"，配享兄长慕容俊；又追封三十年前冤死的段夫人为"成昭皇后"，封段芳为"懿德皇后"，立慕容宝为太子，加封慕容农为"辽西王"、慕容麟为"赵王"。

慕容垂称帝时，已然六十岁，却还是夙兴夜寐，昧旦丕显，将朝政处理得井井有条。慕容家族的子弟也都成长起来，并在复国之战中屡立功勋，如慕容德、慕容农、慕容麟及乐浪王慕容温、太原王慕容楷等人各拥重兵，皆可独当一面。但慕容垂也深知治理国家亟须人才，不能仅依靠本族子弟。他与皇甫真、傅颜等人共计，在国内各州郡广贴告示，招延贤士。周边郡县的人听说皇上思贤若渴，如夜萤之就火，纷纷前来。短短的几个月里，竟有数千名文士、武夫集中到了中山，住满了城中的大小客栈。

慕容垂与皇甫真分别接见前来应募的文士，命其当场为文作赋，再据其才器派往六部历练，告诫他们勤学问以广才待用。慕容德、傅颜则奉命到校场对武士们进行考察，观其弓箭、刀马，视其才力，授以军职。对那些并无一技之长的人，慕容垂也温诏慰勉，赐些盘缠打发他们回去。经过慕容垂一番整顿，麾下一时人才济济，贤俊众多，吏有所畏，廉者知劝。整个燕国渐渐出现了繁荣昌盛的局面。

随后，慕容垂命慕容宝留守中山，自己率兵巡行四境，收复前燕旧土，但信守当初的承诺，并不染指关中，也不追击近在并州的苻丕，而是向东北方向进军，讨伐趁乱侵占燕地的东胡各族，顺便扫荡关东的前秦残部。后燕军攻克了被余岩部据有的发祥之地——龙城，打退了高丽，收复了辽东。不久，辽西王慕容农、赵王慕容麟在合口（今河北省沧州市西南）会师，占领高城（今河北省盐山东南），收复了渤海、清河等前燕旧地，平定了冀州。

在开疆拓土的同时，慕容垂还派慕容麟出兵塞外，北援魏王拓跋

第十七章 定鼎中山

珪。拓跋珪是代王拓跋什翼健的孙子，他的祖母是慕容垂的姐妹，于公元371年七月初七出生于参合陂（今内蒙古凉城）。代国被前秦灭亡时，5岁的拓跋珪随母亲贺兰氏流亡。公元386年，也就是慕容垂登基这一年，拓跋珪趁乱复立代国，即位于牛川（今内蒙古锡拉木林河、呼和浩特市东南），几个月后改国号为魏，史称北魏，定都盛乐（今内蒙古自治区和林格尔县之北的和林格尔土城子）。拓跋珪继位之初，四周强敌环伺，南有匈奴独孤部、东有库莫奚部、西有铁弗部、北有柔然和高车部。匈奴独孤部落蔑视拓跋珪年幼，立拓跋窟咄为代王。拓跋窟咄为拓跋什翼健的小儿子，是拓跋珪的叔叔。独孤部首领刘显还出动大军，护送拓跋窟咄北返，与拓跋珪争位。年轻的拓跋珪威望不足以服众，麾下纷纷叛离，才派使者向慕容垂请援。

这年秋，赵王慕容麟引一万骑兵出塞，来到了草原之上。正值清晨。慕容麟年近四十，面容瘦削，目光闪烁，颌下几茎稀稀落落的黄胡子，用兵以诡诈著称，在慕容氏二代将领中，军功仅次于慕容农。他身穿盔甲，骑在一匹黄骠马上，正引军行进，忽见远处驰来一队骑兵。十几个彪悍的草原汉子纵马挥鞭，夭矫如飞，很快奔到近前。几个燕兵横刀上前拦住，喝道："来的是什么人？"对方为首的一人看了看燕军的旗号，道："你们是燕王派来的友军吗？魏王特命我等前来迎接。"说着，又随着军士来到慕容麟马前，抱拳为礼，道："魏王现驻兵代谷（今山西省繁峙及旧崞县一带），请大王过去相会。"原来，拓跋珪已率精锐部队返回牛川，穿过参合陂，来与燕军会师。慕容麟即命部队暂停前进，就地扎营休息，自己带了三百卫队，随着使者赶往八十里外的代谷。

中午时分，琥珀色的阳光温暖而晴柔，一碧万顷的青草如铺开的绒毯，连绵逶迤，与遥远的地平线相连。慕容麟带着卫队，与北魏向导驰至代谷，就见草原上扎着几千架帐篷。成千上万匹战马在远处的小丘上吃草，偶尔发出几声嘶鸣。魏王拓跋珪闻讯，亲自在帐门口迎接。他的帐篷特大，顶高五米，足可容百人，远看如同一座城堡，十分壮观，门朝东南。拓跋珪时年十六岁，整个人却显得比实际年龄成熟。他一副黑红色的脸膛，上唇有一抹细细的茸毛，微微有些连鬓络腮的胡子，厚厚的嘴唇，两只眼睛里透着倔强，中等身材，看上去敦敦实实的，披着件黑色战袍，足蹬长筒皮靴，见了慕容麟就拱手为礼。二人略事寒暄，并肩进帐。

帐篷里面铺着地毡，正中帐篷壁上供有神龛，南侧摆放着日常用品，北侧是一套粗木旋制的桌椅，四壁都有特制的木架支撑。木架上围裹着两至三层羊毛毡，又捆绑着用马鬃拧成的绳子。帐顶呈天幕状，其圆形尖顶上开有天窗，上面盖着块四方的羊毛毡。

拓跋珪与慕容麟分宾主落座，有侍者斟上茶来。茶水是用整块的茶砖煮成，色泽黑红。拓跋珪端茶敬客道："有劳殿下统军来援。"慕容麟城府深沉，在拓跋珪面前并不以叔辈自居，谦和道："大王说的哪里话来？燕、魏颇有渊源。今贵国既有内难，则本朝理当出兵相助。"说着，端起粗瓷茶杯，品了一口茶，只觉入口苦涩。二人又客套了几句，忽见从外面走进一个三十多岁的汉子，躬身向拓跋珪行礼。

拓跋珪放下茶杯，向坐在一旁的慕容麟介绍说："赵王殿下，这位是我的部下，名叫王建。"慕容麟料定来人必是拓跋珪的心腹，忙道："久仰，久仰，请一起坐吧！"王建的发际很高，略有些秃顶，不多的卷发乱蓬蓬的，满脸黝黑，斜披件羊皮袍，朝慕容麟一拱手，道："不敢奉陪！"说着，又对拓跋珪说："大王，刚才探子来报，称刘显风闻燕军来援，已率部向东北方向逃去。"拓跋珪冷笑一声，道："这没种的东西，他倒聪明。"说着，扭头对慕容麟道："殿下看，下一步该当如何？"慕容麟不好喧宾夺主，便道："匈奴刘显志大意高，希冀非望。今我奉命来讨，与贵国东西俱举，势必殄灭此寇。大王总括英雄，抚怀遐迩，必有参天贰地、笼罩宇宙之规。至于如何行师，还请大王明示，我自当唯命是听！"他嘴上说得客气，心里却在想："你还是个十几岁的娃娃，能懂得什么？我且给你出个难题，看你能有什么韬略！"

拓跋珪听了，不失沉稳地点点头，便对王建道："刘显虽挟拓跋窟咄而来，却未必对其存什么好心，不过是想在草原上扶植一个傀儡罢了。如今他们仓皇而退，军心不稳。我们随后紧追就是了，不可轻易放过。"王建垂手而立，面带难色，道："大王，臣以为我军不宜深入，毕竟粮秣难以携带。一旦在草原上断了粮，数万战士将往而不返。"拓跋珪思忖着道："途中若是粮尽，便杀副马，可否足五日军食？"王建默默算计了一会儿，道："足够了！"拓跋珪一拍桌子，道："那就好。"说着，转头对慕容麟道："殿下，请令贵军骑兵，皆备副马，明日共追此贼！"慕容麟道："自当奉命！"

第二天黎明，燕、魏联军的两万多骑兵，迎着东方的朝阳，踩着柔软的草地，浩浩荡荡地向前开去。数万匹战马撒腿狂奔，油亮的鬃毛在太阳下闪着金色的亮光，像一道道闪电划过草原。四天之后，燕、魏联军就在高柳追上了刘显所部。高柳川即汉代高柳县，已近大草原的边缘，其傍重峦叠峡，霞举云标，连山隐隐，东出辽塞。独孤部的刘显与拓跋窟咄率部众撤退到这里，便放心大胆地散兵牧马。拓跋珪与慕容麟率领着两万多名骑兵，人衔枚，马摘铃，悄悄掩近，乘敌不备，猝然发起冲锋。拓跋珪举起长刀，身先士卒冲向独孤部落。顿时，高柳川上喊杀声大作。燕、魏联军的战马甩着长长的尾巴，五颜六色的鬃毛在奔跑中高高地扬起来，蹄声隆隆，像天边响起的滚雷。独孤部仓促迎敌，被打得大败。拓跋窟咄死于乱军之中，刘显率残部退回马邑（今山西省朔县）。

红艳艳的夕阳缓缓落向地平线，燕、魏联军打扫过战场，扎起了一眼望不到头的营盘，准备过夜。几个北魏军兵在拓跋珪的大帐外拿石头砌成炉子，用枯枝为柴，在炉子上面盖上铁质的盾牌。不一会儿，盾牌被炙得通红。几个魏兵把血淋淋的马肉切成径寸的大块，放在盾牌上烧烤，又洒上些盐巴调味，待到肉香四溢时，将马肉装进铜盆，端进帐来，在拓跋珪、慕容麟和王建面前各摆了一盆，又在每个

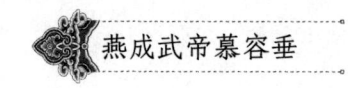

铜盆里搁了一把锋利的小刀。

拓跋珪抄起小刀,用刀尖戳起一块烤熟的马肉,一边放在嘴里嚼着,一边向慕容麟示意。慕容麟学着他的样子,也拿起小刀,挑起块马肉,放在嘴里吃着,觉得味道还很鲜美,而且膻腥味儿也不大。拓跋珪吃了几块马肉,略有些得意地问身边的王建道:"卿知我前问五日军粮的意思吗?"王建答道:"臣不知!"拓跋珪"哈哈"一笑,道:"这也没什么难知的。刘显望风奔走,畜产之余,至水必留。计其道程,不过五日。我等轻骑猝至,出其不意,定可取胜。"王建躬身道:"圣策长远,非愚近所及也。"慕容麟在旁听了,用眼角的余光瞥着不到二十岁的拓跋珪,暗暗心惊。

第十八章 翟魏覆灭

> 傅颜见势不好，大叫一声，双手一按马鞍，身子如同一只大鸟般腾空而起，纵落到慕容垂的马前，双手疾探，握住了两柄刺向慕容垂的长枪，紧接着"咯咯"两声，竟硬生生地将枪杆折断，胸腹间却是空门大开。

初春时节，风和日丽。不到两年的时间，中山城已迅速繁华起来，堪比极盛时期的邺城。街道两边新开的店铺鳞次栉比。路上的行人摩肩接踵，川流不息。不时有几辆马车辚辚驶过青石板铺就的道路。车夫手里拿着长鞭，坐在车辕上，小心翼翼地驾车行过人丛。一匹匹驾辕的骡马仿佛也感受到了春的气息，抖鬃奋蹄，摇头摆尾地走着。

中山城北的宫殿群被划为皇城区，四周戒备森严。太子宫在皇城左侧，平面呈长方形，南北长五百余米，东西宽近三百米。高达九米的墙垣外满布苍松、古柏等常绿树丛，千姿百态，苍劲古拙。赵王慕容麟由塞外凯旋，与北魏使者一起来到太子宫。

使者是魏王拓跋珪同父异母的弟弟，乌黑的头发结成十几辫子，生了一张瘦削的长脸,扁平的大鼻子下是一张阔大的嘴巴,披着件羊皮长袍。他随着慕容麟一跨过太子宫的门槛,就看到前庭正中那座华丽的宫殿。整座大殿面阔十一间,进深四间,四周围有石护栏,内檐装饰着香黄色的彩绘,线脚丰富,色泽鲜明,檐下悬着贴金额匾。一个头戴幞头的太监小跑着经过宽阔的庭院,迎上前来,满脸堆笑地对慕容麟作了个揖,道:"赵王殿下!太子爷知道您得胜还朝,请您不必晋见了。皇上现驻跸青州,临走前留下话,让您回来后马上带兵过去。"慕容麟听了,道:"明白了!我这就去。"说着,转头介绍一同来的北魏使者,道:"这位拓跋仪是魏王的兄弟,请你带他去见太子。"说着,向拓跋仪点了点头,便转身出了宫门。

拓跋仪正了正头上的皮冠,深深地吸了一口气,略定了定神,随着太监迈步穿过前庭,进入正殿。殿里的天花板及廊柱皆贴赤金花,装饰豪华。太子慕容宝今年三十七岁,身材有些臃肿,体形不像他的哥哥慕容农那样高大,双肩单薄,两腿也较短,显得上下半身不怎么协调,头戴一顶紫色头巾,身披紫色锦袍,乜斜着两眼,坐在殿内的一张檀木椅子上,左右是几名侍者。大殿北侧立着几名乐师,演奏着笙、管、笛、箫等乐器。殿中有四名体态妖娆的舞女,正随着乐声翩翩起舞。

拓跋仪已闷声在殿侧站了大半个时辰,他是草原汉子,欣赏不了中原的乐舞,只觉得聒噪不堪,又瞥见慕容宝眼张失落地看女人,心里暗暗轻视,但也只得上前躬身施礼,道:"魏国使节、九原郡公拓跋仪参见太子殿下。"说完,就直起腰来。慕容宝抬起沉重的眼皮,缓缓地扫视着拓跋仪,见对方立而不跪,心里不快,也不命坐,拖着长腔道:"魏王为什么自己不来啊?"声音略有些嘶哑。拓跋仪不卑不亢地回答:"我们先王与燕国的祖上一同尊奉晋国,情同兄弟。魏王命臣前来晋见,不能算失礼。"慕容宝碰了个软钉子,更是不悦,道:"大燕如今威加四海,岂能和过去相比?"拓跋仪毕竟年轻气盛,听了慕容宝这句隐含威胁的话,毫不示弱道:"若燕国不禀道义,仅恃武力,那就是军中将帅之事,非使臣所能知。"慕容宝见吓不住对方,便转了话题,道:"魏王命你来,带了什么晋见之礼?"拓跋仪答道:"魏王命臣带来各色壮马两万匹,肥牛、羔羊各五万头,皆在中山城外。"

慕容宝上身往椅子上一靠,撇了撇嘴,道:"这次魏王大胜匈奴,据传缴获的马、牛、羊达百万余头,怎么就献了这么点儿?"拓跋仪闻听此言,忙辩道:"太子这话不知从何而来!我国虽殄灭敌寇,但也没有那么多的缴获。"慕容宝鼻子里"嗤"的一声,道:"大燕出兵远征,存魏国之社稷,可谓劳苦功高,须得十万匹骏马作为酬劳。"拓跋仪听慕容宝狮子大开口,心猛地急跳起来,热血迅速涌向脑门,道:"我国连年战乱,境内萧条,若献出这么多马匹,整个草原上就剩不下几匹战马可用了。"慕容宝自鸣得意道:"有大燕在,自然能保得魏国平安,你们何须许多战马?"拓跋仪见对方这般骄横跋扈,不由得火往上撞,反问一句:"太子这话,是燕王的意思还是您自己的意思?"慕容宝晃了晃脑袋,道:"有什么区别吗?"拓跋仪料定他是自作主张,身子立得笔直,道:"若是殿下自己的意思,使臣恕难从命。"慕容宝见他土头土脑,却是这般强硬,便冷笑着道:"既是如此,就请你在中山多住些日子,待魏王换个懂事的人来谈吧。"说着,命人将拓跋仪软禁在客馆里。拓跋仪高声争辩了几句,便被几个全副武装的侍卫拖了出去。

远在外地的燕王慕容垂自然不知晓上述情况。这些日子,他率慕容德、慕容农、傅颜等统军南下,于半年内两次击败晋军,成功地把领土拓展到了黄河以南,又命范阳王慕容德、辽西王慕容农、陈留王慕容绍等分统大军,攻克信都,打败割据清河(今河北省清河县)的吴深,逐走驻守东阿的温详。当月,燕王慕容垂坐镇清河,命将引军继续西进。燕军所到之处,势如破竹。青州、兖州、徐州各郡县纷纷投降。

清河之名始于汉代,因境内有条同名的河流经过而得名。整座城市不大，方圆不过十余里，四周是十余丈高的城墙，开有四门。城墙全为黄土夯筑而成，上有马道，可供三人并行。城中约有一万余户，华夷杂居。清河郡守的府衙坐落在十字街的南头，里面有百余间房屋，现在成了燕王慕容垂的临时行宫。

府衙的大堂很是宽敞，四壁粉刷的雪白，墙根下转圈摆放着各式花卉。六十多岁的慕容垂虽然满脸皱纹，但精神还好，坐在大堂的书案之后，身旁是范阳王慕容德和辽西王慕容农。赵王慕容麟刚从中山赶来，正在晋见。

慕容麟立在书案对面，先简要讲了这次出塞的经历，略顿了顿，又道出心底的隐忧，说："父皇，臣儿出塞之后，细观拓跋珪所为，觉其为人壮健骛勇，恐怕他不会久居人下！"慕容垂将手里的茶杯放在案子上，并不说话。慕容麟看了看父亲的脸色，又道："此人善战好杀，暴桀雄武，颇能辟土擒敌。臣儿以为，若容其坐大，终将为我西北之患。父皇不如下一道诏书，命拓跋珪来中山朝见，再将其扣住。"

阵阵暖风透进堂内，窗上挂着的轻纱微微飘摆。慕容垂用手习惯性地捋了捋花白的胡子，问道："如果拓跋珪不来怎么办？"慕容麟道："他若敢抗命，我们便可以此为借口，出兵将其剿灭。"慕容垂微合着双目，默然半响，道："塞外之地，土广人稀，得之无益……还是不要轻易起衅的好！这些天，豫州来报，称翟真等丁零人又在蠢蠢欲动，还与太行山以西的慕容永有所勾结。我打算去那一带巡视，你待会儿回去整顿兵马，过两日就随我动身。"慕容麟刚由塞外回来，对内地的情况不甚了然，听了父亲的话，略感意外道："翟真上次漏刃，想不到还能死灰复燃？"

范阳王慕容德年过五旬，头发也白了不少，披着件战袍，坐在一旁道："翟真上次在邺城侥幸逃脱，跑到黎阳（今河南省浚县）投靠了东晋的黎阳太守滕恬之，颇为其所信重。滕恬之酷爱畋猎，不恤士卒。翟真潜行奸惠以收众心，趁滕恬之外出打猎之际，将其驱逐，轻

第十八章 翟魏覆灭

而易举地夺据了城池。"辽西王慕容农侍立在父亲身后，补充道："从那以后，翟真便以黎阳为基地，先派他的儿子翟辽进犯东晋的陈留（今河南省淮阳）、颍川（今河南省许昌附近）等郡，又袭据高平（今河南省高平县），势力迅速扩大，遂自称为大魏天王，还派兵寇抄至平原、馆陶一带。"慕容麟听了，忙说："翟真僭号称王，以数城之众，反复两国之间，自是不可不讨！"当日，慕容垂即命慕容农为征讨大都督，命慕容麟为征讨副都督，随自己出兵伐翟魏。

翟真自封为大魏天王后，定都黄河南岸的滑台（今河南省滑县），所据七郡之地：北到馆陶，南到淮阳，东到高平，西到荥阳。如今，他听说后燕来讨，便引军过了黄河，进驻馆陶，分兵派将，开始备战。馆陶是千年古县，春秋时隶冠氏邑，曾属赵国。赵王在冠氏邑西北七里的陶丘之侧置馆，故此地得名"馆陶"。

这天清晨，太阳慢慢地升上地平线，天边腾起多彩的朝霞。燕军扫荡了周边的丁零武装，乘累捷之势，势如破竹般地开进馆陶境内，在离城不远处扎营。馆陶城上旌旗飘扬，城堞里密布刀枪。馆陶两扇厚重的城门忽然开启，一人一骑打着白旗，走出黑沉沉的城门洞，缓缓向燕军营前行来，渐行渐近。旗角轻扬，在风中飘飞不定。马蹄踏地，"的的"有声，细碎入耳。那人年近三十，头戴皮帽，身穿白袍，身上并没有悬挂刀剑，来到营门前一箭之地，不待燕军示警，便带住缰绳，高声道："燕军中的将士，烦请通报一声，就说翟王世子翟辽前来请降。"

慕容垂正在帐中与诸将议事，闻报之后，觉得有些意外。慕容德负手立在一旁，冷哼一声，道："翟真父子向来诡计多端，这次投降未必是实。"左武卫大将军傅颜却比较乐观，说："这一阵子丁零人连吃败仗，翟真自觉走投无路，也许是真的投降呢！"皇甫真思忖着说："甭管他真降假降，先让翟辽进来，听听他怎么说也好！"慕容垂便派人打开营门，放翟辽进来。翟辽在营门前下了马，将手里的白旗放在马背上，随着几名燕兵步行来到大帐，见慕容垂正在帐内居中而坐，两旁是燕国的文臣武将，便撩起袍子，跪倒施礼，粗声粗气地道："罪臣翟辽拜见皇上。"慕容垂看在对方是个晚辈的份上，倒也不愿难为他，问道："年轻人，你来这里做什么？"

翟辽恭恭敬敬地跪在帐中，答道："家父本为燕臣，无日不思故国衣冠，如今听说陛下亲来，岂敢冒犯天威？故而诚心归附，特命臣前来纳表。"说着，从怀里取出一卷降表呈上。慕容垂身边的侍卫上前两步，从他手里接过降表，转呈到桌案上。燕军这几年横行北国，兵威甚盛。慕容垂听了翟辽的话，有些将信将疑，看过表文，见辞意非常恭顺，便道："你父亲什么时候来？"翟辽半低着头，正偷偷打量着慕容垂，听见问话，忙道："如蒙陛下大度原宥，家父明天上午就肉袒面缚，出城来降。"慕容垂点了点头，将降表放在面前的案子上，道："那我们明天就在营门前相见了！"说罢，命皇甫真等人去别帐，与翟辽商定受降的细节。

皇甫真现为尚书令，这些年，也明显见老了，满脸皱纹，胡须花白，下巴颏高高地翘起，嘴里掉了几颗牙，两颊深深地瘪了进去，光秃秃的头上戴着一顶黑色巾帻，披着件官服，躬身领命，引着翟辽到了另外的帐篷里。帐中陈设桌椅，还有几个侍者分立左右。皇甫真与翟辽分宾主落座，一条一条地商量着受降事宜，将受降的时间定在明天上午，又约定："翟真为示诚意，将肉袒舆榇，率部下出城来降。燕军一方不得杀害降者性命。燕王将亲自解缚焚榇，并延请相见。翟真归降之后，受封为顺义大将军。丁零部兵不得遣散，一概随翟真调往塞北。"接着，二人又议定了受降时的一些细节。临近中午时分，翟辽见诸事粗定，便起身告辞。皇甫真命军士送他出营。翟辽面无表情地行了个礼，随着军士离去，出营上马，自回了馆陶城。

第二天一早，太阳缓缓升起，将万道霞光投向大地。空中飞过几只麻雀，黑白相间的羽毛映照着东方的晨曦，闪闪发光。五千燕国御林军，在馆陶城外列阵，准备受降。慕容垂骑马立在阵前，又担心丁零人要诈，便命慕容德、慕容农等人在营中做好接应的准备。四十多岁的傅

第十八章 翟魏覆灭

颜是御林军首领,总统宿卫,受命主持这次受降仪式。他头戴束发紫金冠,身披战袍,背后背着一柄鬼头刀,骑马随在慕容垂身旁。

到了约定的时间,馆陶北城门开启。魏王翟真率麾下鱼贯出城,步行前来归降。翟真年近五旬,把上衣褪到腰间,赤裸着上身,黑亮的脊背在太阳下闪闪发光,像涂上了一层油,两条毛茸茸的胳膊垂于身侧。翟辽走在父亲左边,手里捧着兵符印信,身后随着百余名赤手空拳的将校。翟真的右边行着一辆白马素车。车辕上拴系着一只羊(表示像羊一样的温顺),车上载着口棺材(表示死罪)。那是一口普通的柏木棺材,前端大,后端小,呈梯形状,每一块板材的斜面相互对靠,盖板和边板都是用整块木料做成,斜中带弧。从正面看,整个棺材像是半边圆木。

翟真率部下渐渐行近,不一会儿,就来到燕王慕容垂身前数丈之处。慕容垂和傅颜见丁零人并没有随身携带兵刃,略放松了警惕。哪知就在此时,翟真两手陡伸,抓住薄薄的棺材盖,猛地掀起。慕容垂骑在马上,居高临下,看得清清楚楚,见棺材里堆满了刀枪,不由得骇然失色。棺材盖"哐当"掉在地上,翟真与部下们迅捷地抄起棺材里的兵刃,狼奔豕突似的向前杀来,也就一眨眼的工夫,已扑到慕容垂身边。大变起于俄顷,燕国御林军尚在数武之外,赴救已是不及。傅颜见势不好,大叫一声,双手一按马鞍,身子如同一只大鸟般腾空而起,纵落到慕容垂的马前,双手疾探,握住了两柄刺向慕容垂的长枪,紧接着"咯咯"两声,竟硬生生地将枪杆折断,胸腹间却是空门大开。翟真毫不犹豫,"扑哧"一剑,直刺入傅颜的前心。傅颜负疼,反手从后背抽出鬼头刀,一刀挥去,将翟真的天灵盖削去了半边,自己却也支撑不住,翻身跌倒在尘埃,手里的刀"当啷"一声落在地上。

几乎是在同时,馆陶城里呼啸着冲出一队队的丁零骑兵。他们驰马弯弓,一边放箭,一边向着燕军冲来。城头上的丁零兵也齐声呐喊鼓噪,为其助威。燕御林军各挺刀枪,奋勇拒敌。有几个侍卫

燕成武帝慕容垂

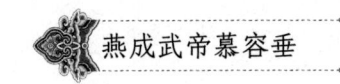

举起盾牌，遮挡着密集的箭矢，护着慕容垂后撤。慕容德、慕容农等人见势不妙，策马挥戈，各率所部冲出营来，与丁零骑兵混战在了一起，经过一番苦战，总算挡住了丁零人的凌厉攻势，但御林军已是折损了大半。

翟辽见慕容垂没死，反倒搭上了自己父亲的性命，实已无心恋战，撇下几百具尸体，与部下仓皇退回城里，紧闭城门，乘城拒守。这场战斗虽然短暂，却很惨烈。城外死尸遍地，不时响起伤者痛苦的呻吟。燕军一边警惕注视着城内的动静，一边收敛战死的同袍。燕王慕容垂跳下马来，颤抖着双腿，蹒跚地走到傅颜旁边，蹲下身去，将他抱在怀里。傅颜的嘴里流出血沫，前襟被渗出的鲜血染红了一大片，已然气绝而亡。慕容垂见这位忠心耿耿的老部下惨死，不由得热泪横流，一颗颗泪珠流过脸上的皱纹，又沉重地滚落到地上。当晚，慕容垂命人将傅颜遗体运回中山安葬。

第二天，燕军的探子来报，称馆陶城里已经空了。原来，翟辽逃回去后，知道这回的祸闯大了，遂连夜弃城南撤，匆匆渡过黄河，在滑台继位称王，又传令放弃北岸的所有据点，集中全部兵力，在南岸筑垒布防，还将河上的船只全部掠走。他是准备倚仗黄河天险，据险死守。

慕容垂闻讯，指挥燕军向黄河一线推进，不战而下黎阳（今河南省浚县），于六月初直达黄河北岸。夏日的晴空，湛蓝深远。强烈的阳光在天地间闪耀，黄河上泛起万点金光。滔滔不绝的黄河水，撞击在岸边的岩石上，溅起两米多高的浪花，又疾流直下，如脱缰的野马，向着远方驰骋而去，发出震耳欲聋之声。两岸连绵不断、高低起伏的丘陵下面是郁郁葱葱的树林。慕容垂见黎阳渡口没有船，便命军兵四处伐木，建造了数百只大型的木排。每一只木排都用上百根长木捆扎而成，桨、篙齐备。然后，慕容垂命慕容农率一万精兵悄悄开出军营，在营后潜伏起来。

几天后的一个傍晚，夕阳斜照在黄河上，磅礴的水面如洒碎金。

第十八章 翟魏覆灭

慕容垂突然指挥燕军,大张旗鼓地离开黎阳渡口,沿黄河北岸向西开拔,向四十里外的西津渡口运动。翟辽在对岸得到报告,也率主力拔营西进,下定决心与燕军隔河对峙,不让对方渡河。

半夜时分,天上挂着一弯新月,将淡淡的光辉投向苍茫的大地。潜伏在营后的慕容农知对岸敌垒里留兵不多,即率一万精兵,悄悄乘上木排,开始在黎阳渡口偷渡黄河。燕军将士们站在排上,用力划着长桨,迅速抵达南岸,又借着夜色的掩护,衔枚疾走,来到敌垒附近。丁零人的营垒里面黑漆漆的一片,只听到刁斗声声,垒外环以栅栏。栅栏是一搂多粗的原木编成,刀剑都不易砍断。栅外挖了条壕沟,沟中密布竹签。慕容农临出发前,命军兵每人背着一个口袋,口袋里装满稻草。每个口袋看上去鼓鼓囊囊的,分量其实并不沉。众军兵背着口袋悄悄接近垒外,将背上的口袋扔到壕沟里,很快就堆成一条通衢大道,然后越栅发起进攻。燕兵人人舍命向前,将垒中不多的翟魏兵杀散,获刀枪、物资一大宗。

第二天清晨,晨曦初照,霞光若隐若现,瓦蓝瓦蓝的天空没有一丝云彩。翟钊带兵赶到西津,却惊闻敌人已在黎阳渡口过了黄河,只得又率全军急急忙忙地赶回,四面环攻垒中的燕军。慕容农昨晚引兵扫清残敌之后,疏浚了营垒外的长壕,使之能够有效抵御骑兵的攻击,还重新立起壕内的木栅,既可隐蔽本军将士,也可对外施放箭矢。如今他与麾下一万精兵,奋勇抵御着空劳往返的丁零人,将营垒把守得如铁桶。火辣辣的太阳升起,毫不留情地晒着大地。地面仿佛被蒸笼罩着,让人透不过气来。翟魏兵经过一昼夜的急行军,早已疲惫,身上的盔甲被阳光晒得滚烫,使人燥热难耐。他们一个个汗流浃背,气喘吁吁,手里的刀枪变得格外沉重,根本无法战胜垒中以逸待劳的燕兵。到了中午,天气更加炎热,丁零士卒大量脱水中暑。有的丁零人为了解渴,便去喝浑浊的黄河水,以至于拉肚子。

西津渡口处,滚滚河水正从慕容垂的脚下流过。河里的水早上还是凉的,但到了中午,河水就开始冒热气了。河畔的树木高耸入云,光滑的树干挺得笔直，肥硕的叶子遮天蔽日。慕容垂立在树荫里，望见翟辽率兵匆匆离开，便引大军在西津渡口乘上筏子，大摇大摆地渡过河去，然后挥师向东，与慕容农夹击翟辽。慕容德、慕容麟等人领一队燕军骑兵，挥舞着马刀，向饥疲不堪的丁零军冲去。彪悍的燕军骑兵们将手里的长刀舞得飞快。刀光闪闪，如飘瑞雪。丁零兵接连被锋利的长刀砍中，像一根根原木一样被砍倒在地，或死或残。慕容农见时机到来，命部下开垒助攻。到了下午，翟魏的主力全军覆没。翟辽不敢再回滑台，带着几名亲信远遁，逃进了太行山区。

　　立国仅数年的翟魏就此灭亡，原统治区内的七个郡（荥阳、顿丘、贵乡、黎阳、陈留、济阴、濮阳）分别归入燕国的兖、豫二州。翟魏的大臣郝晷、崔逞、崔宏、张卓、路纂等，本都是前秦官员，全投降了燕国。慕容垂依其才干，分别录用，同时任命章武王慕容宙为兖、豫二州刺史，以崔荫为州司马，实行轻刑薄赋的政策，很快稳定了这片新控制的地盘。

第十九章　并州风云

> 这时，另一头牛犊似的老虎由洞穴里窜出来，悄无声息地从后面掩近，猛地向前一纵，一口咬住了翟辽的后颈，随即摆了摆巴斗大小的虎头。众人站在虎圈之外，就听到"咔嚓"一声脆响，明白是翟辽的颈骨断裂，然后就见其四肢软绵绵地垂了下来。

7月末的天气还是非常酷热，太阳像火球般地烤着大地。天上没有一点儿风丝，空气好像凝固了一样，树上的叶子打着蔫。路边庄稼地里的蚱蜢多如草叶，发出微弱而嘈杂的鸣声。翟辽带着几名贴身侍卫，忙忙似丧家之犬，急急如漏网之鱼，好不容易摆脱了燕兵的追杀，越过莽莽苍苍的太行山，逃进了并州。他们在沿途抢了几家富户，掠了些银子作盘缠，又顺手抢了几匹马，匆匆过了昔阳，向着朔州方向行去，打算由朔州出塞。

这一天，翟辽闷闷不乐地骑在马上，额上挂着几绺汗湿的发丝，眼窝深陷，肮脏的瘦脸上透着疲惫，想起自己与十余万族人入关，如今却近乎形单影只，心中不禁一阵绞痛。他穿着件薄衫，敞着怀，一

燕成武帝慕容垂

边控马前行，一边在心里咒骂着慕容垂，忽见前方不远处有一片郁郁葱葱的小树林。林外青草遍地，林里杂七杂八地栽着些碗口粗的槐树和一把粗细的小榆树，树木的枝丫横斜不一。翟辽抬手抹了把脸上的油汗，向身边的侍卫们说："咱们且去前边的林子里歇息一会儿，也喂喂马。"几个丁零侍卫打着赤膊，骑马随在一旁，也都热得够呛，听了翟辽的话，自无异议。

众人迎着一片刺耳的知了叫声，打马向树林行去，渐渐可以看清槐树干上皴裂的黑皮，正在这时，忽见林中冒出一小队骑兵。这队骑兵仅有十几人，为首的是一个三十多岁的中年汉子。大概是天热的原因，他并没有穿戴盔甲，只着一身单薄的便装，腰里挂着一把漆鞘的佩刀，骑马来到近前，看了看翟辽等人，双手抱拳，客客气气地道："请问来的可是翟辽将军吗？"翟辽被头顶的烈日晒得浑身燥热，想不到来人有这么一问，虽觉对方似无恶意，但仍不敢放松警惕，右手按着腰间的刀柄，沉声道："不错，你们是什么人？"那人喜道："啊！我是燕王慕容永麾下的左将军韩延，奉命前来迎候，已在这儿等了十几天了，想不到终得遇见。"

原来，当年慕容永杀了慕容冲之后，自任太尉、尚书令、河东公，成为西燕实际上的主宰，为了招揽人心，决定率二十余万鲜卑部众东归。鲜卑族人一听说要回归故地，无不踊跃，拆掉自住的帐篷，套上牛车、马车，装载上一应家什，出了长安城，浩浩荡荡地向东行去。庞大的车队连绵百余里，一路扬起滚滚的烟尘。慕容永、韩延等统军前后卫护，与部众渡过黄河，穿越河东（今山西省永济蒲州镇）、平阳（今山西省临汾金殿镇），到达闻喜（今山西省南部）。闻喜县古称桐乡，秦时更名为左邑县，汉武帝在此欣闻平南越大捷而赐名"闻喜"。慕容永等人来到此地，与西进的长乐公符丕所部激战了几场。不久之后，慕容永引军直进，大败秦兵于襄陵（今山西省襄汾县）。符丕只带千余人逃走，行至东垣（今山西省垣曲县东南），为东晋扬威将军冯该斩杀。慕容永进占晋阳，声势大振，遂登极称

第十九章 并州风云

帝，定都长子（今山西省长治西），史称西燕。西燕疆域北达新兴（今山西省忻州），南抵轵关（今河南省济源），东依太行，西至黄河，辖太原、上党（今山西省长治）、西河（今山西省吕梁）、新兴、平阳（今山西省临汾）、河东（今山西省运城）、乐平（今山西省阳泉）、河内（今河南省武涉）等八郡。

前些日子，慕容永听说慕容垂出兵讨伐翟魏，考虑到自己与慕容垂并称燕王，将来免不了有一场剧斗，便派出细作过太行山打探，才知翟辽已兵败而走，又想翟辽为丁零人的领袖，更著威于黎阳一带，将来可能会对自己有用，即命侦骑四出寻找。翟辽久闻慕容永之名，今见对方遣人相邀，正中下怀，遂放下戒备之心，随着韩延前往长子。

长子的历史悠久，因尧王之子丹朱受封于此而得名。整座城市方圆数十里，雄峙于晋水西岸，四面是砖石砌成的青灰色城墙。城墙四角建有角楼，上面还修着密密麻麻的城堞垛口。城中现有十余万户居民。

烈日当空，整个长子城像座烧透了的砖窑，使人热得喘不过气来。道旁树上的叶子纹丝不动。知了在树干上发出一片尖锐的鸣叫声，刺得人耳膜疼。一条不知谁家的大黄狗趴在树荫下，吐出鲜红的舌头，大口大口地喘着粗气。韩延引着翟辽等人由东门进了城，沿街当先而行，一遇行人阻路，就不客气地扬起马鞭，劈头盖脸的抽将过去。路人无辜挨打，肚里暗骂，嘴上却不敢说什么，纷纷闪在两边。韩延与翟辽一行骑着马，耀武扬威，穿街而过，很快来到了皇城的北门前。

皇城外环绕着青砖建成的高大围墙，门楼上翘角飞檐，城门敞开着。门洞里有几十名荷戈执戟的御林军，为首的是一名校尉。韩延等人跳下马来，请校尉进去通报。校尉匆匆进了皇城，不一会儿就又出来，称慕容永有诏，命韩延带翟辽晋见。韩延解下手里的佩刀交与部下，用衣袖擦了擦脸，回过头来，笑嘻嘻地对翟辽说："翟将军，请随我进去。"翟辽倒也乖觉，不待别人提醒，便解下佩刀交与侍卫，随同韩延步行进入皇城，走过一个宽广的庭院，便来到飞龙殿前。飞龙殿高数十丈，是皇城中最大的一座宫殿，四壁用整块的大理石砌成，上覆黄瓦，下有石头台基。殿前立有十四根银白色的石柱，每根浑圆的柱子都有一搂多粗，殿檐下悬着一块硕大的匾额。

韩延与翟辽登上几十级石阶，进入殿中。偌大的殿里空荡荡的，西燕王慕容永正端坐在龙椅上。慕容永五十出头，眯缝着两只细长的眼睛，颔下三绺斑白的长髯，头戴冕旒，身披黄色龙袍，面前是一张阔大的书案，身边立着两名执扇的宫女。韩延与翟辽紧走几步，在书案前跪倒，行过三拜九叩的大礼。慕容永捋着胡子，上下打量着翟辽，见来人一脸的落魄，便道："二位爱卿平身。"韩延和翟辽站起身来。翟辽连遭慕容垂打击，当年的骄狂气焰已收敛殆尽，明白自己手里无兵无将，便是没有了豪横的本钱，当下躬身道："微臣国破家亡，无处可以投奔，得蒙陛下收留，不胜感激。"

慕容永见他言必称臣，心里略感满意，先与之客套了几句，随后就转弯抹角地问起他这次兵败的经过，希望借此了解慕容垂的情况。翟辽颇不愿重提自己的败绩，但身当此境，也只得红着脸如实讲来。慕容永认真听完翟辽的叙说，觉得慕容垂用兵诡诈，皱眉道："朕当年也曾与之打过交道，深知此人老奸巨猾，惯会声东击西。爱卿富于春秋，上当也是在所难免。"翟辽愤愤地道："陛下所言甚是！慕容垂这老儿诡计多端，只是一味耍诈。但他也曾冒犯过陛下龙威不成？"

慕容永微合着双目，缓缓道："当年，慕容垂曾用巫蛊之术加害景昭皇帝（慕容俊）。幸得先帝洪福齐天，不曾中了他的伎俩。先帝驾崩之后，太傅、上庸王秉政，识破慕容垂的不臣之心，便欲将其正法。朕当年还是一州刺史，奉命追捕慕容垂，不料被他逃脱，至有今日之患。朕每每想起此事，便觉有负先帝！"说到这里，又是摇头，又是叹气，一副不胜懊恼的样子。翟辽却知慕容永曾出卖过可足浑氏

第十九章 并州风云

与慕容炜，见他做张做至，心里暗暗鄙夷，但面上不敢露出，便随着慕容永的话风，大骂了慕容垂一番。他正骂得兴起，眼睛一转，瞧见慕容永旁边的一名宫女，不由得心里一动。这个宫女大概二十出头，柳叶眉，杏核眼，肤如凝脂，身量不高不矮，体形不胖不瘦，穿着一身粉色的宫装，俏生生地立在那里，自有一种动人的风姿。

慕容永为人精明，瞥见翟辽的眼神总往自己身边瞄，立时便猜到了他的心思，问道："将军的家眷可随在身边？"翟辽见问，虽感狼狈，但也只得如实禀道："臣孤身带着几名侍卫逃了出来。家眷全都陷在了滑台，估计已为慕容垂这老儿所害。"言下恨恨不已。慕容永有意笼络他为己所用，便道："如此，将军客居在长子城，也是太孤单了些。"说着，右手指向身边的那名宫女道："翟将军看这姑娘如何？她叫翠萍，人材相貌倒还说得过去，曾是长乐公符丕的侍女，不及随符丕逃亡，被没入朕的宫中。将军若不嫌弃，朕就将她赐与你为妻如何？"翟辽大喜，登时将国恨家仇抛至九霄云外，眉飞色舞地又一次跪倒，口里连连谢恩。慕容永微微一笑，遂命翟辽为车骑大将军、兖州牧，加封他为东郡王，还赐给他一所宅子。

三天后的傍晚，西方的天空腾起一片灿烂的晚霞。翟辽的新宅里热闹非凡。慕容永已命人将翠萍送到宅中，并宣旨赐婚。西燕文武见翟辽成了当朝新贵，争先恐后地来向其贺喜。宅门两侧停满了绿绒官轿，屋里院外挤得到处都是人。众官员送了各式礼物，堆叠得廊下一片五光十色。东郡王翟辽在韩延等人的协助下，在新宅里大摆筵席，与大家热闹了半个晚上。子夜时分，韩延与客人们相继辞去。翟辽穿着一身崭新的新郎礼服，已喝得半醉，命家人关上府门，晃荡着身子回到了后院。

后院里一溜五间正房，房顶上铺着瓦片，窗棂里透出灯光。偌大的院里静悄悄的，角落里隐隐传来蚊蚋的低吟，墙边有几棵长得郁郁葱葱的老树。树下的花圃里开着馥郁的鲜花。翟辽被夜风一吹，便觉酒意上涌，走上正房台阶的时候几乎摔了个跟头。他含糊不清地骂了几句，撩起门帘走进室内，见南窗下是一张雕花木床，床上铺着冰绡竹簟。窗台上摆着一盏擦得铮亮的琉璃灯，寸许的灯苗微微晃动着。新娘子翠萍穿着大红嫁衣，头上蒙着一块红盖头，正一个人坐在房中的灯影里。翟辽跌跌撞撞地来到床边，伸手挑起了新娘子头上的红盖头，见翠萍头戴凤冠、敛容稳坐。翟辽闻着她身上芬芳的气息，心里一荡，坐在翠萍旁边，伸出手去，揽住了她的腰肢，涎着脸道："美人儿，三日之前与你在宫中相见，不想今天竟与你结为伉俪……你说，咱俩这岂不是有缘？"翠萍的脸上抹着红红的胭脂，低垂着柳叶似的双眉，抿着嘴一笑，却是不语。翟辽见她笑靥如花，不禁欲火中烧，略一用力，将她拉到自己怀里，一回头，"噗"的一声，吹熄了窗台上的灯盏。

8月的一天午后，烈日依旧高悬，晒得整个长子城中闷热不堪。孰料一阵大风掠过，把地上的尘土、树叶刮得满天都是。空中乌云翻滚，霎时间隐去了日色。黑沉沉的天上不时掠过一道道利剑般的闪电，仿佛要把天空劈成碎片。几声震耳欲聋的炸雷"喀啦啦"响过，倾盆似的暴雨从天上落了下来。这场骤雨下了约莫小半个时辰，密集的雨点才渐渐地稀疏起来，终于雨过天晴。天上又露出了太阳，西半天挂起了一道美丽的彩虹。

千家万户屋檐下的水珠滴落在阶上，发出一片"嗒嗒"的声音。雨后少了知了的聒噪，却多了阵阵脆亮的蛙鸣。翟辽披着件白色的单衣，跷着二郎腿，正优哉游哉地坐在前院客厅里品茶，忽听外面脚步声响，就见一个家人来报，称翟成求见。翟成是随翟辽来长子的丁零侍卫之一，也是翟辽的心腹。翟辽听闻，忙命快请。不一会儿，翟成随着家人来到厅里。他字达平，今年还不到三十岁，身形瘦削，一张疙疙瘩瘩的长脸，宽宽的额头，眼睛还算有神，尖下巴，披着件战袍，胁下悬刀，足蹬八耳麻鞋，进至厅里，向翟辽施礼已毕，毕恭毕敬地立在一旁。

翟辽一见他，本来松弛的脸皮立时紧绷了起来，换了一副阴鸷的

第十九章 并州风云

表情，先遣出家人，又起身走到门口，向外望了望，轻轻将厅门关上，回归原座，低声道："达平，这一阵子探听的怎么样？"翟成微躬着腰，也压低声音道："王爷！属下奉您之命去结交了不少鲜卑族的朋友，大把的银子花出去，请他们喝酒吃肉，又从他们嘴里得到不少消息，知道许多人私下里对慕容永不满。这些人多为慕容冲旧部，既恨慕容永弑杀慕容冲，也怀疑慕容永曾向秦人出卖了慕容炜，只是没有凭据。"翟辽得意地搓着手道："我早就料到，慕容永得位不正，他的族人未必心服。"

翟成瞧了瞧他的脸色，道："大王的意思是……？"翟辽为人专横，又曾裂土称王，一向是发号施令惯了的，如今屈居于慕容永之下，心里实有不甘，自从来到长子城之日起，就一直想取而代之。他一咬牙，道："我打算择机将慕容永杀掉……"翟成吓了一跳，犹豫道："大王，城中多是些鲜卑人。咱们若是杀了慕容永，估计自己也没什么好果子吃！"翟辽瞪了他一眼，道："蠢货！咱们找个机会悄悄干掉慕容永，然后就把罪名推给慕容冲旧部。届时，城中的鲜卑人必起内讧。待他们打成一锅粥，我们便可从中取利，进而拉起一杆子人马，回头再去找慕容垂一决高下。"翟成歪着脑袋，挑起大拇指，赞道："王爷雄才大略，这话说得是半点儿不错！"想了想，又哈着腰提醒道："但慕容永身边戒备森严，咱们要想下手也不太容易。"翟辽却似是成竹在胸，跷着二郎腿道："再过些日子，就要入秋了。我听说慕容永每年都会去城外打秋围。咱们到时候就与其同行，趁人不备，便下手将他干掉。"翟成听到这里，方才明白，原来翟辽是在效仿翟真当年驱逐滕恪之而据黎阳的套路，只是手段更毒辣些。

二人正说着，忽听窗外"啪嗒"一声轻响，似有什么人碰到了窗棂。翟成脸色骤变，一个箭步冲到门前，左手拉开厅门，右手紧握刀柄，闪电般地跨出厅外，却见檐下立着一名妖娆的女子，不由得一愣。翟辽紧随其后赶了出来，见那女子正是翠萍，便道："夫人，你在这里做什么？"翠萍头上梳着双髻，脸上薄施粉黛，穿着一身家常的素净衣服，腰里束着一根黄色的丝绦，不动声色地对丈夫道："妾身闲来无事，到前院来随便走走，却不小心碰到了窗子。"翟辽新婚燕尔，正贪欢笑，虽然心里狐疑，但也不愿当着外人呵斥妻子。他两眼紧盯着翠萍，见其面色平静，便道："我们正在议事，你先回去吧。"翠萍也不再多话，顺从地点了点头，转身自回后宅了。

翟成心里有鬼，随着翟辽回到厅里，犹疑不定道："王爷！夫人会不会将我们的话全听去了？"翟辽也有些拿不准，道："她一个妇道人家，能懂得什么？我待会儿回后宅，探探她的口气，若有异样，自会处置。"翟成听了，略放下心来，道："王爷当此大事，万万不可心慈手软。"说着，又与翟辽商议了一会儿，便告辞而去。

翟辽送走了翟成，背负着双手，迈步向后宅走去。碎石铺就的路面有些潮湿，路边冒出几茎嫩绿的小草。后宅花圃里的鲜花经过雨水的洗礼，更见娇艳。几颗晶莹的水珠，从粉红的花瓣上无声地滑落。翟辽走进房里，见妻子正低头坐在床边刺绣。翠萍见他进来，忙将手里的活计放下，起身走到南窗下的一张黑漆方桌旁。桌上摆着一个陶瓷茶盘，茶盘里是几个白瓷茶碗和一把黑底白釉的水壶。翠萍提起水壶，倒了杯水，体贴地端给翟辽。翟辽一边观察着妻子脸上的表情，一边接过水来，喝了一口，觉得嘴里甜甜的，低头见水色淡黄，奇道："这水怎么甜丝丝的？"翠萍温柔地笑了笑，道："王爷，这些日子太热。妾身看你整天忙里忙外，特意泡了些蜂蜜水，有去暑败火的功效。"

翟辽见妻子这般体贴，心里一软，不便再追问方才的事。他一仰脖子，"咕嘟嘟"地将蜜水喝干，将杯子还给翠萍，又坐在床边，随手拿起那件衣服翻看。衣服上的刺绣完成了大半，红色的丝线落在素色的布上，织出花草纹、鸟兽纹等，纹络清晰细腻，线条优美流畅，而且配色清雅，十分耐看。翟辽随口问道："夫人，你绣的这是什么？"翠萍将茶杯放回桌上，回过头来，道："过了三伏，天气就渐

第十九章 并州风云

渐凉了起来，我给王爷绣件长衫，入秋之后，也好穿穿。"翟辽将衣服撂在一边，道："有劳夫人了！过些日子，我去买几个能干的丫鬟，免得再让你受累。"翠萍扭动着腰肢走过来，曼妙的身姿如风摆杨柳，坐在他的身边，轻声道："妾身自小就进了宫，什么苦没吃过？刺绣这小小的活计算得了什么！就盼着王爷将来能建功立业，那妾身的后半生可就有靠了。"翟辽听她说得真诚，颇为感动，心底的隐忧已然烟消云散，见她娇娇怯怯地依偎着自己，不禁侧过脸，向着翠萍的红唇上吻去。

又过了一个多月，金风乍起，暑气渐消。西燕王慕容永果然下诏，要与群臣到城外共猎。翟辽早就盼着这一天，听到消息，不禁暗自欢喜，遂约上翟成，如期陪着慕容永等人到了长子城外。猎场是在城北数十里处的一片草甸上，草甸里生满了一眼望不到头的茂草。一阵风过，半人高的草丛如同海浪般摇摆起伏。密密麻麻的草丛里栖息着成群的梅花鹿、黄羊、狐狸、野兔等，偶尔还可见几只前来觅食的黑熊和老虎。西燕王慕容永穿着一身猎装，率文武纵马奔驰，不时地弯弓放箭，射杀着从身边掠过的狐兔。翟辽与翟成紧紧随在慕容永身边，貌似保护，实则是心怀鬼胎。

快到中午时分，慕容永的猎兴并不稍减，见侍卫们赶起一头矫健的野鹿，便策马追了过去，不想越追越远，直奔出七八里，渐渐脱离了众臣与侍卫们的视线，只有翟辽与翟成骑马紧随。三人马前的野草如波翻涛裂般地向两边分开，四周传出一阵草虫的鸣声，却看不到虫儿的所在。

翟辽知道机会来了，悄悄向身旁的翟成打了个手势，示意他下手。翟成心领神会，见慕容永就骑马行在前边，正背对着自己，便取下宝雕弓，搭上白羽箭，瞄准了慕容永的后心，准备将他射死。正在这时，忽听一声弓弦响过，从不远处的深草里飞出一支箭。锋利的箭镞端端正正地射入翟成的咽喉，"噗"的一声，直从他的后颈透了出来。翟成吭都没吭一声，一头从马上栽下，当场气绝身亡。翟辽惊

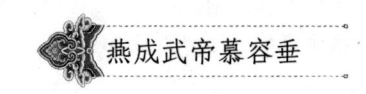

骇莫名，还没反应过来，就见附近的草丛里冒出几十名全副武装的侍卫。这些侍卫成扇面形包抄过来，将翟辽围在中间。

阳光照耀着整个草甸，四周弥漫着芳草的香气。翟辽的心里却像是塞满了寒冰，满是绝望。慕容永转回马头，慢悠悠地来到他的马前，带住马缰，点手唤过身后一名瘦小的侍卫，道："姓翟的，你且看看，这是谁？"翟辽有些疑惑地望向那名侍卫，竟觉得很眼熟。那个侍卫又走上前几步，反手除下帽子，让一头亮泽的乌发垂了下来。翟辽终于看清，原来她竟是翠萍，心里"咯噔"一声，脊梁骨如同被浇了一桶冰水，浑身忍不住地颤抖起来。慕容永立马一旁，欣赏着翟辽失魂落魄的表情，得意地道："朕知你们丁零人向来不讲信义，岂能不有所提防？翠萍早就是朕的人了，只不过是奉命在你身边打探消息。"翠萍正眼都不瞧翟辽，微低着头，淡淡地说："前些日子，此人与翟成商议，要趁打围之际谋害陛下。臣妾在窗外听到之后，便立即派人入宫报信了。"说完便退到了一旁。

翟辽知道万事俱休，眼前一阵阵发黑，垂头丧气地低下了脑袋。几个军兵上前将他拉下马，五花大绑了起来，带回长子皇城。翟辽素闻慕容永心毒手狠，见他不将自己当场处死，先是疑惑，转念一想，明白对方必将用极厉害的手段对付自己，心里只有更怕，但已是身不由己。他被众军兵推搡着来到皇城的西南角，耳中听到几声瘆人的虎啸，不由得脸色大变。原来，西燕王慕容永在皇城里建有一座虎圈，里面喂养着几头猛虎。这虎圈实则是一个巨大的深坑，方广亩余，深达十余丈，四壁很陡峭。坑底四周掏出几个简易的洞穴。为保险起见，虎圈外还围有一圈铁丝护栏。

这时，众人已来到虎圈旁边。慕容永下令将翟辽投入虎圈。几个侍卫奉命打开护栏上的铁门，将吓得软瘫的翟辽拖到虎圈边上，顺手一推。翟辽一个跟头栽了下去，直摔得头破血流。他知性命危在旦夕，用双手撑着坑壁，强挣扎着站起身来，两腿瑟瑟抖着，睁着一双惊恐的眼睛向四下乱瞧。不一会儿，一头吊睛白额虎听到外面的动

第十九章 并州风云

静,从洞里探出头,发现了他,张开血盆大口,哮吼着扑了上来。翟辽拼命地向左一闪,躲开了小蒲扇似的虎掌扑击,身子却失去了平衡,半跪半坐在地上。这时,另一头牛犊似的老虎由洞穴里窜出来,悄无声息地从后面掩近,猛地向前一纵,一口咬住了翟辽的后颈,随即摆了摆巴斗大小的虎头。众人站在虎圈之外,就听到'咔嚓'一声脆响,明白是翟辽的颈骨断裂,然后就见其四肢软绵绵地垂了下来。洞穴里又窜出几头猛虎,咆哮着将翟辽咬死,相互争抢着大啖起来,弄得断肢残肉到处都是。

西燕王慕容永目睹这惨烈的一幕,鼻子里闻到一股血腥气,脸上却是沉静如铁,过了良久,才喃喃道:"什么时候,把慕容垂那老儿塞到虎圈里,才算去了我心头之患。"但转念一想:"慕容垂已六十有余,还能有几天好活?我又何必着急?且耗上几年!待他死后,便率军越过太行山东进。慕容宝碌碌之辈,怎么能是我的对手?到那时,浑一天下之期,指日可待。"想到这里,不禁又踌躇满志起来。

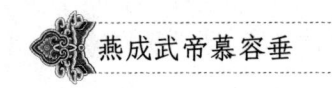

第二十章 耄耋御众

12月,慕容垂收兵回到中山。至此,后燕彻底恢复了前燕极盛时的疆域,版图"南至琅邪(今山东省临沂、枣庄一带),东迄辽海,西届河汾,北暨燕代",成为十六国后期最为强盛的王朝。

公元393年9月,金风阵阵,扫尽积蓄了一夏的暑气,也让大地一日入秋。中山皇城内,几排梧桐树在燕昌殿外立得笔直,半青半黄的桐叶间传出秋蝉衰弱的残声。六十七岁的燕王慕容垂正与群臣在殿内议事。岁月不饶人,慕容垂脸上的皱纹更加深了,两颊的皮肤有些松弛,一双眼睛还算有神,鼻子两侧现出两条法令纹,一直延伸到微微下垂的嘴角。他头戴冲天冠,身披褚黄袍,坐在燕昌殿的龙椅上。这把龙椅设计考究,有一个"圈椅式"的椅背,四根支撑靠手的圆柱上蟠着金光灿灿的龙,通体用紫檀木打造,再髹上黄金,显得富丽堂皇又气派威严。

后燕将翟魏七郡收入囊中后,又经过数年的巩固开拓,势力直达太行山以东,与西燕隔山相望。如何应对这个同姓同族的邻国,便成了慕容垂与其臣僚在这次朝会上讨论的焦点。范阳王慕容德现任朝中

第二十章 耄耋御众

司徒，为三公之一，身披朝服，正立在丹墀之上，声若洪钟地说道："慕容永为宗室疏属，如今僭号称王，颇能蛊惑人心。陛下受命于此，威震四海，道德广被夷夏，仁泽光耀宇宙，何不出兵平了这一叛贼？"尚书令皇甫真年过七旬，精神还算矍铄，身披朝服，也出班道："陛下，司徒所言极是。慕容永曾出卖先帝，实为罪不容诛。臣誓不与此贼同戴皇天、共履黄土！"

慕容农随军平定翟魏之后，奉命北镇龙城，在辽东创立法制，事从宽简，清刑狱，省赋役，劝课农桑，令居民富赡，后因安逸积年，上表称："愿领所部征讨遗寇。"慕容垂遂于上个月将慕容农召回中山，命其为侍中、司隶校尉。这时，慕容农想起慕容永手刃段仪的狠毒，犹自愤愤，便出班奏道："慕容永为人阴狡，作恶多端。父皇若兴师讨伐，臣儿愿为前锋。"

虽然有几位重臣赞同讨伐西燕，但反对的意见也不是没有。赵王慕容麟穿了一身青灰色战袍，出班奏道："父皇！慕容永这几年还算安分，并没有向我们挑衅。您老人家何必再次出兵，去受那鞍马劳顿之苦呢？"他这话一出，倒也引来几个大臣的附和。有人跟着劝："赵王殿下说的极是，皇上千万要保重龙体……！"也有人称："如今士卒疲惫，西征不如暂缓。况且民间初定，军饷一时难筹。"还有的大臣道："陛下！古语说得好：'兵犹火也，弗戢将自焚'。如今国泰民安，不宜轻动刀兵！"

大殿的四角各点着一炉檀香，轻烟袅袅散开。燕王慕容垂起初一语不发，微眯着眼睛，耐心听着众人的发言，脸上不见喜怒，待到殿里渐渐安静了下来，才手捋须髯，缓缓道："诸位爱卿！慕容永身为宗室，不思报国，却意图非望！如果不把他铲除，岂不让天下百姓有二心？再说了，天下哪有两个慕容皇帝并立的道理？朕虽然来日无多，但余智尚在，终不将此贼留作子孙之患！"慕容垂这两句掷地有声的话，算是为此次朝会做了个总结。众臣再无异议。慕容麟才知父皇早已打定主意，不禁后悔失言。

燕成武帝慕容垂

这年11月，一阵呼啸的北风吹过，雪花飘飘扬扬，四野一片银白。十余万燕军集结到中山城外，扎起了一眼望不到头的营帐。大大小小的帐篷，像冒出地面的巨型蘑菇，密密匝匝挨在一起。临出兵前一日，燕王慕容垂下令犒赏了三军。第二天，宽阔的大路像一条玉带似的伸向远方，道边的树枝上堆满了蓬松的雪球。皑皑白雪如一张巨大的毯子，覆盖在广袤无垠的荒原上，闪着寒冷的银光。后燕兵分两路开始行动。北路偏师由范阳王慕容德和龙骧将军张崇统领，师出井陉，进攻晋阳城，隔断西燕的北境。慕容垂亲率南路主力，以辽西王慕容农为前锋，直向太行山开去。

太行山是西燕与后燕之间的一道天然屏障，又名五行山，高耸入云，绵延八百余里。山巅寸草不生，山腰的苔原覆盖着厚厚的冰雪。因受漳河、拒马河、滹沱河、沁河等多条河流的冲刷切割，山间形成一道道东西向的峡谷。这些峡谷横穿山脉而过，成为天然的交通要道，被称为"陉"。由南到北分别是：轵关陉（今河南省济源市东的轵城镇）、太行陉（今河南省泌阳县西北）、白陉（今河南省辉县西五十华里处）、滏口陉（今河北省滏山一带）、井陉（今河北省井陉山一带）、飞狐陉（今河北省飞狐口）、蒲阴陉（今河北省易县西紫荆岭山）、军都陉（今北京市昌平县居庸关），并称"太行八陉"。"太行八陉"短的有四十里，长的蜿蜒达百余里，历来是逐鹿中原的要道。

12月，慕容垂率兵到达邺城，前锋慕容农部至沙亭（今河北省临漳县西南）。沙亭在邺城西南，距太行山数十里。转过年来的2月，慕容垂以清河公慕容会留守邺城，负责为大军征集补给；派赵王慕容麟率军向滏口陉方向佯动，又命辽西王慕容农引兵逼近白陉，扬言要越壶关，从南面威胁长子。慕容垂本人则进驻沙亭，统一策应两路大军的行动。西燕皇帝慕容永闻讯，调动五万大军封锁了滏口陉与白陉，将物资积聚在距滏口陉不远的台壁（今山西省襄垣县东北），命征东将军慕容逸豆归率兵一万守卫。

第二十章 耄耋御众

阳光照射着巍巍太行。绵延的太行山脉，如一条不见首尾的巨龙，在苍茫大地上蜿蜒而行，一会儿腾空跃起，一会儿俯首低回，峡谷两边山坡峻峭，都是些坚硬的岩石，石缝里顽强地生长着低矮密集的灌木丛。偶有一道清泉从山顶流下，在碎石中蜿蜒前行，在阳光下荡起浅浅的水波。西燕军在滏口陉、白陉的陉口处扎下营盘，营中用青黑色巨石垒起十余丈高的望台，有哨兵一天到晚在台上瞭望。慕容永还派兵在滏口陉与白陉穿梭巡逻，严阵以待，但一直等到4月份，仍然不见后燕军来攻。

这日傍晚，铅灰色的天空下，成千上万顶西燕军帐在苍茫的暮色中静默。凉风轻拂，暮霭席卷而来，渐渐笼罩了大地。远处的山林上腾起一股朦胧的淡烟，不时传来一阵阵鸦鸣雀噪之声。西燕营中的一座金顶帅帐里，慕容永穿着一身黄色绣金边的龙袍，足蹬皮靴，皱着眉头，背着双手，正在地上转来转去。他慑于慕容垂的声威，亲临滏口陉，本想与这个老对手真刀真枪地干上一仗，但一个多月过去了，却迟迟不见慕容垂有所行动，心里不禁起疑，担忧对方表面上按兵不动，暗地里却从别处偷越太行山。慕容永思来想去，坐立不安，连晚饭都没吃，进来送餐的几拨侍卫全被他轰了出去，只是反复考虑："兵法云：'虚则实之，实则虚之。'慕容垂用兵诡诈，神鬼难测，很可能是在邺城、沙亭一带虚张声势，将我的主力牵制在这里，其大军也许已奔南边的太行陉了……"慕容永想到这一点，顿时惊出一身冷汗，转念又想："太行陉地形开阔，虽有少量守军但也无济于事。我如果现在带兵赶去，还能将敌军挡住，再晚可就来不及了！"他琢磨到这里，当晚就下达命令，仅在滏口陉和白陉留下部分监视部队，然后亲率主力南下，开赴太行陉。

然而实际上，慕容垂一直待在沙亭一带，没有采取任何行动，只是让部队充分休整。这天，从太行山上刮过来的一阵疾风，带着森森的寒意，将沿途的林木吹得飒飒作响，又呼啸着掠过后燕军营上空。军营正中央的一顶大帐外，戒备森严，甲士林立。帐内收拾得干干净净，但陈设非常简单，不过一桌数椅。年近七旬的慕容垂坐在椅子上，上身靠着椅子背，微微仰着头，像所有上了年纪的人一样，正在闭目养神，忽听外面一阵脚步声响起。他睁眼一看，见帐帘撩起，儿子慕容宝走了进来。

太子慕容宝也已四十多岁，大概是饮酒过多的原因，脸上的肌肉有些松弛，面皮浮肿，眼睛里常带着血丝。他头戴银盔，披着件团花锦袍，兴冲冲地来到父亲身边，躬身施礼，又道："父皇，不出您老人家所料，慕容永果然带兵去太行陉了。"慕容垂听了这个消息，知道多疑的慕容永终于上了当，却仍是稳如磐石地坐着，情绪没有半丝波动，半晌方道："敌军虽被调动，但并未走远，现在出兵还不是时候，再等等吧。"说完这句话，便又合上了双目。慕容宝不敢再打扰，便躬身退了出去。就这样，老谋深算的慕容垂继续按兵不动，又等了几天，然后下令所部发起攻击。

4月20日上午，滏口陉上云屯雾集，蔚为壮观，两边的峭岩绝壁如刀削斧剁的一般，中间是一条狭窄的石径，可容十余人并行。路面凹凸不平，曲折蜿蜒，布满了碎石。慕容垂率兵突然开进滏口陉，直向陉口杀来。闷了多时的后燕军，如山崩海啸般从正面展开攻击，轻松击败了为数不多的西燕留守部队，阵斩左将军韩延、右将军勒马驹，擒镇东将军王次多。西燕尚书令刁云和车骑将军慕容钟，皆束手归降。慕容垂分兵两万，包围了台壁，同时命辽西王慕容农、赵王慕容麟各率所部，埋伏在旁边的山涧中，巧妙地布下一个口袋阵，静待慕容永的主力回师。

日落西山，余光横照，巍巍太行山显得有几分娴静。山脚下丛林茂盛，有松柏千年生息，茫茫山巅云雾翻卷。慕容永刚赶到太行陉，就收到滏口失守的消息，知道是上了大当，直气得捶胸顿足，忙又集结了太行陉、轵关陉的部队，勉强凑起了五万多人，匆匆回救台壁。5月16日，慕容永率军到达台壁之南，还没来得及喘口气儿，就听四外喊杀声大作。慕容垂麾动兵马，漫山遍野地包抄了上来。慕容农、慕

第二十章 耄耋御众

容麟的两路伏兵从山涧中突起，切断西燕军的退路，四面八方地合击敌军。战场之上，垂死者的残叫声此起彼伏，方圆数里的地面很快被鲜血染红，横七竖八地躺满西燕军的尸体。是役，西燕军被斩首八千余人，其余大多成了俘虏，慕容永只带少数残兵逃回长子。晋阳守将慕容友听到台壁大败的消息，弃城而逃，后燕军不费吹灰之力取得晋阳城。

6月，骄阳似火，长子城里的空气都是热的，道边的树影缩成一团，树叶上蒙着一层尘土，蔫蔫地打了卷。慕容永知道无力再战，便派出使者，去向北魏求救。魏王拓跋珪自兄弟拓跋仪被慕容宝扣留之后，已与后燕断绝关系，如今见了慕容永的使者，即命陈留公拓跋虔率骑兵五万，南援西燕，却被范阳王慕容德领军阻在晋阳，无奈只得撤兵。

17日，浓云遮蔽了太阳，天色有些阴沉。后燕大军到达长子，立即将这座城市包围了起来，连营数十里，鼙鼓之声震动远近。慕容永登城布防，愁眉苦脸地望向城外，见敌军声势浩大，抚着城堞的两手不禁有些颤抖，心里盘算着要冒险突围，去投奔关中的姚苌。大将伐勤本是慕容冲的部下，此时身披战袍，与几个军兵立在一旁，见慕容永内外交困，暗自快意，有心献城投降，脸上却作出忠心无比的样子，说："陛下不必担忧，慕容垂已然六十八岁，老迈多病，难耐沙场之苦，不可能在城外久留。我们只要严守城池，拖上一阵子，敌人自然会退兵。"一个走投无路的人，如果还不甘心失败的话，总会找各种虚幻的希望来欺骗自己。慕容永正处在这样的境地，听了伐勤的话，就像溺水之人抓住了一根浮木，苍白的脸上顿时有了些血色，一边连连点头，一边传令四城，决意坚守。

这天晚上，月亮躲进云层里，几颗残星在空中闪着幽暗的光。城上城下一片漆黑，远处不时传来夜枭的啼叫。西燕兵新败之后，斗志涣散，又冒着酷暑在城上守把了几日，已很疲惫。伐勤于前天夜里，命心腹悄悄缒出城外，与后燕军秘密接洽，约好了今夜献城。他此时

燕成武帝慕容垂

披了一件黑色的斗篷，腰悬利刃，假作巡察，带着几十名亲兵来到北门。门前的哨兵见了他，忙躬身施礼。伐勤趁其不备，向左右使了个眼色，与众亲兵抽出腰刀，左削右剁，将哨兵们杀散，随即斩关落锁，打开两扇厚重的城门，迎接埋伏在外面的后燕军入城。

当晚，慕容永为示与城池共存亡之意，并未下城，在城上搭起帐篷休息，半夜忽听北城大乱，传来军马奔驰的声音，心知不妙，连忙披衣出帐，就见远处的火把之光连成一条长龙，隐隐可见大队敌兵正源源不断地涌进城来。城上的西燕守军全都慌了，像无头苍蝇一样乱窜，把手里的刀枪抛得到处都是，纷纷解脱了衣甲，逃下城去，摆明了不肯再卖命。他们毫无顾忌地从慕容永身边跑过，却是看都不看他一眼，仿佛这位西燕皇帝成了一个可有可无的土偶。慕容永惊骇莫名，脑袋嗡嗡直响，不明白敌人是怎么进来的，两条腿软得像面条，站都站不住，连滚带爬地沿着马道下了城，迎头就碰上一队后燕兵。这几个军士没费多大力气，便把哆里哆嗦的慕容永按倒在地，随即将他绑了个结结实实。

三更已过，长子城内兵马纵横，一片鼎沸。皇城内的宫女、太监听到城破的消息，又惊又怕，全像无头苍蝇似的乱窜起来，有人便趁机抢了些财物，然后逃之夭夭。丽娟自慕容永称帝后，便成了他的嫔妃。她娘家姓严，在宫中被称为严妃，正在殿内秉烛而坐，听说敌兵入城，忙派翠萍出去打探慕容永的消息。翠萍协助慕容永除掉了翟辽，立下了大功，回宫之后便被提升为女官。严妃虽是丫鬟出身，却待下宽厚，见翠萍处事干练，对她一直很好。不一会儿，翠萍慌慌张张回报，声称有人看见慕容永已被敌兵捆了去。严妃听到这个消息，怔了怔，眼里流下泪来，遂将翠萍打发出去，又起身关上殿门。殿内明黄色的壁衣仿佛失去了往日的光彩，地上的大理石映射出暗沉沉的光，似乎预示着末日的到来。严妃披散着头发，取出一根白绫，踏着椅子将绫子悬在房梁上头，又抖着手结了个绫套，咬了咬牙，把头伸进了套子，脚下一用力，蹬倒了椅子，整个身子立刻悬空。

第二十章 毫画御众

在窒息的痛苦下,严妃的手脚剧烈挣扎了一会儿,渐渐不动了,意识也开始模糊起来。正在这时,两扇殿门"哐当"一声,被人从外面推开。一个人闪电似的闯了进来,从旁边的长条桌上抄起一把剪刀,纵身剪断了绫子。严妃重重地摔在地上,好一会儿,才慢悠悠地睁开双眼,定睛一看,竟是翠萍。原来翠萍回住处收拾了一个包袱背在身后,又来到严妃的宫外,准备与她商议去留,不想透过窗内的烛光,看到有个人晃晃荡荡地吊了起来,立觉不妙,急忙闯进来将严妃救下。翠萍煞白着脸道:"娘娘,留得青山在,不怕没柴烧。蝼蚁尚且贪生,您怎么却要寻短?"严妃坐起身,掩面抽泣着道:"敌军入城,早晚是个死,不如自行了断,免得受苦。"翠萍蹲在她旁边,道:"娘娘,敌军也是鲜卑人,料想不至于屠城。奴婢不才,必能保着您逃出去。"说着,从背后取出个包袱打开,里面是两套鲜卑男子的旧衣服。她帮严妃脱去外衣,穿上一套旧衣,自己穿上另一套。

严妃这时也定下神来,虽然脖子勒得生疼,但并无大碍,就在宫中收拾了些金银首饰装在包袱里,与翠萍匆忙出了宫。燕兵擒了慕容永之后,很快扫荡了残敌,又知城中多是自己的族人,故而并不掳掠。燕军各级将领也都下令,对放下武器的敌人,一律不许滥杀。但还是有几十处屋子被点着,通红的火苗在夜幕之下显得分外醒目,街道上挤着许多无家可归的人们。严妃与翠萍趁乱混出城外,一径向南,渡江投东晋去了。

天亮后,朝阳从东方冉冉升起,荡涤着天地间的重重雾气。成队的西燕俘虏,在后燕军兵的押送下,垂头丧气地前往集结地点,等待处置。燕主慕容垂骑着一匹青鬃马,率军入城,见路边被烧毁的房屋犹自冒着黑烟,便出榜安民,又下令将慕容永及其尚书令刁云、太尉慕容逸豆归等三十余人处斩。西燕就此灭亡,领土被划分为并、雍两州,归入后燕。慕容垂以丹阳王慕容瓒为并州刺史,镇晋阳,宜都王慕容凤为雍州刺史,镇长子。西燕尚书仆射屈遵、尚书王德、公孙表、秘书监李先、黄门郎封则等人皆被慕容垂依才录用。

燕成武帝慕容垂

10月,慕容垂乘战胜之威,以慕容农为前锋,南征东晋,连克廪丘(今山东省郓城西北)、阳城(今山东省茌平县南)、东平(今山东省东平西北)、高平(今山东省巨野县南)、泰山(今山东省泰安)、琅琊(今山东省诸城)等郡。东晋名将刘牢之畏惧慕容垂的威名,竟不敢出兵援救,被朝廷以"畏懦"革职。12月,慕容垂收兵回到中山。至此,后燕彻底恢复了前燕极盛时的疆域,版图"南至琅玡(今山东省临沂、枣庄一带),东迄辽海,西届河汾,北暨燕代",成为十六国后期最为强盛的王朝。

第二十一章　参合之败

> 傍晚时分，大战结束。燕军尸体铺满了夕阳照耀下的参合陂。放眼望去，古老的荒原一片惨烈。

第二年3月，和煦的春风掠过中山城客馆。客馆是燕国为各国使节提供住宿的地方，位于中山城西，紧邻着西直门大街，占地百余亩，外有丈余高的围墙。围墙用红砖砌成，下有条石筑成的墙基，开有前后两道门。正门三间，左右有门房，外面有系马桩、上马石。两扇黑漆的大门紧闭着，门上密布铜钉。门前的青色石阶旁各有一个半人多高的石狮子。大门外戒备森严，一天到晚都有武装的军士值守。

客馆内分成若干独立的院落，每个院落的格局和大小都差不多。西跨院内有三间正房，左右各有两间偏房。几棵高大笔直的杨树植在南墙边，历经风雪磨砺后，一改僵硬呆板的冬姿，不声不响地抽出新枝，枝条上稀疏琐碎地点缀着几颗鹅黄色的芽苞。树下冒出一片片、一簇簇的小草，嫩生生、绿油油的。

北魏使者拓跋仪自从顶撞了燕国太子慕容宝之后，就一直和他的随员们被软禁在这里。燕王慕容垂知与北魏嫌隙已成，便默许了慕容宝的做法，但下令对拓跋仪在生活上予以优待。这几年，拓跋仪独自住在正房，他的随员们住在偏房。正房还算宽敞，迎门摆着一张红漆方桌，两边各排着几把椅子。西墙下放着一个高至屋顶的粗木书架，上面堆满了长长短短的竹简和一摞一摞的线装书。拓跋仪被软禁的这些年，每日闲来无事，松花酿酒，春水煎茶，过得还算逍遥，后来又与燕国官员协调，请其代买了不少书籍，遂观览群书，留心典籍，竟至学问渊博，为燕之学者所敬。

这天傍晚，空中乌云密布、沉雷隐隐，像是要下雨。西跨院正房的青布门帘低垂，几扇雕花的窗户也都关着。拓跋仪正与燕朝侍御史高湖在房中，二人围着桌子，秉烛而坐。桌上摆着一壶清酒，还有一荤一素两盘菜肴。高湖，字大渊，渤海郡蓨县（今河北省景县）人，是吏部尚书高泰之子，今年三十多岁，面孔白皙，身形瘦削，学识渊深，一举一动颇有儒者之风。他奉命在此看管拓跋仪，常与之探讨经义。数载之间，二人已成莫逆之交。

此时，高湖喝下一杯酒，提起锡制的酒壶，给自己又倒了一杯，顺手给拓跋仪的杯里加满，脸红扑扑地道："拓跋先生，最近在读些什么书？"拓跋仪久已不穿戴貂帽裘服，换了一身青色长衫，剃去了络腮的胡子，两颊青黝黝的，整个人显得瘦削了许多，道："我前日托人买了一部《尚书》，正在翻览，觉得文义深奥。"高湖倒也读过这部书，便道："《尚书》是出了名的佶屈聱牙。汉代学者曾注《尚书》，仅解'尚书'二字就用了十余万言。难为你倒能看得进去！"

拓跋仪似有心事，端起酒杯却不便饮，默然片刻，才轻轻抿了口酒，将杯子放回桌上，道："《尚书》名列五经之一，其中的微言大义自是难懂。但前人皓首穷经，解个经题竟至十余万言，这般耗费心血，却也无裨于世事。"高湖听了，两手一拍，道："拓跋先生可谓务实，这一论断振聋发聩，足见高明。"说着，又提出三坟五典中的疑义与之探讨。

天色黑了下来，一阵轰隆隆的雷声响过，几道闪电划破夜空，黄豆似的雨点落将下来，击打得屋瓦"噼里啪啦"的一片乱响。高湖虽

第二十一章 参合之败

醉心学术，却并非一介腐儒，仕宦多年，所历皆有官声，一边与拓跋仪攀谈，一边察颜观色，就发现对方有些心不在焉，眉宇间透着愁闷。他与拓跋仪相处数年，佩服其学问人品，已拿对方当自己的好友，便坦率地道："拓跋先生，你好像有心事？若信得过我，不妨说出来，只要是力所能及的，下官替你料理就是。"拓跋仪听了高湖这几句话，欲言又止，低头思忖良久，这才站起身来，"扑通"一声，竟双膝跪倒在高湖的面前。

高湖吓了一跳，急忙起身相搀，道："拓跋先生，你这是什么意思？"拓跋仪任他拉扯，却是直挺挺地跪着，道："高御史，我有一事相求，你答应了，我才肯起来。"高湖拉不动他，急出一脑门子汗，道："你有什么事？且站起来说。"拓跋仪执拗道："不，你先答应我。"高湖见他这个样子，心里不忍，便道："好，我答应你，你起来说话。"拓跋仪这才立起，听外面雨急风骤，知道不会有闲杂人到来，便说："高大人，我命在顷刻，请你救我一救。"高湖奇怪道："拓跋先生，你这话从何而来？"

拓跋仪到此境地，再不隐瞒，便将心事和盘托出，道："高大人，这次贵国攻取长子城，我朝却公然出兵援助慕容永。燕、魏已为敌国，我再在这里住下去，必有性命之忧。"高湖听了，有些不以为然，道："拓跋先生，你这就有些杞人忧天了。本朝皇帝仁明英武，听说太子将你扣下，还特命优待于你，怎会因此害于你？"拓跋仪摇了摇头，道："燕王气度恢宏，待我着实不错，但年迈避事。您此前也曾说过，燕王自回中山后便很少上朝。如今是太子总理朝纲，他常恨我强项，也许会借我国出兵的由头，将我先斩后奏，就算他杀我之后并不上奏，也没人能奈何得了他！高大人！几天来，我一直为此寝食不安，思量再三，只能请你救命。"说着，又欲跪倒。高湖连忙将他扶住，心里不禁好生为难。他知道慕容宝生性褊狭、睚眦必报。拓跋仪所虑并非全无道理。但自己职责所在，又不能私自放人，正进退两难的时候，忽然脑筋一转，道："有了，拓跋先生，我倒有一条计

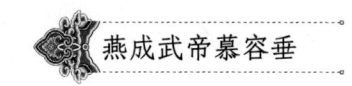

策,你看如何？"说着,在拓跋仪耳边嘀咕了几句。

屋外一片漆黑,骤雨伴着疾风,越下越大。拓跋仪听了高湖的话,略一犹豫,道:"好计策！如今形格势禁,不得不如此,只是太委屈高大人了。"说着,向他深深地作了个揖,便转身走出房门,不一会儿,手里提着一把钢刀,带着两名五大三粗的随从由外面进来。高湖稳稳地坐在椅子上,一脸惊诧道:"拓跋先生,你带二位贵价进来是要做什么？"拓跋仪的头发上雨水滴落,肩头也被淋湿了一大片,"唰"的一声拔出刀,将刀尖抵住高湖的前胸,道:"高大人！在下久居贵地,常思故土。今夜风雨交加,我们便要趁此机会返乡！"说着,左手冲身边的随从打了个手势。

两个随从上来,用绳子将高湖结结实实地绑在了椅子上,嘴里塞上了毛巾。雨水瓢泼似的落下,打的屋瓦、地面一片乱响,院子里泥水横流。客馆门前的哨兵都在门洞里躲雨,自然听不到跨院里的动静。拓跋仪见高湖被绑好,便收刀还鞘,顺手抄起门后一根鹅卵粗细的枣木门闩,走到高湖身边,却有些踌躇。高湖仰起脸来,用眼神向他示意:"不妨事,你打得越重,我就越安全。"拓跋仪会心地朝高湖点了点头,转到他身后,手起一闩,正中高湖的后脑。高湖登时晕了过去,脑袋侧歪到一边。拓跋仪急忙伸手到他的鼻端一探,发现高湖呼吸顺畅,这才放下心来,便从其身上搜出了出入凭证,再招呼上其他随从,穿上蓑衣,一同来到了门外,向门洞里的军士们亮了亮凭证,轻而易举出了客馆。

客馆门前挂着灯笼,照着街上水淋淋的一片。拓跋仪与随员们逃到了街上,直奔城门而去。他们对中山的路径并不熟悉,行不多远就迷了路,在大街小巷上乱闯了一阵子,被雨水浇得睁不开眼,转了好长时间,才找到了城门。城门前无人把守,哨兵大概也偷懒躲雨去了。拓跋仪等人开关落锁,顺利出了中山城,头也不回向北逃去。第二天一早,客馆中的军兵才发现被绑的高湖,立即鸣锣示警。慕容宝听说拓跋仪逃走,下令阖城大索。皇城禁军马上出动,四处搜捕,但

第二十一章 参合之败

拓跋仪等人早已逃得不知去向。

雨过天晴，中山城上笼罩着薄薄的白雾。太阳刚刚升起，燕昌殿的檐下不时有水滴落下。慕容宝头戴冕冠，前垂红纱，后缀朱纬，身穿四爪蟒袍，腰系玉带，上挂瑜玉双佩，足下白袜朱舄，来到了燕昌殿，又绕过龙椅后的屏风，进了后殿。后殿也是慕容垂的寝宫，为二进院，正门南向，入门便是曲折游廊，阶下石子漫成甬路。路两侧植着梧桐树，枝上的叶子挤挤挨挨。早晨的阳光透过密密层层的梧桐叶，把斑斑点点的圆影投在潮湿的地上。寝宫五间，明间开门，殿顶铺着黄色琉璃瓦，檐脊安放石雕走兽，檐下饰以彩画，前出廊，东西各有三间配殿。宫中方砖墁地，楠木为栋椽，檀木作梁柱，椽头贴敷有金箔，青色的窗户上雕饰着花纹，东侧摆着一张长条案，上摆着两个古瓷花瓶，地上是几盆冬夏常青的天冬草。

寝殿的西侧是合着地步打就的榻、几、椅、案，燕王慕容垂正双目微合躺在榻上。慕容垂年近七旬，满脸丝丝缕缕的皱纹结成网状，两个颧骨高高地凸起，整个人显得衰弱又憔悴。去年底，他回中山后就病倒了，时常头晕眼花，夜眠多梦。几个御医看过，却也查不出症结所在。在这样的年纪得病，虽然周围的人不说什么，但他心里也明白：自己在这个世界上的日子，已经是活一天少一天了。好在复国大业已基本完成，他再没有什么大的遗憾，现在最放心不下的，就是太子慕容宝了。

慕容垂及其子侄这两代可谓人才济济，如范阳王慕容德、辽西王慕容农、赵王慕容麟、高阳王慕容隆、太原王慕容楷、陈留王慕容绍、乐浪王慕容温等。这些人都曾屡立战功，如今更是叱咤一方。唯独太子慕容宝，却是才短智粗，多年来一直没有什么建树。

年迈的慕容垂脸色蜡黄，正琢磨着："有一天，如果自己不在了。太子能否镇得住那些手握重兵的名王大将呢……？"他刚想到这里，忽见儿子慕容宝来到，便让侍者在自己的后背垫了个软枕，半躺半坐起来。慕容宝恭恭敬敬地向父亲行过礼，坐在床边的一个绣墩

· 281 ·

上，又问候了几句，便说起了拓跋仪潜逃的事，道："侍御史高湖被人打晕，经抢救之后，倒无大碍。但拓跋仪擅自归国，并不禀明，实为胆大妄为。魏王拓跋珪还曾出兵援救慕容永，更是大逆不道。父皇如今上了年纪，儿子愿率一支兵马去讨灭魏国。"慕容宝虽然平庸，但并非全无自知之明，知道自己比不了两个战功卓著的兄弟（慕容农、慕容麟），便打算拿拓跋珪开刀立威。

慕容垂剧烈地咳嗽了两声，心想："本朝自灭了丁零与西燕之后，已是北方第一强国，南面是划江自守的东晋；西边是姚苌与苻氏疏属在关中打得不可开交，也不足为虞；唯有拓跋珪在西北逐渐崛起，将来或可为患。若能击败北魏，消除这一隐患，更为儿子慕容宝赢得威望，倒也算是一举两得。"慕容垂想罢，用昏花的眼睛，望了望坐在床边的儿子，道："征伐北魏也不是不可以，但要让你二哥和六弟做你的副手。"慕容宝明白，父皇是怕自己担不起北征这副挑子，而慕容农和慕容麟都曾身经百战，有他们协同北征，取胜的把握自然大一些，就点头同意，又和父皇说了一会儿朝中的事务，便告辞而去。

公元395年5月，燕国太子慕容宝率八万大军从中山出发，直扑北魏。慕容垂为北征军集结了国内的大部分精兵悍将，指定慕容农和慕容麟任军中副帅，为万全起见，还派出慕容家族的宿将、范阳王慕容德率一万八千人为大军后继。

燕军来伐的消息，很快就传到了北魏的国都盛乐（今内蒙古和林格尔县）。盛乐环山绕水，是出塞入塞的要冲，南北一马平川，东至黄河二百里，南距阴山一百多里，四周有荒干水（今大黑河）、白渠水（今茶坊河）、金河（今宝贝河）等河流，水草丰美。城外便是一望无际的牧场，生长着马莲、芨芨、沙棘、柠条等。这些植物耐干旱，植株高，大雪埋压不了，是牲畜在冬天最喜欢的食草。

魏王拓跋珪幼历艰难，颇识机变，骁勇深沉，近十年来率族人征伐四方，驰驱于阴山南北和大漠东西，相继击败库莫奚部和高车族，

第二十一章 参合之败

俘获人、畜二十多万,继而吞并了草原上的贺兰部、纥突邻部、铁弗部及纥奚部。四年前,北魏进攻柔然,尽获其部众,势力扩展到句注、陉岭以北,使得解如部、匈奴等族皆来归附,治下人口已达到二百万。

这一日,天气晴朗。苍鹰背负着蓝天,在草地上空自由自在地飞翔。二十五岁的拓跋珪率众在盛乐城外打猎。他蓬松的头发梳成散髻,斜披着青缎长袍,袖口镶着兽皮,足蹬长靴,正驰马弯弓,追禽逐兽,忽然收到燕兵将至的消息,忙罢猎回帐,把麾下文武招来商议。九原郡公拓跋仪已安然返回,披着件着交领左衽的羊皮袍子,坐在一旁。他在中山多年,颇知慕容宝的底细,有些不屑道:"慕容垂的子弟中,能者甚多,偏这太子是个庸才。如今既是慕容宝率兵前来,请大王不必担忧。"王建现任别部大人,放下手里的一碗奶茶,进言说:"慕容宝虽不足惧,但燕军中人才济济,却也不可小觑。大王!依臣之见,咱们还是得布置一番,不妨隐藏实力,示之以弱,然后再伺机破敌。"

拓跋珪听说慕容垂不来,倒也没把慕容宝放在眼里,但为了谨慎起见,还是听取了王建的建议,下令举国大转移,采取坚壁清野的战术,命九原公拓跋仪率阴山以北的诸部落退向西北;略阳公拓跋遵率阴山以东诸部落转向东北。拓跋珪则领本部精兵西撤一千多里,渡过黄河,进入河套地区(即原来铁弗部占据的朔方之地)。

7月,烈日高悬,晴空万里,天上没有一丝云彩。南风带着滚滚热浪刮过,火烧火燎的,仿佛要使人窒息。草原上的杂草在太阳的暴晒下,耷拉着卷成细条的叶子,显得无精打采的。燕太子慕容宝率军深入北魏腹地,抵达盛乐一带,却不见敌军的影子,便继续向西北推进至五原(今内蒙古包头市),收降了北魏偏支部落三万余户,获杂粮百余万斛。慕容宝自以为军粮充足,不再重视后方补给线,自作聪明地调慕容德部来与主力会师,又挥军从五原南下,于9月进抵黄河北岸。

燕成武帝慕容垂

　　黄河两岸林木萧萧，滔滔的黄河水，泛起簇簇浅黄的浪花，翻滚奔腾着向东流去。慕容宝将兵马一字摆开，连营百余里，屯于黄河岸边。魏王拓跋珪率兵七万，与燕军隔河对峙，并派陈留公拓跋虔领兵从朔方东渡黄河，骚扰燕军的后方；让拓跋仪率兵从西北威胁燕军的北方。拓跋虔分兵四出，专门截捕燕军信使，彻底断绝了慕容宝等人与后方的联系。从此，燕军孤处于朔方之北，就像断了线的风筝，一连数月得不到中山的消息。

　　10月的一天早上，原本晴朗的天空突然阴沉起来，不一会儿，狂风大作，昏暗笼罩着大地。河畔的杂草全倒伏在地上，树木被风刮得摇摇摆摆，枝干在风中发出"呜呜"的声音。枯枝败叶夹杂着尘土，漫天飞扬。黄河水汹涌起伏，掀起万丈狂澜，腾空而起又疾转直下，以雷霆万钧之势，冲撞着两岸，溅起丈余高的水雾，发出"隆隆"的巨响。燕军的几十艘战船被突如其来的大风刮到对岸，船上三百余名士兵全被北魏俘虏。出人意料的是，魏军并没有难为他们，待狂风止息后，客客气气地将他们送上船，让其安然返回南岸。只是魏军在这三百多燕兵临上船之前，挨个告诉他们，称燕王慕容垂已然病故，让他们带话给太子慕容宝，请他早奔父丧。

　　这批燕兵回营之后，立即引发一场轩然大波。慕容垂已逝的谣言蓬蓬然而起，在军中迅速散播开来。数万燕军将士不明真相，闻听此事，犹如失掉了主心骨。慕容宝和三个领军的亲王得到消息，也是将信将疑。毕竟他们从中山出发时，慕容垂的病势已然不轻。以后的日子，拓跋珪又不断派人隔河喊话，宣称燕王已死，劝慕容宝赶快回去即位！

　　这天晚上，天空挂着一轮半圆的月亮，旁边飘着几朵薄薄的浮云。清冷的月光将大地染成一片银白。燕军大营里阒然无声，将士们都已入睡。成千上万顶军帐上，落了薄薄的一层白霜。慕容宝的大帐离黄河岸三十余里，处在军营的正中，高约数丈，足有三间屋子大小。帐中陈设华丽，四壁张挂蜀绣，地上铺着地衣，既美观又保暖。

第二十一章 参合之败

太子慕容宝这些年吃吃喝喝,身材已然发福,显得有些臃肿,穿着一身华丽的锦服。他见夜色已深,正要解衣就寝,忽听帐外的哨兵进来通报,称辽西王慕容农求见,忙命快请。后燕开国诸王中,慕容农颇有才干,为人也安分,与慕容宝的关系较为融洽。不一会儿,慕容农一身戎装,没戴头盔,走进帐来。慕容宝起身相迎,请兄长落座。

外面的寒风从帐顶上吹过,飒飒有声。几丝冷风透进帐来,桌上的灯焰摇曳。慕容农坐在那里,脸色阴晴不定,一副心事重重的样子。慕容宝以为他在担心中山的父亲,便劝慰道:"二哥!咱们父皇洪福齐天。军中的流言还请不必放在心上。"慕容农瞅了瞅他,却是摇了摇头,道:"我不是为这事来的!"慕容宝奇道:"那二哥寅夜到访,所为何事?"慕容农神色严重,低声道:"殿下!慕舆嵩趁人心不稳之际,图谋另立太子。他这几天紧锣密鼓地在军中活动,暗地里封官许愿,竟拉拢到我部下的头上。好在我的部下不敢隐瞒,向我透了风……"慕容宝不待听完,心里一阵狂跳,脸色都变了。他这么紧张,倒不是怕慕舆嵩,而是因为此人正是慕容麟的麾下。

慕容农见慕容宝脸色陡变,忙安慰道:"太子请放宽心,我已打听清楚,这事是慕舆嵩一人所为,与六弟无关。"慕容宝听了这话,心里略踏实了一些,搓着两手,一脸焦急地看着慕容农,不知说些什么才好。慕容农知他方寸已乱,便道:"事不宜迟!请您赶紧集结侍卫,再约上六弟,齐力将慕舆嵩等逆党拿下,自能弥乱于无形。"他这么安排,是想给慕容麟一个洗清自己的机会。慕容宝也不及细想,连声道:"好好,就依二兄之言。"当即传令下去,召集了侍卫五百人,与慕容农一齐奔向慕容麟的营地。

半夜时分,四下里万籁俱寂。慕舆嵩和他的十几个同党正围坐在帐里密议,中间的一张桌子上点着几支蜡烛。慕舆嵩本是慕容麟的亲随,因作战勇猛,积功升至副将,今年三十多岁,两道浓眉,一对铜铃似的眼睛,满脸横肉,身形矮壮,披着件黑色战袍。他貌似粗猛,实则险诈，听到慕容垂身故的传言后，深信不疑，便想借这个机会博取富贵荣华，私下联系了十几个将校，意图发动兵变，打算先杀了慕容宝，再拥戴慕容麟登基。

此时，慕舆嵩正压低了嗓门道："我朝与魏国世代联姻，交情深厚。早年，魏王遭难之时，赵王还曾率我等出塞相援。高柳一场血战，兄弟便曾身当前敌。只是后来，太子索马不获，自己觉得无处下台，便扣留了魏王的兄弟。这事细论起来，也是太子理亏。"他的几个同党听了，纷纷附和道："将军这话不错，说到底，咱们这次出兵本就名不正言不顺。"慕舆嵩见众人响应，高兴得满脸放光，晃着脑袋又说："拓跋珪沉勇有谋，手下兵将也身经百战。咱们这位太子却是平庸无能，眼前这场仗肯定打不赢，将来继位后也难保不捅娄子！赵王殿下足智多谋，又是军功赫赫。我们何不拥戴赵王登基？事成之后，弟兄们还愁没有富贵吗？"众党羽听了，无不点头称是。

几个人正说得入港，忽听帐外传来一阵杂沓的脚步声，紧接着"哧哧"几声。帐篷已被利刃从外面划破，裂开了几个大口子。一阵强光透了进来，晃得帐里的十几个人睁不开眼睛。随后，慕容麟阴恻恻的声音在外面道："慕舆嵩，出来！"慕舆嵩心里一惊，还不知事情已经败露，只得与众同党走出帐篷。帐外的空地上，站着数百名全副武装的军兵，一个个如临大敌。还有数十名军士，手里都举着火把，照耀得四下里亮如白昼。火把光影里，立着慕容宝、慕容农、慕容麟等人。

慕容麟虽然野心勃勃，而且打心眼里瞧不起慕容宝，但也不至于蠢到谋杀太子，对部下这次未遂的兵变，事先确实不知情，方才突见慕容宝带兵找上门来，真是百口莫辩，此时全身披挂着站在火把光下，脸色要多难看有多难看。他挥了挥手，身后冲上几十名军兵，将慕舆嵩等人五花大绑了起来。慕舆嵩等人见寡不敌众，也未反抗，乖乖的束手就擒。慕容麟铁青着脸走上前，重重地踢了慕舆嵩一脚，厉声质问道："你们好大的胆子，竟敢聚众谋反，已被人告下了，快快

第二十一章 参合之败

将阴谋从实招来！"慕舆嵩还抱有侥幸心理，嗫嗫嚅嚅地不吐实情。他旁边的几个人，却被眼前的阵势吓破了胆，又见有慕容农的部下随来作证，知道事情藏掖不住，便将密谋之事和盘托出，却也言明慕容麟并非幕后指使。慕舆嵩面色如土地立在一旁，无可抵赖，只得垂头丧气地认帐。

赵王慕容麟向来心狠手辣，年轻的时候连父兄都能出卖，这时为了洗刷自己，便是慕舆嵩有意拥戴自己也顾不得了，"呛啷"一声，拔出腰中的宝剑，剑光一闪，便将慕舆嵩砍死在地，抬靴子底，蹭了蹭剑上的血迹，收剑回鞘，回到慕容宝身边，讨好道："殿下！这些人图谋不轨，都留不得，请将他们全部处决。"慕容宝深深地看了慕容麟一眼，微微颔首。慕容麟见太子并无异议，遂下令将慕舆嵩的十几个同党拖到辕门，把他们斩首示众。

这个事情了结之后，天色已蒙蒙亮，东方现出了鱼肚白。慕容宝回到了自己的帐中，颓然坐在椅子上，脸还是绷得紧紧的。他暗自琢磨着："为什么别人的部下不起心造反，偏偏是赵王的部将蓄意谋逆呢……？眼下前有强敌，后方音讯断绝，身边的将领又是心怀叵测……"慕容宝想到这里，脑袋上就像顶着个千斤的磨盘，觉得这仗不好再打了，遂决意退兵，便又将慕容德和慕容农请来商议。范阳王慕容德和辽西王慕容农多日不知后方消息，心里也非常不安，如今奉召来到，听了慕容宝的打算，自然是响应。慕容农还自告奋勇地说："既然殿下要撤兵，那么我愿率兵担任后卫。"慕容宝却觉得他是多此一举，摆摆手道："不必劳动二哥！黄河天险，飞渡为难。魏军多骑兵，没有舰船，根本过不了黄河。"说着，打了个哈欠，揉了揉眼睛。慕容农不好再说什么，只得与慕容德起身辞出。第二天，慕容宝下令军中，焚烧所有船只，开始作退兵回国的准备。

10月25日，寒冷的北风呼啸着刮过大地，天空笼罩着一层凉凉的雾气。黄河两岸，地净草枯，一片肃杀。河里出现了拳头大小的浮冰，浑浊的河水迟滞地流淌，不再像以前那样汹涌奔腾。燕军卷起帐篷，收拾车辆，为战马套好鞍子，大队人马相继拔营，翻翻滚滚，开始向南撤兵。

　　燕军撤走之后的第八天，北风挟带着寒流，呼啸着猛刮了一整天，气温骤降，黄河岸边的土地冻得开裂。一夜之间，河里就结上了半尺多厚的冰。冰层冻得结结实实，在黯淡的阳光下发着白光。原本的黄河天险，立时成了通衢大道，足以策马而过。拓跋珪头戴皮冠，身披棉袍，腰悬宝刀，立马黄河北岸，见此情形，不禁大喜，以手加额，嘴里喃喃道："真是天助我也！"遂当机立断，精选三万骑兵，踏冰过河。一匹匹战马嘴里喷出白色的热气，马蹄子都包上了茅草，驮着背上的魏兵，踏着冰封的河道，很快就到达对岸。然后，三万多名北魏骑兵快马加鞭，如汹涌的潮水般向南疾追。

　　慕容宝没在黄河南岸留置哨兵，对此自然是一无所知。他正骑在一匹鞍辔鲜明的骏马上，冒寒走在行军队列里，直冻的缩头缩脑，两手拢在袖筒里，接连打着喷嚏，后悔不该出来受这个罪。11月8日，浩浩荡荡的燕军抵达参合陂。参合陂（今内蒙古凉城东北），是一个坡度较平缓的山丘，其东面是蟠羊山。这里正是拓跋珪的出生地。

　　燕军刚到参合陂，天气突然恶化。太阳隐没在乌云内，狂风骤作，西北天边有一道黑气，卷地而来。树木发疯似得扭摆着，一棵棵碗口粗的树木竟被大风连根拔起。排山倒海般的沙尘如墙而至，又如万顷怒涛扑击，呛得人睁不开眼睛。天地晦冥，隆隆的沉雷之声，响彻山谷。慕容宝见此情形，下令全军停止前进，在蟠羊山的东麓扎起大营，借山丘挡一挡风沙，却不设斥侯，也不在四外派出侦骑。

　　慕容宝命人在自己的帐中生起一堆火取暖，又将慕容德、慕容农、慕容麟等人招来。众人围坐在火堆旁，商议着下一步的动向。慕容农久经行伍，经验丰富，一边烤着火，一边忧心忡忡地对慕容宝说："殿下！天象突变，这是敌军将至的征兆。魏军极可能渡河来追，咱们应派兵防御。"慕容宝根本不信魏军能飞渡黄河，对二哥的

第二十一章　参合之败

话一笑置之。慕容麟则带着一脸谄媚的神气说："太子殿下盖世英武，麾下精兵数万，足以横行沙漠，小小的拓跋珪怎敢前来送死？"他是担心慕容宝对自己有心病，故而刻意讨好。慕容德深沉有智略，一直是慕容垂的左右手，觉得慕容农说的有道理，思忖着道："当年苻坚有百万雄师，却败于淮南，就是恃众轻敌之故！为了安全起见，我们最好还是派出殿后部队，以防万一。"慕容宝不好驳十七叔的面子，只得犹豫着准备派兵。慕容麟在一旁抢着道："既然如此，便由我率兵押后吧，必使太子殿下安然返回。"慕容宝便拨出一万骑兵交与慕容麟，命其为后卫。

风暴渐渐止息，但外面还是很冷。远处的天边，有大片的乌云翻滚涌动。黑沉沉的云层里，隐隐有电光闪现。赵王慕容麟身裹重裘，骑在马上，带队离了大营，一路向北开去，边走边想着心事。他觉得，自从慕舆嵩事件后，慕容宝便对自己暗存戒意。父皇现在生死不知，就算无恙，在世之日也已无多。将来慕容宝登基后，自己的日子未必好过，如今又何必保他的平安？慕容麟想到这里，便率兵避开大道，找了个偏僻避风的地方，下令全军扎营休息。他在内心里，倒很期待拓跋珪能进兵把慕容宝干掉！

11月9日黄昏，太阳如同一枚红色的圆球，慢慢坠向西方的天际。魏王拓跋珪率部昼夜兼程，如一股狂飙，风驰电掣般地赶到蟠羊山的西麓，随即收到探马的情报，知道燕军就在东麓的参合陂，便在夜色的掩护下，悄悄登上蟠羊山巅，占据了最有利的攻击地形。

10日清晨，天空有些灰蒙蒙的，冷风劲吹，阴云低垂。山野间一片茫茫的雾气升腾。山下燕军的大营里，数万燕军士卒刚吃过早饭，正乱哄哄地集合，准备向东开拔。这时，远处传来一阵战马的嘶鸣声。有不少人一回头，忽然看到了蟠羊山上的魏兵旗帜，不由得失声惊叫起来。立刻，更多的燕军发现了迫近的敌兵，顿时陷入一片混乱。

蟠羊山上，一阵凄厉的牛角号声响过。三万北魏骑兵居高临下，

燕成武帝慕容垂

如决了堤的洪水,呼啸着冲了下来。燕营外地势平坦,根本无险可守。北魏铁骑伴着雷鸣般的马蹄声,无遮无拦汹涌而至。密集的箭雨呼啸飞掠,铺天盖地地射入燕军大营。营中的数万燕军,也曾有过掠地屠城的辉煌战绩,但在这猝然而至的打击之下,根本组织不起有效的抵抗。大批士兵中箭受伤,倒在地上。随后,魏军骑兵纵马越过低矮的栅栏,冲入燕军大营,挥舞着长剑与弯刀,肆意砍杀,所过之处,血雾漫天飞舞。燕军陷入惊慌骚动,相互推挤,乱成一团。半天的工夫,偌大的营地里已是血流成河,浓重的血腥味儿几乎让人窒息。燕军士气彻底崩溃,纷纷解甲投降,只有太子慕容宝、范阳王慕容德、辽西王慕容农等数千人从主战场逃出。

傍晚时分,大战结束。燕军尸体铺满了夕阳照耀下的参合陂。放眼望去,古老的荒原一片惨烈。慕容恪的儿子陈留王慕容绍战死。燕军一万多人阵亡,其余的五万余人全被魏军俘虏,其中包括鲁阳王慕容倭奴、桂林王慕容道成、济阴公慕容尹国等数千名文武官员。北魏缴获的铠甲、辎重、粮秣等各种物资,均数以万计。

魏主拓跋珪率兵打扫完战场,看着眼前的五万多俘虏犯了难。他知道这些燕兵曾追随慕容垂南征北战多年,必不会为己所用,便打算发给俘虏们衣服和粮食,将他们遣送回燕国了事。王建却在一边说:"大王!燕国强盛,倾国来侵。我们侥幸大捷,若放俘虏回国,就会让燕国有力量二次来犯!臣以为,不如将俘虏全部处决。"拓跋仪在旁听了,吓了一跳,坚决反对道:"大王!万万不可!'杀降不祥',更不是怀柔远人之举。请陛下网开一面,还是放他们一条生路吧!"魏王拓跋珪权衡再三,还是听从了王建的提议,先派人从俘虏里挑出代郡太守贾闰、贾闰的堂弟骠骑长史昌黎太守贾彝、太史郎晁崇等,然后下令将其余的人活埋。

这天凌晨,天地间白雾弥漫,迷茫茫的一片。不远处的山林,在阴冷的雾里若隐若现,显得朦胧而迷离。参合陂上掘出了几百个深广的大坑,每个土坑都有一亩大小,深达数十丈,四壁很陡峭。数万惊

第二十一章 参合之败

恐万状的燕军俘虏，像一头头待宰的羔羊，都被捆缚了双手，排成一列列纵队，来到坑边，一个接一个地往里跳，稍有不从，便被旁边的魏军用长枪挑死。不一会儿，燕军俘虏就在所有的坑里层层叠叠。底下的人只挣扎了几下，就被压得晕死过去。魏王拓跋珪与王建等人驻马高坡，见俘虏全被赶进了深坑，便下令周围的魏军向坑里填土。顿时，参合陂上响起凄厉的惨呼，声震原野，很快又归于沉寂。五万多条鲜活的生命，就这样消失在冰冷的泥土之下。

燕成武帝慕容垂

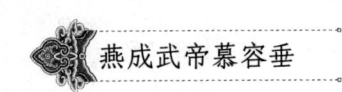

第二十二章　龙驭上宾

至此，世上再无慕容王朝，唯余数十万铮铮战骨，在历史的烟云里若隐若现。

夕阳缓缓落向西山，将最后一缕残照洒向大地。中山皇城内，气象森寒。燕昌殿前的假山水池全都隐入茫茫的暮色里，四周的亭台楼榭看起来黑沉沉的。寝宫内的龙榻上铺垫着描龙绣凤的床单，上挂轻纱帷帐。东窗下摆着长条案几，上面的文书摆得整整齐齐。

年近七旬的慕容垂正侧躺在床上休憩。他身躯干瘦，最近的精力也越来越不济了，有时整夜睡不好，白天提不起精神，这会儿正昏昏沉沉阖着眼，朦朦胧胧中，仿佛回到了辽东和龙山下的大草原。草原上长满了茂密的野草，一眼望不到头。一阵风过，万草低伏，却没有牛羊和牧人。太阳落下了地平线，空中是层层叠叠的暗云舒卷。慕容垂孤零零地立在齐膝深的草丛里，疑惑地向四处望着，忽见远方有一支浩浩荡荡的军队，迤逦而来，渐行渐近。数万将士的面孔皆模糊不清，每个人都似乎裹在一团朦胧的烟雾里，显得非常诡异，阒寂无声的从慕容垂身边经过，径直向着和龙山的方向开去。慕容垂见军旗上题有斗大的"燕"字，又见旗下一队铁甲骑兵簇拥着一位冕冠衮服

第二十二章 龙驭上宾

的王者。他定睛望去，见那人正是自己的父亲慕容皝，不由得大吃一惊，几步迎上前去，高声道："父王，您怎么在这里？"

慕容皝容貌如昔，闻言带住马缰，对着他微微点头，面色显得有些冷峻，指了指身边的队伍，道："这些北征的兵马，还是由我带回辽东吧。"慕容垂依稀记起自己曾派兵伐魏的事，忙道："父王带兵回辽东，儿子自是不敢阻拦，只是前线的战事怎么办呢？"慕容皝却是默然不答，冷冷地转过头去，催马便行。慕容垂心里发急，正要追上去再问，忽听背后有人道："五弟，还记得我吗？"慕容垂回头一看，竟是慕容恪骑马来到近前，不由得喜出望外，忙道："四哥，怎么是你？"太原王慕容恪仿佛平生模样，骑在马上，感慨道："五弟，你忍辱负重多年，终得以复兴社稷。父皇和我都为你感到欣慰。大概用不了多久，咱们一家人又能聚一起了。只是历数有在，不可强求……。"正说着，忽然一阵怪风刮过。慕容恪的面孔变得模糊起来，整个人连同坐骑化作一阵轻烟，突然不见。慕容垂大惊，向四周一看，才发现慕容皝和数万人马也都消失得无影无踪，就不曾在自己眼前出现过一样。

天地晦暗，愁云惨淡，风盘旋着越刮越大。慕容垂整个人似是随风而起，穿过一层又一层的云雾，荡悠悠不知飘向何方，正在惊骇的时候，就觉大风倏止，自己的身子一沉，双脚又踏在了实地上，四周的景物一变，眼前出现了一座宏伟的府宅。这所宅第占地十余亩，门楼上高挂着匾额，上题三个大字："吴王府"。府外冷冷清清，没有行人，地上积满了枯黄的落叶。慕容垂奇道："怎么到邺城了？眼前明明是我的吴王府嘛！"一边想着，一边迈步走上台阶，推开两扇虚掩的大门，来到府中。府里静悄悄的，不见家丁和丫鬟。慕容垂沿着熟悉的路径，信步走去，穿过斑竹林，踏过九曲径，一直来到了后宅。后宅还是老样子，正房的窗下植着几丛冬青，映着绿油油的窗纱。

慕容垂正茫然四顾，忽见正房的房门一开，一个女子走了出来。

这女子头上梳着双髻，穿着一身宫妆，腰系丝绦，招呼慕容垂道："大王，既然到家了，怎么不进来坐呢？"慕容垂见她正是段妃，其身后随着一个年轻人，却是自己的长子慕容令。他浑不记得段妃与慕容令已死，又惊又喜，走上台阶，握住段妃的手，急切说："爱妃，这些年我无时无刻不在想你。"段妃轻轻一笑，与之携手走进房中。房里还是原来的老样子，一点儿变化也没有。慕容垂与段妃分坐在桌子的两侧，慕容令侍立在母亲旁边。

屋里没有灯，光线很是暗淡，显得鬼气森森。慕容垂对段妃说："夫人，这些年你过得还好吗？"段妃怔怔望着他，蓦地流下泪来，道："大王，我死得好苦。"慕容垂惊道："夫人，你说什么？"这时，窗外吹进一阵冷飕飕的阴风。慕容令突然冲过来，双膝跪在慕容垂的身前，两手紧紧抓住他的衣襟，声音凄厉道："父王救命，有人要杀我！"慕容垂握住他的手腕，只觉触手冰凉，凉得他浑身的汗毛都炸了起来。他打了个寒颤，却发现眼前的段夫人与慕容令全都不见了。

慕容垂仓皇起身，在屋里找了个遍，却寻不见妻、儿的踪迹。他失望地走到南窗前，见窗台上放着一面大镜子，便对着镜子一照，见里面是一个头发斑白、脸色蜡黄的衰朽老头。慕容垂看到自己这副老态，愣了片刻，便迈着蹒跚的步伐从屋里走了出来，不想右脚在门槛上一绊，整个人直向着地上摔了过去。他惊叫一声，霍然而醒。发现刚才自己是做了个梦。

慕容垂定了定神，向旁边望望，见案上残烛摇摇，灯昏欲蕊。这时，殿外有个温婉的女子声音说："陛下，怎么了？"慕容垂躺在床上，过了一会儿，才缓缓道："外面是谁？"那女子的声音道："陛下，是臣妾。"紧跟着，殿门"吱呀"的一声开了，段芳款款走了进来。这些年，慕容垂的后宫倒也纳了几个嫔妃，有州郡送来的秀女，也有大臣家的千金，模样儿都还周正。只是她们见了慕容垂，要么显得手足失措，要么扭扭捏捏，半天答不出一句话，皆难慰慕容垂的老怀。段芳性情温顺平和，又识文断字，能帮他料理奏疏，对他的生活习惯也很了解。故而慕容垂在宫中的时候，常让段芳陪在身边。

段芳虽年过四旬，但身材匀称，五官还是那么端正秀雅。她走近床边，借着朦胧的烛光，看到龙榻上的燕国皇帝竟是如此的衰老孱弱，不由得倒抽了一口冷气，心里涌上一股悲凉。慕容垂揉了揉眼睛，温存道："阿芳，你走过来，靠着我身边坐下。"段芳依言过去，先扶着慕容垂坐了起来，将他上半身倚在一个靠枕上，然后坐在床边，道："陛下这几天休息得怎么样？如果夜间让一个嫔妃相陪，您会睡得安稳点儿吗？"慕容垂道："我这样一个行将就木的老人，发苍苍而视茫茫，哪个年轻女子愿意和我在一起？我又何必那么不识趣！"说到这里，苦笑着摇了摇头。段芳忙道："什么衰老头！陛下威名远振，堪称天下第一的伟丈夫，是人人敬慕的英雄。臣妾得以在您身边服侍，真是福气。"

慕容垂正要向段芳说起自己方才的梦境，忽听门外一阵急促的脚步声。一个太监走了进来，道："启奏陛下，军前有急报。"说着，弯着腰上前，将手里的文报呈上。这些日子，慕容垂总没收到慕容宝的消息，但想有慕容德等人在军中辅佐，不至于出什么大事，故也没太放在心上，如今听说军前文报到来，忙从太监手里接过，略打开一看，只觉眼前一阵发黑，颤抖的右手无力地垂落到床边，手里的军报轻飘飘地坠在地上。段芳忙从地上捡起，略看了一看，也是骇然失色。慕容垂两眼无神地望向前方，脸上的肌肉痛苦地抽搐着，脑海里只盘旋着四个字："参合惨败。"

公元395年12月，寒风裹挟着枯枝败叶，毫无目的地在灰蒙蒙的空中飘荡。燕昌殿外高高竖起的大旗被风吹得猎猎作响，檐下悬挂的铁马左右晃动，发出清脆悠长的金属撞击声。殿内的气氛沉闷而压抑。太子慕容宝逃回中山后，才知父亲未死，此时正跪在丹墀之上，述说着参合陂失利的事，其中不乏为自己开脱和辩解之词。范阳王慕容德、辽西王慕容农、赵王慕容麟三人低着头，跪在慕容宝身后。满头白发的慕容垂身披锦袍，坐在龙椅之上，听完慕容宝等人的讲述，大致弄清了丧师的经过。他两道眉毛拧成疙瘩，微闭着双眼，枯瘦的脸上涂满了深深的忧伤，后悔自己在战略上的误判，更恼儿子的无能！殿内一片安静，简直能听到人们的呼吸。

慕容宝这次领军出征，本想在人前大大地出个风头，却不料闯下了大祸。此时，他虽是跪在地上请罪，却很不甘心，抬起头，瞧了瞧父亲，小心翼翼道："父皇，这次天气突变，才让拓跋珪趁机渡河。儿子愿再领五万人马伐魏，必能一雪前耻。"

司徒、范阳王慕容德年近六十，一辈子没打过这样的窝囊仗。他侥幸从参合陂逃回之后，心里又悲又怒，深知如此败局，已然震动国本，除非皇兄慕容垂出马，否则已不可能挽回局面，听慕容宝居然还想带兵，不由得切齿暗骂："'一将无能，累死三军'。你这慕容氏的不肖子，就该自裁以谢天下。"忙仰起头来，奏道："陛下，拓跋珪凶焰正张，有轻太子之心。放眼国内，唯有陛下大振神威，方可殄灭此寇！"

燕王慕容垂也明白，这次出兵伐魏，若是由慕容德、慕容农或慕容麟三人中的任何一人为主帅，虽不敢保必胜，但也不会败得这么惨，坏就坏在慕容宝身上。他身为储君，是未来的皇帝。慕容德等人在他面前有所顾忌，不敢犯颜直谏，终于酿成大祸。慕容垂虽然溺爱慕容宝，但也不可能再拿几万条人命供其挥霍，不得已之下，只能强撑病体，准备御驾亲征。

尚书令皇甫真的年纪比慕容垂还要大些，渐已不问国事，听到参合之败的消息，才由几个家人扶掖入朝，穿着官服，颤颤巍巍地立在一旁，见慕容宝失机辱国，迫得老皇帝还要再次出征，不由得一阵心酸。他手持笏板，抖着一把雪白的胡须说："陛下！大军覆没于参合陂，国内精锐折损殆尽，若御驾亲征，只能调动镇边部队参战了。"

慕容垂坐在龙椅上，听了这话，脸上蛛网般的皱纹更深了。目前，训练新军确是来不及。国内堪调的部队，唯有龙城的三万多精

第二十二章 龙驭上宾

锐,再加上京师卫戍部队和慕容麟带回的一万人,可以凑足五万之众,尚可与北魏一战。于是,慕容垂以慕容宝的庶长子、清河公慕容会为录留台事、幽州刺史,命其往戍龙城,又召龙城兵马速来中山集结。

公元396年正月,三万龙城戍兵如期开到中山城外,军容严整,气势威武。这是燕国旧都留守的一支百战精兵,战斗力极强,曾在冰天雪地里摸爬滚打,也曾追随慕容垂征战四方,有着常胜不败的记录。有了这支部队的加入,燕军的士气稍稍振作。

3月26日,一场春雨过后,天空又迅速返晴。一道七色彩虹穿过层层云霞,悬挂在天边。道路犹自有些潮湿。这一天,年迈多病的慕容垂亲率五万大军,从中山秘密出兵,避开人烟稠密的马邑道和幽州道,沿太行山麓北上,逾青岭(今河北省易县西南),经天门(今河北省涞源县南),凿山开道,越过巍巍太行,再偷渡桑干川,翻过猎岭(今山西省代县东北夏层山),仅用了十六天,就神不知鬼不觉地实现了千里转进,于4月12日突然出现在平城(今山西省大同城北)之外。

北魏于参合陂之战后,乘胜推进到了云中。魏王拓跋珪率主力坐镇盛乐,派自己的弟弟拓跋虔领军三万余人镇守平城。平城方广四十余里,城内里宅栉比,分置市廛、园林,道路洞达,城外四郊建有苑囿、籍田、药圃等,更有如浑水、武州川水绕城而过,是北魏最大的城市,在代国时期就已是南都,与北都盛乐并称。陈留公拓跋虔二十二岁,强健勇敢,姿貌魁杰,武力绝伦,擅长用槊,听说燕兵突至,不由得大吃一惊,不明白燕军是怎么冒出来的,但自恃骁勇,不肯固守待援,也不愿婴城示弱,仓促率军出城迎战。

太阳渐渐从东方升起,阳光照耀着大地。风儿无声地掠过,卷动着城上城下的旌旗。拓跋虔浑身披挂,刚带兵出城,还没来得及列好阵势,就见对面的大队燕军呐喊着杀了过来。隆隆的战鼓声里,龙城兵马在慕容垂的指挥下奋勇冲锋。慕容农、慕容麟等人率领着骑兵,或远或近，或多或少，或聚或散，或出或没，来似天降，去如电逝，快速合围，与魏兵厮杀在了一起，沉闷的喊杀声与短促的嘶吼声响彻整个大地。拓跋虔纵马迎敌，挥舞着铁槊一连打死几名燕兵，却不提防一支冷箭飞来，将他的战马射死。拓跋虔被摔在地上，还没等他爬起来，就围上来十几名燕兵。这些燕兵刀枪齐下，将拓跋虔当场砍死。城外的魏兵失去了指挥，很快全军覆没。平城随后被燕军攻克，城中三万余户全部投降，尽被迁往中原。拓跋珪得到拓跋虔阵亡的消息，惊痛交加，不敢与慕容垂正面交锋，干脆弃了盛乐城逃进草原。

随后，慕容垂引兵继续向北推进，来到参合陂。这里漫山遍野都是荒草，几条蜿蜒曲折的小河，流过辽阔的原野，将参合陂分割得支离破碎。正值傍晚，残阳如血。参合陂上暮鸦云集，万人坑的泥土犹新。燕军刨开浅浅的浮土，将同袍的尸体从坑里搬出，准备重新收敛。数万具尚未完全腐烂的尸骨，横七竖八地摆在地上，直达天边。

血红的晚霞渐渐消退，冷风低啸着吹过，仿佛是无数鬼魂的哀号。慕容垂命人在陂上摆下香案，在几个侍从的搀扶之下，蹒跚地走上祭台，准备亲自祭奠死难的将士。他裹着件黑色的大氅，两颊罩着一层土灰色，眼神暗淡，满头白发在清冷的晚风里微微颤抖。台下的燕军将士难抑悲恸，一起放声痛哭，声音响彻山谷。慕容垂听着阵阵撕心裂肺的痛哭，望着眼前遍地的尸骸，心里交织着懊丧、悔恨、无奈与哀伤，嘴唇微微抖动着，两行混浊的老泪漫过眼角，滑过脸上刀刻般的皱纹，扑簌簌地滴落脚下。他两手发抖地展开祭文，正要诵读，忽觉两胁发胀，胸口发闷，一口鲜血涌上喉头，直从嘴里喷了出来，随即便昏倒在地。

众将大惊失色，冲上祭坛，将憔悴的慕容垂抬上马车，载入平城。慕容垂一病不起，在平城延医用药，调理了十多天，并无好转的迹象，只好班师回朝，公元396年4月10日，行至上谷之沮阳（今河北省怀来县东南）时，病重而逝，享年七十岁，在位十年零五个月。遗诏称："方今祸难尚殷，丧礼一从简易，朝终夕殡，事讫成服，三日之后，释服从政。强寇伺隙，秘勿发丧，至京然后举哀行服。"4月23日，燕军护送灵柩返回中山，25日正式发丧。全城的鲜卑人闻之大恸，如丧考妣。

慕容宝旋即燕国帝位，追谥慕容垂为成武皇帝，派兵将其灵柩运回辽东，葬于龙城之郊的宣平陵。

公元396年8月，北魏王拓跋珪建天子旌旗，改元皇始，亲领四十多万大军南出马邑，越过句注南，大举伐燕，围攻中山。慕容宝与辽西王慕容农等弃城出奔龙城。公元398年3月，龙城将领段速骨串通国舅兰汗发动兵变，杀害了慕容宝和慕容农。

范阳王慕容德时镇邺城，闻讯后，率四万户、二万七千乘车，迁到滑台（今河南省滑县），依照燕元旧例，自称燕王，设置百官，任命赵王慕容麟为司空、兼领尚书令。不久，慕容麟潜谋篡位，为慕容德所杀。

公元400年，慕容德在广固（今山东省青州市西北）称帝，大赦天下，改年号为建平，史称南燕。公元406年，慕容德病逝，他的侄子慕容超继位。

公元409年，东晋大将刘裕北伐，于次年攻克广固，生擒慕容超，将其押送至建康处斩。南燕遂亡。

至此，世上再无慕容王朝，唯余数十万铮铮战骨，在历史的烟云里若隐若现。（终）